Hij leek zo leuk

Avery Corman

HIJ LEEK
ZO LEUK

Het verhaal van een verkrachting

1992 – De Boekerij – Amsterdam

Oorspronkelijke titel: Prized Possessions
Vertaling: Atty Mensinga
Omslagontwerp: Julie Bergen

CIP-GEGEVENS KONINKLIJKE BIBLIOTHEEK, DEN HAAG

Corman, Avery

Hij leek zo leuk : het verhaal van een verkrachting / Avery
Corman ; [vert. uit het Engels door Atty Mensinga]. –
Amsterdam : De Boekerij
Vert. van Prized possessions. – New York [etc.] : Simon &
Schuster, 1991.
ISBN 90-225-1298-3
NUGI 340
Trefw.: romans ; vertaald.

1

Het meisje is een jaar of zeven en draagt een blauw fluwelen jurkje met een wit kanten kraagje. Haar sluike blonde haar is kort geknipt met in het midden een scheiding. Ze staart recht voor zich uit met die bedaarde blik die karakteristiek is voor zoveel afbeeldingen van kinderen in de negentiende-eeuwse volkskunst. Aan haar voeten zit een klein bruin hondje van een onduidelijk ras, een volkskunsthondje. Ze staat op een gebloemd tapijt, haar hand rust loom op een klein, rond Victoriaans tafeltje, waarop een vaas met tere rozen staat. Ze is een volmaakt kind in een serene en behaaglijke wereld.

Het schilderij hing in de hal van het appartement van Laura en Ben Mason. Tegen bezoekers zeiden ze altijd dat ze van het schilderij hielden omdat het zo'n mooi voorbeeld was van die stijl en die periode. Maar in werkelijkheid ging het hen om de perfectie van het kind en haar omgeving: zo wilden ze hun eigen leven en hun eigen gezin graag zien.

Toen Elizabeth, de dochter van Laura en Ben Mason, vijf jaar was, en hun zoontje Josh één, hadden de Masons in een artikel in het tijdschrift *New York* gestaan, dat over gezinnen in de stad ging. Een paginagrote kleurenfoto liet hen in hun woonkamer zien, omringd door hun collectie volkskunst.

'Je moet het artikel gebruiken voor de aanmeldingsgesprekken,' raadde hun vriend, Phil Stern, hen aan. 'Scholen zijn heel gevoelig voor dit soort dingen.'

De Masons waren druk bezig voor Elizabeth de juiste particuliere school in Manhattan uit te zoeken. De dochter van de Sterns stond ingeschreven bij de Hargrove School, een prestigieuze lagere school voor meisjes. De Masons gaven de voorkeur aan de Chase School, een gemengde school die even prestigieus was.

'Je kunt toch moeilijk meteen zeggen: "Hebt u onze foto zien staan

in *New York*?" ' zei Laura.
'Je vindt heus wel een geschikt moment.'
De Sterns woonden in hetzelfde gebouw als de Masons op de hoek van Lexington Avenue en Seventy-fifth Street. Phil was beleggingsbankier en Jane had een cateringbedrijf. Op hun speurtochten om het beste uit het leven in Manhattan te halen – het beste Italiaanse restaurant, de beste aanbieding voor tafellinnen, de beste kindermatrasjes – maakten de Sterns vaak de juiste keuzes. Dus als de Sterns de Masons aanraadden het artikel in *New York* te noemen om Elizabeth op de beste school toegelaten te krijgen, dan volgden ze dat advies graag op.

Laura en Ben kwamen voor een gesprek bij de directeur toelatingen van Chase, die Elizabeth al in een les en in een spelsituatie met andere kinderen had geobserveerd. In een poging het advies van Phil Stern op te volgen, veranderde Ben, met het knarsende geluid van een Newyorkse vuilniswagen vroeg in de morgen, van onderwerp. Eerst begon hij te zeggen dat kinderen in de grote stad zo'n dynamische en actieve opvoeding kregen en toen stapte hij abrupt over op: 'Laura en ik voelen ons zeer verbonden met de stad. Misschien hebt u ons toevallig in de *New York* van de vorige maand zien staan. Dat artikel over Newyorkse echtparen. Het echtpaar met de collectie volkskunst.'
'O, was u dat? Ja, dat heb ik gezien. Heel leuk. Inderdaad, heel leuk.'

Elizabeth werd toegelaten op de Chase School. De Masons waren verrukt. Ze dachten dat mensen van Wall Street de enige joden waren die het klaarspeelden hun kinderen op deze school te krijgen. Laura was redacteur van een tijdschrift en Ben was handelaar in volkskunst. Ze vermoedden dat het hen was gelukt om Elizabeth aangenomen te krijgen, omdat ze zo interessant waren overgekomen, èn natuurlijk omdat de paginagrote foto in de *New York* het bewijs had geleverd dat ze inderdaad zulke interessante mensen waren. Voor Ben Mason, die op de De Witt Clinton High School in de Bronx had gezeten, en voor Laura Mason, die de Samuel J. Tilden High School in Brooklyn had bezocht, was het hebben van een kind op Chase een enorme sprong voorwaarts in de maatschappij.

De leerlingen van de Chase School waren voor zestig procent WASP (blanke kinderen uit de hogere klassen), voor dertig procent joods en voor tien procent 'anders'. Sommige conservatieven waren er niet blij mee dat er nu ook joden en 'anderen' op Chase zaten.

Ben Mason, vierendertig jaar, was een gedrongen man van één meter zevenenzeventig met lichtbruine ogen en lichtbruin haar en een kaak die zo stevig was dat het bijna een karikatuur was van een mannelijk profiel. Hij had constructiebankwerker kunnen zijn in plaats van galeriehouder. Laura Mason, tweeëndertig jaar, was één meter vijfenzestig en slank met blauwe ogen, had een smal, verfijnd gezicht en kastanjebruin haar. Ze had voor fotomodel kunnen doorgaan en in haar begindagen bij het blad *Home Furnishings* was ze weleens als model gevraagd voor een fotoreportage. Laura was de tijdschriftenwereld ingegaan toen ze erachter was gekomen dat ze als afgestudeerd kunsthistorica van het Brooklyn College niet kon wedijveren met studenten van prestigieuzere universiciten om dat handjevol banen in de kunstwereld. Ben was afgestudeerd aan de Cooper Union en was zijn carrière begonnen als reclame-ontwerper. Ze hadden elkaar ontmoet toen hij een verkoopbezoekje bracht aan *Home Furnishings*.
Toen hij als ontwerper werkte, begon hij oude reclamecuriosa te verzamelen en dit bracht hem er weer toe om volkskunst te gaan verzamelen. Volkskunst werd zijn passie. Toen Ben Mason meer tijd aan de in- en verkoop van kunstwerken begon te besteden dan aan zijn ontwerpen, opende hij zijn eigen galerie aan First Avenue en Eighty-ninth Street. Hij werd een gewaardeerde handelaar vanwege zijn weliswaar kleine, maar kwalitatief goede collectie.

Elizabeth Mason was een vrolijk meisje met roodachtig tot kastanjebruin haar, blauwe ogen en een kleine neus. Ze begon aan een succesvolle carrière op Chase. Ze was populair; door de tijd heen kreeg ze steeds meer speelkameraadjes en ze werd gevraagd op verjaardagspartijtjes van haar klasgenoten. Sommige partijtjes waren bescheiden aangelegenheden, zoals een lunch bij MacDonald's, maar andere waren regelrechte galafeesten. Eén Chase-ouder, een speelfilmproducent, nodigde dertig kinderen uit voor een voorstelling van *Pinocchio* in een opnamestudio, gevolgd door een uitgebreid buffet. Er waren schaatsfeestjes, rolschaatsfeestjes en feestjes waarvoor een verteller of een goochelaar werd ingehuurd. De Masons hadden geprobeerd wat geld uit te sparen door een paar jaar achtereen Elizabeths verjaardagsfeestje zelf in hun appartement te organiseren met spelletjes en prijzen. Op Elizabeths achtste verjaardag kozen ze voor de goochelaar.

'Was het niet enig?' zei ze, toen ze haar naar bed brachten. 'Bedankt dat jullie me zo'n leuk partijtje hebben gegeven.'

Ze waren blij dat ze een kind hadden dat zo attent was om hen te bedanken voor hun inspanningen en ze waren zelf ook tevreden over het evenement. Hoewel, als ze het extra geld meerekenden dat ze moesten uitgeven om hun doordeweekse huishoudster op een zaterdag te laten komen, kostte het feestje voor de achtjarige hen driehonderd dollar.

Mevrouw O'Reilly, de huishoudster van de Masons, was een gezette Ierse, die het appartement van de Masons zo stofvrij hield als menselijkerwijs maar mogelijk was. Een toegewijde huishoudster was het ideaal van alle werkende ouders. Op één punt verschilden ze echter van mening. Mevrouw O'Reilly huldigde de opvatting dat kinderen onder ziekenhuisomstandigheden moesten worden opgevoed: het houden van huisdieren beschouwde ze als onhygiënisch. Mevrouw O'Reilly kon echter niet met een overtuigend argument tegen tropische vissen komen en dus begonnen de Masons daar maar mee. De vissen stierven; er werden begrafenissen in zee gehouden, en vissen werden ceremonieel in de East River gedeponeerd. De Masons stapten over op hamsters. Ze leefden, ze gingen dood en ze werden in Central Park begraven: een reeks kleine donzige diertjes wier geren in de tredmolen en geknaag aan de tralies naar de smaak van de ouders veel te veel een metafoor werd voor het leven in New York.

Ondanks de bezwaren van mevrouw O'Reilly namen de Masons een puppy, half golden retriever, half Duitse herder, uit het asiel van de dierenbescherming. Het was een levendig bruin hondje dat door de kinderen Queenie werd genoemd. Queenie groeide snel en rende dartel over straat wanneer ze werd uitgelaten. Aangezien Ben de enige was die rustig met de hond kon wandelen, ging Queenie naar een gehoorzaamheidscursus. Na een wekenlange training, alle gezinsleden gingen naar de bijeenkomsten, slaagde

Queenie met lof. De Masons hadden nu een hond die aan de bevelen 'achter!' en 'zit!' kon gehoorzamen.

Dit is nu het stadsleven, zei Ben op een ochtend tegen zichzelf toen hij de hond uitliet. Het heeft me driehonderdvijftig dollar gekost om een hond te leren een blokje om te lopen en in een Newyorkse lift te zitten.

De Sterns, de buren van de Masons, balanceerden op het randje van ouderlijke overbezorgdheid. Melanie Stern, een jaar ouder dan Elizabeth, had zoveel buitenschoolse 'veredelingscursussen' gevolgd, dat het kind op haar negende zo'n beetje was opgebrand. Phil Stern was een lange, magere man en trots op zijn slanke middel. Hij trainde een paar keer per week in een sportzaal en tenniste één keer per week met Ben. Jane Stern, één meter zestig, was aan de mollige kant en veranderde net zo vaak van trimclubje als haar dochter van de ene naar de andere nieuwe bezigheid werd gesleept. De Sterns probeerden de Masons over te halen Elizabeth na schooltijd op dansles te doen om haar te leren gracieus en bevallig te zijn. Melanie, die nogal gedrongen en onhandig was, stond al bij zo'n cursus ingeschreven. Elizabeth weigerde met als argument dat ze er domweg geen zin in had. Ze was al een oudgediende op de handvaardigheidscursus voor peuters en op de acrobatencursus. Sinds kort ging ze 's zaterdagsmorgens naar een kunstwaarderingscursus èn ze kreeg zwemles, na aandringen van mevrouw O'Reilly, die zo wilde voorkomen dat ze op een dag zou verdrinken.

Het jaar daarop werd Ben door het Newyorkse Verkeersbureau uitgenodigd om als gastconservator op te treden voor een rondtrekkende tentoonstelling van volkskunst, gemaakt door Newyorkse kunstenaars. Het project werd besproken in de tijdschriften voor kunstverzamelaars en in een artikel in de *New York Times*. Hij kreeg er een hoop nieuwe klanten bij en voelde zich aangemoedigd om zijn galerie uit te breiden en naar een groter pand aan Lexington Avenue en Eighty-first Street te verhuizen.

Aan tafel vertelde hij zijn kinderen dat de Mason Folk Art Gallery ging verhuizen.

'Aangezien dit nu eenmaal mijn werk is, wil ik het ook graag goed aanpakken.'

'Ik weet wat ik later wil worden als ik groot ben,' verklaarde Josh, vijf jaar oud.

De Masons hadden het er met vrienden over gehad hoe de mode, wat dit betreft, aan verandering onderhevig was. Toen Laura en Ben zelf kinderen waren, wilden meisjes balletdanseres worden en jongens politieman of brandweerman. Laura had eens bij een dineetje opgemerkt dat als niet meer in rolpatronen zou worden gedacht, jongens balletdanser zouden willen worden en meisjes politiemens of brandweermens. De laatste keer dat ze het er met hun kinderen over hadden gehad, wilde Josh astronaut worden en Elizabeth dierenarts.

'Wat zou je willen worden?' vroeg Ben aan Josh.

'Kung Fu,' zei Josh.

'Waarom?' vroeg Laura.

'Omdat Kung Fu's de sterkste zijn van allemaal.'

'Daar wordt onze jarenlange anti-macho opvoeding even doorgespoeld,' merkte Ben op.

'Elizabeth?' informeerde Laura bij haar negenjarige dochter.

'Meteorologe bij de televisie,' antwoordde ze.

Daar zaten de ouders dan, geamuseerd en verbaasd. Hoe kwamen ze aan die ideeën?

'Waarom dat?' vroeg Ben.

'Nou, Connie Brooks, die werkt bij Channel Five en ze kwam bij ons op school om met ons te praten en ze is erg mooi en aardig, en ze droeg een hele mooie jurk, en zo wil ik ook worden.'

'Ja, ze krijgen heel veel aandacht,' zei Laura. 'Iedereen kijkt naar ze.'

Toen de kinderen in bed lagen zei Laura tegen Ben: 'Ik hoop maar dat de klok voor haar generatie vrouwen na al die discussies en protestmarsen niet weer wordt teruggedraaid.'

'Ze zei meteorologe. Ze zei niet de vrouw van een meteoroloog.'

Ben opende zijn nieuwe galerie met een wijn-en-kaas-feestje. Met zijn achtergrond als ontwerper, had hij de ruimte zeer doordacht ingericht. De kunstwerken werden verlicht door goed geplaatste spotjes. Hij schreef informatiemateriaal, drukte het zelf en plaatste het bij de objecten. Zijn gevoel voor design strekte zich uit tot de selectie van de volkskunstobjecten zelf: elk item was typerend voor een genre. Hij had een volkskunstgalerie gecreëerd met de uitstraling van een klein museum voor volkskunst.

Op de gastenlijst stonden vrienden, cliënten, ouders van de school en de ouders van Ben en Laura, die aan de kant stonden en probeerden te begrijpen waar hij mee bezig was. De ouders van Laura woonden in het centrum van Brooklyn. Sol Goodman, haar vader, was de eigenaar van een krantenstalletje in een kantoorgebouw bij de Brooklyn County Courthouse, een kleine, energieke man met sliertjes rood haar op zijn kalende hoofd. Hij gedroeg zich nerveus en gebruikte het stompje van zijn sigaar om zijn ideeën, die grotendeels op onwetendheid berustten, te onderstrepen. Jean, haar moeder, was een slanke, rustige vrouw. Haar voornaamste bezigheden waren het huishouden en het onder de plak zitten bij Sol. Laura's ouders riepen bij haar het gevoel op dat ze zat opgescheept met een kapotte radio, die maar één zender kon ontvangen.

Henry Mason, de vader van Ben, was één meter tachtig lang, gedrongen, en had donkerbruine ogen die constant op de zwakheden van anderen waren gericht. Hij was directeur van een fabriek van dameshandtassen met een fabriekshal in de South Bronx, waar hij iedere dag vanuit Riverdale in zijn zwarte Chrysler naar toe reed. Belle, de moeder van Ben, was chef administratie van het bedrijf. Ze was een slanke vrouw met hazelnootbruine ogen en lichtbruin haar dat ze blondeerde. Ze vonden het leuk om van zichzelf te zeggen, met een knipoog naar hun zaak, dat ze 'een dikke huid' hadden. Ben had een jongere broer, David, die advocaat was in Chicago en degene met 'een neus voor zaken', een heel ander type dan hun dromerige oudste zoon. De ouders begrepen niet dat Ben, een jongen die ze nooit in hun zaak hadden willen opnemen, zo kon volharden in het verkopen van prullen en oude schilderijen.

'Probeert hij nog steeds met die *tchotchkes* zijn boterham te verdienen?' vroeg Bens moeder aan haar tegenhangers.

'Als je het goed aanpakt, dan kun je sommige van deze stukken voor véél geld verkopen,' verklaarde Sol, de vader van Laura.

'Hoe weet u dat?' vroeg de vader van Ben. Na jaren van kinderpartijtjes en andere feestelijkheden had hij voldoende kennis kunnen nemen van de ideeën van deze ratelende tijdschriftenhandelaar.

'Om dit spul voor véél geld te verkopen moet je véél debielen zien te vinden.'

'Deze dingen stonden altijd zo mooi in het appartement,' sputterde Laura's moeder zachtjes tegen.

De vader van Ben bestudeerde een antiek miniatuur reuzenrad

van houtsnijwerk.
'Hij denkt hier vierhonderd dollar voor te kunnen krijgen.' Ze knikten meewarig.

Home Furnishings was, onder leiding van Laura als hoofdredacteur, veranderd van een vakblad in een tijdschrift dat ook de belangstelling van de consument op zich had weten te vestigen. In de drie jaar dat Laura het voor het zeggen had gehad, was de oplage verhoogd van zeventigduizend naar honderdduizend exemplaren. Ze was bij het blad begonnen als assistent art director, daarna was ze art director geworden. Bovendien was ze altijd erg goed geweest in het ontwikkelen van ideeën voor artikelen en ze kon goed schrijven. Dat alles kwam haar prima van pas toen ze hoofdredacteur werd. Ze verbeterde het niveau van de artikelen voor wat betreft de schrijfstijl, de keuze van onderwerpen en de lay-out, die ze zelf opnieuw had ontworpen. Ook wist ze haar staf ervan te overtuigen dat dit hun levenstaak was; ze hadden plannen om nog een vakblad over te nemen en dit te veranderen in een toonaangevend tijdschrift voor ontwerpconcepten. In haar haute couture pakken, die ze droeg met de flair van een fotomodel, was ze een stijlvolle aanvoerder van zowel haar team als het tijdschrift.

Home Furnishings was één van de zes tijdschriften van uitgever Peter Miller. Aangezien hij zelf nooit aanwezig was, had hij Laura alle vrijheid gegeven het blad naar eigen inzicht te maken. Op een dag verscheen hij plotseling in Laura's kantoor.

'Laura, je hebt hier fantastisch werk geleverd. Ik zal je altijd dankbaar blijven.'

'Dat klinkt alsof het is afgelopen,' zei ze behoedzaam.

'Ik ben bezig het bedrijf te verkopen. Een Japanse groep, Oiako, heeft een fantastisch bod gedaan.'

'En wat betekent dat?'

'Ze gaan het bedrijf naar San Francisco verhuizen.'

'Maar we hebben ons leven allemaal híer.'

'Ze nemen niemand van ons personeel over. Ze geven aan de Westkust al een paar vakbladen uit en van daaruit gaan ze ook dit blad uitgeven.'

'We hebben twintig mensen in dienst!'

'Iedereen krijgt tien weken doorbetaald. Dat is waarschijnlijk een unicum in deze bedrijfstak. Ik denk dat het meer dan redelijk is.'

'Redelijk? We dachten dat we iets aan het opbouwen waren, en nu komen we zonder werk te zitten.'
'Jij hoeft je nergens zorgen over te maken, Laura. Je hebt nog een contract van vier maanden. En je zou binnen vier minuten een andere baan kunnen hebben.'
'Er zijn mensen die hun identiteit halen uit wat ze hier doen. Dat pak je hen nu af.'
'Het is een buitenkansje.'
'Voor jou, ja.'
'Het spijt me, Laura. Zaken zijn zaken.'
Miller liet een memo aan alle werknemers uitgaan. Het personeel liep diep geschokt rond en het was aan Laura om hen weer te kalmeren en hen gerust te stellen over hun waarde en kansen op de arbeidsmarkt.

Die avond vertelde ze Ben het nieuws. Hij wachtte een moment voordat hij iets zei; een te lang moment, vond ze.
'Het zal wel goed komen,' zei hij. 'We redden het wel. Het is een gelegenheid om je te verbeteren. Dat heb ik ergens gelezen, in een of ander artikel toen ik in de rij voor de kassa moest wachten.'
'Ik dacht meer na over hoe we het lesgeld, de huur en de belasting moeten betalen.'
'We liggen een beetje voor op schema.'
'En hoe moet het in de zomer dan met de kinderen? Ze kunnen niet de hele dag thuis zitten.'
'Daar hebben we wel geld voor. Er zijn Europeanen in de galerie geweest. Ik heb het over Europeanen in dure lederen kleren. Het komt allemaal best in orde.'
'Zolang er Europeanen in leer zijn wel, ja.'

Laura ontvouwde haar plannen tijdens een lunch met twee vriendinnen, die ze nog kende van een assertiviteitstraining van jaren geleden, teneinde hun reactie te kunnen peilen. Molly Swizer was free-lance schrijver over emancipatiezaken, een lange slanke brunette van in de dertig, en Karen Hart was makelaar in onroerend goed, een stevige blonde vrouw van in de veertig. Laura vertelde hun dat ze wilde proberen om op de groeiende markt van tweede huizen in te spelen door een nieuw tijdschrift, *Second Home*, uit te geven. Ze zou een plan ontwikkelen, een lay-out ontwerpen, proberen de financiering rond te krijgen en het team met wie ze bij *Home Furnishings* had gewerkt in dienst nemen. De twee vrouwen waren enthousiast, maar met een zekere terughoudendheid. Laura en Ben waren het prototype van een gezin met een dubbel inkomen. Hoe zouden ze het rooien in de komende maanden – want het zou zeker een paar maanden in beslag nemen om het benodigde geld bij elkaar te krijgen.

'Ik ga wat free-lancen. Ik kan artikelen schrijven.'

'Maar als Ben er niet voor voelt?' vroeg Karen Hart.

'Hij is ook ooit in zaken gegaan en toen heb ìk hem daarin gesteund.'

'Geldkwesties kunnen bijzondere eigenschappen van de echtelieden naar voren halen,' zei Karen.

'Dat klinkt fantastisch,' reageerde Ben toen Laura het plan aan hem voorlegde. 'Maar ik weet niet waar we de financiering vandaan moeten halen. Of hoe zoiets opgezet moet worden.'

'Ik kijk gewoon hoe jij het aanpakt. Ben, zeg eens eerlijk, heb je liever dat ik het niet doe?'

'Eerlijk gezegd wel, ja. Ik zou liever zien dat je een baan had en dat we ons geen zorgen hoefden te maken. Maar zou ik ooit tegen je zeggen dat je het niet moet proberen? Nee.'

'Ik trek er drie maanden voor uit. Dan zouden we meer moeten weten.'

Acht maanden later, nadat ze met haar vorige art director en verkoopmanager aan een nulnummer had gewerkt en met de hulp van Phil Stern een zakenplan had gemaakt, had Laura de belangstelling van een aantal geldbeleggers weten te winnen. Geen van allen deed toezeggingen. Het tijdschrift dat ze voor ogen had, zou onderwerpen behandelen waarover ook veel in andere woonbladen werd geschreven: inrichting, architectuur en design. Ook zouden er artikelen worden opgenomen die van speciaal belang waren voor eigenaren en potentiële eigenaren van tweede huizen, vakantiehuizen, zoals hoe te handelen in contacten met architecten en aannemers. Ondanks positieve reacties wilde niemand er geld in steken. Laura schreef een paar tijdschriftartikelen om het gezinsinkomen aan te vullen. Voor het grootste deel van hun uitgaven leefden de Masons letterlijk van verkoop naar verkoop van objecten uit de galerie van Ben.

Voor de Masons leek er geen eind te komen aan de eerste ouderavond op Chase, dat najaar. De conversatie en de manier waarop
de mensen gekleed gingen waren één en al persoonlijke reclame:
kijk eens hoe goed wij het doen!
'En waar ben je deze zomer geweest?' vroeg een vrouw, gekleed in
een kasjmier trui met bijpassende rok, aan Laura.
'We konden niet weg. We hadden het te druk met ons werk,' antwoordde Laura.
'Nou ja, het najaar is ook een prachtig seizoen om te reizen,' zei de
vrouw. 'Vooral in Europa.'
Laura knikte bevestigend, maar ze dacht bij zichzelf dat ze van geluk mochten spreken als ze deze herfst een taxi zouden kunnen betalen.

Laura maakte een praatje met de voorzitter van de oudercommis-
sie, een chique geklede vrouw wier echtgenoot advocaat was. Elizabeth en de dochter van deze vrouw zaten in dezelfde klas. Laura
informeerde naar de studiebeurzenregeling op Chase. Nu Josh
ook op Chase stond ingeschreven, moesten de Masons dubbel
schoolgeld betalen.
'Vraagt u dat voor *uzelf*?' informeerde de vrouw.
'Ja.'
'O, jee. U woont in een prachtig appartement. Dat heb ik in een
tijdschrift gezien.'
'Dat is waar, maar we zijn allebei ondernemer. Alleen mijn man
heeft op dit moment een inkomen.'
'O, jee. Ik weet echt niet wat ik tegen u zeggen moet. Ik geloof niet
dat dit vaak voorkomt,' zei de vrouw, en toen ze iemand zag binnenkomen die ze kende maakte ze daar gebruik van om zich terug
te trekken.
Financiële problemen. Je zou bijna denken dat ik haar heb verteld
dat mijn kinderen hoofdluis hebben.

Laura had ontmoetingen met een paar vertegenwoordigers van
een Japans concern die probeerden te investeren in Amerikaanse
bladen, met een beleggersgroep samengevoegd door Phil Stern,
die allerlei zakenvoorstellen onderzocht, met verscheidene be-

staande corporaties met houdermaatschappijen die tijdschriften uitgaven en met een syndicaat in bezit van Scott Pierce, die in de pers bekend stond als 'de Canadese Rupert Murdoch'.

Het idee voor het tijdschrift leek te goed om het erbij te laten zitten, maar de Masons zaten al een jaar in financiële nood. Het Canadese Pierce syndicaat leek wel geïnteresseerd. Alhoewel, Laura werd al een half jaar door zijn mensen aan het lijntje gehouden. Ze had Pierce nooit ontmoet, ze had steeds contact gehad met mensen van zijn staf, die haar de ene keer vertelden dat ze bijna een contract voor het tijdschrift konden afsluiten en de volgende keer weer zeiden van niet. Uiteindelijk ontmoette ze de man zelf. Hij had het zo druk, dat Laura hem in zijn limousine moest spreken. De wagen pikte haar voor het Sherry Netherland Hotel op en reed naar La Guardia Airport, waar zijn vliegtuig klaar stond. Pierce was corpulent en had een rood gezicht. Hij was kort aangebonden tegen haar en hield zich voornamelijk bezig met het lezen van haar plan en een verslag over dat plan van zijn staf. Af en toe keek hij op en bestudeerde haar gezicht. Hij stelde haar een aantal kritische vragen, die ze tot haar tevredenheid kon beantwoorden. Pierce voerde een paar telefoongesprekken over andere zaken. Ze arriveerden bij de terminal en Laura was er zeker van dat ze afgewezen zou worden.

'Het advies luidt dat we door moeten gaan. Alles lijkt in orde te zijn. Gefeliciteerd, mevrouw Mason. *Second Home* staat in de startblokken.'

'O ja?'

'Dat is toch de bedoeling?' zei hij, en glimlachte voor het eerst.

'Ja, natuurlijk!'

'Akkoord. Mijn chauffeur brengt u weer terug.'

Laura kondigde het nieuws aan door de woonkamer met ballonnen te vullen. Ben sloeg zijn armen om haar heen en ze omhelsden elkaar als honkbalspelers die kampioen zijn geworden. Na vijftien maanden was hun financiële crisis voorbij. In het voorstel stond dat Laura, als uitgever, en haar collega's de art director en de verkoopmanager, de eerste twee jaar elk een jaarsalaris van zestigduizend dollar zouden verdienen. Indien mogelijk zouden ze daarna opslag krijgen, en ze zouden alle drie gaan meedelen in de winst. De staf die ze samenstelde bestond onder meer uit een aantal mensen met wie ze eerder had gewerkt. Laura was een veeleisende hoofdredacteur. Ze vroeg haar auteurs vaak om hun stukken te herschrijven en ze eiste nieuwe foto's van haar fotografen als ze niet tevreden was. Op de redactievergaderingen hield ze de touwtjes strak in handen. Laura had visie en was van begin tot eind alert. Ze introduceerde een column, de architect van de maand, en dat werd een gewilde reeks. Ze overwon de bezwaren van de redactie en gaf de architecten, meestal amateurschrijvers, wier huizen in het blad naar voren werden gehaald, nu eens de gelegenheid hun eigen artikelen over die huizen te schrijven. Omdat de serie zo persoonlijk was, werd hij niet alleen veel gelezen, architecten schreeuwden ook om het hardst om zelf eens aan de beurt te komen. Laura organiseerde *Second Home*-reizen door het hele land. De opbrengst ging naar de United Way en de publiciteit kwam ten goede aan het blad. Het tijdschrift kreeg veel lof toegezwaaid in zakencolumns en van reclamebureaus. Na tien maanden tweemaandelijks te zijn verschenen, beantwoordde *Second Home* aan de verwachtingen omtrent oplagecijfers en advertentie-inkomsten. In het volgende jaar begon het, volgens plan, maandelijks te verschijnen.

De verkopen in de galerie van Ben namen intussen gestaag toe. Hij deed zaken met andere handelaren voor de inkoop, maar vond het nog steeds prettig zelf objecten te vinden. Toen hij op een boedelveiling in een groot Victoriaans huis in Stroudsburg, Pennsylvania, was, werd zijn aandacht getrokken door een naïef schilderij dat in een hoek op de grond stond, een boerengezin dat aan het vliegeren was, een heerlijk werk met prachtige kleuren. Ben stak bij het bieden verscheidene handelaren de loef af en kocht het voor vijfduizend dollar. Toen hij in New York terug was en het schilderij uit de lijst haalde, ontdekte hij dat de naam van een hoog gewaardeerde volkskunstschilder uit de negentiende eeuw onder de lijst verborgen had gezeten. Ben plaatste het onmiddellijk op een opvallende plaats in de galerie en vroeg er honderdduizend dollar voor.
De *New York Times* schreef een artikel over volkskunst die in de omgeving van New York te koop was en illustreerde het met een foto van het vliegerschilderij. Binnen een week werd het schilderij aangekocht door de National Gallery in Washington. Het verhaal van de vondst van Ben Mason, het klassieke verhaal van een koopje gevonden op een boedelverkoop van oude stukken, verscheen

in *Time* en *Newsweek*, en een persbureau zorgde ervoor dat het verhaal via de internationale editie van de *Herald Tribune* ook tot Europa doordrong. 'Het is geen kwestie van stom geluk,' werd Ben geciteerd. 'Het is tenslotte mijn werk.'

De Mason Folk Art Gallery was een belangrijke leverancier geworden. Klanten die al eerder objecten van Ben hadden gekocht, wilden maar wat graag zaken met hem blijven doen. Nieuwe verzamelaars verschenen op het toneel, naast de in leer gehulde Europeanen en Japanners die in kleine groepjes reisden. De Masons gingen op huizenjacht in de Hamptons en in het noordelijk deel van de staat New York, want het kon natuurlijk niet dat de hoofdredacteur van *Second Home* zelf geen tweede huis bezat. Ze vonden een huis naar hun zin in Sag Harbor op het oostelijk deel van Long Island en richtten het in met volkskunst. Naarmate ze meer verdienden breidden ze hun bezittingen uit. Nu ze een tweede huis hadden, hadden ze ook een auto nodig. Ze kochten een Volvo stationcar. Daarna kwamen het tweede servies, de tweede zilvercassette, de tweede stereo en de tweede televisie. Ben verplaatste voortdurend volkskunstobjecten van hun appartement in de stad naar het huis op Long Island en vandaar weer naar de galerie. Het geëikte grapje van hun vrienden was dat alles bij de Masons waar je op zat of waar je naar keek te koop was. Het was een keer gebeurd dat hij een object dat een gast mooi vond had opgepakt en meteen had verkocht. Er waren een paar dingen waar hij geen afscheid van kon nemen: een koperen windvaantje in de vorm van een paard, zijn eerste volkskunstaankoop; en het schilderij van het kleine meisje en de hond, dat hij onlangs had aangekocht en dat Laura en Ben koesterden.

Laura en Ben Mason hadden twee mooie kinderen, een tweede huis, een stationcar, een hond en een succesvol huwelijk met twee carrières. Maar Ben mocht dan tegen een verslaggever hebben gezegd dat het geen 'stom geluk' was dat hij zo'n kostbaar schilderij voor een koopje op de kop had getikt, hij begreep donders goed, net als Laura, dat ze geluk hadden gehad met de manier waarop alles gelopen was: de financiering van het tijdschrift en de vlucht die de galerie had genomen. Ze vroegen zich echter liever niet af waar ze hun geluk aan te danken hadden, maar genoten er gewoon van. Ben verhuisde zijn galerie weer eens, deze keer naar een ruimte aan Madison Avenue ter hoogte van de Nineties. Ze gaven een tuinfeest in een tent achter hun huis in Sag Harbor en verlootten verscheidene dekbedden uit de galerie. De opbrengst van de verloting ging naar CARE. Ze werden genoemd in *Newsday* in een artikel getiteld 'Wie is wie in de Hamptons'.

De moeilijke periode, toen het succes van Ben met zijn handel verre van zeker, en de oprichting van Laura's tijdschrift twijfelachtig was, ebde langzaam weg uit hun gedachten. Hun kinderen leefden zoals 'rijke kinderen' hadden geleefd toen Laura en Ben zelf klein waren. Geen haar op hun hoofd dacht aan de mogelijkheid dat de kinderen op een gegeven moment geen sereen en behaaglijk leven meer zouden leiden en niet van een goede privé-school als Chase naar een goede universiteit zouden gaan. Het stond bij voorbaat al vast dat het hen alleen nog maar beter kon gaan.

In de afgelopen zomervakanties hadden Elizabeth en Josh dagkampen in de stad bezocht, maar veel van Elizabeths klasgenootjes gingen inmiddels naar gerenommeerde zomerkampen buiten de stad. Elizabeth wilde ook naar een zomerkamp en vroeg of ze mee mocht met haar beste vriendin, Sarah Clemens, die op Chase bij haar in de klas zat. Elizabeth was op haar elfde een lang, lenig meisje met wild, loshangend haar. Lichamelijk waren zij en Sarah elkaars tegenpolen: Sarah was een klein, tenger gebouwd meisje met bruin, kortgeknipt haar en een pony.

Sarah ging trouw naar pianoles en Elizabeth ging na schooltijd weleens met haar mee naar huis, waar ze samen popsongs ten gehore brachten. Sarah begeleidde hun samenzang op de piano. De ouders van Sarah, allebei artsen, hadden grote plannen met hun dochter. Ze vonden dat ze haar tijd zou verknoeien als ze niet naar een speciaal muziekkamp ging.

'Weet je wat ik mijn ouders tegen elkaar hoorde zeggen?' vroeg Sarah aan Elizabeth. 'De Aziaten en de Russen krijgen een voorsprong op mij. Als ik niet naar een muziekkamp ga, houd ik ze nooit bij.'

'Moet ik ook piano leren spelen?' vroeg Elizabeth. 'De Aziaten en de Russen krijgen ook een voorsprong op mij.'

Terwijl de ouders met andere ouders belden over de diverse kampen waar ze uit konden kiezen, wonnen de meisjes hun eigen inlichtingen in en besloten dat het kamp gemengd moest zijn en dat ze in geen geval naar een speciaal kamp gingen: geen muziekkamp, zeilkamp, handvaardigheidskamp, tenniskamp, computerkamp, danskamp of kunstkamp.

'We willen niet naar een kamp waar je aan het eind van de zomer doodziek bent van de activiteit waar je je voor hebt opgegeven,' zei Elizabeth tegen haar ouders.

Het Lakeside kamp in de Adirondacks leek een gemengd programma van sport, handvaardigheid, theater en muziek te bieden in een ontspannen en plezierige sfeer, en er werd besloten dat de meisjes daarheen gingen. Ze brachten er een heerlijke zomer door, behalve de tweede dag van het kamp, toen Sarah zich opgelaten voelde doordat haar ouders opeens langskwamen om de piano van het kamp te controleren. De piano kon niet door de beugel, dus huurden ze een Yamaha voor in de recreatiehal, zodat Sarah ook die zomer gewoon kon oefenen.

Elizabeth ging twee middagen per week na schooltijd naar een speciale Hebreeuwse school, waar ze werd voorbereid op haar bar mitzvah. De voorbereiding voor het ritueel duurde een aantal maanden. De voorzanger prees Elizabeth om haar muzikaliteit. Niets leek een prachtige dag in de weg te staan. Maar twee weken voor de ceremonie bracht Josh een griepje mee naar huis en de Masons werden geteisterd door koorts en keelpijn. De koorts van Elizabeth ging over, maar ze zou haar partij nooit helemaal kunnen uitzingen zonder te hoesten. Ben en Laura probeerden een rampenplan op te stellen. De lunch bij Tavern on the Green was al geregeld. Elizabeth was zo'n beetje hersteld en stond erop dat het gewoon door zou gaan.

'Sarah zei dat ik het heel goed zal doen, dat het net zo zal worden als Mimi in *La Bohème*.'

Technisch was op haar uitvoering van het ritueel niets aan te merken. Ze zong de Hebreeuwse teksten heel zacht en een beetje hees. Een deel van de ceremonie bestond eruit dat de ouders een korte, feestelijke speech tot het kind hielden en ze haar prezen om haar moed, net als de rabbi.

'En nu kan iedereen gaan eten,' fluisterde ze tegen Laura en Ben toen de dienst voorbij was.

De zomer dat Elizabeth veertien was en Josh tien, gingen ze beiden naar Camp Lakeside. Sarah sliep weer bij Elizabeth op de kamer.

Laura en Ben kwamen halverwege de zomer langs, op de ouderbe-
zoekdag, en ze volgden de kinderen bij al hun activiteiten.
's Avonds was de kampshow, waarvoor de kinderen een uitvoering hadden ingestudeerd van *Guys and Dolls*. Elizabeth wilde dol-
graag dat ze het zagen en vertelde dat Sarah hen begeleidde.
'Trouwens,' zei ze, stralend dat ze met zo'n verrassing kon komen,
'ík speel erin.'
Elizabeth speelde de rol van Adelaide en toen ze 'Adelaide's Lament' zong, stal ze de show. Elegant en evenwichtig als ze was, met
haar loshangende roodbruine haar, had ze niet alleen een presentatie die haar ouders de adem benam, ze bleek ook een verbazingwekkend goed gevoel voor timing en humor te hebben. Laura en
Ben waren ontroerd en verbouwereerd. Ze hadden zich altijd zeer
bij hun kinderen betrokken gevoeld. Ze hadden elke stap in de
ontwikkeling van hun dochter nauwlettend begeleid en nu was ze
plotseling uitgegroeid tot een eigen, unieke persoonlijkheid – van
de ene dag op de andere, leek het wel, toen ze even niet keken.

2

Laura en Ben liepen alle instituten in New York af waar podium-
kunsten aan kinderen werden onderwezen. Als Elizabeth talent
had, redeneerden ze, dan zouden zij ervoor zorgen dat haar talent
in de juiste banen werd geleid. Vanaf haar vroege jeugd hadden ze
erop toegezien dat ze aan allerlei activiteiten deed die haar tot
bloei konden brengen; nu ze wat ouder begon te worden namen ze
haar mee naar kunstgaleries, het theater en musea. Ze wilden hun
dochter alle kansen op succes bieden die jongens ook hadden.
Haar talent moest ontwikkeld worden. Ze dachten niet alleen aan
haar zelfvertrouwen, maar ze keken ook alvast vooruit naar haar
kansen om op een goede universiteit te worden toegelaten.
Als leerlinge van Chase had ze de kans om naar een uitstekende
universiteit te gaan en een belangrijk iemand te worden. Ze wisten
dat mensen van toelatingscommissies zochten naar gegadigden
met een brede belangstelling. Als Elizabeth naast haar gewone
school een goede toneelopleiding had genoten, zou dat zeker in
haar voordeel werken. Ze verzamelden informatie over alle mogelijkheden in New York en legden het materiaal aan haar voor toen
ze terugkwam van het kamp.
'Je hebt zo'n talent. Je moet er iets mee doen,' zei Laura.
'Ik heb er echt geen zin in. De school is druk genoeg.'
'Het zal een heel goede indruk maken op de universiteit,' zei Ben,
meteen terzake.
'Ik zit in de redactie van de schoolkrant. Dat is ook belangrijk.'
Haar belangrijkste activiteit buiten de gewone vakken om was
haar werk voor de schoolkrant, waarin ze recensies over films en
toneelstukken schreef. Laura en Ben hielden echter vol en haalden
haar over zich eens te oriënteren.
'*Little Women* uitgevoerd te zien worden door kleine vrouwen is
ware schoonheid,' zei de pretentieuze regisseur van een kinder-
theater.

Elizabeth was naar shows op Broadway geweest. Het niveau van de jeugdtheatergroepen kon haar echter niet bekoren. En ze vond de spelers 'te arrogant', 'een stel kinderen met sterallures', rapporteerde ze aan haar ouders en aan Sarah. Tegen de zin van Laura en Ben stond ze erop dat ze het zou laten bij optredens in de toneelstukken op zomerkamp.

De volgende zomer was ze Eliza Doolittle in *My Fair Lady*. Laura en Ben hadden Julie Andrews in levende lijve op het toneel gezien en Audrey Hepburn in de film, maar voor hen was dit de beste *My Fair Lady* aller tijden, zelfs met een vijftienjarige Henry Higgins. Op de terugweg naar New York zei Laura tegen Ben: 'Ze moet er iets mee doen.'
'Het is zonde. Je kunt moeilijk over een uitvoering op een zomerkamp beginnen als je je aanmeldt voor een universiteit.'
'Dat bedoel ik niet alleen. Ze is heel erg goed, Ben.'

Elizabeth ging naar de middelbare school en aan het begin van het jaar bezochten Laura en Ben een ouderavond. Het belangrijkste onderwerp was de toelatingsprocedure voor de universiteit. De spanning in de zaal was tastbaar. Sommige ouders zaten de hele tijd te zuchten, de aanwezige astmatici waren voortdurend met neussprays in de weer, weer anderen zaten uit pure zenuwen net iets te hard te praten. Een paar, de ervaren ouders met oudere kinderen, die dit alles al eerder hadden meegemaakt, keken onverschillig, maar zelfs zij zaten niet helemaal lekker, niet zeker van wat ze voor hun jongste spruiten konden verwachten. De ouders waren één en al oor, bang dat één moment van onoplettendheid er de oorzaak van zou kunnen zijn dat hun kind niet werd toegelaten op een prestigieuze universiteit.

Laura en Ben begonnen weer eens tegen Elizabeth over haar muzikale talent. Ze weigerde nog steeds er iets mee te doen. Ze vertelde hen niet dat ze bezig was met een eigen ideetje. Elizabeth en Sarah namen stiekem bandjes op bij Sarah thuis. Elizabeth zong onder Sarah's begeleiding een aantal liedjes die ze keer op keer oefenden en kritisch beluisterden.
Van de muziekleraar van Sarah hadden ze het adres gekregen van een bekende zangpedagoge. Ze maakten een afspraak. Elizabeth

gaf er de voorkeur aan haar ouders er niet in te kennen. Ze wilde niet dat ze te hoge verwachtingen van haar hadden, en als het een flop werd, wilde ze niet dat ze in haar teleurgesteld zouden worden.

Elizabeth stond stijf van de zenuwen. Zingen op een zomerkamp was nog niet zo'n probleem, maar dit was serieus; de vrouw begeleidde opera- en musicalzangers. Ze heette Olga Bavanne en werkte in haar appartement aan West End Avenue. Ze was een kleine vrouw van in de vijftig met een streng gezicht en priemende ogen, altijd gekleed in een zwarte balletmaillot en uitgedost met uitbundige zilveren oorringen.

'Je hebt je persoonlijke begeleider meegenomen, zie ik,' zei Olga, zichtbaar gecharmeerd door de jeugdige leeftijd van de pianiste.

'Ja, we zijn vriendinnen.'

'Studeer je piano?' vroeg ze aan Sarah.

'Ja, bij Emma Rausch.'

'O? Dat is niet niks. Nou, dames...'

Zoals ze zich hadden voorgenomen, zong Elizabeth een liedje van Lili in de musical *Carnival!* en 'All the Things You Are' van Jerome Kern. Daarna wachtte ze het vonnis af. Als ik mijn adem inhoud, als ik hier alleen maar sta en mijn adem inhoud, dan zal het wel meevallen. Dan is het gauw voorbij, ze gaat me vertellen dat het vreselijk was, dan kan ik naar huis en is dat ook weer achter de rug.

'Elizabeth, er komen mensen bij me van verschillende niveaus. Velen zijn professioneel bezig en sommigen zouden dat willen. Maar al mijn studenten hebben één ding gemeen: ze zijn *dol* op zingen. En dat is wat je je moet afvragen. Ben je dol op zingen?'

'Ja, dat ben ik echt.'

'Nou, je hebt een prachtige stem en veel charme. En ik zou het fijn vinden om je aan te nemen.' Spontane tienermeisjes als ze waren, vielen Elizabeth en Sarah elkaar in de armen. 'Ik neem aan dat je niet haar agent bent,' zei ze tegen Sarah. 'Heb je ouders, of iemand met wie ik het kan bespreken?'

'Mijn ouders.'

'Laat ze mij maar bellen. Vertel ze dat Olga Bavanne jou als leerlinge wil aannemen.'

Toen de meisjes weer buiten stonden, waren ze zo opgewonden, dat ze drie straten hardliepen naar de bushalte.

Laura en Ben waren verrukt over het besluit van Elizabeth om zangles te nemen. *Zang*. Dit was belangrijk voor Elizabeth, culturele vorming, prestige. En beslist een pré voor de toelating tot de universiteit.

Toen Phil en Jane Stern hoorden dat Elizabeth serieus zangles ging nemen, reageerden ze stuurs. Ze vergeleken alles wat ze hoorden over andere kinderen met hun dochter Melanie. Die zat nu in de hoogste klas van de Hargrove School en worstelde zich door de toelatingsexamens van allerlei universiteiten heen. De belangrijkste buitenschoolse activiteit waar ze op kon bogen was hockey. Ze was een gedrongen meisje van nog geen één meter zestig, met een knap gezicht dat gedeeltelijk schuilging achter haar pony en haar donkere brilmontuur.

Gedurende haar hele schooltijd was het bij de Sterns een komen en gaan geweest van bijlesleraren om haar cijfers voor proefwerken en opstellen op te vijzelen. Een pakket privélessen dat had kunnen concurreren met de opvoeding van Alexander de Grote.

'Ik ben maar een middelmatige leerling,' zei Melanie op een avond tegen Elizabeth toen ze samen naar de bioscoop gingen. 'Waarom begrijpen mijn ouders dat niet? Ik wil naar een grote universiteit waar ik me kan verdiepen in een studie Engels, naar feestjes kan gaan, en waar ik een vriend kan vinden om lekker mee naar bed te gaan.'

'Melanie, je bent geweldig.'

'Ja, maar ik ben geen genie.'

Koel en precies werd Elizabeth Mason, bij haar eerste officiële test, beoordeeld op haar verbale en mathematische vaardigheden. Ze scoorde 1220. Laura en Ben hadden met andere ouders gepraat; ze hadden alle boeken in huis gehaald die verschenen waren over de toelatingsprocedures van universiteiten. Met de toegenomen concurrentie van de afgelopen jaren, beschouwden ze 1300 als de vereiste score voor hun dochter. Alleen met geld was zo'n score te bereiken: door privélessen. Ze legden Elizabeth uit, dat andere leerlingen met wie ze wedijverde, sommigen van haar school, privéles kregen, en dat ze zichzelf zou benadelen als ze dat ook niet deed.

'Het is zo'n belachelijk systeem,' zei Elizabeth. 'Denk je dat ze Madonna of Gloria Steinem vragen wat ze voor hun test hebben gescoord?'

Elizabeth begon nu zelf ook volkomen op te gaan in de toelatings-
competitie. Ze stemde erin toe dat er één keer per week een bijlesleraar bij haar thuis kwam. Hij heette Sawyer Brears, een introver-
te jongeman van drieëntwintig, die overdag computerprogram-
meur was en de onderzoekende, intense blik had van iemand die
niet alleen je televisie en je broodrooster kan repareren, maar ook
je cijfers kan ophalen.

Melanie Stern werd toegelaten op Wisconsin en dat was ook de
universiteit van haar keuze. Ze was dolblij, en het lukte de Sterns
zich over de afwijzing van de topuniversiteiten heen te zetten, universiteiten waar ze sowieso nooit naartoe had willen gaan. De
Sterns wapenden zich met informatie over bekende afgestudeerden van Wisconsin, die ze aan mensen lieten zien wanneer ze over
Melanie's keuze vertelden.

Melanie was de eerste persoon die Elizabeth goed kende die aan
seks deed. In de examenklas op de middelbare school, begon Melanie met een voorstopper van het footballteam van de Boston
University, een grijnzende, innemende beer van een vent, die Phil
Stern vriendschappelijk op de rug klopte en dankbaar de maaltijden verorberde die Jane Stern hem voorzette.

'De vraag is,' zei Laura tijdens een dineetje bij de Sterns, 'gaat Melanie met hem naar bed?'

'Ik geloof er niets van,' zei Phil.

'Ik denk het ook niet,' zei Jane Stern. 'Hij is zo'n knuffel. Ik denk
dat ze gewoon maatjes zijn, dat het meer kalverliefde is.'

'We hebben het in bad gedaan, staande in het toilet, onder trappen
en op de vloer in de huiskamer van mijn ouders toen zij naar een
dineetje waren,' vertelde Melanie aan Elizabeth.

'Deed het eerst ook pijn?'

'In het begin wel een beetje. Na verloop van tijd niet meer.'

'Gebruikt hij condooms?'

'In het begin wel, ja. Maar nu ben ik aan de pil. Het is nu intiemer,
vind ik.'

'Zo denk ik er ook over,' zei Elizabeth ernstig.

'Ik vind het belangrijk dat je geen maagd meer bent als je naar de
universiteit gaat,' zei Melanie tegen haar. 'Want dan ben je een

prooi voor vaderlijke klootzakken die daarmee willen scoren en erover willen opscheppen. Dat heb ik namelijk gehoord van mijn neef die op Bucknell studeert.'

'Het klinkt allemaal zo overweldigend – seks, condooms, de pil, de universiteit.'

'Je moet het stapje voor stapje doen,' zei de oudere Melanie.

'Dan moet ik het voorlopig maar uit mijn hoofd zetten,' grapte Elizabeth. 'Ik moet mijn toelatingsexamens halen.'

Elizabeth, die er in haar vroege tienerjaren met haar gespierde lichaam had uitgezien als een Labrador puppy wiens poten te groot zijn voor zijn lijf, had altijd een wat onhandige indruk gemaakt. Op haar zeventiende begon ze zich meer in haar lichaam thuis te voelen. Ze was één meter tweeënzestig, slank, ze had een smal gezicht, hoge jukbeenderen en lange, vlugge benen: op het eerste gezicht zag ze eruit als een balletdanseres. Dit was in tegenspraak met haar gezicht, dat de hardheid miste die door zoveel jonge dansers werd voorgewend. Ze had een vrolijk gezicht vol sproeten en ze lachte graag.

De musical *Oliver!* werd in het voorjaar op Chase uitgevoerd. Elizabeth, jongerejaars, won de vrouwelijke hoofdrol vóór verscheidene ouderejaars, en gaf een sprankelende uitvoering. Ben nam het op de video op en wilde de band gebruiken voor haar toelatingsexamens voor de universiteit.

Nadat Elizabeth een tiental universiteiten had bezocht, had ze een lijst gemaakt van universiteiten waar ze graag toegelaten wilde worden: Amherst, Smith, Wesleyan en Layton College. Layton had onlangs, na een inspectie, nummer één gestaan op de ranglijst van *U.S. News & World Report's*. In een tweede categorie voor wat betreft de moeilijkheidsgraad van de toelating plaatste Elizabeth de universiteiten Oberlin, Vassar en Wisconsin.

Ze zou dolgelukkig geweest zijn als ze op een van de universiteiten van de eerste categorie werd toegelaten en zei dat ze 'tevreden' zou zijn met een van de universiteiten van de tweede categorie. Maar het was duidelijk dat haar ouders het liefst wilden dat ze naar Layton ging, omdat ze die het vaakst noemden in hun gesprekken over universiteiten.

Op haar volgende toelatingstest scoorde ze 1280. De studieadviseur op Chase zei dat dat uitmuntend was en dat die uitslag, in combinatie met haar B+ gemiddelde, hoog genoeg was voor toelating tot de meeste op haar lijst. Haar ouders feliciteerden haar met de sterk verbeterde score. Ze kon echter wel zien dat ze nog niet tevreden waren. Elizabeth mocht dan in het verleden hebben getoond dat ze een zelfstandige geest had – ze weigerde de theatertraining te volgen die haar ouders haar hadden aangeboden en ze had zelf een bekende zanglerares gevonden en werkte ijverig met haar – maar door de dwang om steeds hogere cijfers te halen te accepteren, had ze tevens de bedoelingen van haar ouders geaccepteerd. Ze maakte wiskunde-oefeningen en studeerde vocabulaire op systeemkaartjes. Ze bleef werken met haar bijlesleraar Sawyer Brears. Ze deed haar uiterste best om de magische 1300 score te bereiken. De eerste keus van haar ouders, Layton College, werd ook haar eerste keus. Ze wilde een braaf klein meisje zijn en tegemoetkomen aan de verwachtingen van haar ouders.

In de zomer voorafgaand aan Elizabeths laatste jaar op de middelbare school, kreeg ze een baantje als voorlichter op een dagkamp in New Jersey. In de weekenden was ze bij haar ouders in Sag Harbor. Josh, die nu een gespierde, atletische jongen werd en de stevige kaak van zijn vader had, zat op een baseballkamp en speelde de sterren van de hemel in een serie toernooien. Sarah Clemens was met een studentenensemble voor kamermuziek op tournee door Europa als onderdeel van een cultureel uitwisselingsprogramma, en Elizabeth bracht haar vrije tijd 's avonds en in de weekenden met Melanie Stern door.

Elizabeth wist de belangstelling te trekken van Ned Horwit, een negentienjarige voorlichter op het dagkamp, die op Penn studeerde en wiens ouders een huis in East Hampton hadden. Hij was één meter tachtig, trots en gespierd en hij probeerde haar ervan te overtuigen dat het hormonaal gezien niet gezond was voor haar lichaam om niet met hem naar bed te gaan. Elizabeth en Ned zagen elkaar in de weekenden en bonden dan de strijd aan in een zorgvuldig uitgevoerd ritueel.

Ned drong er bij haar op aan om seksueel een stapje verder te gaan, maar Elizabeth ging niet verder dan intens knuffelen en strelen. Ze was nog niet klaar om haar maagdelijkheid op te geven, althans niet voor Ned.

'Ik geloof niet dat ik eraan toe ben,' vertrouwde ze Melanie toe. 'Ik bedoel dat ik er lichamelijk wel klaar voor ben maar geestelijk niet.'

'Formeel gezien zit je nog niet eens in het laatste jaar, dus dat is niet abnormaal. Maar ik geloof dat het tactisch gezien beter is als je ervan af bent voordat je naar de universiteit gaat,' zei Melanie, onbeschaamd glimlachend.

'Jij loopt altijd zo op de zaken vooruit,' plaagde Elizabeth.

Het najaarssemester was begonnen en Elizabeth ging naar feestjes en had af en toe een afspraakje. Haar seksuele activiteit verschilde niet van de ervaring die ze met Ned Horwit had opgedaan. Ze was uitgekozen om de rol van Guenevere te spelen in de Chase-produktie van *Camelot* en ze gaf weer een schitterende uitvoering. Ben nam ook dat optreden op de video op en monteerde een presentatie van haar hoofdrollen met de bedoeling die bij haar toelatingsexamens voor de universiteit bij te voegen. Op haar volgende en laatste poging op het toelatingsexamen bereikte ze een score van 1310. Ze had het cijfer dat haar ouders zich voor haar ten doel hadden gesteld, overtroffen.

De universitaire obsessie van de Masons raakte een poosje op de achtergrond door de bar mitzvah van Josh. Hij deed goed zijn best en de uitvoering was perfect. Maar na een paar dagen was de gebeurtenis al weer vergeten en domineerde de universiteit hun gesprekken weer.

Sarah ging naar de universiteit van haar keuze; ze was al toegelaten tot Juilliard. Haar voornaamste zorg was of ze door moest gaan met een carrière als soliste of dat ze deel moest gaan uitmaken van een kamermuziekorkest. Sarah verscheen wel eens op een feestje en bracht de mensen van haar ensemble dan mee. Eén van hen, Barney Green, deed Elizabeth denken aan Schroeder van de *Peanuts*-strip, omdat hij er zo leuk uitzag, zo van muziek hield en zo gereserveerd was. Hij was slank, één meter zeventig lang, en had donkere, krachtige ogen. Hij was een begaafd violist en zat op de High School of Performing Arts. In de herfst ging hij naar Yale. Elizabeth probeerde zich voor te stellen hoe het zou zijn om hem te verleiden. Ze zouden met elkaar naar bed gaan. Daarna zou hij uit bed springen om wat op zijn viool te spelen. En zij zou zingen. En dan zou de muziek hun hartstocht niet meer in bedwang kunnen houden en ze zouden weer met elkaar naar bed gaan. Elizabeth betrapte hem erop dat hij op een feestje steeds naar haar keek, en dan wendde hij zijn gezicht af en werd weer Schroeder.

Studenten die op Layton College in muziek wilden afstuderen moesten een auditie doen. Op een vrijdagmiddag in februari reed Ben met Elizabeth en Sarah naar Layton. Sarah had aangeboden haar op de piano te begeleiden. Het was het schitterendste college dat Elizabeth tot nu toe had bezocht, met zijn met klimop begroeide Georgiaanse gebouwen, gesitueerd rondom een meer dat grensde aan een natuurreservaat in Caldwell, New York, bij Albany. De *Pastoral* Symphony zou er perfect bij passen als achtergrondmuziek. Ze gingen naar het gebouw dat de muziekafdeling huisvestte en wachtten in de receptie met nog zes andere kandidaten – vier meisjes en twee jongens – plus de bijbehorende ouders. Elizabeth werd als laatste opgeroepen. De secretaresse zei dat Ben tijdens de auditie in de wachtkamer moest blijven. Elizabeth en Sarah werden doorverwezen naar het podium van een theater. Er stond een piano op het podium en een commissie van drie faculteitsleden zat op de voorste rij, twee vrouwen en een man.
'Gezien het belang en de ernst van de gelegenheid,' zei Elizabeth, 'zou ik graag "Adelaide's Lament" van *Guys and Dolls* voor u zingen.'
Ze bracht het lied humoristisch en levendig ten gehore. De leden van de commissie begonnen, na een lange dag van audities, in hun stoelen te ontspannen en glimlachten.
'We hebben wel tijd voor nog een lied,' riep een vrouw en Elizabeth zong een uitgelaten 'Out of My Dreams' uit *Oklahoma!*

De toelatingsbrief van Layton College arriveerde. Toen de ouders van Elizabeth thuiskwamen uit hun werk, omhelsden ze elkaar en dansten ze op en neer van vreugde. Ben ging weg om een ijstaart te kopen waarop 'Congratulations', stond en Laura en Ben knalden een fles champagne open. Ze hadden hun dochter opgevoed om uit te blinken. Ze hadden haar op een goede privéschool geplaatst. Ze hadden welwillend haar zanglessen betaald. Ze hadden een bijlesleraar ingehuurd toen dat nodig bleek. Ze hadden haar aangemoedigd en gesteund. Nu ging ze naar een universiteit die ver uitsteeg boven de universiteiten die zij zelf hadden geambieerd toen ze zo oud waren als Elizabeth. Hun oudste kind symboliseerde hun dromen om hogerop te komen, om niet langer kinderen van Brooklyn en de Bronx te zijn. En ze had aan hun verwachtingen voldaan.

Toen het semester was afgelopen, werd een hele serie feestjes gegeven door iedereen die geslaagd was. Sarah nam Barney Green mee naar één van deze feestjes en hij en Elizabeth dansten samen. Aan het eind van de avond vroeg Barney haar of ze zin had om zaterdagmiddag met hem naar het Metropolitan Museum of Art te gaan, een betrouwbaar afspraakje. Ze dwaalden door de expositieruimtes en zaten na afloop op het grasveld achter het museum.
'Wat ga je deze zomer doen?' vroeg hij.
'Ik ga weer voorlichten.'
'Wij gaan weer naar Europa.'
'Daar heeft Sarah me niks van verteld.'
'Ze weet het ook niet. Mijn vader kwam er vanochtend achter via iemand die hij kent. We zijn weer uitgekozen voor een rondreis.'
'Echt waar?'
'Ik zal je missen. Ik bedoel, ik had dat eigenlijk niet moeten zeggen, omdat we geen vriend en vriendin in de ware zin van het woord zijn. Maar ik heb vaak geprobeerd me voor te stellen hoe het zou zijn om zoals nu alleen met jou te zijn en nu *zijn* we alleen en deze zomer zouden we vaker alleen kunnen zijn, maar dat gebeurt niet. Het doet er allemaal niet toe,' besloot hij verlegen.
'Ik begrijp precies wat je bedoelt.'
'Als ik m'n viool bij me had zou ik het duidelijker kunnen zeggen.'
'Dat is een van mijn fantasieën! Jij speelt een van de grote romantische concerto's alleen voor mij.'
'Wanneer je maar wilt,' zei hij. 'Maar in plaats daarvan zou ik je ook kunnen kussen.'
Ze kusten elkaar en ze legde haar hoofd op zijn schouder en toen zijn verlegenheid over was kuste hij haar opnieuw en ze gingen naast elkaar op het gras liggen en begonnen weer te kussen.
'Dit is heel romantisch, zelfs zonder de viool,' zei ze.
'Ik vind je heel erg leuk, weet je dat wel? Ik bedoel te zeggen dat ik je altijd al leuk heb gevonden. Ik kan bijna niet geloven dat ik dit zeg. Ik kan niet geloven dat ik hier ben. Ik kan je gewoon kussen en jij vindt het goed.'

'En omgekeerd,' zei ze.

Elizabeth en Barney kregen 'verkering,' wat tot uitdrukking kwam in een paar officiële afspraakjes en het bij elkaar in de buurt zijn op feestjes. Ze werkte aan een scriptie over de vrouwenbeweging. Het onmiddellijke resultaat hiervan was dat ze erop stond om voor zichzelf te betalen. Sarah wist dat ze verkering hadden, maar dat was niet algemeen bekend. Dus toen Laura en Ben Elizabeth vertelden dat ze het weekend naar hun huis op het platteland gingen, zochten ze er niets achter toen Elizabeth hun vertelde dat ze in de stad wilde blijven en aan haar werkstuk wilde werken. Ze hield haar woord en werkte de hele zaterdag aan haar scriptie. Barney kwam op zaterdagavond langs.

Hij bracht een video mee die hij samen met haar wilde bekijken, *From Mao to Mozart*, met Isaac Stern. Ze bekeken hem, knuffelden wat en toen het afgelopen was begonnen ze elkaar te kussen. Langzaam, zijn handen trilden, begon hij haar uit te kleden, en zij hielp hem daarbij. Hij deed zijn kleren uit en ze lagen op de vloer, ze bewogen onervaren maar gretig. Het duurde een poosje voordat ze de juiste positie hadden gevonden. Ook had hij even tijd nodig om een condoom om te doen en haar te vinden en toen was hij bij haar binnen. Het deed meer pijn dan ze verwacht had, en er kwam wat bloed, maar ze hadden zich voorgenomen om het zo goed mogelijk te doen en ze probeerden het opnieuw en toen ging het veel beter. Na afloop lag ze in zijn armen, blij dat haar eerste keer niet met zo'n eigenwijs iemand als Ned Horwit was, maar met Barney.

Het lukte hun gedurende de paar volgende weken nog enkele malen alleen te zijn, en wat de uitvoering betreft, gingen ze goed vooruit.

'Heb je *verkering* met Barney?' vroeg Laura, toen zijn naam steeds vaker naar voren kwam in de gesprekken van haar dochter.

'Min of meer. Hij gaat deze zomer naar Europa en daarna in de herfst naar de universiteit. Ik ga ook naar de universiteit. Het is maar voor even.'

'Zul je wel voorzichtig zijn?'

'Ja hoor.'

'Als het zo ver is, dan zijn er bepaalde... voorzorgsmaatregelen. Wat je moet doen om AIDS te voorkomen en om niet ongewenst

zwanger te worden. De film over condooms die ze op school hebben laten zien – dat was een goed advies.'
'Maak je maar geen zorgen, mam, we weten wel wat we doen.' En tegen zichzelf voegde ze eraan toe: Althans *op dit moment*.

Het schoolbal werd gehouden in het gymnastieklokaal van Chase. Het was versierd met ballonnen en crèpepapier. Een discjockey verzorgde de muziek. Elizabeth vroeg Barney om met haar mee te gaan. Ze dansten weinig en zaten zo'n beetje de hele avond hand in hand. De gebeurtenissen volgden elkaar in snel tempo op: de afsluiting van hun middelbare-schoolperiode, het vertrek van Barney naar Europa enkele dagen daarna. Hij zou maar even in New York terug zijn, voordat hij naar de universiteit vertrok. Ook Elizabeth zou naar de universiteit vertrekken. Andere, hogere prioriteiten eisten hun aandacht.
De discjockey draaide het laatste plaatje, 'Good Night' van de Beatles.
'We zien elkaar zodra ik terug ben,' zei hij.
'Ik zal je trouw blijven,' zei Elizabeth.
'En ik jou,' zei hij hartstochtelijk.

Elizabeth werkte in de zomer op het dagkamp van New Jersey, Melanie was verkoopster in een tenniswinkel en ze ontmoetten elkaar een paar keer per week om te eten of om naar de film te gaan. Op een avond, toen ze op East Side in een café zaten, vroeg Melanie: 'Goed, zou je meteen naar bed gaan met een knappe jongen die je in een bar als deze had ontmoet?'
'Bij het eerste afspraakje?' vroeg Elizabeth.
'Het is niet eens een eerste afspraakje. Je bent er toevallig tegenaan gelopen.'
'Dat betwijfel ik.'
'Nou, ik zou het wel kunnen, maar ik zou het niet doen. Goed, volgende vraag. Zou je naar bed gaan met een knappe jongen op het eerste afspraakje?'
'Nee. Veel te vlug.'
'Het tweede afspraakje.'
'Nog steeds te vlug.'
'Wanneer dan?'
'Ik weet het niet.'

'Liz, je moet een werkgetal in je hoofd hebben.'
'Moet elk meisje er dan op voorbereid zijn met condooms in haar tasje en een werkgetal in haar hoofd?'
'Absoluut.'
'Ik dacht altijd dat als ik verkering had ik aan de pil zou gaan. Maar ik heb geen werkgetal voor afspraakjes.'
'Nou, noem er dan één.'
Elizabeth dacht even na.
'Twaalf. Twaalf afspraakjes,' zei ze tegen Melanie.
'Je bent wel een taaie.'
'Tien. We maken er tien van. Moet je nou eens kijken – zo makkelijk laat ik me omturnen.'

Twee mannelijke voorlichters hadden om haar heen gefladderd, maar ze waren, zoals ze hen aan Melanie beschreef, 'onnozel en arrogant'.
'Dat zijn de meeste gozers,' zei Melanie. 'Als je ze daarom al afwijst, krijg je nooit een vriend.'
Ze ontmoette niemand met wie ze wel wat zou willen hebben en ze was er niet rouwig om. Ze zou bij Barney zijn zodra hij thuiskwam, en daarna zou ze al gauw naar de universiteit gaan. Op Layton waren hopelijk mannen met karakter. Daarover droomde ze deze zomermaanden.
Sarah schreef dat ze verliefd was geworden op een pianist van een tieerensemble uit Boston. 'We zijn met elkaar naar bed geweest. Ja, ik. Op de muziek van Mahler.'
In augustus schreef Barney haar een brief waarin hij zei dat ze altijd een bijzonder plekje in zijn hart zou innemen, maar dat hij op dit moment verkering had met Monica Frees, die ook in het ensemble uit Boston speelde. Elizabeth huilde, verbaasd dat ze zich zo afgewezen kon voelen.

Het vakantiebaantje van Elizabeth zat erop; Josh was terug van het kamp. Laura en Ben hadden het zo geregeld dat ze een paar weken in hun huis in Sag Harbor konden doorbrengen. De ouders probeerden de periode terug te halen dat hun kinderen nog klein waren en ze samen gingen vliegeren en fietsen. Ze bouwden een prachtig zandkasteel op het strand. Toen ze de volgende dag terugkwamen was het kasteel verdwenen. Het was niet in staat geweest het getij te weerstaan, net zomin als Laura en Ben in staat waren de tijd terug te draaien in een poging hun dochter nog een poosje bij zich te houden. Een week voordat Elizabeth zou vertrekken, keerden ze terug naar New York; zij en Laura gingen kleren kopen om haar garderobe voor haar vertrek aan te vullen. Ben, die zich buitengesloten voelde, zocht iets dat *hij* met Elizabeth kon doen, en ging samen met haar een kofferset kopen. Ben rekte wat tijd door een aantal koffersets in verschillende winkels te vergelijken. Uiteindelijk maakten ze een keuze.

'Ik ben blij dat we grondig te werk zijn gegaan,' zei Ben, tevreden dat hij haar ook had geholpen, 'want je moet natuurlijk niet met de verkeerde kofferset aankomen.'

Elizabeth ging de kamer van Josh binnen waar hij allerlei honkbalblaadjes zat te lezen. Hij was net bezig uit te zoeken hoe hij de achtenveertig dollar die hij had gespaard, het beste kon besteden. De spanning in het gezin vanwege het vertrek van Elizabeth leek hem onberoerd te laten. Zijn belangstelling ging voornamelijk uit naar slaggemiddelden en naar potentiële beroemdheden die in het House of Fame herdacht zouden worden.

'Hallo, sportman.'

'Wat denk je, Liz – zou ik op een beginnerskaart van Tony Gwynn kunnen gaan als ik er een kan bemachtigen?' grapte hij.

'Tony Gwynn?'

'Hij is zo'n dreëndertig qua leeftijd, dan weet je dat voor het geval iemand je dat vraagt op de universiteit.'

'Mocht zoiets aan de orde komen dan zou ik het prettig vinden als ik je kan bellen,' zei ze en woelde door zijn haar. 'Vind je dat goed?'

'Tuurlijk.'

'Zul je goed op Queenie passen als ik weg ben?'

'Ik weet zeker dat ze je zal missen. En ik durf te wedden dat ze je 's avonds gaat zoeken.'

'Ik heb een hoop rotzooi in mijn kamer opgeruimd. Er zijn nu een paar planken leeg in mijn boekenkast, die mag je gebruiken voor je honkbalkrantjes.'

'Echt waar?'

'Alleen de planken, jochie. Als ik thuiskom wil ik geen honkbalposters op mijn muren aantreffen.'

'Bedankt!'
Ze keken elkaar aan en overpeinsden de volgende episode in hun leven als broer en zus.
'Het zal hier wel erg stil worden zonder jou,' zei hij.

Sarah kwam terug uit Europa en Elizabeth ging naar haar appartement, waar ze hun ervaringen van deze zomer uitwisselden.
'We worden universiteitsvrouwen. We zijn geen maagd meer. Zelfs ik niet,' zei Sarah.
'Universiteitsvrouwen. En geen maagd meer. Onvoorstelbaar.'
'Alles bij elkaar genomen ben ik blij dat ik naar Juilliard ga. Maar ik benijd je dat je weggaat.'
'Ik heb je deze zomer gemist. En ik zal je weer missen.'
'We blijven altijd vriendinnen, hè?'
'Natuurlijk. Wat dacht je anders?'
'Mijn moeder vertelde me dat ze haar vriendin van de middelbare school nooit meer ziet. En mijn vader heeft precies hetzelfde meegemaakt.'
'Wij zijn hun niet,' zei Elizabeth.
Ze waren een poosje stil van de op handen zijnde scheiding.
'Liz, succes op de universiteit.'
'Jij ook succes gewenst. Maar jij hebt zoveel talent, jij hebt geen succeswensen nodig.'
'Je was misschien even de Aziaten en de Russen vergeten?'
'Ik hou van je, Sarah.'
'Ik van jou, Liz.'
Ze omhelsden elkaar, maar op deze manier konden ze niet helemaal uitdrukken wat ze voor elkaar voelden. Ze liepen naar de piano, waar Sarah Elizabeth begeleidde bij 'No One Is Alone' uit *Into the Woods*, en dat was een bevredigender afscheid.

3

De afscheidsspeeches. Op de avond voorafgaand aan het vertrek van hun kinderen naar de universiteit was het de gewoonte dat de ouders naar de kamers van hun kinderen gingen en probeerden een paar laatste, inspirerende woorden te spreken. Vergeleken met de picknicks op de Fourth of July was dit ritueel minstens even typisch Amerikaans, al werd er wel veel minder aandacht aan besteed.

Ben ging eerst. Toen hij de kamer van Elizabeth binnen ging was het licht al uit. Hij ging op zijn knieën naast haar bed zitten.

'Het is zo ver, lieveling. Ik heb steeds het gevoel dat ik je iets heb vergeten te vertellen en dat als ik het me weer zou herinneren, het allemaal in orde zou zijn. Het is alsof ik op de kade sta en de boot bezig is te vertrekken en ik uit wil roepen: 'Wacht! Vergeet niet –' Maar ik zou niet weten wat ik je zou moeten vertellen. Ik geloof dat ik alles al gezegd heb. Ik kan alleen nog maar zeggen, dat ik heel veel van je houd. Ik ben zo trots op je. Je bent beter dan ik of mama of je grootouders. En je verrijkt iedere dag van mijn leven door er te zijn.'

'Dank je, pap, voor alles.'

Ze omhelsden elkaar en hij liep de kamer uit en wenkte Laura die in hun slaapkamer zat te wachten om naar binnen te gaan.

Laura ging op de rand van het bed zitten en streelde het haar van haar dochter.

'Het is allemaal zo snel gegaan. Ik heb het gevoel dat ik een verkeerde berekening heb gemaakt. Je kunt geen kleine meisjes naar Layton laten gaan. Ze is nog maar tien. Maar het is zo ver. Je bent klaar om te vertrekken en ik weet zeker dat je heel goed zult zijn. Je bent pienter, je hebt talent en je bent mooi en mijn allerliefste wens is dat je zo door blijft gaan als je tot nu toe hebt gedaan, omdat je al zoveel hebt bereikt. Als je van iemand gaat houden, houd dan heel veel van die persoon, maar verlies jezelf niet in hem. Onthoud dat je heel bijzonder bent. Ik hoop dat je heel veel plezier zult hebben. Ik zal er altijd voor je zijn. Ik ben heel trots op je en ik houd boven alles van je.'

Ze kusten elkaar, Laura keek nog even om zich heen in de donkere kamer en sloot de deur. Elizabeth lag nog uren wakker, benieuwd naar wat er allemaal ging gebeuren. In de kamer naast de hare werden haar ouders uit de slaap gehouden door herinneringen uit het verleden. Ze vroegen zich af of ze als ouders op de een of andere manier in gebreke waren gebleven. Of dat ze ooit iets hadden gedaan wat ze beter achterwege hadden kunnen laten. Uiteindelijk kwamen ze beiden tot de slotsom, dat ze hun best hadden gedaan. Allen vielen in slaap en droomden van elkaar.

De volgende ochtend stond in het teken van de logistiek: hoe kregen ze de spullen van Elizabeth ingepakt en in de stationcar. Josh ging die middag naar een show in het Hilton en ging daarom niet mee. Hij en Elizabeth namen na het ontbijt afscheid van elkaar. Zijn plekje in de auto werd ingenomen door een kartonnen doos waarin een woordenboek, een thesaurus en geluidscassettes zaten. Ben reed en moest op de zijspiegels vertrouwen, aangezien het uitzicht via de achteruitkijkspiegel belemmerd werd. De bagageruimte zat tot de nok toe vol met Elizabeths kleren, computer, printer, tv-toestel en stereo-installatie. Ze zagen eruit als moderne migranten.

Toen ze drie straten verder waren, riep Laura in paniek: 'We hebben de thermometer vergeten.'

'Schatje, ze kan er op de universiteit wel een kopen. Daar is een drogisterij,' zei Ben.

'Maar wat moet ze doen als ze koorts krijgt en ze heeft geen thermometer en dat alleen omdat we hier niet konden stoppen?'

'Ik regel dat wel,' zei Elizabeth tegen haar moeder. 'Ik moet nu toch voor mezelf zorgen?'

'Er gaat een nieuw soort virus rond,' zei Laura. 'Ik heb er ergens over gelezen. De symptomen zijn een zere keel en hoge koorts. 't Is heel gevaarlijk.'

'Oké, we stoppen hier,' zei Ben.

Laura ging een drogisterij binnen en kwam terug met een thermometer. Ze deed hem in Elizabeths toilettas en was opgelucht dat het was geregeld.

Elizabeth had informatiemateriaal van de universiteit ontvangen waarin de studenten werd geadviseerd vroeg in de middag te arriveren om alvast hun kamer op orde te brengen. Voor de ouders van de eerstejaars was om vijf uur 's middags een receptie gepland. Om half acht was er voor de eerstejaars een kennismakingsbijeenkomst in het grote theater.

De Masons arriveerden om een uur of twee op de campus en hadden Elizabeths studentenhuis gauw gevonden: het Brewster House, een met klimop begroeid, roodbakstenen gebouw van drie verdiepingen. Het huis was gemengd. Op weg naar Elizabeths kamer, op de tweede verdieping, passeerden de Masons een zitkamer met een open haard, luie stoelen en een tv-toestel. Jonge mannen en vrouwen, die zich al hadden geïnstalleerd, waren daar neergestreken en zaten ongedwongen met elkaar te babbelen.

De Masons spoorden de kamer van Elizabeth op: de muren waren geel geverfd en het plafond wit; een erker keek uit over een binnenplaats die werd gevormd door andere studentenhuizen. De eenpersoonsbedden waren tegenover elkaar tegen de muur opgesteld en naast elk bed stond een bureau plus bijbehorende stoel. Toen ze de kamer binnenkwamen zat Elizabeths kamergenoot in een stoel een brochure van Layton te lezen. Ze was een heel lang en slank meisje met een melkwitte huid en lang blond haar. Ze droeg een spijkerbroek en een sweater.

'Ik ben Liz Mason.'

'Holly Robertson.'

Ze schudden elkaar de hand. Elizabeth gebaarde naar haar ouders.

'Dit is mijn vader, Ben Mason; mijn moeder, Laura Mason.'

'Aangenaam. Ik was hier al vroeg met mijn ouders. Ze zijn net vertrokken. Ik wilde me nog niets toeëigenen voordat jij zou komen,' zei ze tegen Elizabeth. Holly's bagage stond nog onuitgepakt in het midden van de kamer.

'Dat is erg aardig van je. Zal ik dat bed dan maar nemen?' vroeg Elizabeth.

'Prima, hoor. Dan neem ik deze kant van de kamer.'

'Waar kom je vandaan, Holly?' vroeg Laura.

'Uit Westport. En jullie?'

'Manhattan,' antwoordde Laura.

'Ben je zenuwachtig? vroeg Elizabeth aan Holly.

'Eigenlijk wel, ja.'
'Ik ook.'
Laura en Ben hielpen Elizabeth haar spullen uit de auto te halen. Als vanzelfsprekend hielpen ze Elizabeth ook met uitpakken en inrichten. Ze zagen echter dat Holly zich alleen redde en merkten dat Elizabeth zich opgelaten voelde door hun aanwezigheid.
'Laten we buiten wachten,' zei Laura.
'Ik wil eerst de stereo even installeren,' zei Ben.
'Nee, we wachten buiten.'
Elizabeth ging uitpakken en Laura en Ben wandelden over het terrein. Layton zag er schitterend uit. Het had licht geregend. De lucht rook zoet en zuiver. Op het grasveld, midden op de campus, waren een paar jongens aan het frisbeeën. Elizabeth kwam een tijdje later naar buiten en samen maakten ze een wandeling en keken toe hoe de andere studenten hun eigendommen naar hun kamers brachten. De ouderen maakten grapjes met elkaar; sommigen vormden een paartje en wandelden hand in hand. Eén stelletje was alles en iedereen om hen heen vergeten. Ze stonden tegen een muur geleund en kusten elkaar. Elizabeth stond even naar hen te staren. Zal dat mij ook overkomen?

The Insider's Guide to the Colleges beschreef Layton in termen van: 'Uitgesproken academisch, eeuwenoude traditie en een idyllische omgeving. Het wordt ook wel Williams II genoemd. Zo moeilijk als het tegenwoordig is om op Williams te komen, zo geliefd is Layton vanwege zijn grootte (niet te groot, niet te klein) en zijn uitmuntende verhouding tussen faculteit en student. Layton heeft terecht een goede reputatie. Afgestudeerden van Layton nemen een hoge positie in op de sociaal-economisch ladder. Laat u zich niet van de wijs brengen door de muzikale types en de informele kleding.'
Er waren achthonderd eerstejaars en meer dan duizend ouders op de receptie, die werd gehouden op het grasveld voor het administratiegebouw. Het leek alsof de volwassenen via de computer waren geselecteerd: zo'n vijfentwintig procent was Afro-Amerikaans, Spaans of Aziatisch; zo'n vijfentwintig procent was wel blank maar niet protestant (Italianen, joden en Grieken); en zo'n vijftig procent was welgesteld, protestants en blank. De helft van deze vijftig procent zag er weer uit alsof ze rechtstreeks van een

cocktail party op de golfclub kwamen, met hun blazers en golf-shirts, en hun zelfstrijkende toiletjes.

'Jij behoort beslist tot een minderheid hier,' zei Laura tegen Ben.

'Waar doel je op?'

'Op al die golfers.'

Ze stonden naast de punchkom en spraken met niemand. Een man en een vrouw kwamen hun richting uit. De vader was een kleine, gespierde man met donker krullend haar. De moeder had lang zwart haar en droeg een nonchalant zittende zwarte katoenen jurk met leren sandalen, de enige sandalen op het terrein.

'Jerry Epstein,' zei hij en stak zijn hand uit. 'En dit is mijn vrouw, Hedy.'

'Ben en Laura Mason,' zei Ben en ze schudden elkaar de hand.

'Wat is het hier prachtig, hè? We kunnen het bijna niet geloven dat ons kind naar een universiteit als deze gaat. Al je dromen gaan in vervulling, nietwaar?'

'Ja, het is heel erg mooi hier,' antwoordde Laura.

'We komen uit de Bronx. We wonen nu in New Rochelle. Dat was al een hele stap vooruit. Maar dit is helemaal geweldig. Ik heb op City gestudeerd en Hedy op Hunter. En nu hebben we een zoon op Layton.'

'Ik heb op Brooklyn gezeten. Ben heeft aan de Cooper Union gestudeerd.'

'O, de Cooper Union was in de ogen van mijn ouders nogal bohème,' zei Hedy Epstein opgewekt.

'Dat vonden mijn ouders ook,' zei Ben.

'Welk kind is van u?' vroeg Hedy Epstein.

'Elizabeth Mason.'

'Op welke middelbare school heeft ze gezeten?'

'Chase.'

'Seth heeft op Bronx Science gezeten,' zei Hedy Epstein. 'Ik hoop dat hij het hier naar z'n zin zal hebben. Hij is niet bepaald makkelijk in de omgang.'

'Hij is een computer-freak,' zei Jerry Epstein. 'Hij ontwerpt zelf computerspelletjes. Bedrijven kopen die van hem.'

'Dat is knap,' zei Laura.

'Ik heb er zelf geen sikkepit verstand van,' zei Jerry Epstein. 'Ik heb een tapijtenzaak en we werken met een computer, maar ik weet er geen jota van. Maar hij kan uren achtereen achter de com-

41

puter zitten.'

'Je bent onwillekeurig bang dat hij te veel op zichzelf blijft hier,' zei zijn vrouw.

'Er is hier anders van alles te doen,' probeerde Ben hen gerust te stellen.

'Maar dan nog maak je je zorgen. En dan is er nog iets,' zei Hedy.

'Wat dan?' vroeg Ben.

'We zijn joods.'

'Dat zijn wij ook,' zei Ben.

'Ik had al zo'n idee,' zei Hedy. 'Nou, dan zult u het wel begrijpen. Dit is altijd een protestantse school geweest in de tijd dat ze nog broederschappen hadden. Zullen onze kinderen hier welkom zijn?'

'Daar heb ik nooit iets over gehoord,' zei Ben.

'Ik ook niet. Maar ik krijg wel het gevoel hier een buitenstaander te zijn,' legde Hedy uit.

'Nu u het zegt, ik ook,' zei Ben en hij keek met andere ogen om zich heen.

Een poosje later werden ze naar Layton Hall gedirigeerd, een amfitheater met een glazen koepel, dat een collegezaal was toen de universiteit in 1780 was gesticht. De rector, dr. Hudson Baker, die diplomaat in Latijns-Amerika was geweest onder Nixon, stond op om de ouders toe te spreken. Hij was een lange, magere man van begin zestig met een glanzend kaal hoofd. Hij was goedlachs en hij sprak met een zachte, zangerige stem. Hij heette de ouders welkom, verhaalde uitvoerig over de geschiedenis van de universiteit en beloofde plechtig dat Layton zijn normen en deugden zou hooghouden.

'Uw kinderen', zei hij tenslotte, 'zullen hun plaats innemen naast diegenen die hen zijn voorgegaan in de lange – tweehonderd jaar lange – geschiedenis van intellectuele en spirituele uitmuntendheid aan Layton College.'

'Hij heeft me wel geraakt met zijn slotwoorden,' zei Laura tegen Ben toen ze de zaal verlieten.

'Inderdaad. Deze universiteit kent een rijke geschiedenis.'

Het publiek liep terug naar buiten door een gang die volhing met portretten van oud-rectoren. Er lagen dikke tapijten en er hingen zware fluwelen draperieën, waardoor men vanzelf ging fluisteren.

Laura en Ben, stadskinderen die ze waren, liepen hand in hand met de stroom mee en voelden een zekere mate van ontzag.

Ze boden Elizabeths kamergenoot aan om met hen te gaan eten, maar ze sloeg hun aanbod af omdat ze nog wat karweitjes wilde afmaken. Dus gingen ze met z'n drieën naar een Italiaans restaurant in de buurt van de campus. Het werd een moeizame ervaring: de bediening was langzaam en Elizabeth vond het wel prettig om bij hen te zijn, maar ook weer niet helemaal. Ze waren nu demissionaire ouders. Zo gauw ze weg waren, zou ze echt alleen zijn, wat opwindend was, maar ook weer niet.

Ze liepen terug naar haar studentenhuis en Elizabeth probeerde alles in zich op te nemen, de studenten, de gebouwen. Nog een paar minuten en dan zou ze hier alleen ronddwalen. Zal ik me thuisvoelen? Ben ik intelligent genoeg? Mooi genoeg? Ben ik te sullig? Te vroegrijp? Zijn mijn borsten te klein? Heb ik wel genoeg talent? Stel je voor dat het snobs zijn? Of dat ik ziek word? Ik ben al bijna ziek van heimwee.

Ben ontdekte in de kamer van Elizabeth in een hoek een lege schoonmaakkast.

'Is hier een schoonmaakdienst?' vroeg Ben.

'Nee.'

'Hoe wordt het hier dan schoongehouden als er geen schoonmaakspullen zijn?'

'We kopen wel wat,' antwoordde Elizabeth.

'Dat kunnen we beter meteen doen,' zei hij.

'Nu?' vroeg Elizabeth.

'We kwamen langs een winkel vlak bij de ingang. Daar verkopen ze wel schoonmaakspullen.'

'Pap, die haal ik zelf wel. Dat is nu iets wat je zelf doet – je koopt wat je nodig hebt.'

'De eerste week heb je zoveel te doen, dat je het misschien vergeet. Als je de boel niet regelmatig schoonhoudt dan vormen zich stofbollen. En als je die inademt dan kun je ziek worden.'

'Pap, je had mevrouw O'Reilly mee moeten nemen.'

'In een paar minuten is het gepiept. Het was aan het begin van de weg.'

'Ze kan er zelf wel voor zorgen,' zei Laura.

'Ik ga niet weg voordat ze de benodigde schoonmaakmiddelen

heeft!'
Ze lachten hem uit. Hij kocht de schoonmaakspullen en Elizabeth
borg alles op in de schoonmaakkast. Laura had een crisis gehad
vanwege de thermometer, Ben vanwege de schoonmaakmiddelen.
Nu viel er niets meer te doen, geen klusjes meer en geen crises.
'Dag, lieveling,' zei Laura.
'Je hoeft je nergens zorgen over te maken,' zei Ben. En hij voegde
er glimlachend aan toe: 'En bovendien zijn we er morgenochtend
weer.'
'Ik hou van jullie,' zei Elizabeth. 'Wat moet ik verder nog zeggen?
Niemand kan aan jullie tippen.'

De voorlichtingsbijeenkomst voor de eerstejaars in Layton Hall
werd geopend met een welkomstspeech van de rector. Net als voor
de ouders, bracht hij de geschiedenis en de traditie voor de studenten in herinnering. De rector werd gevolgd door de decaan van het
eerste studiejaar. Hij hield een geanimeerde toespraak over de
studentenactiviteiten. De decaan wist het zo enthousiast te brengen, dat alle aanwezigen er door opgepept raakten. De kersverse
studenten gingen de eerste avond met een positief gevoel over hun
nieuwe opleiding terug naar hun kamers. Elizabeth was buitengewoon enthousiast en ze was vastbesloten om mee te doen aan de
musicalauditie, en als dat niets zou worden, dan kon ze voor de
universiteitskrant gaan schrijven, of op atletiek gaan, of volleybal
gaan spelen, of misschien ging ze dat wel allemaal tegelijk doen.
'Waar ga jij je voor opgeven?' vroeg ze aan Holly, eenmaal terug
op hun kamer.
'Basketbal. Dat wordt namelijk van me verwacht. Ik heb in het
schoolteam van de middelbare school gespeeld. Maar ik heb er een
beetje genoeg van. De aandacht wordt altijd zo op mijn lengte ge-
vestigd.'
'Heb je ooit op dansles gezeten? Ik durf te wedden dat je goed kunt
dansen.'
'Denk je dat echt?'
'Je bent atletisch. Dansers zijn atleten.'
'Dat is misschien wel een idee.'
'Ik heb zin om me voor alles aan te melden,' zei Elizabeth.
'Ik ken mensen die hier alleen voor hun plezier komen en afstude-
ren in drank en seks.'

'O.'

Elizabeth wilde meteen gaan slapen. Het was een lange dag geweest en drinken en seks waren niet de activiteiten waarin zij onmiddellijk wilde uitblinken.

Vlak voordat ze uit New York was vertrokken had ze besloten haar oude teddybeer mee te nemen. Elizabeth pakte de beer uit een la en zette hem op een boekenplank boven haar bureau. Toen Holly dat zag haalde ze uit een la een knuffeltijger en zette hem in de vensterbank bij haar bed. Het deed Elizabeth denken aan een fragment in een van haar plaatjesboeken die ze had toen ze nog klein was, *Ira Sleeps Over*. Een kind gaat uit logeren bij een vriendje en ondanks het risico uitgelachen te worden, neemt hij zijn teddybeer mee en ontdekt dan dat zijn vriendje ook met zijn beer slaapt. De twee kamergenotes vielen in slaap onder het wakend oog van hun knuffels.

De eetzalen waren open en vormden de eerste test voor nieuwe studenten. Zouden ze gemakkelijk vrienden maken, zodat ze niet alleen hoefden te eten? Eerstejaars aten niet automatisch met hun kamergenoten, aangezien ze naar verschillende voorlichtingsbijeenkomsten gingen op verschillende tijden. Tegenover de kamer van Elizabeth en Holly woonden twee meisjes die zich snel aanpasten aan het campusleven. Shannon Harnett kwam uit Denver en was een opvallend magere brunette die haar lange haar aan één kant van haar gezicht droeg. Allison Dobbins, uit Philadelphia, was een klein meisje met een flink gemoed. Ze droeg haar blonde haar in staartjes die op en neer dansten als ze liep. In de eetzaal kwamen de jongens op hen af als bijen op de honing. De twee meisjes flirtten met hen om hen dan weer te negeren, een spelletje dat ze blijkbaar wel vaker hadden gespeeld. Aangezien Elizabeth aan de andere kant van de gang woonde en de meisjes al een beetje kende, was ze bij hen aan tafel gaan zitten. Shannon en Allison deden niets om Elizabeth erbij te betrekken en stelden haar nauwelijks aan iemand voor. Maar ze negeerden haar niet totaal en Elizabeth vond dit altijd nog beter dan alleen te moeten eten.

Op de avond van de eerste dag zaten Elizabeth en Holly in hun kamer foldermateriaal in te kijken dat ze tijdens de voorlichtingsbijeenkomsten hadden verzameld. Een jongeman klopte aan en stak zijn hoofd om de deur. Hij was nogal klein mct wild krullend donker haar. Hij droeg een grote bril, een t-shirt dat onder de tomatenketchup zat, een versleten bermuda, zwarte sokken en leren schoenen.

'Elizabeth Mason?' vroeg hij.

'Ja?'

'Ik ben Seth Epstein. Mijn ouders hebben jouw ouders op de ouderbijeenkomst ontmoet. Mijn moeder zei dat je ouders aardig waren en dat jij dat waarschijnlijk ook bent.'

'Ja?'

Hij vond het moeilijk om verder te spreken.

'Heb je zin om met mij naar de barbecue te gaan? Ik kan je komen ophalen,' zei hij vlug.

'Je wilt een afspraakje maken voor de kennismakingsbarbecue? De bedoeling is, als ik het goed begrepen heb, dat iederéén elkaar een beetje leert kennen.'

'Ja, maar als dat niet gebeurt?'

'Wat niet?'

'Dat iederéén elkaar leert kennen.'

'Seth, ik zie je daar wel. Laten we het spontane gebeuren een kans geven.'

'Was ik een beetje te voorbarig? Ik ben zenuwachtig... en word steeds zenuwachtiger.'

'Ik zie je wel bij de barbecue.'

'Goed. Ik zal naar je uitkijken.'

De jaarlijkse eerstejaarsbarbecue bij het meer was al meer dan honderd keer georganiseerd. De mensen kregen door de decaan van de eerstejaars een naamkaartje opgespeld. Er stonden een aantal barbecues opgesteld en daar waren mensen van de keuken bezig hotdogs en hamburgers klaar te maken; kruiden waren verkrijgbaar op de buffettafels. Vrijwilligers beheerden drie bars waar non-alcoholische drankjes verkrijgbaar waren. Elizabeth kwam naar de barbecue met Holly, die even stil bleef staan om met iemand te praten die ze van de middelbare school kende. De kamergenotes verloren elkaar in de menigte uit het oog.

'Hallo, hoe bevalt het je hier?' vroeg een jongeman aan haar. Hij droeg een sweatshirt van Duke en op zijn naamplaatje stond: 'Joe Wallace'.

'Hallo, Joe.'

'Waar kom je vandaan?' vroeg hij.

'New York City.'

'Je meent het. Wonen daar nog mensen?'

'Waar kom jij vandaan?' vroeg ze.

'Shaker Heights. Cleveland.'

'Waarom draag je een Duke sweatshirt?'

'Ik heb het gekocht toen ik op Duke toegelaten werd. Overal waar ik me aanmeldde werd ik toegelaten – Duke, Amherst, Williams, Penn.'

Dit zal toch wel een keer ophouden, dacht ze bij zichzelf. Dat gezanik over waar je bent toegelaten, je cijfers en je punten.

'Waar heb *jij* gesolliciteerd?' vroeg hij.

'Dat kan ik me niet meer herinneren. Dat was in mijn vorige leven.'

'Ik heb gehoord dat ze een limiet stellen aan het aantal mensen dat ze uit New York aannemen. Dan moet jij wel erg slim zijn.'

'Ik ga afstuderen in muziek. Ik geloof dat wij iets dommer mogen zijn dan de anderen.'

'Wat voor muziek – rock 'n roll?' vroeg hij om een pientere indruk te maken.

'Ik zing. Carmen in *Aïda*,' zei ze en ze haalde een regel aan uit de musical *Carnival!*, waarop hij op geen enkele manier kon reageren.

Toen verloor hij zijn belangstelling voor haar en liep door. Elizabeth werd onderschept door Seth Epstein. Hij droeg voor de gelegenheid schone kleren: een schoon wit t-shirt, jeans en tennisschoenen.

'Daar ben je dan,' zei hij. 'Ik ben blij je te zien. Ik heb nog met niemand gepraat. Ik was hier het eerst en toch heb ik nog met niemand gepraat.'

'Heb je op me staan wachten?'

'Min of meer.'

'Je moet niet te veel op één paard wedden.'

'Dat komt omdat ik het gevoel heb dat ik je al heel lang ken. Je hebt me afgewezen voor een afspraakje voor vanavond, maar door die afwijzing heb ik het gevoel dat ik met jou meer contact heb dan met de mensen die me nog niet hebben afgewezen,' sprak hij grillig.

'Dat klinkt ingewikkeld,' grinnikte Elizabeth.

47

'Ik wist van tevoren wat er vanavond zou gaan gebeuren. Ik zou met niemand praten. En niemand zou met mij een gesprekje beginnen. Daarom heb ik jou gevraagd met me mee te gaan. Dan zou in ieder geval iemand tegen me praten.'

'Maak je niet zo druk. Als je nu eens probeerde wat minder gevoelig te zijn, misschien zou je dan makkelijker met anderen contact kunnen maken.'

'Dit feestje was mijn grootste angst: ik zal vier jaar op deze universiteit doorbrengen en niemand zal *ooit* met me praten.'

Hij was onvoorstelbaar onhandig, maar Elizabeth vond zijn zelfverachting wel interessant.

'Ik zal je iets vertellen. Ik was ook zenuwachtig voor dit feestje.'

Elizabeth zag Holly aan een bar met een student-barkeeper staan praten. Hij was een knappe, breedgeschouderde jongeman. Ze wuifde naar Holly.

'Daar is mijn kamergenote.' Elizabeth pakte Seths hand vast. Toen ze zich samen een weg baanden door de groep mensen, zag Elizabeth Donna Winter aan de buitenste rand van de groep staan. Elizabeth had haar ontmoet op een oriëntatiebijeenkomst over voorschriften en reglementen. Ze hadden het van elkaar doorgehad dat ze het allebei nogal langdradig vonden en Donna had op fluisterende toon gegrapt: 'Ze beweren dat de voorschriften met tradities te maken hebben. Maar in werkelijkheid zijn het potentiële rechtszaken.' Ze hadden na afloop even met elkaar gepraat. Donna woonde in een aangrenzend studentenhuis en ging werkgroepen volgen in het nieuw opgezette filmprogramma. Ze had Elizabeth bedankt voor het praatje en gaf toe dat ze zich zorgen had gemaakt over het vrienden maken op de universiteit. Ze was een tengere brunette met een knap gezicht en grote donkerbruine ogen en stond alleen bij de barbecue. Elizabeth zag haar kans schoon om als koppelaarster op te treden en Seth en Donna aan elkaar voor te stellen.

'Ik ga je bij iemand introduceren,' zei Elizabeth tegen Seth. 'Wees nu maar rustig. En stel haar veel vragen over haarzelf. Laat haar maar aan het woord. Ze zal blij verrast zijn.'

'Donna, dit is Seth. Hij voelt zich niet helemaal op zijn gemak. En jij dan?' vroeg ze aan Donna.

'Ik ook niet. Is dit feestje soms ook een examen? Ik dacht dat ik alle toelatingsexamens had gehaald.'

'Op welke school heb je gezeten, Donna?' vroeg Seth, die de instructies van Elizabeth goed opvolgde.
'Excuseer me,' zei Elizabeth. 'Ik was op weg naar icmand toe.'
Ze baande zich een weg naar de bar waar Holly stond. Elizabeth zag dat de student-barkeeper lang was met donker kort geknipt haar, dikke wenkbrauwen en donkerblauwe ogen.
'Liz Mason, Jimmy Andrews,' zei Holly. 'Liz is mijn kamergenote.'
'Je kamergenote? Dat is een bijzondere kamer.'
'Jimmy is ouderejaars,' vertelde Holly aan haar.
'Ik vertelde Holly zojuist dat het altijd een beetje hectisch is de eerste paar dagen. Ze willen zo graag dat de eerstejaars snel gewend raken, waardoor ze je te zwaar belasten.'
'Ik ben al toe aan een winterstop en ik heb me nog niet eens laten inschrijven,' zei Elizabeth.
Hij lachte. In tegenstelling tot Joe Wallace, begreep hij haar grapjes wel.
'Wat vinden de dames van het idee om even op adem te komen en de avondbijeenkomst over 'De derdejaars in het buitenland' te schrappen, aangezien die alleen gaat over –'
'De derdejaars in het buitenland,' zeiden Elizabeth en hij tegelijk.
'En ik neem jullie tweeën in plaats daarvan mee naar de film. *Lawrence of Arabia*, wie heeft er zin?'
Elizabeth en Holly knikten enthousiast. Er stonden mensen in de rij voor de bar; hij moest drankjes gaan serveren en zei dat hij hun om zeven uur zou komen ophalen. Toen ze doorliepen, vertelde Holly haar dat Jimmy hoofdvakker geschiedenis was en in het tennisteam van Layton speelde. Op de middelbare school hadden zij en een aantal van haar vriendinnen een oogje op hem gehad.

De bioscoop lag op loopafstand van de campus en als een broer gaf Jimmy hun allebei een arm en begeleidde hen. In de bioscoop legde hij om beide meisjes een arm heen. Toen de film was afgelopen nam hij hen mee naar een ijssalon in de buurt van de campus.
'Ik vond de film geweldig,' zei Elizabeth.
'Ik had hem nog niet eerder gezien,' zei Holly.
'Lawrence is een verbazingwekkend type,' zei Elizabeth.
'Hij heeft zijn gelijke niet in de Amerikaanse geschiedenis,' zei Jimmy. 'Ik heb veel over hem gelezen.'

Hij vertelde over Lawrence en Elizabeth reageerde geanimeerd op wat hij te zeggen had. Het onderwerp ging over op Layton College en ze raakte geïnteresseerd in hem en stelde hem allerlei vragen, net als ze Seth Epstein had geadviseerd. Jimmy Andrews was aantrekkelijk en intelligent en Elizabeth had het idee dat ze vanwege hem in een lichte competitie met haar kamergenote verzeild was geraakt. Het zou wel een triomfje zijn geweest als ze de belangstelling van zo'n begeerlijke ouderejaars op Layton hadden weten te winnen terwijl ze nog niet eens goed en wel hun spullen hadden uitgepakt. Naarmate de avond vorderde, schonk hij meer aandacht aan Elizabeth en Holly werd wat stilletjes.

Hij bracht hen terug naar hun kamer en gaf hun elk een vriendschappelijk kusje op de wang. Nadat hij weg was, zei Holly: 'Ik word het niet. Hij kent me al te lang om nog belangstelling voor me te hebben.'

'Laten we maar afwachten.'

'Ik weet zeker dat hij weer contact met je zal opnemen. Hij is niet zo'n type dat met iedereen uitgaat. Daarom stond hij als vrijwilliger achter de bar. Hij zei: "Je moet ook kennis maken met de nieuwe medewerkers." '

Laura en Ben belden de eerste dagen een paar keer op om te horen hoe het met Elizabeth ging, en ze gaf hen een positief verslag. Ze had een paar leuke mensen ontmoet; ze had niets nodig. En ze had zich voor een paar werkgroepen ingeschreven: een werkgroep Amerikaanse literatuur van de twintigste eeuw, een werkgroep Shakespeare, buitenlandse politiek van Amerika na de Tweede Wereldoorlog, sociologie en vocale muziek.

Ze kon bij alle werkgroepen van haar keuze geplaatst worden, behalve bij buitenlandse politiek, waar te veel aanmeldingen voor waren, en daarom koos ze voor Amerikaanse politieke bewegingen. Toen ze op haar kamer terugkwam vond ze een briefje van Holly: 'Jij bent het geworden. Jimmy heeft gebeld. Hij zal je later op de dag terugbellen.'

Voordat ze het briefje had gevonden was ze van plan geweest om een paar karweitjes te doen, maar nu besloot ze op haar kamer te blijven en wat te lezen, met de bedoeling zijn telefoontje af te wachten. Ze hoefde niet lang te wachten.

'Hallo,' zei hij toen ze de telefoon oppakte. 'Heb je het druk?'

'Ik was een paar dingen aan het doorlezen.'
'Heb je je al opgegeven?'
'Ja.'
'Prachtig. Luister – mijn huisgenoten geven een feestje, een soort eerstezaterdag-van-het-jaar-feestje, en ik vroeg me af of je zin hebt om een hapje te gaan eten en daarna naar het feestje te gaan.'
'Dat klinkt goed.'
'Dan haal ik je morgen om halfacht op.'
'Halfacht.'
Ik kan het bijna niet geloven, dacht ze bij zichzelf. De eerste zaterdagavond van het jaar en ik heb een afspraakje en hij is knap en aardig.
'Ik ben nooit een serieuze kandidaat geweest,' zei Holly over Jimmy's voorkeur voor Elizabeth. 'Hij denkt dat ik een klein kind ben.'
Holly was er echter vrij onverschillig onder en toen Elizabeth om een kledingadvies vroeg hielp Holly haar. Het werd een rok met een sweater, en geen spijkerbroek. De volgende avond kwam Jimmy haar ophalen. Hij droeg lage schoenen, een kakibroek en een gele Shetland trui over een wit overhemd.
'Je ziet er hartstikke leuk uit,' zei hij.
'Ik vind dat jij er ook goed uitziet.'
'Dit zijn zo ongeveer de netste kleren die ik heb. Maar ik dacht dat ik me volledig moest inzetten voor je eerste afspraakje op Layton. Dat is het toch? Je bent toch niet elke avond uitgeweest, of wel?'
'Nauwelijks.'
'Dan moeten we naar The Babbling Brook gaan. Om je te introduceren.'

Het was een warme avond. Mensen zaten buiten op de trappen van gebouwen en op de banken die her en der over de campus verspreid stonden. Ze liepen naar een straat die net buiten het gebied van de campus lag, en waar een aantal winkels en horecagelegenheden waren gesitueerd, waaronder bar-restaurant The Babbling Brook. De zaak zat vol met studenten, ze zaten aan tafeltjes en aan de bar. In de balken en eiken muren stonden namen gegraveerd, die tevens het belangrijkste decor vormden. Er werd harde rockmuziek gedraaid.
'Wat vind je ervan?' vroeg hij.

'Gezellig. Ik denk niet dat ze hier Mozart draaien.'

'Nee, maar nu ik *Amadeus* heb gezien, denk ik dat Mozart deze tent wel leuk had gevonden.'

De ober kwam op hen af. Hij zag eruit als een student, een man van begin twintig die de nieuwkomer vlug en van top tot teen goedkeurend opnam.

'Alles kits, Jimbo?'

'Is er een tafeltje vrij?'

'Als je nog vijf minuten geduld hebt.'

Jimmy begeleidde Elizabeth naar de bar, waar hij de aandacht trok van de barkeeper.

'Wat wil je drinken?' vroeg Jimmy aan haar.

'Een cola light is prima.'

'Drink je wel eens alcohol?'

'Gewoonlijk niet. En ik zou het in openbare gelegenheden ook niet krijgen. Ik ben pas achttien.'

'Heb je geen valse identiteitspapieren?'

'Moet dat dan?'

'Je zou het kunnen overwegen.'

Hij bestelde een tapbiertje voor zichzelf en een frisdrank voor Elizabeth en ze nipten aan hun drankjes. Hun tafel was gereed en ze namen plaats in een cabine in het achtergedeelte, waar het veel rustiger was dan bij de bar, één van de betere tafels van het restaurant. Elizabeth bestelde een salade, Jimmy een hamburger en hij stelde haar allerlei vragen over de werkgroepen die ze had uitgezocht voor het komende semester.

'Je hebt het evenwichtig samengesteld,' verklaarde hij. 'Je moet altijd uitkijken, en wat dat betreft zit je goed, dat je jezelf niet opzadelt met werkgroepen waar je veel voor moet lezen en je geen tijd overhoudt om het werkstuk te schrijven.'

'Dat was nog niet bij me opgekomen,' zei ze bezorgd.

'Je hoeft je geen zorgen te maken. Het is iets dat je in het algemeen in de gaten moet houden. Je wilt natuurlijk niet alleen maar Engelse werkgroepen doen waarvoor je veel boeken moet lezen en essays moet schrijven en je altijd in je kamer of in de bibliotheek opgesloten zit.'

'Mijn hoofdvak is muziek, dus dat risico is ook niet erg groot.'

'Wat voor muziek?'

'Vocale muziek.'

'Ik ben zeer onder de indruk. De muziekafdeling hier is grandioos. Wanneer kan ik je horen zingen?'

'Als ik ergens voor aangenomen word. Ik ben vooral geïnteresseerd in musicals. Ze hebben tegenwoordig niet meer zoveel shows op Broadway als vroeger, maar de vorm vind ik erg fascinerend.'

Wat een pretenties. Je praat te veel.

'Ze maken hier ook produkties,' zei hij. 'Hele goeie. Ik heb ze gezien.'

'Ik stond voor de keus: de universiteit of een theatercarrière.'

'O ja? Dan moet je wel erg goed zijn.'

Ik kan mezelf niet uitstaan. Ik gedraag me net als die jongen die zo opschepte over al die universiteiten waar hij was toegelaten.

'Holly vertelde me dat je in geschiedenis gaat afstuderen,' zei ze tegen hem.

'De vraag voor mij is wat ik ga doen als ik ben afgestudeerd. Ik tennis redelijk goed. Ik heb nooit het onderste uit de kan gehaald. Dat zou hebben betekend dat ik niet naar de universiteit was gegaan. Je kunt het vergelijken met wat je zei over de universiteit en het theater. Het is eigenlijk hetzelfde.'

'Heb je toernooien gespeeld?'

'Ik ben nummer één van Layton, en waarschijnlijk zit ik in de top tien van de universiteiten van ons district.'

'Ik ben *zeer* onder de indruk.'

'Ga ik het zakenleven in of ga ik lesgeven? Of geef ik het proftennissen een kans?'

Hun eten werd opgediend. Jimmy bestelde nog een biertje en een cola light.

'Het zou best leuk zijn om prof te zijn. Voor een tijdje,' zei hij.

'Wat vinden je ouders ervan?' vroeg ze.

'Mijn vader zou graag zien dat ik prof werd. Je kunt enorm veel geld verdienen op de baan.'

Hij begon te vertellen over zijn eerste jaar: hoe zenuwachtig hij was geweest; dat hij al in de tweede week van gedachten was veranderd toen zijn professor in de geschiedenis, die inmiddels met pensioen was, tijdens zijn eigen college in slaap was gevallen; dat één van zijn huisgenoten zoveel spiekaantekeningen had gemaakt voor zijn eindexamen Spaans – hele kleine, bijna microscopisch kleine kaartjes die hij tegen zijn polsen, enkels en shirt had geplakt – dat hij uiteindelijk veel meer tijd had besteed aan het voorberei-

53

den van de fraude dan het hem gekost zou hebben om de stof te bestuderen.

Toen de rekening kwam, stond ze erop dat ze de helft zou betalen. Toen ze de zaak verlieten stak hij zijn hand naar haar uit, ze pakte hem vast en ze liepen hand in hand verder en Elizabeth maakte zich zorgen dat haar hand te veel transpireerde.

Jimmy woonde met nog een aantal ouderejaars in een wild begroeid Victoriaans huis van drie verdiepingen met een poort. De aangrenzende huizen waren in dezelfde stijl gebouwd. De straat lag op steenworpafstand van de campus. Op het huis hing een bordje met de tekst: 'The Big Leagues'. Het was verplicht om de eerste twee jaar op Layton op de campus te wonen; in het laatste jaar gaven veel studenten er de voorkeur aan op kamers te gaan buiten de campus.

Toen ze bij het huis arriveerden was het feestje al begonnen. Zo'n veertig mensen zaten bier te drinken, te praten of waren aan het dansen. De jongens kwamen uit de betere kringen. Elizabeth herkende een aantal eerstejaars meisjes. Shannon en Allison waren er ook, ze stonden met een paar ouderejaars te praten. Toen ze Elizabeth zagen, kwamen ze meteen op haar af om haar te begroeten. Elizabeth dwong hun respect af door op hetzelfde feestje te verschijnen.

'Het is te gek hier,' zei Shannon opgewonden.

'Wie *is* hij?' vroeg Allison en keek Jimmy's kant uit. Hij was naar een tafel gelopen om drankjes te halen.

'Jimmy Andrews. Hij kent Holly.'

'Absoluut adembenemend,' verklaarde Allison.

Jimmy kwam terug met een flesje bier voor zichzelf en voor Elizabeth. Shannon en Allison dronken hun bier uit een flesje, zoals de meesten deden. Hij overhandigde het bier aan Elizabeth en ze pakte het aan.

'Jimmy, dit zijn Shannon en Allison. We wonen in hetzelfde studentenhuis.'

'Een kwaliteitshuis, zo te zien,' zei hij.

De jongens met wie Shannon en Elizabeth hadden gepraat begonnen ongeduldig te worden en ze gebaarden hen terug te komen.

'Leuk je ontmoet te hebben,' zei Shannon tegen Jimmy met een zwoele stem waaruit haar mogelijke beschikbaarheid klonk.

'Idem dito,' zei Allison met een vrijpostige glimlach die dezelfde boodschap overbracht.

Een robuuste jongeman met ongekamd, lang bruin haar kwam voorbij. Hij droeg een t-shirt van de atletiekafdeling van Layton, een spijkerbroek en gympies en had een flesje bier in zijn hand.

'Dit is mijn kamergenoot,' zei Jimmy. 'John Hatcher, Liz Mason.'

'Heel elegant,' zei John, terwijl hij haar figuur bestudeerde. 'Inderdaad heel elegant.'

'Behoor je tot de medewerkers?' vroeg Elizabeth.

'Heel schrander. Heel schrander en heel elegant,' zei John en liep verder.

Jimmy nam Elizabeth mee het huis door en stelde haar aan zijn huisgenoten voor. Ze speelden in verschillende universiteitsteams van Layton. De vrienden van Jimmy zaten her en der verspreid over de hele benedenverdieping en praatten of dansten met de meisjes. Ze namen haar van top tot teen op toen ze aan haar werden voorgesteld, blijkbaar gebruik van het huis. De benedenverdieping bestond uit een woonkamer, een eetkamer, een zitkamer met een biljarttafel, een keuken en een veranda. Jimmy nam haar mee naar boven om haar de slaapkamers te laten zien, vier op de eerste verdieping en drie op de tweede. De slaapkamers hadden één ding gemeenschappelijk, het thema van de decoraties. John Hatcher en een jonge vrouw zaten op de vloer van de kamer die hij met Jimmy deelde. Het leek alsof ze in een diepzinnig gesprek waren verwikkeld.

'Neem ons niet kwalijk,' zei Elizabeth. 'We waren het huis aan het bezichtigen.'

'De vriendin van Jimmy, dit is Carrie,' zei John.

Carrie, een mollige jonge vrouw in een Indiase jurk en loshangend donker haar tot op de schouders knikte naar Elizabeth. Elizabeth keek de kamer rond. Op een plank stonden tennistrofeeën, verscheidene boeken over T.E. Lawrence, studieboeken en naslagwerken.

Ze gingen terug naar beneden en gingen bij een groepje in de woonkamer zitten, dat bestond uit ouderejaars jongens en eerstejaars meisjes. Shannon en Allison hadden met hun tweeën de belangstelling van een stuk of zes jongens opgeëist. De jongens vertelden sterke verhalen over Layton. Ooit was een belangrijke honkbalwedstrijd tegen Amherst verstoord toen een dansstudente

55

de choreografie van een dans aan het repeteren was en haar dansers voor de gelegenheid had meegebracht naar het buitenveld. 'Wedstrijd onderbroken wegens mooie meisjes,' vertelde een jongeman. Ze maakten grapjes over het campusschandaal: een Italiaanse professor, een vrouw, en een geschiedenisprofessor, een man, allebei getrouwd met iemand anders, waren er tussenuit geglipt om even op adem te komen. Toen de auto door plotselinge sneeuwval was vastgeraakt, moest de rijkspolitie eraan te pas komen om hen te redden. 'Er waren speculaties dat ze een werkgroep in rendez-vous zouden gaan geven,' voegde één van de ouderejaars eraan toe. Gevolgd door het verhaal dat er geregeld panty's aan de deurknop van het Vrouwencentrum hingen. De aanwezigen wisselden een uur lang verhalen uit. De verhalen over Layton stelden Elizabeth gerust, een demythologisering van het instituut, waardoor het minder afschrikwekkend werd.

Het feestje ging door en mensen liepen in en uit. Bijna iedereen dronk bier; een paar stelletjes zaten her en der te vrijen. In de woonkamer ontstond een dansfeestje en Elizabeth en Jimmy dansten. Ze had een tweede flesje bier leeggedronken en nam een derde, maar zette dat na een paar slokjes weg omdat ze vond dat ze genoeg had gehad. Ze voelde zich licht in het hoofd en ongedwongen. Dit is het leukste feestje dat ik ooit heb meegemaakt, dacht ze bij zichzelf.

Ze imiteerde Madonna. Plotseling nam Jimmy haar in zijn armen en kuste haar. 'Dat moest ik even doen,' zei hij. 'Ik ben blij dat je het deed,' antwoordde ze en hij kuste haar weer. Nog drie stelletjes bewogen op het ritme van de muziek en Elizabeth en Jimmy stonden in het midden van de dansvloer en kusten elkaar. John liep er tussendoor op weg naar de keuken.

'Hé daar, vrijdozen, willen jullie nog een biertje?'

'Nu je toch bezig bent,' zei Jimmy.

'Ik niet meer, bedankt,' zei Elizabeth. 'Ik heb genoeg gehad.'

Ze gingen weer dansen en stopten om elkaar te kussen. Toen hij haar dicht tegen zich aandrukte voelde ze zijn erectie. Het leek echter wel alsof hij dacht dat hij de regels van betamelijkheid had overtreden, want hij trok zich terug en ging weer dansen. John liep door de kamer met een biertje voor Jimmy en ze gingen door met dansen. Jimmy kuste haar en drukte zich nog een keer tegen haar aan en ze duwde hem niet weg. Ze vond het prettig dat hij haar vasthield en dat zij hem opwond. Ze dansten een poosje en namen toen plaats op de bank in de woonkamer en luisterden naar de muziek, haar hoofd op zijn schouder. Hij kuste haar en bewoog zijn tong in haar mond en zij liet haar tong met zijn tong spelen. Hij vroeg of ze weer wilde dansen.

Ze bleven als enigen over op de dansvloer. De mensen waren naar andere feestjes vertrokken, en dit feestje liep ten einde. Er was niemand meer in de woonkamer; een paar mensen waren in de keuken.

'Je bent fantastisch,' zei hij.

''t Is een heerlijke avond. Bedankt dat je me hebt meegenomen.'

'We zijn geen stelletje pummels hier. We hebben stijl. Ik zal het je laten zien.'

Hij pakte haar bij de hand en leidde haar de kamer uit. Ze liepen door een gang, een trap af en kwamen in een oningerichte kelder, waar allerlei gereedschap lag. Eén van de muren van de kelder was ongepleisterd en daarin zat een deur. Hij opende de deur en ze gingen een gestoffeerde kamer van vier meter tachtig bij zes meter binnen met een stereo-installatie en grote luidsprekers aan elke kant van de kamer. Op de muren zat geluidwerend materiaal. Er was een platen- en cassettebibliotheek, en een paar luie stoelen en een sofa stonden voor de luidsprekers opgesteld.

'Een paar jaar geleden was één van de jongens die hier woonden helemaal gek van heavy metal. Hij joeg iedereen het huis uit. Dus liet hij deze kamer maken. Toen hij was afgestudeerd hebben we allemaal een deel betaald voor de stereo-installatie. De muziekvoorraad groeit ongemerkt.'

Ze bekeek de platen: rock, klassiek.

'Zoek maar iets uit,' zei hij.

Ze koos een bandje met concerti grossi van Händel, hij zette de installatie aan en ze namen plaats op de sofa, zijn arm om haar heen, en luisterden naar de muziek. Ze was moe en na een paar biertjes had ze het gevoel dat ze elk moment in slaap kon vallen. Hij streelde met zijn hand over haar arm. Toen trok hij haar naar zich toe en kuste haar. Toen ze zijn kus beantwoordde bewoog hij zijn hand over haar borsten. Ze lagen op hun zij op de sofa en zijn hand ging langzaam naar beneden. Ze greep zijn hand vast.

'Alsjeblieft,' zei ze. 'Het is al laat. Ik ben moe. Dit gaat te snel voor mij.'

'Te snel? Heb je een rekenmachientje meegebracht?'
'Het is een heerlijke avond geweest, maar nu moet ik gaan.'
'En wat dacht je dan van een fijne nachtzoen?'
'Eéntje dan,' zei ze glimlachend.
'Een goeie,' antwoordde hij.
Ze lagen nog steeds naast elkaar en toen ze elkaar kusten rolde hij bovenop haar. Vliegensvlug, zo vlug en zo krachtig dat ze hem niet kon tegenhouden, bewoog hij zijn hand onder haar rok en in haar slipje, duwde met zijn vingers tegen haar schaamhaar en ging met zijn middelvinger bij haar naar binnen.
'Nee, Jimmy!'
Ze wrong zich in allerlei bochten om zich van hem los te maken, van zijn lichaam, van zijn vinger, maar hij had haar stevig vastgeklemd door het gewicht van zijn lichaam en ze had niet de kracht hem van zich af te duwen.
'Je bent nat. Je bent heet en nat voor mij.'
'Nee, Jimmy. Alsjeblieft!'
Hij had zijn linkerarm op haar borst gelegd, zodat hij haar terug kon duwen; zijn rechterhand bewoog in haar vagina. Ze greep zijn pols en probeerde zijn hand weg te trekken.
'Je wilt het zo graag.'
'Ik smeek je – laat me los.'
'Je verlangt ernaar.'
'Niet! Hou op!'
'Je zult het heerlijk vinden.'
Hij ging door met het bewegen van zijn vinger.
Ze schreeuwde: 'Help! Help!'
Hij begon haar te kussen en ze beet op zijn lip.
'Jij secreet! Je hebt me pijn gedaan!'
Hij was woedend en greep haar bij de keel.
'Help!' schreeuwde ze, maar hij duwde nog harder tegen haar keel.
'Alsjeblieft, blijf van mijn keel af.'
Ze begon te trillen en te huilen en daardoor verloor ze de greep op zijn pols en hij maakte gebruik van de gelegenheid en gleed weer met zijn vinger bij haar naar binnen en bleef op haar keel drukken.
'Blijf van mijn keel af. Alsjeblieft, Jimmy, mijn keel!' riep ze radeloos.
Hij had de sleutel. Zolang hij haar bij haar keel vasthield was ze weerloos. Ze verstijfde van angst.

58

'Je bent zo nat en heet voor mij,' murmelde hij terwijl hij zijn vinger in haar heen en weer bewoog. 'Je wilt het zo graag.'

'Nee, nee, stop. Alsjeblieft!'

Hij hield haar bij haar keel vast, maakte met zijn vrije hand behendig zijn broek los en trok hem naar beneden.

'Help!' schreeuwde ze weer.

Ze probeerde hem op zijn gezicht te slaan, maar ze kon niet veel uitrichten omdat hij zo zwaar op haar lag en hij harder op haar keel begon te drukken.

'Nee, Jimmy, nee, alsjeblieft.'

'Je zegt dat je graag met me naar bed wilt.'

'Niet!' en ze snakte naar adem.

'Ik weet zeker dat je het graag wilt.'

Hij trok haar slipje naar beneden. Hij drukte zijn knieën tussen haar benen en duwde ze uit elkaar en bleef haar bij haar keel vast houden. Hij was bij haar binnen.

'Je hebt aan mij een goeie ruiter. De beste van het Westen.' Langzaam drong hij bij haar naar binnen en trok zich terug en deed het nog eens. 'In en uit. En in en uit.' Ze trilde hevig en de tranen liepen over haar wangen. 'Ik behoor tot de top in deze omgeving. Hoe vind je dat, schatje? En dat! En dat! En dat!'

Ze herinnerde zich de periode – ze moest een jaar of zeven zijn geweest; haar broer zat nog in een wandelwagen – toen haar vader en moeder haar hadden meegenomen naar een draaimolen in het park. Ze droeg een feestjurkje. Ze was naar een verjaardagsfeestje geweest en ze hadden haar aan het eind van het feestje opgehaald en wandelden door het park. Haar vader tilde haar op en zette haar op het paard en iedere keer als ze aan hun voorbij kwam, wuifden ze met een glimlach op hun gezicht, die warmte en liefde uitstraalde, en iedereen was zo gelukkig.

'En dat! En dat, schatje.'

Hij ging door met pompen en bereikte een orgasme. Toen lag hij stil en drukte zijn lichaam stevig tegen haar aan. Eerst bewoog ze niet, ze werd overspoeld in de vernedering, maar hij ontspande zich zelfvoldaan en toen gleed ze onder hem vandaan.

'Je weet wat er op die pizzadozen staat,' zei hij tegen haar. '"Je hebt de rest geproefd, maar deze is het best"? Welnu, je hebt de beste gehad.'

Dwaas genoeg klonk nog steeds de muziek van Händel. Ze hoorde het wel, maar het was net of de klanken uit een andere wereld kwamen.

'In seksueel opzicht ben je nu geen groentje meer.'

Ze richtte zich langzaam op en schikte aandoenlijk haar kleren. Toen ze zijn sperma uit zich voelde sijpelen huiverde ze. Ze wankelde naar de deur, opende hem en liep de trap op. Iedereen was weg. Ze liep naar de voordeur en hij kwam haar achterna, een tevreden glimlach op zijn gezicht.

'Ik zal je terugbrengen.'

'Mij terugbrengen?

'Het is al laat.'

'Waarom heb je me verkracht?' schreeuwde ze, huilend van woede en wanhoop. Haar hele lichaam beefde.

'Gelul!' zei hij. 'Ik heb je niet verkracht. Je wilde het zelf.'

4

Elizabeth moest op straat overgeven – het eten, het bier, de nasmaak van hem, zijn speeksel. Ze moest daarna nog twee keer overgeven, drank en etensresten uitspugend, voor ze in het studentenhuis was. De paar mensen die nog buiten waren kwamen niet naar haar toe. Ze zag er uit als iedere andere meisjesstudent die te veel had gedronken op zaterdagavond.

Ik voel me een stuk slachtvee. Ik ben een walgelijk, aangerand stuk vee.

Ze ging eerst naar het toilet op de eerste verdieping voordat ze naar haar kamer ging. Ze keek in de spiegel en zag zichzelf, vernield, vernederd, haar haren door de war. Er zat braaksel op haar rok, benen en schoenen. Toen ze zichzelf zag werd ze weer helemaal ziek en kokhalzend boog ze voorover boven de wasbak.

Holly sliep toen Elizabeth de kamer binnenkwam. Ze kleedde zich uit en rolde haar kleren en haar schoenen tot een bal. Ze vond ze vies en afstotelijk. Ze pakte een vuilniszak uit een doos in de schoonmaakkast en ze begon te huilen toen ze haar spullen in de zak deed en die dichtbond. Vader had deze gekocht zodat *de kamer* schoon zou zijn.

Ze ging onder de douche staan om hem van zich af te spoelen en waste diverse keren elk plekje van haar lichaam. Terwijl ze bezig was zich schoon te wassen beefde ze bij de herinnering. Ze stond al een halfuur onder de douche en voelde zich nog steeds niet schoon. In een nachthemd en een peignoir liep ze met de vuilniszak naar buiten om hem in de container achter het studentenhuis te gooien. Terug op haar kamer, stapte ze in bed en lag uren te huilen. Ieder moment van de avond beleefde ze opnieuw. Ze kwam tot de conclusie dat ze dom, naïef en onwetend was: dat ze te veel bier had gedronken, dat ze te goed van vertrouwen was geweest, dat ze zo graag had gewild dat hij haar leuk vond omdat hij een ouderejaars was en zo evenwichtig en zo knap. Het was allemaal van tevoren bedacht, de kamer beneden, buiten gehoorsafstand. Hij zou een eerstejaars pakken.

De vernedering, de degradatie kleefde de hele nacht als zweet aan haar lichaam.

Holly bewoog in haar slaap en hoorde Elizabeth om een uur of vier in de ochtend huilen.

'Wat is er aan de hand?' vroeg Holly.

'Het spijt me dat ik je wakker heb gemaakt.'

'Wat is er dan?'

Elizabeth voelde zich te vernederd en te beschaamd om het haar te vertellen.

'Heimwee. Iemand met wie ik het heb uitgemaakt.'

'O. Wil je er over praten?'

'Het gaat wel weer. Ik zal proberen stil te zijn.'

Elizabeth lag stil en viel om een uur of zes in de ochtend in slaap. Toen Holly om negen uur wegging was Elizabeth nog in diepe slaap verzonken. Ze bleef de hele dag in bed, dan weer slapend, dan weer huilend. Holly kwam in de middag terug op de kamer en trof Elizabeth in bed aan.

'Wat is er aan de hand?'

Dit was het moment. Nu kon ze het Holly vertellen en verslag doen over Jimmy Andrews, of ze kon het stilzwijgen bewaren. Nadat ze een nacht en een dag had geworsteld met de gebeurtenis, was ze overtuigd van haar eigen schuld. Ze had zich niet in die situatie moeten begeven, zoals ze hem gekust had en haar lichaam tegen zijn lichaam had geklemd toen ze aan het zoenen waren. Ze verwijtte het zichzelf.

'O, het clichéverhaal. Iemand die ik graag mag is naar een andere universiteit vertrokken, en nu zit ik hier, en gisteravond was niet zo'n succes, en ik voel me een beetje katterig.'

'Kon je niet zo met Jimmy opschieten?'

'Het was… een teleurstelling.'

'Waarom dan?'

'Hij doet zich heel anders voor. Hij is niet het soort man dat je zou verwachten.'

'O nee? In welk opzicht?'

'Hij is oppervlakkig en bot.'

'Hij had mij om de tuin kunnen leiden.'

'Mij ook.'

'Hij is erg charmant.'

'Eerst wel, ja.'

'Wat hebben jullie gedaan?

'We hebben een hamburger gegeten, en we zijn naar een feestje in zijn huis gegaan. Hij is er alleen maar op uit om het met je te doen en verder niets.'

'Voor sommige mensen kan dat genoeg zijn,' zei Holly.

'Niet voor mij. Maar ik heb het allemaal uit mijn hoofd gezet. Misschien moet ik beginnen met uit bed te stappen.' Ze toonde een onechte, vermoeide glimlach.

Elizabeth had het afgesloten. Dit was een nachtmerrie, maar net als elke nachtmerrie was het 's nachts gebeurd en was het nu voorbij. De colleges begonnen de volgende dag. Ze wilde in de groep opgaan, anoniem zijn.

Hij liep daar echter rond. Een ouderejaars, hij zou niet in een van haar werkgroepen zitten, maar ze zou hem toch tegen kunnen komen. En hij zou kunnen opscheppen. Dat kon ze niet verdragen, Jimmy Andrews die zijn vriendjes vertelde dat zij ook een van de velen was.

Holly vroeg Elizabeth of ze meeging naar de eetzaal, maar Elizabeth weigerde. Toen Holly eenmaal vertrokken was vroeg ze zijn telefoonnummer op bij inlichtingen en belde hem op.

'Hallo,' zei hij.

'Met Liz.'

'O, hoi.'

'Misschien zou ik je moeten laten arresteren –'

'Wat?'

'Je moet eens goed naar mij luisteren. Heb niet het lef om iemand te vertellen dat je het met me "hebt gedaan". Ik wil niet merken dat je er over opschept. Mocht ik iets dergelijks horen, of één van je geweldige vriendjes naar me zien kijken met zo'n veelbetekenende blik, dan laat ik je ballen barbecuen.'

'Liz, hoor eens, het verliep niet zo gladjes. Misschien zouden we het nog eens moeten proberen, misschien moeten we ons ritme beter op elkaar afstemmen.'

'Het is bijna niet te geloven dat je zo walgelijk bent. Ik eis van je dat je nooit meer naar me kijkt of tegen me praat.'

Het kostte haar moeite om te praten en het vergde veel van haar stem, die alleen nog maar zacht fluisterde aan het eind van het telefoongesprek. Haar maag begon te draaien bij de gedachte dat hij haar stembanden had verwond toen hij haar bij haar keel had vastgehouden. Ze lag ineengedoken op haar bed en hield de teddybeer vast en wiegde hem en zichzelf heen en weer.

Iemand klopte op de deur.

'Ja?'

'Ik ben het, Seth.'

'Nu niet, Seth.'

'Holly zei dat je een beetje katterig was.'

'Ik leef nog.'

'Ik wilde je bedanken dat je me aan Donna hebt voorgesteld. We mogen elkaar graag. En mooi meisje dat *mij* leuk vind. Dat is hoogst ongebruikelijk.'

'Daar ben ik blij om.'

'Ga je eten?'

'Dat kan ik op dit moment niet verdragen.'

'Je moet wel iets eten.'

'Inderdaad.'

De avond voordat de colleges begonnen, belde haar moeder op om te vragen hoe het met haar ging. Ze zei dat alles goed met haar was. Nee, er was niets met haar stem aan de hand; het was waarschijnlijk een slechte lijn. Haar vader kwam aan de telefoon. Alles was in orde. Ze verheugde zich op de colleges. Ze zou later in de week nog wel een keer opbellen. Het was prettig om met hen te praten. Het leek haar beter om niet te zeggen: O, tussen haakjes, ik ben verkracht. Ik had inderdaad een paar biertjes op en had met hem gezoend, maar ik heb nee gezegd, ik heb hem gesmeekt, en geschreeuwd, en hij heeft me bij mijn keel gegrepen en mijn benen opengeduwd en hij heeft zich herhaaldelijk bij mij naar binnen geduwd. En, pap en mam, hoe gaat het met jullie?

Een poosje later kwam Seth terug en klopte op de deur.

'Ik heb eten voor je meegebracht.'

'Ik heb nergens zin in.'

'Je moet eten.'

'Nou, kom maar binnen.'

Hij droeg een bruine papieren zak. 'Kippesoep!' kondigde hij aan. Hij offreerde het en zij opende het bakje en proefde de soep met een plastic lepel.

'Het smaakt vreselijk.'

'Wat verwacht je hier dan?'

'Nou ja, het is warm. Het is heel aardig van je, Seth.'

'Anders had ik op dit moment nog daar gestaan waar het feestje was, nog steeds in de hoop dat iemand met me zou komen praten.'

'Soms kunnen de verkeerde mensen tegen je praten.'

'Donna is verlegen. Maar we begrijpen elkaar. Ik had niet gedacht dat ik een vriend zou tegenkomen, en zeker niet een meisje, en nu wordt ze mijn vriend en ik hoop dat jij ook mijn vriend wilt zijn.'

Het ging even door haar heen dat het mogelijk zou zijn het hem te vertellen, dat het in zijn karakter lag met haar mee te leven. En hij zou woedend zijn en haar troosten. Maar ze vertelde het niet. Ze zei: 'Ja, dat zou fijn zijn, Seth. Ik kan op dit moment een vriend van het mannelijk geslacht goed gebruiken.'

Op een universiteit met drieduizend studenten zou het mogelijk zijn geweest voor Elizabeth om Jimmy Andrews in geen weken tegen te komen, of althans dat hoopte ze. Ze zag hem echter al op de tweede dag nadat de colleges waren begonnen. Zij kwam uit het gebouw van de Engelse faculteit en hij was onderweg met een van zijn huisgenoten, die ze nog van de avond van het feestje herkende. Jimmy moest om het een of ander grinniken voordat hij haar in de gaten kreeg. Toen ze elkaar passeerden verdween de lach van zijn gezicht. Wat ze ook maar bedoeld mocht hebben toen ze hem had gezegd dat ze zijn ballen zou laten barbecuen, blijkbaar maakte hij zich zorgen over haar dreigement.

Het was niet wat je noemt een overwinning. Te zien hoe hij haar weer helemaal van streek maakte. Ze snakte naar adem en haar keel begon zeer te doen. Ze dacht dat dit ofwel door de druk op haar keel kwam, ofwel door het overgeven. Na de lunch had ze haar eerste college vocale muziek. Ze sloeg het over uit angst dat ze schade zou berokkenen aan haar stembanden als ze zou gaan zingen. Op de universiteit was een kliniek voor studenten, maar ze wilde vermijden dat er op de campus vragen zouden worden gesteld over de oorsprong van haar probleem. In de introductiebrochure, onder 'Medische faciliteiten', stond een medisch centrum in de stad Caldwell genoemd waarvan men zei dat het een uitgebreid medisch pakket te bieden had. Ze belde een keelspecialist. De dokter was de volgende dag beschikbaar en ze maakte een afspraak.

Dr. Thomas Phelan was een kleine, keurige man met wit haar. Ze zat op de onderzoektafel in zijn kamer en hij stond tegenover haar.
'Je zit op de universiteit?'
'Ja.'
'Wat is er aan de hand, jongedame?'
'Er zit een balk in onze kast op kinhoogte die je aan de zijkanten van de deur kunt vastmaken. Die moet naar beneden zijn gegleden en ik ging de kast in om iets te pakken. Ik had een paar biertjes gedronken, en ik stond een beetje... wankel op mijn benen. En ik liep recht tegen de balk op. Hij kwam tegen mijn keel aan.'
Hij onderzocht nauwkeurig haar keel, van binnen en van buiten, en toen hij klaar was keek hij haar aarzelend aan.
'Je zei dat je tegen een balk die op kinhoogte hing, was opgelopen?'
'Het was stom van me.'
'Je hebt een paar lichte kneuzingen op een andere plaats dan die op grond van jouw verhaal mogelijk is.'
'Maar zo is het gebeurd.'
'Wat verwacht je van me, jongedame?' zei hij kortaf.
'Ik studeer zang. En ik was bang dat zingen te belastend zou zijn voor mijn stem.'
'Heeft iemand je gesmoord? Heb je met iemand gevochten, een vriendje? Heeft iemand geprobeerd je te wurgen?'
'Nee! Ik heb te veel bier gedronken –'
'Ja, dat heb je al gezegd.' Hij maakte aantekeningen in een dossier en keek haar geërgerd aan. 'Goed. Ik adviseer je de komende twee weken niet te zingen. Niet schreeuwen. Geen lange gesprekken. Geef je stem rust, dan is je stem er na twee weken weer bovenop.'
'Heel erg bedankt, dokter.'
'Ik begrijp dat ze daar geen college geven in openhartigheid, is het wel?'

Een lichte heesheid hield een paar dagen aan. Ze veranderde het balk-op-kinhoogte verhaal. In de nieuwe versie die ze aan haar ouders en de docent van de muziekwerkgroep vertelde, had ze over het grasveld gewandeld en was ze vol in haar keel geraakt door een verdwaalde softbal. Laura en Ben waren ongerust en wilden dat ze onmiddellijk naar een arts in New York zou gaan. Ze verzekerde hen dat ze gauw weer beter zou zijn.

Haar volgende menstruatie kwam, zij het een paar dagen later. Ze had geen symptomen van seksueel overdraagbare ziekten kunnen ontdekken. Volgens de keelspecialist was er geen gevaar meer voor Elizabeths stem, maar ze ging nog steeds als 'auditor' naar vocale muziek. Ze was met zingen gestopt.

Met Yom Kippoer ging ze naar huis, een bliksembezoek. Ze vertelde haar ouders dat haar stem in orde was en dat het prima met haar ging.

Elizabeths verwachtingen van Layton – spelen in musicals, schrijven voor de krant, aan atletiek doen, volleybal spelen – waren verdwenen. Ze werd saai, ze vloog van elk college terug naar haar kamer om tot laat in de avond te studeren.

Ze zag haar kamergenote nauwelijks. Holly Robertson was druk met het meisjesbasketbalteam, trainingen en wedstrijden, en daar kwam nog bij dat ze verkering kreeg met een ouderejaars techniek die in het herenbasketbalteam zat; hij woonde buiten de campus met twee van zijn teamgenoten.

'Ik moet je een gunst vragen,' zei Holly toen ze op een avond op hun kamer waren. 'Ik wil niet dat mijn ouders weten dat ik eigenlijk samenwoon met een jongen buiten de campus. Als ze mochten bellen en ik ben er niet, zeg ze dan dat ik in de bibliotheek ben en neem de boodschap aan. Bel me dan bij het huis van Pete. Zou je dat willen doen? Wil je me dekken?'

'Tuurlijk. Is hij leuk?' vroeg Elizabeth.

'Heel erg leuk. Hij is een beetje rustig. Maar hij is één meter negentig, en dat is een goede lengte voor mij,' voegde ze er opgewekt aan toe.

'Ben je gelukkig?' vroeg Elizabeth, alsof dat een vaag begrip was.

'Nogal. Ik had zekerheid nodig. Ik ben meteen met een jongen gaan samenwonen. En ik ben blijven basketballen omdat het vertrouwd is.'

'Dat klinkt prima. Je hebt iemand die om je geeft en je bent met iets bezig waar je goed in bent.'

'Maar het was een goede suggestie dat ik zou moeten gaan dansen. Wie weet. Waar ben jij mee bezig?'

'Hoofdzakelijk met studeren. Ik moet hard werken om bij te blijven,' gaf ze op als verklaring voor haar teruggetrokkenheid.

Elizabeth had nu de kamer voor zich alleen en kon net zo laat studeren als ze wilde. Shannon en Allison hadden al heel wat vriendjes versleten, maar Elizabeth had weinig met hen of met andere mensen in het studentenhuis te maken. Behalve met Holly, met wie ze over ditjes en datjes praatte als ze elkaar tegenkwamen, en Seth en Donna, met wie ze af en toe in de eetzaal zat, praatte ze met niemand op de campus.

Haar studieadviseur van de muziekfaculteit was Cynthia Moss, die aanwezig was geweest bij de auditie van Elizabeth voor haar toelating op Layton. Ze had een gesprek met Elizabeth op haar kamer aangevraagd. Ze was een vrouw van in de veertig, zag er serieus uit en gebruikte haar leesbril om haar opmerkingen te onderstrepen.
'Elizabeth, hoe bevalt je het leven op Layton?'
'Ik ben druk bezig met de studie.'
'Ik heb begrepen dat je niet meedoet met vocale muziek,' zei ze en keek haar over haar bril aan.
'Ik heb een vervelend ongeluk gehad.'
'Ja; je bent geraakt door een bal,' zei ze en bestudeerde een blad op haar bureau. 'Ben je op de kliniek geweest?'
'Ik ben naar een keelspecialist gegaan van het medisch centrum. Hij zei dat ik een poosje niet mocht zingen.'
'Voor hoelang?'
'Een paar weken.'
'Het is al meer dan een paar weken geleden. Heb je pijn?'
'Niet echt. Mijn stem is nu weer goed.'
'Waarom doe je dan niet mee in de werkgroep?'
'Eerlijk gezegd, ik heb veel gezongen op de middelbare school en ik heb serieus zangles gehad –'
'Dat weet ik. Ik was bij je auditie. Ik heb erop aangedrongen dat we je zouden aannemen op Layton.'
'Doordat ik een tijdje niet heb gezongen heb ik de gelegenheid gehad over een aantal dingen na te denken. En ik heb geen behoefte aan optreden. Ik denk dat ik dat al te veel heb gedaan. Ik voel me opgebrand.'
Cynthia Moss staarde naar Elizabeth en keek toen op het papier

dat op het bureau lag.

'Je zou afstuderen in muziek. Een student muziek doet aan muziek.'

'Ik ben een aantal dingen aan het overdenken. Ik werk hard voor mijn andere vakken. Ik heb begrepen dat er op Layton van ons wordt verwacht dat we veelzijdig zijn, en dat probeer ik te zijn.'

'Ik zou wel eens willen weten welk doel gediend wordt door het blijven volgen van de muziekcolleges zonder zelf te zingen.'

'Dus dan kan ik de werkgroep maar beter laten vallen.'

'Wil je dat?'

'Absoluut.'

'Ik vertrouw erop dat je in het voorjaar opnieuw begint.' Ze gebruikte haar bril om de opmerking te onderstrepen.

'Dat kan ik nu nog niet zeggen.'

'Nieuwe studenten hebben vaak aanpassingsproblemen. We hebben een universiteitspsycholoog. Ik zou het prettig vinden als je haar opzocht.'

'Gaat ze dan tegen me zeggen: "Gooi het er maar uit, Louise"?'

'Wat?'

Wat? Wat wil je horen? Dat ik dingen verknoeid heb en de gedachte voor mensen te moeten optreden en mezelf als snoezig en parmantig te presenteren, en te zingen, *zingen* notabene, alsof ik een vrolijk klein vogeltje was, zo belachelijk is dat ik het zelfs niet kan verdragen eraan te denken. Is dat wat ik tegen je zou moeten zeggen?

'Vooruit, ik accepteer een onvoldoende en red me dit semester verder wel,' zei ze kort.

'We praten wel verder aan het begin van het voorjaarssemester,' zei de studieadviseur met een zijdelingse blik op haar en probeerde het enthousiaste, levendige meisje dat bij haar auditie had gedaan, terug te vinden in dit onaangename persoon.

Laura en Ben kwamen voor een paar uurtjes bij Elizabeth langs en brachten Josh mee, zodat hij de universiteit kon zien. Hij vond het terrein, het clubhuis en de sportvelden prachtig.

'Ik hoop dat ik ook pienter genoeg ben om naar zo'n universiteit te kunnen,' zei hij.

'Misschien ga je hier wel naar toe,' zei Laura.

Doe maar geen moeite, dacht Elizabeth. Maar ze veinsde een glimlach. Ze liet hen de zitkamers zien en de gebouwen waar ze de colleges volgde en ze gingen met z'n vieren naar een Layton-Wesleyan rugbywedstrijd. Layton, een traditionele verliezer bij rugby, verloor weer.

De 'softbalblessure' was genezen, bevestigde Elizabeth; haar stem was weer normaal. Ze zag er wat afgetobd uit, maar ze zei dat de studie zwaar was en dat ze er veel tijd aan moest besteden. Ze lachten omdat Ben erop aandrong dat ze onmiddellijk vitaminepreparaten gingen kopen: geen dag, geen minuut mocht worden verspild.

Een week later kreeg ze te maken met Sarah en haar ouders. In een aantal opeenvolgende telefoongesprekken vertelde ze dat ze officieel met muziek was opgehouden. Sarah was stomverbaasd. Ze kon de verklaring van Elizabeth dat ze "opgebrand" was niet accepteren.

'Als je nu drie jaar met *Phantom* op toernee was geweest.'

'Heb jij nooit het gevoel dat iets je te veel wordt?'

'Carrièrebeslissingen wel, ja. Wat ik *in* de muziek ga doen. Niet de muziek *zelf*. Ik zou er nooit zo maar mee ophouden. Ik kan het niet geloven. Ga je nooit naar een of andere voorstelling?'

'De druk is van de ketel, en dat is een heerlijk gevoel.'

'Ik begrijp er niets van.'

'Ik heb dat gedaan, en nu zijn er andere dingen die ik wil doen.' En ze stapte over op een ander onderwerp.

Laura en Ben waren zich ervan bewust dat jonge mensen problemen konden krijgen wanneer ze gingen studeren. Sommigen kregen heimwee, hadden problemen met de studie of op het sociale vlak; sommigen hadden eetproblemen of kregen de ziekte van Pfeiffer.

Ze wisten dat er altijd iets mis kon gaan. Maar ze hadden nooit gedacht dat Elizabeth hun dit zou vertellen. Elizabeth had nooit laten doorschemeren dat ze problemen had. Aangezien ze wisten dat Elizabeth altijd eerlijk was, moesten ze haar verklaring, dat ze gewoon met muziek wilde ophouden, wel accepteren.

'Waar ik niet zeker van ben is of je het tijdelijk laat vallen,' zei Laura.

'Ik houd vocale muziek voor gezien.'

'Echt waar?' reageerde Ben op haar verklaring.

'Olga Bavanne zei dat niet iedereen zich aangetrokken voelt tot een acteercarrière en een universitaire opleiding is belangrijk. Ik ga een opleiding doen op Layton.'
'Dit is een hele grote beslissing. Ik heb er behoefte aan om hier meer over te praten,' zei Laura.
'Ik ben nu een grote meid,' zei ze met een somberheid die ze niet opmerkten.
'Wat zou je willen studeren?' vroeg Ben.
'Engels.'
Ze probeerden meer informatie te krijgen maar er kwam weinig uit.
Ze kreeg een onvoldoende voor muziek en zou dit met een Engelse werkgroep in het voorjaar rechttrekken. Ze zouden elkaar weer zien als ze over een paar weken zou thuiskomen voor Thanksgiving.
'Ik neem aan dat je zelf het beste weet wat goed voor je is,' zei Ben.
'Inderdaad.'
'Ik kan me alleen niet voorstellen dat je niet meer gaat zingen,' voegde Laura eraan toe.
'Ik ga nog wel zingen. In de regen. Denk ik.'

Laura en Ben waren onthutst en voelden zich schuldig. Misschien hadden ze haar te zwaar belast met hun hoge verwachtingen. Maar ze had de indruk gewekt dat ze zingen heerlijk vond. Dat deel konden ze niet in de verklaring inpassen. In een poging om de situatie te begrijpen belde Laura Olga Bavanne op en verhaalde uitvoerig over het gesprek met Elizabeth. Het bleek dat Elizabeth Olga had opgebeld en haar in grote lijnen hetzelfde had verteld als haar ouders.
'Ik was, eerlijk gezegd, verbaasd,' zei Olga. 'Niettemin leek ze me tamelijk vastbesloten.'
'We worden gewoonweg voor een voldongen feit gesteld.'
'Het is mogelijk dat ze het gevoel had dat ze de muziek in gesleurd was en dat ze dat gevoel niet prettig vond,' probeerde Olga. 'Ze zou kunnen zeggen: ik ben meer dan muziek.'
'Dus u denkt dat ze opgebrand zou kunnen zijn, zoals ze zelf zegt?'
'Elizabeth zou het wel eens helemaal niet prettig kunnen vinden dat we ons allemaal met haar bemoeien en zichzelf willen zijn.'
'Dus nu blijken Ben en ik ook zo'n stel vervelende doordrijverige

71

ouders te zijn?'
'Nee hoor, nauwelijks. En ik, als haar lerares, zou hier meer ver-
antwoordelijk voor zijn dan u.'
'Zou u dit ooit hebben kunnen voorspellen?' vroeg Ben.
'Nooit. Ze was altijd zo enthousiast.'
'Misschien verandert ze op den duur nog wel van gedachten,' zei
Laura. 'Hoor je wat ik zeg? Blijkbaar ben ik nog steeds veel te be-
trokken en denk ik dat haar beslissing niet de juiste is.'
'Ik kan het je niet kwalijk nemen. Dit *is* een verspilling. En we kun-
nen er niets aan veranderen.'

Verstandelijk plaatste Elizabeth de verkrachting onder de categorie nachtmerries, in een poging deze op afstand te houden. Maar
dat nam niet weg dat ze er daadwerkelijk nachtmerries van kreeg.
In haar dromen bewoog zich iemand boven op haar heen en weer
en kon ze geen adem krijgen. Ze werd dan met veel rumoer wakker
en baadde in het zweet en snakte naar adem. De akelige beelden
kwamen ook overdag, ze flitsten door haar bewustzijn gedurende
de uren dat ze wakker was en werden al opgeroepen door willekeu-
rige hints naar seksualiteit: een jongen die bij haar in een werkgroep zat en haar met belangstelling bekeek, een meisje dat met
een jongen op een grasveld zat en met hem flirtte. Deze situaties
brachten de gebeurtenis in haar bewustzijn terug, zodat die aan
haar bleef knagen.

Ze passeerde een groepje studenten, jongens en meisjes, die zich
om de piano in de zitkamer op de eerste verdieping van het studentenhuis hadden geschaard en liedjes zongen uit een tekstboek van
Billy Joel. De begeleider was een van de jongens die in het studentenhuis woonde, een tweedejaars student en lid van een jazz quin-
tet. Elizabeth bleef even in de deuropening staan en sloeg hen ga-
de. Het was een uitgelezen moment voor haar om zich bij de groep
te voegen, en met de anderen samen te zingen. Als ze zou zingen
zouden de anderen zich op haar richten vanwege haar stem. Ze zou
het muzikale niveau van de groep verhogen. De pianist zou bijzondere aandacht aan haar besteden. Dan zou hij een van de melan-
choliekere liedjes van Billy Joel, 'Piano Man', spelen en de één na
de ander zou afvallen, zodat Elizabeth solo kon zingen. Ze wist dat
het op die manier zou kunnen gaan, maar dan zou ze moeten zin-

gen en op een vriendelijke manier op anderen reageren. Ze observeerde hen nog een paar minuten en trok zich toen terug op haar kamer om alleen te zijn en zich in haar studie te verliezen.

Ze deed nooit een mond open tijdens werkcolleges en sprak nauwelijks met haar werkgroepgenoten, afgezien van het elementaire uitwisselen van groeten. De jongens die zich tot haar uiterlijke verschijning aangetrokken voelden benaderden haar met zeer uiteenlopende openingsopmerkingen. Steevast sloeg ze de avances af met 'het spijt me, ik heb het druk', of 'ik moet nog een werkstuk schrijven'. De meisjes in het studentenhuis hadden de boodschap inmiddels ook begrepen. Ze was zo op zichzelf, het leek wel alsof ze een quarantainebordje op haar deur had.

Holly draaide als een hemellichaam om haar vriendje heen en was nooit op de kamer. Op een middag, toen Holly met haar vriendje en een paar van zijn vrienden stond te praten, kwam Elizabeth voorbij. Ze stelde Elizabeth aan hen voor. Elizabeth zei kortaf: 'Ik moet naar de bibliotheek', en haastte zich weg. Een week later kwam Holly op hun kamer, die ze voornamelijk als opslagruimte gebruikte, om een paar laarzen op te halen die ze in de kast had laten liggen.
'Het huis van Pete geeft zaterdagavond een feestje. Heb je zin om ook te komen?'
'Ik lig een beetje achterop met lezen.'
'Er zijn een paar leuke jongens bij.'
'Ik vind het leuk dat je me vraagt, maar ik kan niet.'
'Ze zijn aardig. De meesten zitten in het basketbalteam.'
'Dan zijn ze te lang voor mij,' zei ze spottend.
'Sommigen spelen in de achterhoede,' antwoordde Holly vriendelijk.
'Ik val tegenwoordig niet meer op atleten.'
'Liz, dit is het Layton basketbalteam. Zo *goed* zijn ze niet.'
'Leuk dat je me vraagt, Holly. Maar ik was wat anders van plan.'

Elizabeth kon dagen doorbrengen zonder met iemand te praten behalve over de telefoon met haar ouders, of Melanie of Sarah. Met haar vrienden probeerde ze het gesprek niet over zichzelf te laten gaan. Wanneer ze naar haar vroegen, had ze haar vaste antwoorden: ze werkte hard en vond de studie een uitdaging, de jongens niet. De jongens op Layton waren ijdel en tot nu toe niet bijster interessant, maar misschien zou Mr. Niet Helemaal Oké maar Acceptabel nog opduiken. Melanie, nooit erg timide, zei: 'Zeven weken. Ben je al met iemand naar bed geweest?' Elizabeth haalde adem en zei: 'Nee.' Ze ontbijtte en lunchte alleen, meestal staande aan de bar. 's Zaterdags en 's zondags, de lange dagen zonder college, studeerde ze en deed wat hazeslaapjes. Meerdere keren nodigden Seth en Donna haar uit om met hen te eten of naar de film te gaan. Ze weigerde vanwege haar studie en at haar warme maaltijd op haar kamer terwijl ze naar het nieuws op de televisie keek. Elizabeth leefde een mensenschuw studentenleven.

Op een vrijdagavond, toen ze zich had geïnstalleerd met haar standaard maaltijd, een tonijnsandwich, mineraalwater en het journaal, staken Seth en Donna hun hoofd om de deur van haar kamer.
'Je zou er meer uit moeten gaan,' zei Seth.
'Ga mee naar de bioscoop en eet een hapje met ons. We willen vieren dat we nog steeds bij elkaar zijn. En jij was degene die ons aan elkaar hebt voorgesteld.'
'Dat is heel lief. Maar ik heb nog zoveel werk liggen voor dit weekend –'
'Liz, we zitten allemaal op dezelfde universiteit,' zei Donna. 'We weten hoe hard je moet werken of niet. Je hebt heus wel tijd om uit te gaan. Ze draaien *The Red Shoes*.'
'Ik kan niet.'
'Zelfs mijn moeder zegt dat je er meer uit zou moeten gaan,' zei Seth.
'Je moeder? Je praat over mij met je moeder?'
'Haar behoefte aan informatie is niet te bevredigen.' Elizabeth glimlachte. 'Echt. Liz. Je liep het studentenhuis binnen en ik zat aan de andere kant van de weg en er zaten een paar jongelui. En één van de jongens zei: "ziet er leuk uit", toen je voorbij kwam. En een ander, die in je studentenhuis woont, zei: "Ze is een godvergeten kluizenares." '
'Nou ja, dat is ook een reputatie,' zei ze tegen hen. 'Niet de slechtste.'
Een godvergeten kluizenares. Dat ben ik.
'Liz, ga met ons mee,' zei Donna.

Ze dacht erover na. Ze vroegen haar niet om naar een feestje te gaan waar mannen waren. Deze mensen waren erg royaal, en ze zei tegen hen: 'Oké, ik ga mee. Bedankt.'
Toen ze moed had vergaard om mee te gaan zei ze: 'Oké, dan gaan we naar het ballet van *The Red Shoes* kijken.'

De film, die door zo'n honderdvijftig studenten werd bezocht, werd gedraaid in de aula van het cultuurcentrum. Tijdens het collegejaar draaiden ze twee filmseries op Layton. De ene serie bestond uit het twee keer per week draaien van klassieke films. De andere bestond uit het draaien van kunstfilms op de vrijdagavond. Elizabeth was nog nooit bij een voorstelling geweest. Volgens Donna trok de vrijdagavond een wat 'kunstzinniger volkje' dan de gewone films. Elizabeth vond ze er interessant uitzien. Ze observeerde alles met toegeknepen ogen, hoe ongedwongen het publiek met elkaar omging, hoe zichtbaar prettig ze het vonden om aanwezig te zijn, en had het gevoel alsof ze uit de duisternis was gekomen en nu plotseling in het licht zat.
Dit was de vierde keer dat Elizabeth *The Red Shoes* zag en ze kende veel dialogen uit het hoofd, net als een heleboel anderen in de zaal. De connaisseurs applaudisseerden bij bepaalde regels en scènes.
'Het leek wel of ik bij een sportwedstrijd was,' zei Elizabeth toen ze na de voorstelling in een hamburgertent in de buurt van de campus waren neergestreken.
'Powell en Pressburger waren ongelooflijk goede filmers,' zei Donna. 'Ze hebben van die prachtige, sierlijke films gemaakt, maar ze hebben ook zoiets eenvoudigs als *I Know Where I'm Going* gedaan.'
'Die heb ik nooit gezien,' zei Elizabeth.
'Ik zit in de filmcommissie. Het volgende semester zal ik ervoor zorgen dat ze die draaien.'
'Je hebt veel verstand van film.'
'De vader en moeder van Donna zijn filmeditors,' zei Seth.
'Ik zou graag regisseur willen worden,' zei Donna. 'Volgend jaar gaan we met filmen beginnen. Misschien kun je voor mij acteren,' zei ze tegen Elizabeth.
'Ik wil de hoofdrol in een western,' zei Seth.
'Jij? Iemand die *High Noon* beter vindt dan *Red River*? Het gaat

erom of een film vandaag de dág nog de moeite waard is,' zei Donna. 'Niet wat mensen er *toen* van vonden.'

'Kijk, ik geef toe dat je goed op de hoogte bent van Britse films uit de veertiger en vijftiger jaren –'

'Britse? Alleen Britse?'

'Maar je hebt geen flauw benul van westerns,' zei hij. '*High Noon* heeft alle klassieke elementen.'

Het was alsof Elizabeth naar een film zat te kijken, zoals ze daar zat met Seth en Donna die elkaar plaagden en voor de gek hielden. Zoiets scheen voor haar onbereikbaar te zijn.

Seth en Donna wilden weten wat Elizabeths indruk van de universiteit tot nu toe was, en ze zei dat haar voornaamste zorg was het werk bij te houden, zodat ze nogal op zichzelf was. Ze gaf hun haar standaard verklaring waarom ze vocale muziek had laten vallen. Donna vond Layton veel kakkineuzer en geslotener dan ze had verwacht. Seth was het met haar eens en vond de jongens maar snobs en had de indruk dat de meisjes hem negeerden, 'maar meisjes hadden hem altijd genegeerd'. Donna negeerde hem echter geenszins, en het was duidelijk dat ze met elkaar naar bed gingen. Terwijl ze over de universiteit zaten te praten, dwaalden Elizabeths gedachten af en ze probeerde zich voor te stellen hoe het zou zijn om met Seth naar bed te gaan. Zou hij zijn sokken uitdoen? Zou hij met zijn knokige knieën en ellebogen tegen je aan stoten? Plotseling dacht ze niet meer aan Seth en zag ze Jimmy weer voor zich. Ze kon gewoonweg geen speelse seksuele fantasieën meer hebben zonder te worden lastig gevallen door de verkrachting.

Ze bleven even staan om afscheid te nemen voor het studentenhuis van Elizabeth.

'Ik vond het hartstikke leuk dat jullie me mee uit genomen hebben om te luchten. Vertel je moeder ook dat ik uit geweest ben,' zei ze tegen Seth.

'Dat weet ze binnen een paar minuten. We hebben een fax, zodat ze op de hoogte kan blijven van de activiteiten op de campus,' grapte hij.

'Volgende week vrijdag, *Open City*,' kondigde Donna aan. 'Heb je dan weer zin om mee te gaan?'

'Dat lijkt me erg leuk.'

Ze keerde terug op haar kamer en lag op haar bed na te denken over de avond. Het leven speelde zich af buiten haar kamer, mensen gingen naar de film, werden verliefd. De volgende keer dat ik met iemand naar bed ga, moet ik drie jaar met hem getrouwd zijn. Ze vond haar eigen grapje maar matig. Hoe het zou zijn om in het gezelschap van een man te verkeren, en alle sociale rituelen door te maken, was voor haar niet te vatten. Ze probeerde de herinnering aan Barney op te roepen, die lieve Barney van vroeger, maar het beeld van die akelige rat bleef heen en weer springen in de kamer.

5

Het noodlottige feestje, het enige feestje waar Elizabeth naar toe was geweest op Layton, was voor Jimmy Andrews slechts een vage herinnering geworden terwijl hij andere feestjes bezocht en de campus afspeurde naar 'nieuw personeel'. Nu, na twee maanden in het eerste semester, had hij de slaapkamer in de weekenden voor zich alleen. Zijn kamergenoot, John Hatcher, onderhield een weekendrelatie met zijn vriendin, een eerstejaars op Hamilton College. Ze had een eigen kamer in een huis buiten de campus. Ieder weekend ging hij naar haar toe. Hij nam zijn studieboeken mee en vertrouwde de kamer aan Jimmy toe.

John Hatcher was een ouderejaars filosofie en een briljant student, het geleerde-atleet type dat de prestigieuze universiteiten zo waardeerden. Zijn ouders waren allebei professor; zijn vader doceerde politicologie aan Georgetown, zijn moeder geschiedenis aan de George Washington University. Hij probeerde voor zichzelf een evenwicht te vinden tussen zijn academische activiteiten en de zaken waar iedere gewone jonge vent zich mee bezighield. Hij was catcher bij het Layton honkbalteam en wanneer hij op feestjes achter de bar stond, pronkte hij met een identiteitskaart waar, bij wijze van grap, 'The Catcher in the Rye' op stond. Gewoonlijk werd hij door zijn huisgenoten gerespecteerd vanwege zijn intelligentie en zijn morele gezichtspunten, behalve die keren dat hij naar hun smaak te kritisch werd en ze zich van hem af maakten door hem 'miereneuker' te noemen.

John was in 'The Big Leagues' gaan wonen, omdat hij erbij wilde horen. De mensen van het huis hadden de namen van hun nieuwe huisgenoten uit een hoed getrokken. Het resultaat was dat John Hatcher en Jimmy Andrews samen een kamer moesten delen. Ze hadden niet veel met elkaar te maken. John zat 's avonds in de bibliotheek en in de weekenden bij zijn vriendin. Hij begreep de nimmer aflatende belangstelling voor vrouwen van zijn kamergenoot niet en vond de amoureuze activiteiten van Jimmy zowel amoreel als humorloos.

'Ga je weer op de versiertoer?' vroeg John aan Jimmy toen opnieuw een weekend naderde.

'Zo ja, wat dan nog?'

'Het lijkt wel alsof je met je afstudeerscriptie bezig bent, zo druk heb je het met je sociale contacten.'

'Ja, meneer pastoor, zeg het maar. *Jij* krijgt ieder weekend een beurt.'

'Van mijn waardevolle wederhelft. Waar is die roodharige gebleven, die eerstejaars? Die zag er aardig uit.'

'We konden niet met elkaar opschieten.'

'Je hebt me anders verteld dat je met haar naar bed bent geweest.'

'Ik wist pas dat we niet met elkaar konden opschieten *nadat* ik met haar naar bed was geweest.'

'Jimmy "d'r op en d'r af" Andrews.'

'Jij doet niet meer mee in het circuit. Jouw mening telt niet.'

'Waar zijn de feestjes deze keer?'

'Ik ga toevallig naar huis. Er is een vader-en-zoon toernooi op de club van mijn ouders.'

'Kijk maar uit, straks bouwen de andere jongens nog een voorsprong op,' plaagde hij.

'Dat betwijfel ik,' antwoordde Jimmy.

'Jullie zijn net dolende ridders op zoek naar de Onheilige Graal.'

'O, o, wat zijn we weer literair. Wij noemen het gewoon poesje.'

Jimmy Andrews nam afscheid van zijn huisgenoten. Hij maakte tegen hen precies hetzelfde grapje als John Hatcher tegen hem had gemaakt: terwijl hij thuis was in Westport, zouden zij een voorsprong opbouwen met het versieren van vrouwen.

Toen John Hatcher terug kwam op zijn kamer graaide hij een aantal boeken van zijn tafel en deed ze in zijn boekentas. De intellectuele aspiraties van Jimmy Andrews, die zo opvallend door Elizabeth waren aangewakkerd, waren verdwenen. Lawrence of Arabia was een interessant onderwerp voor *John Hatcher*. De boeken in de kamer waren in huis gehaald voor een werkstuk dat Hatcher aan het schrijven was over T.E. Lawrence.

Jimmy Andrews had de afgelopen elf jaar vader-en-zoon tennistoernooien gespeeld voor de Sweetbriar Country Club in Westport, Connecticut. De eerste paar toernooien werden de Andrews regelmatig verslagen, waarna Jimmy tennisles had gekregen. Een deel van de zomer bracht hij door op een tenniskamp en toen begon hij met wedstrijdtoernooien voor junioren. Hij had nooit in niet-universitaire tennistoernooien gespeeld en was op de computerranglijsten van de nationale competitie niet te vinden. Maar hij was de beste speler op Sweetbriar. Hij en zijn vader, Malcolm Andrews, een niet opvallend goede tennisser op speelsterkte B, hadden de afgelopen drie jaar steeds het jaarlijkse vader-en-zoon toernooi gewonnen.

Het toernooi werd tegelijkertijd gehouden met het overkappen van de tennisvelden, waarna de clubleden ook gedurende de wintermaanden gewoon door konden spelen. De club was voor Malcolm en Penny Andrews hun voornaamste sociale bezigheid. Haar vader was vroeger erelid van Sweetbriar geweest. Penny en haar twee zusters hadden in hun jeugd al bij de club getennist. Eaton Fisk was in de Tweede Wereldoorlog bevelvoerder geweest van een onderzeeër. Hij was de grondlegger van Fisk Electronics, een bedrijf dat communicatiesystemen voor marineschepen fabriceerde. Toen de Kapitein, zoals hij altijd werd genoemd, stierf, was hij ook voorzitter van het bestuur van de Republikeinen in zijn staat. Penny Fisk studeerde op Vassar, waarna ze met Malcolm Andrews trouwde. Als huwelijkscadeau kreeg het jonge stel een huis in Westport en een lidmaatschap van Sweetbriar. Het was destijds een besloten club geweest en de club had dat karakter behouden; minder dan vijf procent van de leden waren joods of zwart.

Op de eerste zaterdag van elke maand werd op de club een dansavond gehouden. Behalve die keren dat ze op vakantie waren, waren Penny Andrews-Fisk, voorzitter van de Sweetbriar gezelligheidsvereniging, en Malcolm, haar echtgenoot, altijd van de partij. Ze dansten, ze lachten en ze mengden zich onder de aanwezigen. Andrews was een verzekeringsman die zich had gespecialiseerd in coöperatieve en individuele pensioenregelingen, zodat de club, een verzameling welgestelden, niet alleen de kern van zijn sociale, maar ook van zijn zakelijke leven vormde. Hij was het enig kind van een postemployée in Reading, Pennsylvania. Zijn moeder was naaister. Door de jaren heen hadden zijn ouders met pijn en moeite wat geld opzij gezet, zodat hun jongen op een goede dag naar de universiteit zou kunnen gaan. Hij werd toegelaten op Lehigh. Na een onopvallende carrière op de universiteit besloot hij makelaar in verzekeringen te worden. Hij was redelijk succesvol en had kantoren in Manhattan en Westport.

Penny was de laatste van de drie zusjes Fisk die trouwde. Haar oudere zuster was getrouwd met een man die in het bedrijf van de Kapitein kon komen werken, net als de echtgenoot van de jongste zuster. Er was geen baan beschikbaar voor Malcolm Andrews: hij moest het doen met het grote koloniale huis, het lidmaatschap van Sweetbriar en zijn pensioenfondsverzekering bij Fisk Electronics. Penny hield zich bezig met vrijwilligerswerk, zoals het een lid van Sweetbriar betaamde. Sociaal gezien leefden de Andrews net iets boven hun stand. Het inkomen van Malcolm Andrews zou niet toereikend zijn geweest om hun huis en het lidmaatschap van de club te financieren. Door de jaren heen oefende hij zich in zelfdiscipline en beperkte hij zijn alcoholgebruik tot niet meer dan twee wodka-martini's per avond, zelfs bij sociale gelegenheden. Als hij meer dronk zou hij maar gaan piekeren en concluderen dat zijn enige waarneembare deugden zijn uiterlijk en zijn foxtrot waren.

Ze hadden elkaar ontmoet op het hoofkwartier van de New Yorkse Republikeinen, tijdens de campagne van Goldwater voor de presidentsverkiezingen van 1964. 'In uw hart weet u dat hij gelijk heeft,' was een hoofdthema van de Goldwater-campagne. Andrew koesterde sympathie voor Goldwater omdat hij van een van zijn collega's bij New York Life had begrepen, dat vrijwilligerswerk de aangewezen manier was om rijke meisjes te ontmoeten.

Penny Fisk was slank, ze droeg een pagekapsel dat nodig bijgeknipt moest worden en ze had de platte, mannelijke neus van de Kapitein geërfd. Ze had altijd een opvallend sociaal leven geleid in New York. Malcolm Andrews was bijna één meter tachtig met donker zwart haar, borstelige wenkbrauwen en blauwe ogen. Hij was het type van de knappe Republikein die ze had gehoopt te ontmoeten op het hoofdkantoor van de campagneleiding.

Op de avond van de verkiezingen, toen Goldwater werd geklopt door de lompe Lyndon Johnson, huilde Penny Fisk. Malcolm Andrews troostte haar door haar mee te nemen naar zijn appartement, waar ze die nacht bleef. Hij was haar tweede, de eerste was een jongen van Yale geweest in haar laatste jaar op de universiteit. Penny Fisk en Malcolm Andrews trouwden tien maanden later op de club. Haar echtgenoot herhaalde door de jaren heen het verhaal over hoe ze had gehuild toen Goldwater verloor. Ze smeekte hem het niet meer te vertellen; ze voelde zich erdoor in verlegenheid gebracht. Hij negeerde haar wens echter en bleef de episode keer op keer herhalen bij gelegenheden waar meerdere mensen bijeen zaten en verhalen over vroeger vertelden. Hij vond het verhaal een nostalgisch en charmant bewijs van hoe loyaal zijn vrouw jegens de Republikeinen was geweest, en in zijn kringen gold het verhaal bijna als een verkoopargument.

Het verhaal van hun zoon Mitch, zes jaar ouder dan Jimmy, was minder geslaagd. Er was veel van hem verwacht, de eerste kleinzoon van de Kapitein, het eerste kind van Penny en Malcolm. Met behulp van vele privélessen en dank zij de contacten van de Kapitein werd hij op Princeton aangenomen. Hij hield het er een jaar uit en keerde de universiteit toen de rug toe. Hij keerde terug naar huis en zei dat hij tijd wilde nemen om wat te werken en te reizen. Daarna zou hij het proberen op een kleinere universiteit in de Midwest, weg van de familie en hun verwachtingen. Penny gaf haar stilzwijgende goedkeuring, maar Malcolm stelde zijn zoon een ultimatum. Mitch moest onmiddellijk opnieuw toelatingsexamens gaan doen bij verschillende universiteiten. In antwoord hierop verhuisde Mitch naar Californië. Hij had allerlei tijdelijke baantjes en uiteindelijk schreef hij zich in bij de University of California in Riverside. Na zijn afstuderen werd hij personeelschef bij een elektronicabedrijf. Hij keerde niet terug naar het oosten.
Het vertrek van Mitch naar Californië vergde veel van de sociale vaardigheden van Malcolm Andrews. Hij zei altijd tegen mensen: 'Mitch is naar Californië vertrokken om zichzelf te vinden. Maar Jimmy zit op Layton.' Hij stapte altijd snel over van Mitch op Jimmy. Jimmy was zijn grote trots. Jimmy was de parel van de familie. Jimmy zou in zaken gaan.

Hij reed naar huis in de Toyota die hij cadeau had gekregen toen hij op Layton was aangenomen. Toen Jimmy het huis naderde, bedacht hij zich dat zijn vader die avond naar de tennisbaan zou willen om nog wat scherpe slagen te oefenen voor het toernooi, dat de volgende ochtend zou beginnen. En zijn moeder zou klaar zitten met een uitgebreid diner om zijn weekendbezoek te vieren. Alle-

bei zouden ze van hem verwachten dat hij hen tevreden stelde, wat erop neer zou komen dat hij met een volle maag met zijn vader een balletje moest slaan. Ze zouden informeren naar de universiteit en zijn vrienden. Hoe waren de jongens in huis, hoe was zijn kamergenoot; had hij een vriendin? Hij zou hun hapklare antwoorden geven, net als altijd. Ze informeerden niet echt naar zijn studie, omdat ze bang waren voor de antwoorden – ik doe het in m'n broek van angst voor wat ik na mijn afstuderen moet gaan doen; ik was te vriendelijk tijdens de toernooien, ik had iedereen moeten verpletteren tegen wie ik op de universiteit gespeeld heb, maar dat heb ik niet gedaan. En ook al heb ik al vier meisjes gepakt, waardoor ik nummer één sta op de ranglijst in het huis, jullie willen vast niet horen dat één van hen, de eerste, zo heftig tekeerging, dat ik de zaak wat heb overhaast en toen beweerde ze dat ik haar verkracht heb, wat overdreven is, want waarom moest ze me zo nodig opgeilen? Maar ik heb haar stennis echt niet nodig. Ik heb al genoeg problemen voor de boeg als ik ben afgestudeerd, en wat moet ik in godsnaam gaan doen als ik geen toernooien kan spelen? In zaken gaan net als pa en mijn leven lang andermans konten likken?
'Prima. Alles gaat prima.'
'Je colleges?'
'Heel goed, mam.'
'En in huis, je kamergenoot en al die anderen?'
'Fantastisch. John is naar zijn vriendin. De jongens hebben een feestje.'
'Nou, ik heb een lekkere kalkoen gebraden voor vanavond.'
'Heb je een hele kalkoen gebraden voor ons drieën?'
'We kunnen er dit weekend altijd nog sandwiches van eten.'
'We moeten morgen om tien uur spelen,' zei Malcolm. 'Art Schultz en zijn zoon. Dat jochie is niet ouder dan elf.'
'De eerste ronde hebben we dus al gewonnen,' concludeerde Jimmy.
'We kunnen vanavond nog even op de baan om warm te draaien. Ik zou het prettiger vinden als we even een balletje gingen slaan. We gaan na het eten, oké?'
'Prima.'

Malcolm Andrews was drieënvijftig en nog steeds fit. Hij speelde het hele jaar door op de club, maar hij had de vorige zomer een spierblessure in zijn kuit opgelopen en ontzag dat been een beetje. Hij liep niet zo hard meer voor ballen die ver naast waren.

'Kom op, pap,' riep Jimmy over het net.

'Ik ben aan het warm draaien,' antwoordde Malcolm Andrews.

'Je moet je helemaal geven.'

Op zijn dertiende versloeg Jimmy Andrews zijn vader voor de eerste keer. Hij had iedere week tennisles op de club gehad en 's zaterdags en 's zondags had hij speciale training gekregen om zijn slagen te perfectioneren. Alhoewel de lessen tweehonderd dollar per week kostten, beschouwde Malcolm Andrews ze als een investering in de toekomst. Penny Andrews werd de privéchauffeur van haar zoon, bracht hem naar al zijn lessen, wachtte tot hij klaar was en nam hem weer mee naar huis. Haar middagen stonden in het teken van hem.

Jimmy begon competitie te spelen op regionale juniorentoernooien toen hij veertien was. Hij was al net zo lang als zijn oudere broer. Malcolm, directeur van zijn eigen bedrijf, kon sommige toernooien bijwonen en Penny zorgde ervoor dat ze beschikbaar was. Haar chauffeursactiviteiten werden intensiever toen ze toernooien door heel New England, New York en Pennsylvania bezochten. Sommige waren zo gewoontjes dat ze in openbare parken, op betonbanen werden gehouden. Andere waren eerste klas evenementen op country-clubs of tennisclubs, waarbij zelfs scheidsrechters en grensrechters aanwezig waren.

Op die toernooien huilden sommige meisjes na hun nederlaag; de jongens trokken een donker gezicht en keerden in zichzelf. Bijna alle jongens, inclusief Jimmy toen hij vijftien werd, namen een trotse houding aan. Ze kuierden meer dan ze liepen, draaiden met hun schouders en hadden een zelfvoldane uitdrukking op hun gezicht. Ze waren zo in de watten gelegd door hun ouders, er was zoveel geld en energie gespendeerd aan hun vaardigheden om een bal over het net te slaan, dat ze overtuigd waren van hun eigen superioriteit.

Oneerlijk spel was schering en inslag. In de lagere regionen, waarbij de spelers zelf moesten zeggen of de bal in of uit was, legden de spelers twijfelachtige ballen vaak in hun voordeel uit. Op een toernooi in een gemeentepark in Philadelphia kreeg Jimmy drie dubieuze ballen tegen zich. Penny had zulk gedrag nog nooit meegemaakt en liet dit grondig uitzoeken door de official die de leiding had over het toernooi.

'Hoe kunt u zulk bedrog toestaan?' wilde ze weten.

'Deze kinderen staan onder grote druk,' legde hij uit. 'Naar mijn mening bedonderen sommigen van hen de boel zonder meer. Maar er zijn er ook die, door alle druk, gewoonweg willen dat een bal die in is, uit is. Ze "zien" dat hij uit is, ook al is dat niet het geval. Daar kun je niks aan doen.'

Jimmy Andrews liep arrogant en loog met de anderen mee. Toen Penny en Malcolm zagen dat dit gedragspatroon gebruikelijk was op jeugdtoernooien, adviseerden ze hun zoon niet om op te houden met liegen. Er waren altijd wel gegronde redenen voor: eerder in de wedstrijd, of anders in een vorige wedstrijd, was het altijd wel een keer voorgekomen dat zijn tegenstander hem onterecht een punt had afgepakt. Uiteindelijk begonnen ook zij uit-ballen te zien die niet uit waren.

Toen Jimmy Andrews zestien was voegde hij tactische klachten toe aan zijn wapenarsenaal. Hij begon regelmatig te protesteren tegen ongunstige beslissingen van de scheidsrechter. John McEnroe sr. diende hier als model voor Malcolm Andrews. John senior liet John junior al die jaren begaan met dergelijk gedrag en het leek de jongen geen windeieren te leggen.

In het laatste jaar op de middelbare school leidde Jimmy zijn schoolteam naar het regionale kampioenschap in de jeugdcompetitie. Hij won tien regionale wedstrijden, zijn record. Een cliënt van Malcolm Andrews, lid van Sweetbriar, zat in het bestuur van Layton College en hij schreef een aanbevelingsbrief aan de toelatingscommissie, waarin hij uitlegde dat Jimmy zo'n fantastische knul was. Jimmy ontmoette tijdens zijn bezoek aan de school de tennistrainer, die hem vertelde dat Layton geen sportbeurzen toekende, maar hij erkende dat Jimmy een goed lid van het team zou zijn en ook hij zou een aanbevelingsbrief aan de toelatingscommissie schrijven. Jimmy Andrews speelde geen proftoernooien, maar de tijd en het geld dat zijn ouders in zijn tennis hadden gestoken werd nu terugbetaald in de vorm van cijfers en testscores op grond waarvan hij op Layton werd toegelaten, iets wat anders nooit gelukt zou zijn.

Om het vader-en-zoon toernooi op Sweetbriar te winnen, moest een dubbel vier partijen winnen. De Andrews wonnen hun eerste drie partijen met gemak en zaten in de finale. De finale op zondag, voorafgegaan door een alcoholische lunch in het clubgebouw, was een sociale gelegenheid op de club die gewoontegetrouw op zijn minst honderd mensen trok. Een barkeeper reed met een serveerwagen heen en weer tussen de tafels in de eetzaal van het clubhuis. Tegen de tijd dat de wedstrijd ging beginnen waggelden velen naar de baan.

De Andrews moesten tegen de Thompsons spelen. Reg Thompson, een investeringsbankier, was een man van begin veertig die op het niveau van Malcolm speelde. Donny, zijn zoon, was zestien. Jimmy had Donny nog nooit zien spelen; de Thompsons waren gescheiden en Donny woonde bij zijn moeder in New York. Hij had gehoord dat Donny in een paar toernooien had gespeeld.

De spelers deden een paar minuten voor de wedstrijd een warming-up. Jimmy was zich er van bewust dat de volwassenen ongeveer van het gelijke niveau waren. Hij had de gewoonte tijdens de warming-up zijn tegenstander te taxeren en hij kwam tot de conclusie dat de jongen uitstekende lage ballen sloeg. Hij had, net als Jimmy, een tweehandige back-hand en hij boog bij zijn slagen goed naar de grond.

Aan het begin van de wedstrijd was het al duidelijk dat Donny vlug als water was. Lobs sorteerden geen enkel effect tegen de Thompsons. Donny kon bijzonder snel anticiperen en spurtte van het net terug om de lobs op zijn of zijn vaders helft op te vangen. Alhoewel hij geen keiharde slag had, sloeg hij wel feilloos. Jimmy keek fronsend naar zijn vader en begon hem te commanderen. De vrijetijdstennissers in het publiek, dronken en nuchter, applaudisseerden voor sommige harde opslagen en forehands van Jimmy. Ondertussen streden Malcolm Andrews en Reg Thompson niet alleen tegen elkaar, maar ook tegen hun buikjes. De meeste punten waren meer op hun fouten gebaseerd dan op uitgespeelde ballen van hun zoons. De Thompsons, die een strategische, supersnelle wedstrijd speelden, wonnen de eerste set met 6-3. In de tweede set bleef Jimmy doorgaan met fronsen en mopperen en gromde hij over scheidsrechterlijke beslissingen, maar hij bleef harde ballen afleveren. Ondanks Jimmy's intensieve spel en harde slagen, waren de Thompsons heel goed in staat de ballen bij hem weg te houden en het spel van Malcolm was niet stabiel genoeg. Toen het 5-4 stond moest Donny Thompson serveren. De game duurde een tijdje, maar uiteindelijk, op match-point, sloeg de jongen een bal die Malcolm aan het net verkeerd op zijn racket kreeg, waarmee hij de overwinning aan de Thompsons gaf, 6-3, 6-4.

Ze schudden elkaar de hand en Jimmy liep snel weg. Hij wilde niet douchen. Hij haastte zich naar de auto en ging er vast in zitten om de toeschouwers te vermijden. Een paar minuten later werd hij gevolgd door Malcolm en Penny.

'Je hebt erg goed gespeeld,' zei Penny.

Hij had een goede wedstrijd gespeeld en weinig fouten gemaakt. De vaders waren niet aan elkaar gewaagd; Reg Thompson was stabieler dan Malcolm.

'Je hebt inderdaad heel goed gespeeld,' deed Malcolm Andrews een duit in het zakje, maar het klonk niet erg overtuigend. Jimmy begreep wat zijn vader eigenlijk wilde zeggen: je wist hoeveel dit voor mij betekende. Hier haal ik mijn persoonlijke prestige op de club uit, en nu hebben andere mensen dat van mij afgepakt, nieuwe mensen, en dat was niet gebeurd als jij nóg beter had gespeeld.

Na elf weken in het eerste semester hadden de eerstejaars zich wel zo ongeveer gesetteld. De eerste, spannende periode was voorbij; angst voor vreselijke kamergenoten, angst voor deprimerende hoeveelheden werk, angst om er niet bij te horen, langzaam aan verdween het. Het sociale leven van Elizabeth bestond echter geheel uit de avonden dat ze met Seth en Donna naar de film ging. Op een gegeven moment gingen ze naar een voorstelling van *The 400 Blows*.

'Dat stilstaande beeld aan het eind is een van de meest overrompelende beelden in de geschiedenis van de moderne film,' meende Donna toen ze de zaal verlieten.

'Het is een film die je bij blijft,' merkte Elizabeth op.

'Heb je *The Wild Child* wel eens gezien?' vroeg Donna.

'Ik geloof niet dat ik daar ooit van gehoord heb,' antwoordde Elizabeth.

'Morgen. Lunchen op mijn kamer. *The Wild Child*. Na afloop discussie.'

'Ik moet een werkstuk voor geschiedenis schrijven –'

'Liz, dit is een Truffaut. Dat is belangrijker dan welk geschiedenis-

referaat dan ook.'
'Voor een student film wel, ja.'
'Voor wie dan ook. Dit is verplicht,' zei Donna.

De volgende dag nam Elizabeth een paar zakken popcorn mee naar de kamer van Donna, die deels was ingericht als videotheek met banden die ze van huis had meegebracht. Sterling May was de kamergenoot van Donna, een oogverblindend donker meisje met een lang, lenig lichaam.
'Ik heb je hier nog niet eerder gezien,' zei ze tegen Elizabeth toen ze aan elkaar werden voorgesteld. 'Heb je je zojuist ingeschreven?' vroeg ze plagend.
'Het is me gelukt mijn eerste vijf weken hier te wijden aan zelfstandige studie.'
'Ah, daar komt mijn droomprins,' merkte Sterling op toen Seth de kamer binnen kwam. Seth was opvallend gekleed in een verfomfaaid overhemd met ongelijk opgerolde mouwen, een kreukelige kakibroek met veel te korte pijpen die afgezakte zwarte sokken onthulden, en gympies vol vetvlekken. 'Heb je je nieuwe feestkleding aangetrokken?'
'Sterling, als ik jou was zou ik mijn mond maar houden en een eind gaan hardlopen.'
'Tot uw orders, modeprins.'
'Sterling is een echte atlete,' legde Donna uit.
'Loop jij ook hard?' vroeg Sterling aan Elizabeth.
'Ik heb vroeger wel gejogd maar ik ben ermee opgehouden,' antwoordde ze.
'Ik kan waarschijnlijk net het laatste deel van dit mini-filmfestival meepikken,' zei Sterling.
Ze bestelden een hartige taart van de dichtstbijzijnde pizzeria en keken naar de film. Sterling kwam een halfuur voor het einde van de film terug van het hardlopen en nam plaats op de vloer. Toen de film afgelopen was, bracht Donna, die had gezegd: 'Na afloop discussie', het onderwerp van de zuiverheid van de primitieve geest naar voren dat door Truffaut was gepresenteerd.
Sterling studeerde theater, in het bijzonder toneelschrijven, en begon *The Wilde Child* te vergelijken met het toneelstuk *Equus*. Seth had het over schizofrenie, tot grote verbazing van Elizabeth, die in de veronderstelling verkeerde dat Seth een computer- en wiskun-

defreak was. Elizabeth was van hen onder de indruk. Haar bijdrage aan de discussie bestond uit de opmerking dat de langzame, doelbewuste wijze waarop Truffaut zijn scènes in *The Wild Child* eindigde, de suggestie opriep van een stomme film of het omslaan van de bladzijden van een boek. Dat was overtuigend genoeg, zodat ze zich geen grote sufferd hoefde te voelen toen ze hen bedankte en terugging naar haar kamer.

Zo moet het zijn op de universiteit, dacht Elizabeth, en ze was met warme gevoelens jegens hen vervuld, omdat zij haar als één van hen beschouwden. Plotseling begon ze te huilen omdat ze zo eenzaam was geweest – en om de oorzaak van die eenzaamheid. Die gemene, gore rotzak!

6

Elizabeth keek altijd uit naar de maandagochtend, wanneer ze weer regelmatig naar college kon zonder lange periodes alleen te hoeven overbruggen. Regenachtig weer was voor haar het beste. Iedereen liep dan gehaast langs elkaar heen en haar gewoonlijk snelle pas, ogen op de grond gericht, viel in de regen niet op.

Door snel te lopen en haar ogen af te wenden, was ze er sinds die eerste keer in geslaagd Jimmy Andrews te vermijden. Maar op een dag ging ze naar de kantoorboekhandel om papier voor haar printer te kopen. Toen ze de winkel naderde stond daar, precies op haar weg, geleund tegen de zijmuur van de winkel, niemand anders dan Jimmy. Hij had zijn arm om de schouders van een blondine geslagen. Ze stonden daar nog steeds toen ze dichterbij kwam, en het meisje draaide zich om teneinde haar van top tot teen te bekijken. Het ontging Elizabeth niet. Jimmy had dat meisje iets verteld! Hij had over haar gepraat!

Terug op haar kamer draaide ze om het kwartier zijn telefoonnummer en tegen zevenen die avond nam hij eindelijk de telefoon op.

'Hallo!'

'Met Liz Mason. Wat heb je dat meisje verteld?'

'Ben je gek geworden?'

'Ze draaide zich om om mij te bekijken. Van top tot teen. Dat had ze niet gedaan als ze niets van me wist.'

'Je bent krankjorem.'

'Wat heb je haar verteld – dat je me gepakt hebt? Heb je zitten opscheppen om stoer te doen?'

'Ik *ben* stoer.'

'Ik heb je gewaarschuwd. Wat heb je haar verteld?'

'We deden een spelletje, mensen taxeren die voorbij kwamen en proberen te raden of ze goed in bed waren. Ik heb niet verteld dat ik met je naar bed ben geweest. Het was een spelletje. *Zij* zei dat je eruitzag als een waardeloze gleuf.'

'En je was het met haar eens, nietwaar? Je verkracht me en dan vertel je aan iedereen dat ik waardeloos in bed ben.'
'Ik heb niets over je verteld.'
'Ik geloof je niet. Je vertelt niets over mij, aan niemand! Als ik dat merk, ik zweer het je, dan ga ik onmiddellijk naar de politie!'
Ze wist dat hij tegen mensen opschepte dat hij met haar naar bed was geweest. Het liefst was ze met een honkbalknuppel naar zijn huis gelopen en had ze hem voor zijn ballen gemept. De verhalen in de roddelpers over geweldsdelicten ingegeven door woede, kregen een zekere logica voor haar. Ze was echter een keurig opgevoede jongedame. Ze probeerde haar woede te bedwingen door er letterlijk voor weg te lopen. Ze deed haar loopschoenen, korte broek en t-shirt aan en rende naar het sportcentrum, waar, op de houten vloer, een binnenbaan was uitgezet. Ze liep zo'n tweeëneenhalve kilometer in een hoog tempo en ging toen op een mat liggen. Ze transpireerde, keek naar het plafond en voelde zich iets beter. In ieder geval had ze een arrestatie wegens geweld weten te voorkomen. Toen ze daar lag kwam een gespierde jongeman in korte broek en t-shirt, die op de brug had getraind, op haar af.
'Hallo,' zei hij, terwijl hij narcistisch zijn armspieren kneedde. Hij glimlachte zo sexy mogelijk naar haar. 'Ik heb je hier nog niet eerder gezien. Ben je nieuw?'
Ze keek op naar zijn domme grijns, waardoor zijn vooruitstekende tanden helemaal zichtbaar werden. Ik kan hier niet tegen, dacht ze.
'Nee, ik ben oud,' en ze rolde op haar buik, zodat ze hem niet meer hoefde te zien.

Een paar van de rugby-spelers die buiten de campus woonden hadden een feestje en Jimmy ging erheen. Op een groot televisiescherm in de woonkamer werd een Monty Python video gedraaid. Hij liep door de kamer naar de keuken en pakte een blikje bier. Een kleine brunette met een mooi, bijna gebeeldhouwd gezichtje stond tegen een muur geleund en keek onwennig om zich heen.
'Ik ben Jimmy Andrews.'
'Janna Willis.'
'Ik ben je nog niet eerder tegengekomen hier. Ben je eerstejaars?'
'Ja.'
'Wat is je hoofdvak?'

'Psychologie. Zit je ook in het rugby-team?' zei ze.
Hij las afkeuring in haar stem.
'Ik tennis.'
'Echt waar?'
'Tennis jij ook?'
'Niet op universitair niveau.'
'Misschien kunnen we eens een balletje slaan, voor de gein.'
'Misschien.'
Hard dronkemansgelach klonk uit de woonkamer.
'Niet wat je noemt een smaakvolle film,' beweerde hij.
'Wat je zegt.'
'Ze hebben hier nog niet zo lang geleden *Lawrence of Arabia* ge-
draaid, de nieuwe versie. Heb je die gezien?'
'Ik ben dol op die film.'
'Hij was fascinerend, nietwaar? Er is in de hele Amerikaanse ge-
schiedenis niemand die aan hem kan tippen,' zei hij en stak voor de
zoveelste keer van wal met Lawrence of Arabia.

Janna Willis kwam uit een klein stadje in Illinois. Ze was de eerste
uit haar gezin die ging studeren. Ze was gedwongen hard te werken
en goed haar best te doen op de universiteit. Ze beperkte haar sociale leven tot de zaterdagavond, en af en toe nam ze de vrijdagavond of zondagavond vrij. Op zaterdagmorgen werkte ze als vrijwilligster in een kleutercreche in Caldwell. Zij en Jimmy begonnen
afspraakjes te maken en hij zei tegen John Hatcher: 'Ik heb een
non aan de haak geslagen die neukt.'
Ze hield van dansen en Jimmy was voor haar de ideale vriend; hij
wist altijd wel een feestje in de buurt van de campus. En zij was de
ideale vriendin voor Jimmy: hij had de rest van de week mooi de
gelegenheid om andere vrouwen te versieren. Hij vond het leuk
haar mee te nemen naar feestjes waar hij de andere jongens zag
rondscharrelen, terwijl hij er zeker van was dat hij die avond aan
zijn trekken zou komen.
'Wanneer je uitgaat met zo iemand als Janna, uit de Midwest, dan
besef je pas hoe moeilijk meisjes uit New England zijn,' zei hij op
een avond tegen een van zijn huisgenoten.
'Misschien ligt het aan het meisje,' suggereerde iemand.
'Nee, ik ben tot een belangrijke conclusie gekomen. Meisjes uit de
Midwest zijn prettiger in de omgang dan meisjes uit New England.'

'Het is maar goed dat je geen sociologie studeert,' zei John Hatcher. 'Stel je voor dat jij daar als theoreticus je gang kon gaan...'

Seth was druk bezig met allerlei ondernemersactiviteiten. Hij verkocht aan studenten software spelletjes die hij zelf op de computer had ontwikkeld. Donna nam de hele catalogus van de videotheek door. De meeste avonden van de week brachten ze samen door, maar Elizabeth mocht altijd bij hen komen eten, met hen naar de film gaan, of wat ze maar wilde.
In het voorbijgaan zag ze dan Sterling, de kamergenote van Donna, die hartelijk was, maar op haar manier ook afstandelijk. Sterling had haar muur gedecoreerd met posters van Spike Lee en Miles Davis. Meestal zat ze samen met andere zwarte studenten in de hal of in de kantine. Op een dag zat Elizabeth in de bibliotheek en werd ze tot haar grote verbazing door Sterling gevraagd of ze zin had om mee te gaan joggen.
'Ik ben geen professional.'
'Dat vroeg ik je ook niet. Vijf kilometer, morgenvroeg om half acht?'
'Oké, afgesproken.'
Ze liepen met dezelfde lange passen, maar Elizabeth, die minder ervaring had als hardloopster, had moeite het tempo bij te benen. Onder het hardlopen praatten ze over Seth en Donna en hoe mooi het was dat die twee elkaar hadden gevonden. Ze spraken nog een keer af en begonnen samen een paar keer per week te joggen. Onderwijl praatten ze dan over de studie en andere dingen. Zoals gewoonlijk zorgde Elizabeth ervoor dat zij zelf niet het onderwerp van gesprek werd. Op een ochtend werd ze daar door Sterling op gewezen.
'Je bent erg goed in het *stellen* van vragen. "Wat vind je interessant aan toneelschrijven?" "Waar staat volgens jou de beweging voor burgerrechten tegenwoordig?"'
'Heb ik dat allemaal gevraagd? Dat zijn goeie vragen.'
'Waar sta *jij*?'
Het duurde even voordat ze antwoord gaf en ze liepen een poosje zwijgend verder.
'Dat weet ik niet zo goed,' zei ze zachtjes.

Het grootste college dat Elizabeth volgde was Amerikaanse Literatuur van de Twintigste Eeuw. Er zaten tweehonderd studenten in de zaal. De docent was Randolph Billings, een man van in de veertig die knap was en dat wilde weten ook. Hij hield ervan met zijn vingers door zijn haar te strijken. Op de eerste rijen zaten meestal louter meisjesstudenten, van wie sommigen schaamteloos naar hem lonkten. Donna bezocht dit college ook, en zij en Elizabeth zaten naast elkaar.

Billings had een theatrale manier van college geven, hij zwaaide met zijn armen en met zijn lichaam en maakte grapjes met de voorste rijen. Hij had *Miss Lonelyhearts* opgegeven en speelde allerlei scènes uit het boek na, tot groot genoegen van de voorste rijen, waar hartelijk werd gelachen.

'Hij is net zo subtiel als de eerste de beste dronken student,' zei Donna tegen Elizabeth.

Elizabeth deed haar handen voor haar gezicht om niet in lachen uit te barsten.

'Heb ik je in slaap laten vallen, jongedame?' vroeg Billings en wees naar Elizabeth.

'Nee. Het spijt me.'

'Nu ik toch je aandacht heb, kan ik misschien meteen een vraag stellen. Waarom lezen we *Miss Lonelyhearts*?'

Tweehonderd paar ogen werden op haar gericht. Elizabeth begon te blozen.

'Heb je het wel gelezen?'

'Ja.'

'Ik versta je niet, kun je iets harder praten?'

'Ja!'

'En – waarom lezen we het dan?'

Elizabeth verstijfde. Ooit had ze Eliza Doolittle gespeeld en nu kon ze zichzelf er niet toe brengen haar stem in de collegezaal te verheffen.

'Het is – eh –'

'Het is eh, het is eh?' deed hij haar na. Zijn bewonderaars lachten.

'Nou? Waarom lezen we het?'

Ze kon geen woord uitbrengen.

'Je had kunnen zeggen: "We lezen *Miss Lonelyhearts* omdat het kort is." ' Nog meer gelach. 'Het *is* kort, niet waar?'

'Inderdaad,' antwoordde ze.

'Je had kunnen zeggen: "omdat het verplicht is." ' Hij amuseerde de zaal. 'Je had kunnen zeggen: "Omdat de docent het ons heeft opgedragen." Dat zijn allemaal goede antwoorden. Wat had je nog meer kunnen zeggen? Kun je ons dat vertellen? Je *kunt* toch wel praten?'

Het moment leek voor haar wel een uur te duren, iedereen keek naar haar, maar Elizabeth bleef zwijgen.

'Eén van de vuistregels in dit college is,' richtte hij zich tot de zaal in het algemeen, 'als de docent vraagt of je een bepaald boek hebt gelezen, zeg dan niet dat je het gelezen hebt als dat niet het geval is.'

'Ik heb het wel gelezen,' protesteerde ze met enige stemverheffing.

'O ja? Kun je me dan drie personages noemen?' zei hij, terwijl hij met het spelletje doorging.

'Miss Lonelyhearts en Shrike en Doyle,' zei ze. Ze dwong zichzelf te praten. 'En we lezen het omdat het beklemmend is. En briljant geschreven. En ook al is het bijna zestig jaar geleden geschreven, het leest nog altijd even vlot als een reclamespreuk op Times Square. Of als een krant. U kiest maar wat u het belangrijkst vindt.'

Billings was zo verbouwereerd dat hij nu degene was die even geen woord kon uitbrengen.

'Inderdaad. Goed geformuleerd. En je naam is...'

'Liz Mason.'

'Welkom bij het college,' en hij liep weer terug naar zijn lessenaar met een overduidelijke blik naar zijn fans waarmee hij zoveel wilde zeggen als: 'Denk je eens in!'

De Vrouwen Bewustzijnsweek was georganiseerd door Jean Philips, de psychologe die directrice was van het Vrouwen Centrum. Verschillende onderwerpen die voor vrouwen relevant waren zouden worden besproken in seminars en colleges. Elizabeth was niet van plan naar deze bijeenkomsten te gaan, behalve de twee die verplicht waren voor eerstejaars studentes: Seksueel overdraagbare ziekten en Bewustwording van verkrachting. Laura en Ben wilden weten naar welke bijeenkomsten ze ging en ze begreep uit hun vragen dat ze de universiteitskalender nauwlettend volgden aan de hand van de informatie die de universiteit naar de ouders stuurde.

'Ik ben niet geïnteresseerd,' zei ze tegen hen.

'O nee? Sommige onderwerpen klinken wel interessant,' zei Laura.

95

'Ik ga een paar seminars volgen die verplicht zijn. Seksueel bewustzijn. Bloemen en bijtjes, dat soort dingen.'
'En gaat alles goed?' vroeg Ben, die haar zo graag gelukkig wilde zien dat ze bijna niet in staat was met hem te praten.
'Prima. Hoe is het met Josh? Is hij in de buurt? Ik heb al een tijd niet met hem gepraat.'
'Ik zal hem even halen,' zei Laura. 'Pas goed op jezelf, doe je best en veel plezier.'
'Inderdaad, schat,' zei haar vader. 'Hou je taai.'
Josh kwam aan de telefoon.
'Hallo, Lizzie.'
'Hoe gaat het?'
'Het gaat niet zo goed met Queenie. Ze loopt moeilijk.'
'Ze wordt oud. Hoe is het op de universiteit?'
'Prima. Ik zie je gauw weer, hè?'
'Op Thanksgiving Day.'
'Mam is zo opgewonden. Iedereen komt, alle grootouders, de hele clan.'
'Om de kleine meid te zien,' zei ze.
Ze vroeg zich af hoe ze Thanksgiving ooit door zou moeten komen. Jimmy Andrews, dacht ze, zou wel een goeie Thanksgiving hebben. Zijn ouders, wie dat ook maar zijn mochten, zouden bewonderend naar hem kijken, hem volproppen met kalkoen, en hij zou er opgeblazen bij zitten en hun stoere verhalen vertellen. Ze zag helemaal voor zich hoe zijn door en door Amerikaanse familie dankbaar was voor hun geweldige zoon.

Elizabeth worstelde zich door het eerste seminar, over seksueel overdraagbare ziekten. Het stuitte haar echter zo tegen de borst het seminar over verkrachting te moeten bezoeken, dat ze het Vrouwen Centrum belde om te kijken hoe serieus ze waren wat betreft die verplichte aanwezigheid. Ze vertelden haar dat het absoluut verplicht was voor eerstejaars meisjes om die bijeenkomsten te bezoeken, en als ze deze keer niet kon, zou ze het later moeten inhalen. Ze besloot het maar over zich heen te laten komen en nam een paar aspirientjes tegen de zware hoofdpijn die haar begon te kwellen toen het moment dichterbij kwam. Wat kunnen ze mij over *verkrachting* vertellen? Toen ze aan kwam lopen, zaten Donna en Sterling al in een rij die helemaal bezet was, en ze nam plaats aan het eind van een rij, ergens achter in de collegezaal.

Jean Philips kwam met vlugge, doelbewuste passen het podium op-lopen. Ze was een slanke brunette van begin dertig die eruit zag alsof ze zelf nog een studente was, maar haar stem klonk volwassen; haar stem was diep, evenwichtig. Ze begon met te zeggen: 'Verkrachting is één van de misdaden waarover in Amerika het minst is geschreven. Op Layton zijn vorig jaar drie incidenten onder mijn aandacht gebracht van studentes van Layton die tijdens een afspraakje werden verkracht. En wel hier, door studenten van Layton. Geen van de meisjes wilde, om redenen die met henzelf te maken hadden, een aanklacht indienen. Ze hadden het gevoel dat ze voor een deel zelf schuldig waren. Ze hadden gedronken. Eén van hen had haar verkering met de jongen in kwestie uitgemaakt en was eerder wel met hem naar bed geweest, maar deze meisjes zijn wél verkracht. Jullie lezen in de collegeliteratuur niets over verkrachting door degene met wie je uit bent. Welnu, vanavond gaan we er in alle openheid over praten. We zullen leren begrijpen hoe het komt dat verkrachtingen gebeuren. En wat je kunt doen om verkrachtingen te voorkomen.'

Elizabeth dook ineen op haar stoel. Het bekende wanneer-het-kalf-verdronken-is-dempt-men-de-put-verhaal. Ze voelde haar hoofdpijn weer opkomen.

Jean Philips introduceerde een gastspreekster, een vrouw die veel over verkrachting had geschreven. Ze vertelde over verkrachting vanuit historisch perspectief, de manier waarop verkrachting werd behandeld in de media, en de verkrachtingsincidenten op universiteitscampussen. De mensen begonnen zenuwachtig heen en weer te schuiven op hun stoelen toen de spreekster begon over cultureel bepaalde houdingen tegenover vrouwen die maken dat 'het ondenkbare, zowel denkbaar áls uitvoerbaar' wordt.

Elizabeth moest aan professor Billings denken en hoe hij in het stereotype patroon zou passen, de zogenaamd minzame manier waarop hij meisjesstudenten behandelde met zijn theatrale gebaren. In feite behandelde hij ze als sletten. Toen probeerde ze zich voor te stellen wat Jimmy Andrews en zijn vrienden zouden vinden van wat hier allemaal besproken werd. Ze zouden de meisjes die aanwezig waren bekijken, grapjes over hen maken en fantaseren over wie goed in bed was.

Het volgende programma-onderdeel bestond uit een rollcnspel door professionele acteurs: drie mannen en drie vrouwen van in de twintig. Ze droegen vrijetijdskleding en zagen eruit alsof ze op de campus thuishoorden. Jean Philips introduceerde hen en zei dat ze een van de meest voorkomende situaties zouden gaan uitbeelden die tot verkrachting kunnen leiden. In het eerste tableau zat een stelletje op de bank wat bier te drinken. Ze praatten over de studie en toen begon hij haar complimentjes te maken over haar uiterlijk. Ze zoenden elkaar, waarna ze op de bank gingen liggen en elkaar hartstochtelijk begonnen te strelen. De man gleed met zijn handen over haar hele lichaam. Er klonk gelach op in de zaal. En toen, plotseling, glipte de man met zijn handen onder haar jurk. Op dat punt werd de handeling afgebroken.

'Ik zou jullie willen vragen te overwegen op welk punt we in deze situatie zijn aanbeland,' zei Jean Philips.

'Geil,' riep iemand, waarop er hard werd gelachen.

'Akkoord. Maar de vraag is, moet deze situatie tot geslachtsgemeenschap leiden? Als je met een man zoent, als je je door hem laat strelen, is seksuele gemeenschap dan automatisch de volgende stap?'

Ze gebaarde dat ze graag een antwoord wilde van de persoon die net 'geil' had geroepen.

'Ze zijn al een aardig eind in de richting.'

'O ja? Betekent dat dat strelen *moet* leiden tot gemeenschap?'

'Het is prettiger te kunnen kiezen,' zei iemand anders. 'Het is prettiger om je genegenheid te kunnen tonen zonder dat je tot het uiterste moet gaan.'

'Dan moet je wel weten wat je aan het doen bent. Je moet jezelf niet in kwetsbare situaties manoeuvreren. En je moet je sterk voelen. We gaan wat aan assertiviteit doen. Ik wil dat jullie allemaal luid en vastbesloten *Nee!* roepen.'

Ze moedigde het publiek aan *Nee* te roepen, steeds harder en harder. Elizabeth riep zachtjes *Nee*, en dacht: dat helpt niet als er niet naar je wordt geluisterd.

Toen kwamen twee andere acteurs op het toneel, ze namen plaats op de bank en begonnen te vrijen. Na een poosje probeerde de vrouw te stoppen. De man duwde haar naar beneden, greep haar bij haar armen en draaide ze om, terwijl hij zijn lichaam op het hare drukte. Ze schreeuwde *Nee*, probeerde zich los te wringen en terug te vechten. Toen dit gebeurde zei Philips tegen de aanwezigen: 'Wij vrouwen moeten onze boodschap laten horen, luid en duidelijk. Waneer een vrouw *Nee* zegt bedoelt ze *Nee!*'

De man wendde al zijn kracht aan om haar onder zich vast te klemmen en tegelijkertijd riep Philips de zaal op om '*Nee!*' te schreeuwen. Ze moedigde hen aan: 'Harder. Je moet ze laten horen dat *nee nee* betekent.'

De scène op het toneel was zo echt dat het bijna obsceen werd. Het publiek steunde de vrouw in haar gevecht tegen de man. De man probeerde gemeenschap met haar te hebben en Philips liet de toeschouwers keer op keer *nee* roepen.

Elizabeth riep met de anderen mee. Maar ze zag niet langer het stelletje op het toneel. Jimmy Andrews lag boven op haar, hij hield haar vast, duwde op haar keel, en drong steeds weer bij haar naar binnen. Het publiek riep: '*Nee!*' De vrouw op het podium vocht met de man. Elizabeth zag echter alleen wat er met haar was gebeurd, die klootzak die in haar kwam, die haar in zijn greep hield. Ze sprong op en rende de zaal uit, haar hoofd bonkte, haar keel brandde vanwege de pijnlijke herinnering.

Donna zag dat Elizabeth in tranen de aula uit rende. Zij en Sterling renden achter haar aan de trappen af. Elizabeth spurtte weg over het gazon, zo snel als ze maar kon, en verdween huilend de nacht in.

Sterling rende met lange passen achter haar aan, Donna kon het tempo niet bijhouden. 'Liz!' riep Sterling. 'Liz! Wacht op mij!' Elizabeth draaide zich om en zag hen achter haar aan komen, waarop ze nog harder begon te lopen.

'Wacht, alsjeblieft!' schreeuwde Sterling toen Elizabeth de ingang van de campus uitsnelde en de straten verderop inrende. 'Wacht!' Elizabeth liep hard door, hijgend, todat ze uiteindelijk stil hield en tegen een boom aan leunde.

Sterling haalde haar in.

'Wat is er aan de hand?' vroeg Sterling. Elizabeth gaf geen antwoord. Ze schudde met haar hoofd en huilde.

Donna kwam achter hen aan. 'Liz, wat is er gebeurd?'

'Ik ben verkracht. Ik schreeuwde het uit, ik heb geprobeerd terug te vechten, maar hij hield me bij mijn keel vast en hij duwde me naar beneden en toen heeft hij me verkracht.' Ze begon te kreunen.

'Rustig maar, meisje,' zei Sterling. 'Wanneer is dit gebeurd?'
'In het eerste weekend.'
'Wie heeft het gedaan?' vroeg Sterling, en legde troostend haar ar-
men om Elizabeth heen.
'Jimmy Andrews.' En toen begon ze weer te huilen.
Donna streek Elizabeth het haar uit de ogen en Sterling hield haar
stevig omarmd.

7

Elizabeth sliep slecht die nacht. Keer op keer beleefde ze het incident opnieuw. En wat het nog erger maakte was de gedachte dat Jimmy Andrews op dat moment waarschijnlijk de slaap der onschuldigen sliep. Hij was geen kluizenaar geworden, hij was niet bang om met andere mensen te praten.

Donna en Sterling hadden haar mee teruggenomen naar hun kamer. De volgende ochtend hadden ze haar voorgesteld hulp te zoeken, niet te blijven proberen er alleen uit te komen. Ze dachten dat ze het beste naar Jean Philips kon gaan, op het Vrouwencentrum. Ze stemde ermee in en toen Philips op haar werk kwam stonden zij met hun drieën voor haar kantoor te wachten.

'Goedemorgen.'

'Ik wil u graag spreken over een verkrachting,' zei Elizabeth.

Het gezicht van Philips werd meteen grimmig. 'Kom binnen.'

'Mogen mijn vriendinnen ook mee?'

'Natuurlijk.'

Philips liet hen alle drie binnen en vroeg hen te gaan zitten. Langs de muren stonden hele boekenplanken vol werken over vrouwenaangelegenheden en waar geen boeken stonden hingen posters waarop geageerd werd voor vrouwenrechten.

'Zijn jullie eerstejaars?' Ze knikten bevestigend. 'En jullie waren gisteravond aanwezig?'

'Ja,' zei Elizabeth.

'Vertel maar wat er gebeurd is, vanaf het allereerste begin. Vertel me precies hoe het gegaan is.'

'Ik ben Liz Mason. Jimmy Andrews is een ouderejaars. Hij kende mijn kamergenote en we gingen met z'n drieën naar de film. Hij vroeg me mee uit. En toen gebeurde het, op de zaterdagavond voor de inschrijfdag, op twee september.'

'Voor de inschrijfdag?'

'Ja.'

'Je was hier dus net aangekomen?'

Elizabeth beschreef het incident. Ze sprak langzaam, in een poging bij de feiten te blijven en niet in huilen uit te barsten.

'Dus als ik het goed begrepen heb,' zei Philips toen ze het verslag had aangehoord, 'heb je je na afloop gedoucht en heb je al je kleren weggegooid?'

'Ja.'

'En de dokter waar je geweest bent heeft je niet helemaal onderzocht?'

'Alleen mijn keel.'

'Het is heel moedig dat je hier gekomen bent. Dat doen niet genoeg mensen.'

'Het zou nooit gebeurd zijn als ik niet zo stom was geweest.' Ze sloeg met haar vuist op haar been. 'Ik had geen bier moeten drinken. Ik had hem niet moeten verleiden. Ik had niet met hem naar beneden moeten gaan. U zei dat je moet nadenken bij wat je doet. Ik dacht niet na. Ik ben een stomme trut!'

'Jij bent geen stomme trut. Jij bent het slachtoffer van een misdaad. Jij hebt dit niet aan jezelf te danken. Jij bevond je in een situatie die zo vaak voorkomt en die níet tot verkrachting hoeft te leiden. Jij bent verkracht omdat iemand jou verkracht heeft! Hij deed het, niet jij. Jij bent niet slecht en je was ook niet fout – en jij hebt nergens schuld aan!' Ze wond zich op, gefrustreerd als ze was dat dit soort incidenten zich blééf voordoen.

Ze wendde zich tot Donna en Sterling. 'Dames, kan ik Liz even alleen spreken?'

'Alles goed met je?' vroeg Sterling en Elizabeth knikte. 'We wachten buiten.'

'Heb je er met andere mensen over gepraat?'

'Verder met niemand. Gisteravond heb ik het tegen Donna en Sterling verteld en nu tegen u.'

'Heb je het helemaal voor jezelf gehouden? Je hebt er ook niet met je ouders over gepraat?'

'Mijn ouders! Mijn God, als die het horen krijgen ze een zenuwinzinking!'

Jean Philips liep naar haar toe en nam Elizabeths handen in de hare.

'Wij gaan jou hier doorheen slepen. Dit kan mensen overkomen en die mensen komen er ook weer overheen. Je hebt een paar

vriendinnen die me heel leuk lijken en je ouders – hoe is je relatie met hen?'
'Ze houden van me. Ze houden van me en ik laat hen in de steek.'
'Dat is niet waar. Zij kunnen je helpen. Je moet je niet voor hen afsluiten. Je moet dit niet allemaal voor je houden. We moeten je ouders laten weten wat er met je gebeurd is.'
'Ik ga met Thanksgiving naar ze toe.'
'Je moet het ze vertellen. En tot die tijd moet je bij me langskomen. Het heet therapie maar wat we doen is gewoon praten. We praten het uit. Kun je iedere dag om zes uur hier zijn?'
'Iedere dag? Ben ik al zo ver heen?' reageerde ze.
'Nee, dat ben je niet. Niet als je dat nog kunt zeggen en mij aan het lachen kunt maken.'

Jean Philips probeerde Elizabeth zo ver te krijgen dat ze niet langer zichzelf de schuld gaf, maar inzag dat er een misdaad was gepleegd en dat zij het slachtoffer was. Ze wilde Elizabeths positieve gevoelens over zichzelf versterken door haar te prijzen om haar poging om, ondanks die verkrachting, toch door te gaan. Philips probeerde haar ook weer een gezonde houding tegenover de andere sekse aan te leren en moedigde Elizabeth aan zich te realiseren dat niet alle mannen als Jimmy Andrews waren, dat niet alle mannen er dit soort praktijken op na hielden. Philips probeerde ook oefeningen waarin Elizabeth moest fantaseren dat ze door de kantine of over de campus liep, zonder enige gevoel van schaamte, het hoofd omhoog en niet bang om oogcontact met mensen te maken. Elizabeth moest daar buiten de sessies om aan werken en ze dwong zichzelf te oefenen terwijl ze buiten liep.
Donna had Seth over de verkrachting verteld en hij kwam naar Elizabeths kamer om haar te zeggen hoe vreselijk hij het vond. Wat kon hij voor haar doen, vroeg hij. Ze zei dat hij gewoon moest doorgaan een vriend voor haar te zijn.
Naarmate ze meer positieve gevoelens over zichzelf begon te krijgen, groeide de woede jegens haar belager.
'Wanneer ben ik zo ver dat ik gezond genoeg ben om dit kantoor uit te lopen en hem te vermoorden?'
'Er zijn stappen die je kunt nemen om je kwaadheid te luchten. Het is ook goed dat je kwaad op hem bent, zolang je je kwaadheid maar niet tegen jezelf laat werken.'

Elizabeth had nooit verteld dat ze sinds de verkrachting niet meer gezongen had en Jean Philips kon haar daar dus ook niet op aanspreken. Van buiten gezien leek de therapie te werken, maar de schade aan Elizabeths gemoed was zo ernstig dat zingen, optreden, levenslustig zijn, dingen waren die ze niet langer met zichzelf associeerde.

Janna Willis en Jimmy Andrews hadden nog steeds een relatie. Als ze een hele week hard gewerkt had dook ze op zaterdagavond weer op en wilde dan graag van het leven genieten. Ze zag het beste in Jimmy: zijn innemendheid, het gemak en zelfvertrouwen waarmee hij zich over de campus bewoog. Hij was leuk tegen haar, hij mocht haar. Omdat ze zo intiem met elkaar omgingen en omdat ze elkaar iedere zaterdagavond zagen, veronderstelde ze dat hun relatie exclusief was. Ze zat ernaast.

Sommige rugbyspelers vertelden rond dat ze 'vleeswaren gingen importeren', meisjes van de State University in Albany. Jimmy ging ook naar het feestje, dronk zich een stuk in de kraag en had, staand in een kleerkast, seks met een meisje dat dronken was. Haar naam kon hij niet onthouden.

Janna had verwacht die avond iets leuks te gaan doen met Jimmy, het was tenslotte een zaterdagavond, maar van iemand anders die ook naar het feestje was geweest hoorde ze dat Jimmy er ook was geweest en dat die er met een meisje vandoor was gegaan. De volgende morgen kwam ze naar zijn huis.

'Waarom ben je gisteravond naar dat feest gegaan?' vroeg ze. 'Ik dacht dat we samen iets zouden doen.'

'Dat hadden we niet expliciet afgesproken.'

'Dat hadden we wel. Jimmy, je hebt me gekwetst.' Ze begon te huilen, wat hem verbijsterde. 'Ik mag je heel erg graag,' zei ze. 'Ik dacht dat jij mij ook graag mocht.'

'Dat is ook zo.'

'Waarom moet je dan achter andere meisjes aan?'

'Ik weet het niet.'

Hij vroeg haar of ze die dag met hem samen wilde doorbrengen. Ze gingen ontbijten en na afloop haalde ze haar boeken uit haar kamer en gingen ze terug naar zijn huis, waar zij ging werken aan een leesverslag voor een van haar werkgroepen. Onder haar invloed ging hij ook wat studeren. Ze zat verdiept in een boek over medische ethiek. Hij wist dat hij zo'n boek nooit zou inkijken.

's Middags gingen ze tennissen. Daar hadden ze het al wel vaker over gehad. Jimmy had verwacht dat ze niet geweldig zou spelen, maar ze speelde goed. Hij vond het prettig dat ze niet opschepte, zoals sommige meisjes deden, en toch heel leuk kon spelen. Terug in zijn huis gingen ze samen onder de douche, waarna hij haar meenam naar de kamer en ze de liefde bedreven. Ze voelde zacht en schoon aan. De avond tevoren, in die kast met dat meisje wier naam hij zich niet eens herinneren kon, had het naar bier en tabak geroken, alles, haar kleren, haar adem, alles.

Op een dag kwam Elizabeth uit een college en liep ze met opgeheven hoofd, zoals ze geoefend had, terug naar haar kamer, toen ze Jimmy Andrews zag staan met Janna Willis. Ze glimlachten en ze veronderstelde dat Jimmy wel weer bezig zou zijn met zijn spelletje Wie is goed in bed? Elizabeth bleef staan en bekeek Jimmy Andrews in het licht van haar recent verworven inzichten. Jean Philips had gezegd dat hij het prototype was van een vaker voorkomend soort jongemannen: hij was verwend en vond het als vanzelfsprekend dat alles altijd naar zijn zin zou verlopen. Elizabeth keek naar hem vanuit die context en inderdaad wees niets erop dat de vork weleens heel anders in de steel zou kunnen zitten. Hij keek uit de hoogte, met zijn nieuwste verovering aan zijn zijde.

'Ik zie dat je bent overgestapt op zelfgenoegzaamheid als hoofdvak.'

'Ik kan me niet herinneren dat ik je iets gevraagd heb.'

'Dat klopt. Jij vraagt niets. Jij neemt,' en Elizabeth liep weer verder.

Zijn gezicht werd gespannen, maar tegenover Janna haalde hij zijn schouders op.

'Jimmy?' vroeg Janna.

'Ik ben één keer met haar uit geweest en toen wilde ik haar niet meer zien, maar zij vat het niet erg goed op.'

'Nee, dat kun je wel stellen.'

'Ze is een beetje getikt.'

'En jij bent een hartenbreker?'

'Niet meer. Maar ik was geen maagd toen ik jou tegenkwam, hoor,' zei hij in een poging haar te charmeren. En het gespreksonderwerp werd gedropt: ze was gecharmeerd.

Op hun volgende gesprek opperde Jean Philips dat Jimmy Andrews afbekken over de telefoon, of iedere keer dat ze hem tegenkwam in het openbaar, op de lange termijn weinig effect zou sorteren.

'Je bent verkracht, er is een misdaad gepleegd. Als je geen formele aanklacht indient hoef je niet al die procedures mee te maken. De keerzijde van de medaille is echter dat je dan makkelijk het idee kunt krijgen dat er nooit recht is gedaan.'

Ze legde uit welke opties er voor Elizabeth openstonden. De eerste was niets doen en het daarbij laten. Of ze kon naar de politie gaan. Ook al had het incident weken eerder plaatsgevonden, ze kon nog altijd een aanklacht indienen. Als ze voor die weg koos, moest ze weten dat de politieprocedures bot waren en dat een proces met een jury een beproeving was. Een andere optie was niet naar de politie te gaan, maar een hoorzitting aan te vragen bij het bestuur van de universiteit. De universitaire klachtencommissie was ingesteld om hoorzittingen te houden over allerlei uiteenlopende klachten van studenten tegen studenten of tegen andere leden van de faculteit. Jean Philips vertelde Elizabeth dat zij de verzekering had gekregen dat de universitaire klachtencommissie een redelijk alternatief bood voor de weg via de politie. Aanklachten over verkrachting zouden snel en zorgvuldig behandeld worden. Als de aanklacht inderdaad gegrond bleek te zijn, zou de verkrachter onmiddellijk van de universiteit verwijderd worden.

'Wat vindt u dat ik moet doen?'

'Als therapeut zeg ik dat je datgene moet doen wat je een goed gevoel over jezelf geeft. Maar ik denk persoonlijk dat we eens moeten beginnen dit soort mannen voor de rechter te slepen.'

'Ik weet het niet. Ik kan het niet uitstaan dat hij als een dekhengst rondloopt. Maar het idee van een proces...'

'Het is een moeilijke beslissing. Alleen zouden we die mannen eens heel hard ons *Nee* moeten laten horen,' zei Philips, haar objectiviteit uit het oog verliezend. 'Ze moeten beseffen dat als ze niet luisteren, het pure verkrachting is. Dat het een misdaad is. En daar moeten ze voor gestraft worden.'

'Misschien zou zo'n hoorzitting toch het beste zijn. Als hij van de universiteit wordt getrapt zou dat toch een vorm van gerechtigheid zijn.'

Elizabeth organiseerde een eigen hoorzitting op haar kamer, met

Seth, Donna en Sterling. Ze wogen de voors en tegens van de opties tegen elkaar af. De discussie zelf hielp haar al weer verder: nu wist ze zeker dat ze vrienden had die haar steunden en die zich zorgen om haar maakten.

'Ik ben er niet voor dat je niets doet. Daarmee kom jij er niet van af,' zei Sterling.

'Het is net of ik sowieso al het slachtoffer ben en dat nog eens dubbel word omdat ik zo passief ben.'

'Als je naar de politie stapt en het op een rechtszaak laat aankomen, kan de zaak zich eindeloos voortslepen,' zei Donna, 'met kranten en de hele bubs.'

'Ik weet het. Ik voel geloof ik nog het meest voor een hoorzitting. Dan kan ik meteen, als ik naar huis ga, tegen mijn ouders vertellen dat hct gcbcurd is maar dat cr ook al actic wordt ondernomen.'

'Hebben we wel goed genoeg nagedacht of we hem toch niet moeten doodknuppelen?' vroeg Seth.

'Daar had ik zelf ook al aan gedacht,' zei Elizabeth.

'Don Corleone zou hem alleen maar in elkaar laten slaan. "Wij zijn geen moordenaars, ongeacht wat dit mannetje denkt,"' citeerde Donna in een werkelijk verschrikkelijke Brando-imitatie, die hen alle vier in lachen deed uitbarsten.

Twee dagen voor de Thanksgivingvakantie ging Elizabeth met Jean Philips naar het kantoor van de studentendecaan in het bestuursgebouw om een officiële klacht in te dienen bij de klachtencommissie van Layton College. De decaan was William Harlan, die de studentenactiviteiten beheerde en tevens de supervisor van Philips was. Elizabeth en Philips gingen een kantoor binnen met uitzicht over een uitgestrekt gazon. Harlan, een blonde, bleke man van in de veertig, droeg het uniform van de academici: een overhemd met gestreepte das en een tweed colbertje met suède elleboogstukken.

'Jean,' begroette hij Philips.

'Dit is Elizabeth Mason.'

'Elizabeth. Ga zitten.' Hij gebaarde dat de twee vrouwen plaats konden nemen op een leren bank en ging zelf op een stoel tegenover hen zitten.

'Ik heb Elizabeth verteld over de klachtencommissie en zij wil een klacht indienen. Het gaat om een geval van verkrachting. Jij en ik hebben al eens over dit soort situaties gesproken.'

'Ja. Het gaat natuurlijk om een aanklacht tegen één van onze studenten, anders zouden jullie hier niet zitten.'

'Een ouderejaars. Jimmy Andrews,' antwoordde Elizabeth.

'En wanneer is het gebeurd?'

'Oriëntatieweek. Zaterdag twee september.'

'Nog voor de verkrachtingsbewustzijnsessie ook maar op de kalender stond,' benadrukte Philips.

'Elizabeth, laat me je de procedures uitleggen waar je mee te maken krijgt. Wij zijn geen rechtbank, maar we proberen wel dezelfde bescherming te bieden als je bij een rechtbank zou krijgen. We zitten in de commissie met drie man. In jouw geval ben ik dat, als studentendecaan, verder Frank Teller, de raadsman, de advocaat van de universiteit, en dr. Madelyn Stone, lid van het college van bestuur. Het zal je duidelijk zijn dat een commissie met een dergelijk gewicht niet gezet wordt op zaken als bijvoorbeeld een vermeende diefstal van een walkman uit een studentenkamer. Daar zijn andere mensen voor. Maar dit is een vermeende verkrachting. We zullen je aanklacht met gepaste zorgvuldigheid in behandeling nemen.'

'Mooi.'

'Je beseft dat als we besluiten dat de aanklacht gegrond is, de beschuldigde onmiddellijk van Layton College verwijderd wordt?'

'Ja. Daarom ben ik ook hier.'

'Het is mijn plicht je ervan op de hoogte te brengen dat wij een verantwoordelijkheid hebben tegenover al onze studenten, en dat we hen dus ook tegen ongegronde beweringen in bescherming moeten nemen. We kunnen onze procedures niet laten misbruiken door mensen die om wat voor reden dan ook iemand anders een hak willen zetten. Wanneer de commissie, in de loop van de zaak, tot de conclusie mocht komen dat je aanklacht al te lichtzinnig is ingediend, kan besloten worden je te schorsen.'

'Dat begrijp ik niet,' zei Elizabeth.

'Het gaat hier net zo als bij een rechtbank. Meineed is een misdrijf en een proces kan beantwoord worden met een wederproces. Het vorige semester werd een aanklacht wegens diefstal ingediend die bleek te zijn ingegeven door wraakzucht. We moeten waken voor dat soort aanklachten.'

'Haar aanklacht is niet lichtzinnig. Haar enige intentie is dat degene die haar verkracht heeft daarvoor gestraft wordt. Dat moet kunnen.'

'Dat kan ook. We willen dit soort zaken op gepaste wijze in behandeling nemen en alle personen die erbij betrokken zijn recht doen. Anders zouden we onze procedures ook niet hebben.'

Hij overhandigde Elizabeth een ringband. De titel luidde: 'De procedures bij een hoorzitting van de klachtencommissie.'

'Wanneer ga je ermee aan het werk?' vroeg Philips.

Hij raadpleegde zijn agenda.

'Jullie willen de zaak zeker niet te lang uitstellen, of wel?' vroeg hij.

'Nee, inderdaad,' beaamde Philips.

'We zullen de hoorzitting zaterdag over twee weken houden. Elizabeth, in die map staat dat we een door jou ondertekende brief met de klacht nodig hebben. Lever die voor de vakantie even in bij mijn secretaresse en daarna: prettige dagen. Het spijt me dat we elkaar onder deze omstandigheden moesten ontmoeten.'

Hij stond op en stak Elizabeth de hand toe.

'Dank u wel,' zei ze. Terwijl ze elkaar de hand schudden keek hij haar recht in de ogen. Elizabeth had het gevoel alsof hij haar testte. Elizabeth en Philips wensten elkaar een prettige Thanksgiving Day en speciaal voor Philips wierp Elizabeth op een komische manier het hoofd in de nek en liep ze zo rechtop mogelijk terug naar haar kamer. Dat noemen ze een geintje maken, zei ze bij zichzelf. Daar heb je de laatste tijd weinig aan gedaan.

Elizabeth riep haar kabinet weer bijeen en nam samen met Seth, Donna en Sterling de map over de procedures door.

'Ik heb getuigen nodig, mensen die ons op dat feest gezien hebben.'

'Misschien heeft iemand in dat huis je wel gehoord,' opperde Donna.

'Denk je dat die zich zullen melden?' vroeg Seth. '"O ja, nu u het zegt, ik heb iemand om hulp horen roepen, maar ik was bezig." Die jongens daar vormen één front.'

'Ze kan nooit weten wat iemand gezien of gehoord heeft als ze er niet aan begint,' zei Donna.

'Je hebt een bewijs nodig, Liz,' vertelde Sterling haar.

'Ik ben naar die dokter geweest. Hij zal nog wel ergens opgeschreven hebben dat ik blauwe plekken en schaafwonden bij mijn keel

had.'
'Dat zou mooi zijn,' zei Sterling.
Ze schreef de naam van de dokter op een stukje papier en begon een lijstje te maken van de mensen die op het feest waren. De anderen probeerden haar te helpen bij het identificeren van studenten die Elizabeth beschreef.
Elizabeth maakte een afspraak met de dokter waar ze indertijd geweest was. De volgende dag ontving hij haar. Hij keek haar dossier in en herinnerde zich haar geval.
'Wat heb je je nu weer op de hals gehaald, jongedame?'
'Dokter, toen ik die vorige keer bij u kwam heb ik u de waarheid niet verteld.'
'O nee?'
'Die blauwe plekken waren van een verkrachting. De persoon in kwestie hield me bij de keel vast.'
'O.' Hij streek voorzichtig met zijn vingers over haar keel. 'Doet dat ook pijn?'
'Nee.'
'Ben je ook nog weleens hees?' Of is je stem weer helemaal normaal?'
'Hij is weer normaal.'
'Wie heeft jou verkracht, jongedame?'
'Een jongen op de universiteit. We hadden een afspraakje.'
'Heb je het ook bij de politie aangegeven?'
'Ik heb het aan het bestuur van de universiteit gemeld. Er komt een hoorzitting.'
'Waarom heb je tegen me gelogen?'
Ze dacht even na. 'Ik schaamde me.'
'Wat doe je nu voor jezelf?'
'Ik heb individuele gesprekken op de campus bij wijze van therapie. En dan komt die hoorzitting er ook nog. Daarom ben ik hier. Ik vroeg me af of u mij een kopie van uw dossier zou kunnen geven. Zou u kunnen zeggen dat u mij onderzocht…'
'Ik heb alleen je keel onderzocht.'
'Kunt u ook zeggen wat u gevonden hebt? De datum en de blauwe plekken en dat u dacht dat iemand mij had geprobeerd te wurgen?'
Hij dacht even na en zei: 'Goed, jongedame. Dat kun je wel van me krijgen.'
'O, hartelijk dank.'

'Waarom gebeurt dit soort dingen?' vroeg hij filosofisch. 'Kwamen er drugs aan te pas? Was je dronken?'

'Ik had een paar biertjes gedronken. Meer niet. Lang niet genoeg om een verkrachting te rechtvaardigen,' antwoordde ze. De therapie had haar goedgedaan.

Elizabeth ging naar huis voor Thanksgiving. Mevrouw O'Reilly had geholpen het diner voor te bereiden. Haar grootouders waren er en haar oom David was uit Chicago overgekomen met zijn vrouw en kinderen, een jongetje van zeven en een meisje van vijf. Elizabeth blufte zich een weg door een mondeling verslag over Layton: ze wilde het Thanksgivingdiner niet bederven. De volgende ochtend, toen haar broertje nog lag te slapen, vroeg ze haar ouders of ze naar de keuken wilden komen. Ze was bang; ze las de bezorgdheid in hun ogen toen zij haar angst zagen.

'Ten eerste ben ik niet zwanger en ik heb ook geen geslachtsziekte,' zei ze. De bezorgdheid op hun gezichten verdween er niet door. Waarom had ze het over seks? 'Het gaat nu wel weer. Ik krijg individuele therapie en ik krijg ook een hele hoop steun van Donna en Sterling en Seth, waar ik jullie over verteld heb. Het probleem is... ik ben... verkracht.' Haar ouders keken nu niet langer bezorgd, maar eerder gekweld. Elizabeth wankelde en viel in hun armen. Ze vingen haar op. Laura hield haar vast en had moeite adem te halen; Ben drukte haar handen tegen zijn lippen.

'Hoe is het gebeurd?' vroeg Laura.

'Het was op een afspraakje. De eerste week. Hij had een hele vlotte babbel, Jimmy Andrews, een ouderejaars. Mijn kamergenote kende hem nog van school en hij nam ons mee uit naar de film en toen vroeg hij mij alleen mee uit. Op een feestje in zijn huis dronk ik een paar pilsjes. Da's alles. We dansten en we zoenden. Ik wist niet waar het heen ging. Hij nam me mee naar een kamer die ze in de kelder hadden gemaakt. Ik dacht dat het alleen maar was om naar muziek te luisteren. En dat deden we ook, in het begin. Ik kuste hem nog een keer en toen wilde ik ophouden. Hij begon me te dwingen. Hij hield me bij de keel en dat was mijn zwakke plek, dat hij mijn keel pijn deed. En toen verkrachtte hij me.'

'Mijn arme schat.'

'Ik vermoord hem,' zei Ben.

Ze keek naar haar vader door haar tranen heen, glimlachte en raakte in een gebaar van genegenheid zijn gezicht aan. 'Dat hebben we al overwogen. Wat we gaan doen is: we laten hem van de universiteit verwijderen.'

'En het is gebeurd toen je daar nog maar net was? En je hebt niets tegen ons gezegd?' vroeg Laura haar. 'We hebben je nog gezien, je bent nog thuis geweest, en wij zijn bij jou geweest, en al die tijd heb je nooit een woord gezegd?'

'Ik kon mezelf er niet toe zetten. Ik schaamde me zo. We hadden een bijeenkomst voor de eerstejaars. Verkrachtingsbewustzijn. Het was belachelijk. Ze gaven ons allemaal tips om verkrachting te voorkomen en ik wás al verkracht. De meisjes, Donna en Sterling, hebben me geholpen. En toen ben ik naar het Vrouwencentrum gegaan, naar de raadsvrouw. Zij heeft me ook geholpen. Ik was geen maagd meer. Dat moeten jullie wel weten. Barney en ik...'

'Laten we zorgen dat hij achter de tralies komt. Heeft hij het vaker geprobeerd?' vroeg Ben.

'We mijden elkaar.'

Laura probeerde alles op een rijtje te krijgen.

'Die bal die jou in de keel had geraakt – dat was verzonnen. En dat je niet meer wilde zingen, dat je muziek liet vallen – dat had er ook mee te maken.'

'Ik ben bij een k.n.o.-arts geweest en die zei dat ik een tijdje mijn stem niet moest gebruiken en daarna kon ik me er niet meer toe zetten om te zingen.'

'En je hebt nog steeds niet weer gezongen?'

'Nee.'

'Mijn God, wat hij je heeft aangedaan...' zei Laura.

Elizabeth gaf hen het privé-telefoonnummer van Jean Philips, die hun telefoontje al verwacht had. Philips vertelde hen, zonder het verdriet en de pijn te willen bagatelliseren, dat Elizabeth na verloop van tijd, en met hulp, er wel weer overheen zou komen. Philips leek scherpzinnig en sympathiek en ze waren dankbaar voor haar betrokkenheid.

Elizabeth liet hen de map zien waarin de procedures van de klachtencommissie uit de doeken werden gedaan, een kopie van de brief die ze had ingezonden om de zaak aan te zwengelen en een kopie van het dossier van de arts, waarin stond dat haar verwondingen leken te wijzen op een worsteling. Ben belde zijn broer voor juridisch advies. Hij verbleef het weekend in het Plaza Hotel en was binnen een halfuur bij hen. David Mason was drie jaar jonger dan Ben en was langer en slanker dan zijn oudere broer. Nadat hij zijn nicht omarmd had stapte hij over op een meer juridische benadering.

'Strafrecht is niet mijn specialiteit, dat weet je. Maar vertel me eens wat voor bewijzen je hebt.'

Elizabeth vertelde dat ze die nacht al haar kleren had weggegooid. Hij bladerde de map door en zei: 'Ik kan onmogelijk zeggen waar een universitaire klachtencommissie naar zal kijken.'

'Denk je dat we die hoorzitting moeten doorzetten of moeten we alsnog naar de politie?' vroeg Ben.

'Of er verder niets aan doen?' vroeg Laura. 'Er is ook wel iets voor te zeggen om Elizabeth weer terug te krijgen in het normale leven. Ze kan die therapeute blijven zien, dat leek me een verstandige vrouw. Dan hoeft ze dat allemaal tenminste ook niet op straat te gooien.'

'Dat is belachelijk. Ze is verkracht. Daar moet je iets tegen doen,' vond Ben.

'Eerlijk gezegd kun je dit soort zaken zo ver laten gaan als je zelf aandurft,' hield David hen voor. 'Het meest dramatische resultaat dat je kunt verwachten is dat de verkrachter naar de gevangenis gaat. Maar dat vergt ook het meest van je. Politie, officiers van justitie, advocaten, een proces. Een proces is vreselijk; het trekt maximale aandacht.'

'Waarom zouden we Elizabeth daar allemaal mee opzadelen?' vroeg Laura.

'Een universitaire hoorzitting is ook geen lolletje,' zei David, 'daar heeft Laura gelijk in.'

'Dat bedoel ik inderdaad.'

'Of je de zaak kunt winnen is trouwens ook weer een andere vraag. Mensen die verkrachtingszaken behandelen hebben het liefst dat de dader op heterdaad wordt betrapt, bij voorkeur door twee politieagenten. Er is ook wel iets voor te zeggen om de zaak te laten rusten.'

'Mag ik ook iets zeggen? Als we de zaak laten rusten ben ik dubbel het slachtoffer. Ik ben verkracht en voor hem kleven er hoegenaamd geen consequenties aan.'

'De hoorzitting is misschien de aangewezen manier. Dat gaat in elk geval sneller,' zei David.

'Dat lijkt mij ook. Die hoorzitting. Zorgen dat hij van de universiteit wordt verwijderd – in zijn laatste jaar. Dat zou ik prima vinden.'
'Als je daarvoor kiest, moet je je laten adviseren door een advocaat die gespecialiseerd is in strafrecht.'
'Hartstikke bedankt, oom David.'
Hij sloeg zijn armen om haar heen en drukte haar aan zijn borst.
'Je bent nog steeds hetzelfde lieve meisje,' zei hij.

Elizabeth had haar broertje gezegd dat ze dat weekend ook iets met hem zou gaan doen. Hij vroeg of ze zin had om mee te gaan naar een nieuwe winkel voor baseballfanaten en dat deden ze dan ook, later die dag. Elizabeth probeerde haar ouders te laten zien dat alles goed zou komen en verliet glimlachend het huis, een Mets-petje achterstevoren op het hoofd. Eenmaal alleen thuis waren Laura en Ben helemaal van de kaart. Ben belde Martin Reed, de advocaat die David had aanbevolen, en ze maakten een afspraak.
Laura en Ben konden die nacht niet slapen. Ze werden bezocht door beelden van Elizabeth, het kleine meisje op verjaardagsfeestjes, het tienermeisje dat voor het eerst naar zomerkamp ging, het jonge meisje zingend op de planken. 'Hij heeft haar onschuld weggenomen... en hij heeft haar stem weggenomen.' Laura lag opeens snikkend in bed en ze beefden allebei.

De volgende dag ontmoette Elizabeth Sarah voor het Metropolitan Museum. Het was voor november nog aardig warm, dus ze maakten een lange wandeling door het park. In het begin was Sarah degene die het woord voerde; dat patroon had Elizabeth tijdens hun telefoontjes weten vast te leggen. Ze beantwoordde de vragen van Elizabeth over haar eerste maanden aan Juilliard.
'Ik moet je nog wat vertellen,' zei Elizabeth en ze stak van wal.
'O, nee,' zei Sarah de hele tijd. Ze hield haar armen voor haar borst geslagen en toen Elizabeth was uitgepraat liet Sarah zich op een bankje zakken, haar armen voor haar maag.
'Waarom heb je me dit niet verteld? Dan was ik naar je toe gekomen. Dan was ik meteen bij je geweest.'
'Dat weet ik. Maar ik kon alleen maar proberen het weg te stoppen.'

Elizabeth praatte over haar therapie en waarom ze gekozen had voor een hoorzitting en hoe dat allemaal in zijn werk ging. Ze waren teruggewandeld naar waar ze eerder die middag afgesproken hadden, voor het museum. Een strijkkwartet was aan het musiceren.

'Hoe gaat het met *jouw* muziek?' vroeg Elizabeth.

'O, wel goed.'

'Mooi.'

'Heb je zin om met me mee naar huis te gaan en daar wat te gaan zingen?' vroeg Sarah.

'Nee, dat hoeft niet.'

'Je kunt niet zomaar ophouden met zingen.'

Ze woelde door Sarah's haar. 'Mijn trouwe vriendin. Ik heb gewoon niet zoveel zin in zingen.'

Ze kusten elkaar op de wang en zeiden dat ze volgende week over de telefoon verder zouden praten. Elizabeth zou Sarah op de hoogte houden en Sarah zou naar Layton komen als Elizabeth dat wilde. Toen liepen ze naar huis, elk een andere kant uit. Zodra Elizabeth buiten zicht was liet Sarah zich weer op een bankje in het park zakken.

8

Op de maandag na het Thanksgiving-weekend ontving Jimmy
Andrews een brief van de studentendecaan, waarin hem werd verteld dat hij voor de klachtencommissie moest verschijnen in verband met een beschuldiging van Elizabeth Mason dat hij haar verkracht zou hebben. De brief spoorde hem aan onmiddellijk contact op te nemen met zijn ouders en adviseerde hem zich te verze-
keren van de diensten van een advocaat. Wanneer zijn schuld bewezen werd zou hij van Layton College verwijderd worden. De
decaan had een map bijgevoegd waarin de procedures van de commissie werden uitgelegd. Jimmy begon te transpireren en werd
misselijk; deze keer was hij degene die moest overgeven.
Hij zag er als een huis tegenop om zijn ouders erbij te betrekken, al
wist hij dat hij er niet omheen kon: hij zou een advocaat nodig hebben. Zijn vader zou wel aan het werk zijn en zijn moeder zat natuurlijk op de tennisclub. Hij wist niet hoe hij het moest aanpakken, wat hij ze moest vertellen. Hij nam de map door. Er zouden
getuigen worden gehoord, zijn vrienden zouden erbij betrokken
raken, Janna ook. Zouden ze alle meisjes aanslepen waar hij ooit
mee naar bed was geweest? Zijn wanhoop maakte plaats voor woede. Ik had moeten weten dat zij alleen maar herrie zou trappen.
Godverdommes klerewijf!
Ze had hem opgevreeën, ze hadden geschuifeld, ze had zich tegen
hem aan gedrukt, ze was vrijwillig met hem mee naar de muziekkamer gegaan en daar was ze hem weer om de hals gevallen. Wat had
ze verdomme verwacht, een antisekspreek?
Hij probeerde zijn gedachten op een rijtje te zetten, te bedenken
hoe hij zich moest verdedigen.
Goed, zij zocht toenadering en ik nam haar mee naar de muziekkamer en we hadden seks en toen ik haar daarna niet meer wilde zien
probeerde ze me terug te pakken. Ze is gewoon gek. Ze begon me
op te bellen, begon idiote dingen te zeggen in het openbaar. En

omdat ik haar daarna nog steeds niet wilde spreken, zei zij dat ik haar verkracht had, wat haar krankzinnige manier is om haar gram te halen.

Zijn gedachten gingen razendsnel. Hij probeerde te denken hoe het mensen in de oren zou klinken als hij toegaf dat hij seks met haar had gehad. Misschien was het beter te ontkennen dat er iets gebeurd was.

We hebben gewoon wat gezoend en gestreeld, meer niet. Zij maakte avances en we kusten elkaar een paar keer onder het dansen. Niets meer dan dat. Ik vond haar niet zo leuk. Ze praatte te veel, weer typisch zo'n Newyorkse die alles dood lult. Ik was niet in haar geïnteresseerd en toen ze dat besefte werd ze hysterisch. Ze is gek. Ze begon me lastig te vallen, zei steeds dat ik haar weer mee uit moest nemen en toen ik dat niet deed begon ze dit verhaal over me op te hangen.

Jimmy wilde dit verhaal eerst eens uitproberen op John Hatcher. Er was echter één niet onaanzienlijk probleem: Jimmy had erover lopen opscheppen. Hij had mensen verteld, John ook, dat hij gescoord had. Hij dacht dat het nu misschien slimmer was om toe te geven dat hij alleen maar had opgeschept dan toe te geven dat hij seks met haar had gehad.

'Moet je dit eens zien,' zei Jimmy toen John na een college op hun kamer terugkwam.

Hij liet John de brief van de decaan zien.

'Ze zegt dat jij haar verkracht hebt?'

'Ze is gek.'

'Verkracht? Jij zei dat je haar in bed had gekregen.'

'Dat zei ik, ja, maar dat was niet zo. Dat is het juist. Herinner je je die avond nog, dat ze op me afkwam? Nou, ik dacht dat ik in die tijd sowieso bij haar zou gaan scoren, dus telde ik het maar vast mee. Het ging die kant op.'

'Dus je rekende er alvast op en daarom telde je het maar vast mee?'

'Zoiets ja. Maar toen ik erover nadacht, hoe moeilijk ze was, de manier waarop ze praatte… Je kent dat type meisjes uit New York wel, die praten alles dood. Ik zette er een punt achter. Ik belde haar niet meer op en zij werd gek.'

'Dit is krankzinnig,' zei John. Hij gaf hem de brief weer terug.

'Ze is ook krankzinnig. Ze belt me de hele tijd op en houdt me staande op de campus. "Wanneer spreken we weer iets af? Ik dacht dat we iets belangrijks hadden samen." Ik heb haar niet verkracht. Ze heeft dat hele idiote verhaal verzonnen omdat ik niet met haar naar bed wilde.'

'Wat ga je doen?'

'Ik ga ertegen vechten. Ik kan niet toestaan dat zij mij mee naar beneden sleurt. Jíj hebt geen verkrachting gezien, of wel soms?'

'Ik heb niets gezien. Ik was boven. En later zijn we uitgegaan.'

'Niemand heeft een verkrachting gezien. Er is geen verkrachting geweest. Ze is gewoon een of andere seksueel gefrustreerde trut die verhaaltjes verzint.'

Die avond ging hij met zijn verhaal naar Westport. Hij belde vooruit naar zijn moeder dat hij eraan kwam, dat ze zich geen zorgen moest maken maar dat hij ze ergens over moest spreken. Ze maakte zich wél zorgen; hij was net thuis geweest voor Thanksgiving.

Terwijl Jimmy praatte, zat Penny Andrews bewegingloos te luisteren, haar handen aan weerskanten van haar gezicht. Malcolm zat nerveus met zijn voet te wiebelen. Jimmy vertelde zijn ouders het hele verhaal, tot in de details, vanaf het moment dat hij Elizabeth voor het eerst ontmoet had tot hun laatste woordenwisseling, in het bijzijn van Janna.

'Ik had meteen moeten weten dat er iets mis was met haar. Ik werd doodmoe van haar geprat de hele tijd, alsof ik voortdurend een afmattende wedstrijd moest spelen. Ik wilde haar spelletje gewoon niet meespelen. En dat kon zij niet accepteren. Ze werd gewoon gek.'

'Vreselijk,' zei Malcolm.

'Ik bedoel, dit is echt totale waanzin. Dit is een meisje met wie ik geeneens seks heb gehad en zij fantaseert een complete verkrachting bij elkaar. Waanzin.'

'Ze moet wel ernstig gestoord zijn,' zei Malcolm.

'Dat is ze ook,' beaamde Jimmy.

'We zullen de beste advocaat voor je regelen die we krijgen kunnen,' zei Malcolm. 'Dit kan ze niet maken.'

'Bedankt, pa.'

Malcolm stond op en gaf zijn zoon een schouderklopje. 'Ik zal meteen even bellen. Het balletje aan het rollen brengen. Ik denk dat je beter niet meer naar college kunt gaan tot we iemand gesproken hebben.'

'Wat u het beste lijkt.'

'Het was heel moedig van je om hier meteen naar toe te komen en er niet omheen te draaien maar je ouders precies te vertellen wat er aan de hand is.'

'Ik wist wel dat jullie het zouden begrijpen.'

Penny had zich niet verroerd, had haar handen nog steeds niet van haar gezicht gehaald. Ze was doodsbang. Terwijl Malcolm in zijn werkkamer telefoneerde, vertrok zij naar de slaapkamer en ging op bed liggen. Jimmy bracht haar een glaasje warme melk.

Malcolm belde zijn vriend Clark Dunne, een succesvolle advocaat in Greenwich. Dunne bezat een aanzienlijke hoeveelheid onroerend goed in Connecticut. Hij hield van zeilen en hij speelde golf en tennis op Sweetbriar. Malcolm, die hard moest werken voor zijn inkomen, had een hekel aan de uitnodigingen van Dunne om met hem te gaan zeilen of tennissen op de club, omdat die uitnodigingen meestal voor werkdagen waren. Maar omdat Dunne hem ook cliënten bezorgde, sloeg hij dergelijke uitnodigingen zelden af. Hij beschouwde het als tijdverspilling wanneer bleek dat Dunne er geen andere mensen bij had uitgenodigd.

Dunne was kaal, had kleine kraaloogjes en een kromme neus. Wanneer hij weer eens jaloers was op Dunne, troostte Malcolm zich met de gedachte dat hij er veel beter uitzag. Maar hoeveel cliënten Dunne ook zijn kant op loodste, Malcolm wist dat hij de levensstijl van Dunne nooit kon evenaren en dat zat hem vreselijk dwars. Malcolm was door zijn huwelijk in de clubcultuur van Connecticut verzeild geraakt, maar had nooit het gevoel dat hij daar ook werkelijk thuishoorde. En deze ontwikkeling zou zijn prestige niet bepaald vergroten.

'Wat verschrikkelijk, Malcolm, verschrikkelijk,' zei Dunne, toen hij had gehoord wat voor onrecht Jimmy was aangedaan door een labiel meisje. 'Nou, je hebt twee dingen nodig,' begon hij. 'Een bekwaam strafrechtspecialist en discretie.'

'Precies. Ik kan het natuurlijk niet hebben dat dit een roddel wordt op de club.'

'Luister, discretie is mijn sterkste kant. Ik weet persoonlijk af van vier affaires op de club en van twee strafzaken die binnenkort gaan lopen tegen clubleden op Wall Street en er is geen woord over mijn lippen gekomen.'

'We moeten Jimmy beschermen.'

'Ik weet de juiste man voor jou. Brett MacNeil. Ik zal hem zelf wel even bellen. Brett is de beste. Hij heeft grote processen gewonnen in New York en Connecticut, dus ik weet zeker dat hij een universitaire hoorzitting aankan.'
'Ik stel het heel erg op prijs.'
'Alleen weet ik niet hoe jij erover denkt, maar ik heb gehoord dat hij ook wel mensen verdedigt uit misdaadfamilies. Dat reken ik hem niet aan. Iedereen heeft bij de wet recht op verdediging.'
'Ik vind het juist een pluspunt. Die mensen zijn natuurlijk heel kritisch.'

De volgende morgen om elf uur zaten ze bij MacNeil. Penny was er niet bij, zij kon haar bed niet uitkomen. De advocaat was begin vijftig en had de bouw van een lichtgewicht bokser. Hij bestuurde de proceduremap en maakte aantekeningen.
'Jongeman, het is van het grootste belang dat je volkomen eerlijk tegen me bent. Als jouw advocaat kan ik je niet verdedigen wanneer ik niet volledig van de feiten op de hoogte ben. De eerste vraag die ik je moet stellen is: heb je haar verkracht?'
'Nee.'
'Verkrachting is geslachtsverkeer onder dwang, zonder wederzijds goedvinden.'
'Dat hebben we niet gehad.'
'Wat hebben jullie wel gehad? Seks?'
'Nee.'
'Heb je enig seksueel contact met haar gehad?'
'Ik heb haar een paar keer gezoend, dat is alles.'
'Vertel me maar eens precies wat er gebeurd is.'
Jimmy vertelde gedetailleerd zijn versie van het verhaal. De advocaat maakte aantekeningen terwijl een cassetterecorder zijn verslag opnam. Toen hij klaar was vroeg MacNeil: 'Hoeveel heb je die avond gedronken, Jimmy?'
'Heel weinig. Ik drink niet veel.'
'Hoeveel?'
'Een paar biertjes, hooguit.'
'En het meisje?'
'Zij heeft er ook een paar gedronken. Drie, vier.'
'Dat kussen waar je het over had, heeft dat alleen plaatsgevonden in de woonkamer?'

'Inderdaad.'

'Toen jullie aan het dansen waren zei je?'

'Ja.'

'Ben jij begonnen?'

'Nee, zij. Ik was niet zo in haar geïnteresseerd.'

'Hoezo dat niet?'

'Ze was echt zo'n prater, weet u wel, eentje die overal over moet praten – je interesses, je toekomstplannen, dat soort dingen. Dat deed ze tijdens het etentje en verder onder het hele feestje. Ik werd doodmoe van haar.'

'Waarom kuste je haar dan?'

'Omdat zij dat wilde.'

'Hoe vaak heb je haar gekust?'

'Ik heb de tel niet bijgehouden.'

'Drie keer? Acht keer?'

'Een keer of vier.'

'Staand, liggend?'

'Alleen tijdens het dansen.'

'Wees eens wat expliciter. Mond open? Tongzoenen?'

'Misschien na de eerste paar keer.'

'Toen jullie elkaar kusten, raakten jullie lichamen elkaar?'

'Toen we elkaar kusten wel.'

'En jij hield op en zette een punt achter de avond? Waarom?'

'Ze begon me te vervelen. Ze praatte maar door over liefde en relaties en ik zei dat het feestje wel zo ongeveer was afgelopen en dat ik wel even met haar zou teruglopen naar haar kamer. Ik dacht dat als ik haar naar huis had gebracht, ik misschien nog naar een ander feestje kon gaan. Toen begon ze opeens te zeggen dat ze vond dat we zo goed gepraat hadden. En ik zei dat ze niet te veel van onze relatie moest verwachten – het was leuk, maar meer ook niet – en toen werd zij woest.'

'En toen ging ze alleen naar huis?'

'Zij ging naar huis en ik ging naar bed. Ik was niet meer in de stemming voor een ander feestje.'

'Was er ook iemand in de buurt die dat gesprek tussen jullie gehoord heeft, of heeft iemand haar zien weggaan?'

'Dat weet ik niet. Het feestje was zo ongeveer afgelopen.'

'Je zei dat ze je na die avond begon lastig te vallen?'

'Ze belde me steeds op, hield me staande op de campus en kraam-

de er van alles uit.'
'Van alles?'
'Dat we een zinvolle relatie hadden, dat ze er zoveel van had verwacht. Ze vroeg steeds waarom ik haar niet weer mee uit nam en wanneer we elkaar weer treffen zouden. En omdat ik haar niet meer wilde zien, omdat ik niet geïnteresseerd was in haar, verzon ze dit. Nu zegt ze dat ik haar verkracht heb.'
'Waarom mocht je haar niet, Jimmy?'
'Omdat ze constant praatte. Ik zag wel dat het het toch niet waard zou zijn, al die tijd die ik in haar zou moeten steken.'
'Maar dat weerhield je er niet van je tong in haar mond te steken. Het weerhield je er niet van je lichaam tegen haar aan te drukken. Het weerhield je er niet van met haar te dansen en te zoenen tot het feestje was afgelopen.'
'Meneer MacNeil, Jimmy is heel eerlijk geweest. Je kunt toch met een meisje zoenen zonder dat je meer wilt dan dat,' zei Malcolm.
'O ja? Ik heb het tegen Jimmy. Waarom zoende je haar, waarom nam je haar in je armen, Jimmy, als jullie zo slecht bij elkaar pasten?'
'We zoenden elkaar alleen maar. Een meisje komt op je af en je wordt min of meer meegesleept. En ik wist ook niet meteen dat ze niet geschikt voor me was. Dat duurde een poosje.'
'Dus een meisje maakt avances bij een volbloed jongeman, ze kust hem, drukt haar lichaam tegen hem aan, en dan opeens besluit de jongeman dat het meisje niet bij hem past en zet er onmiddellijk een punt achter en zegt dat hij haar wel naar huis zal brengen. Dat is jouw verhaal, Jimmy. Plus het idee dat een meisje dat niet verkracht is en met wie je niet eens naar bed bent geweest, jou van verkrachting beschuldigt omdat je haar afwees en juist geen seks met haar gehad hebt.'
'Ik heb haar niet verkracht. Wat ik verteld heb is alles wat tussen ons is voorgevallen.'
'Ja, maar die commissie gaat natuurlijk speculeren. Nu kunnen ze speculeren wat ze willen, het staat of valt uiteraard met bewijzen. Ik weet niet wat ze voor bewijs tegen jou hebben.'
'Ik weet zeker dat ze niets tegen mij hebben. Onmogelijk.'
'Voor de hoorzitting krijgen we de gelegenheid erachter te komen wat de tegenpartij heeft. Wat heb jíj, Jimmy? Is er nog iets anders dat je voor je eigen verdediging kunt aanvoeren?'

'Ik heb u alles verteld.'

'Ooit in moeilijkheden geweest? Ooit eerder iets dergelijks meegemaakt?'

'Jimmy heeft zelfs nog nooit een verkeersovertreding gemaakt,' zei Malcolm. 'Hij is een voortreffelijk jongmens en hij speelt in het tennisteam van Layton.'

'Als we het over die boeg gooien, hebben we dan mensen die over je karakter kunnen getuigen?'

'Iedereen die ik op school ken.'

'Wat weet je verder over Elizabeth Mason?'

'Alleen dat ze niet goed bij haar hoofd is.'

'Ik weet zeker dat zij getuigen heeft die zeggen dat ze dat wel is. Jimmy, meneer Andrews, een universitaire hoorzitting wil niet zeggen dat er niet later ook nog eens een rechtszaak van wordt gemaakt. U hebt te maken met iemand die bereid is een beschuldiging te uiten. Ook al wint u deze hoorzitting, dan nog is het mogelijk om op een later datum naar de rechter te stappen en Jimmy opnieuw van verkrachting te beschuldigen.'

'Dat is belachelijk. Ze is labiel,' protesteerde Malcolm.

'Ik leg uit wat er allemaal kan gebeuren. In uw voordeel pleit dat het heel moeilijk is een rechtszaak te winnen over een verkrachting op een afspraakje, sterker nog: het is al moeilijk zo'n zaak voor de rechter te krijgen. Als de situatie zo was als Jimmy beschreven heeft, zouden we een proces moeten kunnen winnen. Zo'n universitaire hoorzitting is een ander verhaal. Dat zijn imitatieprocessen, quasi-juridisch. Laten we eerst door die hoorzitting heen zien te komen, met onze opties intact voor problemen in een eventueel later stadium.'

'Prima,' zei Malcolm.

'Jimmy, gedraag je tot dit achter de rug is,' adviseerde de advocaat.

Jimmy keerde terug naar Layton en nam Janna mee uit eten in The Babbling Brook. Hij plaatste de hoorzitting in de context van Elizabeth Masons emotionele problemen en herinnerde Janna eraan dat Elizabeth het vijandige meisje was dat hem toen laatst had aangesproken op de campus.

'Ze heeft een bizar verhaal uit haar duim gezogen,' zei hij. 'Ik bedoel, we zijn niet eens met elkaar naar bed geweest. Ze heeft het

waarschijnlijk tegen een aantal mensen verteld en kan er nu niet
meer onderuit.'
'Als ze zo ziek is kan ze wel iets gevaarlijks doen,' zei Janna.
'Ze wil moeilijkheden maken voor iemand die haar niet moest, dat
is alles.'
'Laten we het hopen.'
'Belangrijker is de vraag of jij voor mij wilt getuigen als ze willen
weten wat voor iemand ik ben.'
'Natuurlijk. Ik zal je nog verlegen maken als ik iedereen vertel hoe
fantastisch jij bent.'
Toen ze weer buiten liepen omhelsde Janna hem warm en gerust-
stellend. Een verkrachting was een misdaad die ze onmogelijk kon
rijmen met haar lieve Jimmy.

Op de maandagmiddag na Thanksgiving ging Elizabeth met haar
ouders naar de advocaat Martin Reed. Hij was in de zestig, zwaar
gebouwd, een goed gesoigneerde man die in november nog steeds
bruin was. Zijn elegante kantoor in het centrum van Manhattan
had een open haard en was ingericht met antiek.
'Ik heb een kleindochter die eerstejaars is op Amherst, dus ik ben
hier heel gevoelig voor,' zei hij.
'We stellen het op prijs dat u met ons wilde praten,' drukte Laura
hem op het hart.
Elizabeth werd gevraagd over het incident te vertellen en net als
zijn concurrent legde Reed haar verklaring vast op band en maakte
onderwijl aantekeningen. Hij stelde verscheidene vragen om duidelijkheid over details te krijgen en besteedde in het bijzonder
aandacht aan haar gedrag na de verkrachting: dat ze haar kleren
had weggegooid, bij een dokter buiten de campus was langsgegaan
en dat ze aangifte van de misdaad zo lang voor zich uit had gescho-
ven.
'Niemand heeft het gezien. Jij had bier gedronken. Terwijl je nog
minderjarig was, Elizabeth. Je bent met hem naar die kamer gegaan. We hebben geen fysieke bewijzen. Ik zou de verdediging van
die jongen aan iemand kunnen geven die nog geen week is afgestudeerd en hij zou nog moeite hebben de zaak te verliezen.'
'O?' zei Elizabeth teleurgesteld.
'Zo'n commissie zal, als ze de meest rudimentaire procedure volgen, net zoveel moeite met de zwakte van jouw positie hebben als

een jury.'

'David zei dat het heel moeilijk is iemand voor verkrachting veroordeeld te krijgen als hij niet op heterdaad betrapt is,' merkte Laura op.

'Er worden vaak genoeg mensen schuldig bevonden aan verkrachting. Maar niet in een geval als dit. Echte bewijzen hebben we niet. Er zit een advocaat in die commissie. Ik weet niet hoe we die van jouw gelijk moeten overtuigen.'

'Is dit uw techniek, een pessimistisch beeld geven zodat we niet te veel verwachten?' vroeg Ben.

'Nee, u moet sowieso niet te veel verwachten. Wat in uw voordeel zou kunnen pleiten — ik herhaal: *zou kunnen* pleiten – is dat het geen gewone rechtszaak is met een jury. Dit soort commissies zijn juridische amalgamen. U kunt een zekere flexibiliteit verwachten. U hebt dat bezoek aan die arts, u hebt mensen die Elizabeth samen met die jongeman op dat feestje hebben gezien. Als ze Elizabeth geloven, als ze ontzettend overtuigend klinkt, en ze geloven die Jimmy Andrews niet, dan *zouden* ze hem schuldig kunnen verklaren. *Zouden.*'

'Kunnen we die verkrachter ook een AIDS-test laten afleggen?' vroeg Ben.

'Ik ken geen juridische weg om dat af te dwingen,' antwoordde de advocaat.

'Waarom zouden we die hoorzitting eigenlijk nog doorzetten?' vroeg Laura.

'Daar kan ik geen antwoord op geven. Ik probeer u te laten zien hoe de verdediger van de beklaagde partij zal redeneren.'

'We zetten het door omdat Elizabeth verkracht is. Of we laten het op een hoorzitting aankomen of we gaan naar de politie,' zei Ben.

'Maar als we zo zwak staan,' zei Laura, 'wat wordt Elizabeth er dan beter van? Hij zal alles ontkennen, of niet dan? En wij kunnen niks bewijzen.'

'Technisch gesproken hoeft hij niets te zeggen,' vertelde Martin Reed hen. 'Zijn advocaat weet dat uw keuze voor de hoorzitting niet uitsluit dat u altijd nog naar de rechter kunt stappen. Als ik de jongen moest verdedigen, zou ik oppassen voor mogelijke zelfbeschuldiging en me vast indekken tegen toekomstige juridische stappen. Als hij een goede advocaat heeft, zal die er waarschijnlijk op aandringen dat hij helemaal niet getuigt en gezien de omstandigheden en het gebrek aan bewijs, zult u dan de zaak moeten maken.'

'Hij heeft me verkracht,' zei Elizabeth boos. 'Ik begrijp niet waarom hij niet eens bij die hoorzitting hoeft te zijn. Hij hoeft helemaal niets en ik zit ermee.'

'Precies,' zei Ben. 'En daarom zetten we door.'

'Maar we staan zwak,' zei Laura tegen hem.

'Meneer Reed zei net dat als ze de verkrachter niet geloven en Elizabeth wel, ze hem misschien wel schuldig zullen verklaren.'

'Misschien,' zei Laura.

'Ze zullen Elizabeth geloven omdat ze geloofwaardig is,' antwoordde Ben.

'Ik wil die hoorzitting,' zei Elizabeth. 'Ik wil dat hij naar een advocaat moet stappen, dat hij zich er zorgen over moet maken, dat hij daar zit terwijl hij mij hoort vertellen wat hij me heeft aangedaan.'

'Dan doen we het,' zei Ben.

Bezorgd dat ze inbreuk maakten op de privacy van Elizabeth, maar toch zoekend naar steun, vertelden Laura en Ben aan een paar intieme vrienden wat er gebeurd was. Laura had een lunch met Molly Switzer en Karen Hart, die geschokt waren toen ze het hun vertelde.

'Vat dit niet verkeerd op, maar met al die verhalen die je tegenwoordig hoort had het erger kunnen uitpakken,' zei Molly.

'Daarom denk ik dat dit als een aanrijding is waarna de dader is doorgereden. Ze heeft het er levend van afgebracht en moet gewoon weer proberen door te gaan met haar leven,' zei Laura.

'Nu hebben we zoveel vooruitgang geboekt en nog steeds worden vrouwen verkracht. En dit is de nieuwe generatie mannen, niets minder,' voegde Molly eraan toe.

'Vinden julie niet dat we de zaak verder zouden moeten laten rusten,' vroeg Laura hen. 'Waarom moeten we haar in een situatie manoeuvreren met een strafpleiter en een juridische procedure die haar waarschijnlijk niet eens gelijk zal geven?'

'Omdat ze recht heeft op gerechtigheid,' antwoordde Molly.

'Gerechtigheid zal er wel nooit komen,' vond Laura. 'Wat ik wil is dat ze zo snel mogelijk weer normaal verder leeft, als iedere andere studente.'

'De wens is de vader van de gedachte, Laura,' zei Karen. 'Het kan

best een tijdje duren voor zij weer normaal verder leeft.'
'Of misschien moet ik het wel zo formuleren: dat niet verstrikt raken in allerlei procedures is de snelste weg *om* weer normaal te kunnen leven.'

De Sterns stonden versteld.
'We gaan naar een klachtencommissie op Layton om die jongen te straffen. Maar iets in mij zegt dat we meteen naar de politie zouden moeten gaan,' zei Ben tegen hen.
'En haar laten ondervragen, en haar privé-leven onder een microscoop laten leggen, en haar maanden achtereen in die situatie houden, en haar een proces laten doormaken, zodat ze geen gewone studente meer is maar het slachtoffer van een misdaad?' zei Laura rap.
'Het standpunt van Laura is jullie zeker wel duidelijk,' veronderstelde Ben.
'Wat wil Elizabeth zelf?' vroeg Jane Stern.
'Zij wil een hoorzitting,' antwoordde Ben.
'Dan is dat wat jullie moeten doen,' zei Phil Stern.
'Als Melanie zoiets was overkomen, zouden jullie dan niet liever willen dat ze zo snel mogelijk weer een normaal leven kon leiden?' vroeg Laura.
'Het duurt maar een paar weken,' zei Ben.
'Ja, maar als we verliezen? De advocaat is verre van optimistisch. Waar doen we dan al die moeite voor?'
'Om haar niet te laten opgeven. Dat is toch geen moed, als ze zomaar opgeeft?'
'Ben, je bent generaal Patton niet. Moed is een middel, geen doel.'

De gevoelens van Ben en Elizabeth gaven de doorslag en ze besloten door te zetten met de hoorzitting. Martin Reed sprak met Elizabeth over mogelijke getuigen, waarna hij de mensen die zij genoemd had allemaal opbelde.
Bij de Masons thuis braken Laura en Ben hun gesprek altijd af zodra Josh binnenkwam. Hij leek zich er bewust van te zijn. Hun vrienden, de vrienden van Elizabeth en een advocaat wisten allemaal wat er gebeurd was en ze begonnen gesprekken botweg af te kappen om Josh onwetend te houden. Terwijl het incident momenteel centraal stond in al hun gedachten.

127

'Je hebt zeker wel gemerkt dat hier de laatste tijd heel wat af- gefluisterd wordt?' vroeg Laura.

'Gaan jullie scheiden?' vroeg Josh, een kind van zijn tijd.

'Nee. Dat is het niet,' zei Ben.

'Het gaat over Elizabeth,' vervolgde Laura. 'Aan het begin van dit schooljaar, toen ze net op Layton was, is haar iets ergs overkomen. Ze had een afspraakje met een jongen en die jongen heeft haar verkracht.'

'Het komt allemaal goed met haar,' zei Ben. 'Ze gaat weer naar college en maakt ook vrienden op school.'

'Elizabeth heeft uit alle macht geprobeerd hem van zich af te vechten, maar hij was te sterk voor haar,' zei Laura. 'We willen dat hij gestraft wordt. Maar als we het op een proces laten aankomen gaat het allemaal veel te lang duren en moet Elizabeth er de hele tijd mee leven.'

'Daarom gaan we het anders aanpakken,' legde Ben uit, 'en daarom is er de afgelopen tijd ook zoveel gepraat hier. We laten een hoorzitting op de campus houden. Ze hebben een commissie voor dat soort kwesties. Een advocaat helpt ons en zo willen we voor elkaar krijgen dat die jongen van de universiteit wordt gegooid.'

'Waarom doet die jongen haar zoiets aan?'

'Omdat het een vreselijke jongen is,' zei Laura.

Later, voor hij ging slapen, nam Josh Queenie, de oude hond, mee op zijn slaapkamer bij wijze van troost. Ze hoorden hem zachtjes tegen de hond praten.

Penny dwong zichzelf uit bed te komen. Ze had een liefdadigheidsdiner voor het Rode Kruis georganiseerd op de club en moest nog bloemen schikken en de tafelschikking regelen. Zij en Malcolm waren ook van de partij die avond. Het ging goed. Ze dansten en glimlachten en geen van hen vertelde aan wie dan ook wat voor ellende zich over hun gezin had uitgestort.

De advocaat zei dat een subtiel deel van de verdediging erin gelegen was dat de commissieleden zouden kunnen zien dat Jimmy uit een stabiel gezin kwam. Maar Penny wist dat als ze daar zat terwijl haar zoon veroordeeld werd, dat haar het gevoel zou geven dat haar ouders toch gelijk hadden gehad; ze was beneden hun stand getrouwd en dit was het resultaat. Ze zou denken aan het wanhopige streven van Malcolm om een carrière te maken en zich afvragen of hij wel een goed voorbeeld voor zijn jongens was geweest. Ze zou denken aan Jimmy's gedrag op de tennisbaan. Dat was vulgair, maar Malcolm zei dat Jimmy dat nodig had, dat het goed voor zijn spel was. Ze wist zeker dat ze tijdens de hoorzitting aan al die dingen zou moeten denken en dat ze dan zou moeten huilen, waardoor de commissie bevooroordeeld zou raken.

Toen ze Malcolm vertelde dat ze de hoorzitting liever niet zou bijwonen, werd hij woedend. Malcolm eiste dat ze niet zo kinderachtig deed en dat ze zich goed moest houden voor Jimmy. De advocaat had hen geadviseerd beiden aanwezig te zijn. Uiteindelijk stemde Penny toe. Malcolm wilde weten wat ze van plan was aan te trekken, om er zeker van te zijn dat ze haar kleren ruim van tevoren had uitgezocht, zodat er niet op de laatste minuut nog spanning zou ontstaan over haar garderobe. De avond voor de hoorzitting zouden ze een kamer in het universiteitshotel nemen, dan waren ze mooi op tijd en zagen ze er ontspannen uit voor Jimmy. Het zwarte mantelpakje met parels, besloot ze, en de zwarte tas, geen hoed, smaakvol en toch niet goedkoop. Wat zou haar vader wel gedacht hebben? Ze gebruikte haar opvoeding, haar jaren op ballet en op paardrijden, haar sociale leven op de club, haar goede afkomst om te helpen haar zoon te verdedigen tegen een beschuldiging van verkrachting.

Voor Malcolm zou de volgende dag, een zaterdag, een testcase zijn van de discretie van Clark Dunne. Hij zou een gemengd dubbel spelen met drie cliënten voor wie hij pensioenplannen had ontwikkeld: Zack Warren, een makelaar in onroerend goed, Sondra Gayson, een management consultant, en Patty Dambroise, de vrouw van Bob Dambroise, die een papierfabriek in Bridgeport had. Ze speelden twee sets en gingen toen op het terras aan een drankje zitten nippen. Niemand liet de naam Jimmy vallen. Dunne had de privacy van de Andrews gerespecteerd.

Malcolm bracht het gesprek op een veilig gespreksonderwerp: de mogelijke straffen voor Wall Street avonturiers als Ivan Boesky en Michael Milken.

'Veel mensen vinden Milken een genie,' zette Malcolm voor.

'Maar wel van de slechte soort,' zei Patty Dambroise.

'Hij was gewoon aan het experimenteren,' zei Zack Warren. 'Iedereen tast zijn grenzen af.'

Malcolm Andrews vroeg zich af wat zijn grenzen waren en hoe hij ooit over die grenzen heen kon komen, hoe hij ooit met deze mensen op gelijke voet kon komen te staan. Hij moest het altijd van de status van Penny hebben. Verscheidene clubleden hadden hun kapitaal in de loop der jaren tachtig aanzienlijk uitgebreid, vooral de mensen op Wall Street. Toen Michael Milken voor het eerst in de problemen kwam, plaatsten zijn vrienden een grote advertentie in de *New York Times* om te zeggen dat ze hem steunden. Milken had miljoenen dollars verdiend voor sommige van zijn vrienden. De vrienden van Malcolm hadden hem alleen een bestaan opgeleverd. Hij was ervan overtuigd dat als Jimmy zich maar een klein beetje meer inzette, de jongen in het professionele tenniscircuit aardig zou kunnen meedraaien en dat zou automatisch de status van Malcolm veranderen. Malcolm zou het prestige van de vader krijgen. Hij had ze wel bij wedstrijden op de tribune zien zitten, de vaders van mensen als McEnroe en Capriati. De positie van de vaders was niet alleen financieel aantrekkelijk, ze hadden ook aanzien. En dat zou ongetwijfeld van pas komen, wat voor zaken je ook deed. Jimmy zou wel nooit een toptennisser worden, maar hij was volgens Malcolm goed genoeg om ervan te leven en om bekend te worden in tenniskringen. Jimmy zou zijn bedrijfsmiddel kunnen zijn, met Jimmy als proftennisser zou Malcolm in elk geval opkunnen tegen de geërfde welvaart van al die klootzakken op de club.

Hij deelde deze gedachten met niemand. Zijn vrienden waren clubvrienden, zakenvrienden, geen mensen met wie je over je meest intieme gedachten sprak. Hij wist zeker dat ze hun zaken graag in handen zagen van iemand die controle had, niet iemand met zwakheden, met onvervulde verlangens.

Ooit, toen hij nog studeerde, had hij vrienden gehad met wie hij kon praten. Dan zaten ze in hun studentenhuis en dronken en praatten tot diep in de nacht over liefde en het leven en hun toekomst. Dat was voorbij. Nu hij volwassen was, en zijn privé en zakelijke leven zo nauw verweven waren, had hij het gevoel dat hij zich nooit zou kunnen blootgeven tegenover de mensen die hij kende. Op weg naar zijn auto na afloop van de wedstrijd wuifde hij gemaakt opgewekt naar een paar clubleden. Malcolm Andrews was een eenzaam man.

Studenten haalden het niet in hun hoofd om niet in te gaan op een brief van de studentendecaan waarin hen dringend werd verzocht op een hoorzitting te verschijnen. Niet-studenten hadden daar minder moeite mee. Reed zou de k.n.o.-arts graag als getuige zien optreden; de arts voelde er weinig voor. Een preliminaire zitting speciaal voor de advocaten was door de commissie vijf dagen voor de eigenlijke zitting gepland. Tijdens zijn trip naar Caldwell, ging Reed ook bij de arts langs. Hij wist hem over te halen op de zitting te verschijnen door een beroep te doen op zijn gevoel voor rechtvaardigheid. Reed ging Shannon Harnett ook als getuige oproepen, zodat hij kon aantonen dat Elizabeth en Jimmy samen op het feestje waren. Donna en Sterling zouden gevraagd worden te getuigen over de reactie van Elizabeth op de bijeenkomst over verkrachtingsbewustzijn. Hij overwoog ook om Holly Robertson te laten getuigen. Toen hij haar sprak, vertelde ze dat Elizabeth gehuild had na het afspraakje met Jimmy Andrews. Maar Elizabeth had haar nooit iets over een verkrachting verteld; integendeel, ze had tegenover haar een heel ander verhaal opgehangen. Reed dacht dat de getuigenis van Holly bij een kruisverhoor door de tegenpartij weleens schadelijk zou kunnen zijn. Jean Philips zou echter een cruciale getuige zijn: zij kon de geloofwaardigheid van Elizabeth bevestigen. Uiteindelijk zou Elizabeth zelf ook gehoord worden en haar versie van het verhaal vertellen.

De preliminaire zitting werd gehouden in het kantoor van Frank Teller, de advocaat van de universiteit. Hij was een tengere man van in de veertig met een verkreukeld uiterlijk – niet het prototype van de succesvolle advocaat. Teller deed nog eens uit de doeken hoe een en ander in zijn werk zou gaan. De advocaten mochten beginnen en afsluiten en kregen de gelegenheid om hun eigen en elkaars getuigen te horen. De commissieleden traden op als rechter en het stond hen vrij de getuigen zelf ook te ondervragen. De commissie zou de juridische hoekstenen, wettelijk vermoeden van onschuld en onomstotelijk bewijs van schuld, als uitgangspunt nemen voor een beslissing.

Tijdens de preliminaire zitting begreep Brett MacNeil, de advocaat van Jimmy, dat er, afgezien van het dossier van de arts, die niet eens een gynaecologisch onderzoek had gedaan, geen bewijs was. De advocaten bedankten Teller voor zijn hoffelijkheid en verlieten zijn kantoor weer. In de hal van het gebouw bleven ze even staan praten. Ze stonden tegenover elkaar in deze zaak, maar ze hadden allebei hetzelfde beroep.

'Meneer Reed, als u de openbare aanklager was, zou ik zeer benieuwd zijn waarom u het op een proces liet aankomen.'

'Meneer MacNeil, antwoordde Reed op wrange toon, 'ik ben geen openbare aanklager, ik assisteer de Masons. Dus als u het op een akkoordje wilt gooien ben ik bang dat ik u niet tegemoet kan komen.'

'Is het de bedoeling dat het meisje op deze manier haar gram haalt? Omdat ze in de rechtszaal nooit een kans zou maken?'

'Laten we niet op de zaken vooruit lopen, meneer MacNeil,' zei Reed. 'Wat voor bewijs er ook mag zijn, het meisje is verkracht. Dat geloof ik oprecht.'

Jimmy lag in zijn kamer naar rockmuziek te luisteren toen zijn advocaat hem opzocht.

'Ik wil een paar dingen met je bespreken. Zoals je misschien weet blijft alles wat een cliënt met zijn advocaat bespreekt onder ons.'

'Dat weet ik.'

'Dus dit gaat alleen tussen ons. Ik wil je zo goed mogelijk verdedigen. Je ouders staan hier helemaal buiten. Niemand zal het weten. Jimmy, ik vraag het je op de man af: heb je seksueel contact met haar gehad afgezien van het zoenen in de woonkamer?'

'Nee, helemaal niet.'

'Laat me nog één keer de definitie van verkrachting herhalen. Verkrachting is geslachtsverkeer onder dwang, zonder wederzijds goedvinden.'

'Ik begrijp de definitie.'

'Ik wil alleen maar dat alles duidelijk is.'

'Dat is het ook. Ik heb haar alleen gezoend.'

'En zij heeft dit hele verhaal verzonnen?'

'Inderdaad, en nu weet ze niet meer hoe ze zich eruit moet redden.'

'Goed.'

'Ik dank u voor al uw hulp, meneer MacNeil,' zei hij oprecht.

Het bewijs, of het gebrek daaraan, was duidelijk, en uit de reactie van zijn opponent meende Reed zonder meer te kunnen afleiden dat MacNeil niet van plan was Jimmy Andrews te laten getuigen.

Reed bleef nog een paar uur op Layton om zijn belangrijkste getuigen te spreken en van advies te dienen. Hij had ontmoetingen met Jean Philips, Donna en Sterling en had om drie uur die middag een afspraak met Elizabeth.

Een paar minuten over drie dook Ben opeens op in de kamer van zijn dochter. Elizabeth en de advocaat schrokken.

'Pa?'

'Dit is belangrijk. Ik moet erbij zijn,' zei Ben.

Reed vertelde hen dat als MacNeil brutaal genoeg was, hij weleens zou kunnen besluiten niet alleen Jimmy niet als getuige op te roepen, maar dat hij zelfs zo ver zou kunnen gaan niemand als getuige op te roepen. Wanneer Jimmy zijn cliënt was, zei Reed, zou hij dat ook ernstig overwegen. Hij vroeg Elizabeth hem nog één keer haar versie van het verhaal te vertellen. Terwijl ze dat deed adviseerde hij haar haar hoofd en schouders recht te houden, opdat ze zo zelfverzekerd en geloofwaardig mogelijk zou overkomen. Hij onderbrak haar voortdurend met sceptische, harde vragen.

Omdat het voor Elizabeth zo spannend en moeilijk was, vond Ben dat hij er goed aan deed erbij aanwezig te zijn. Verscheidene keren moedigde hij zijn dochter aan en zei dat ze het geweldig deed en uiteindelijk vroeg Reed hem zijn mond te houden. De advocaat besteedde twee uur aan het verhoor en becomplimenteerde haar toen het erop zat: hij was tevreden. Toen Reed afscheid had genomen van de Masons, nam Ben Elizabeth mee uit eten in het Italiaanse restaurant. Hij stroomde over van adviezen, nam de tips van Reed met haar door en voegde er zijn eigen verfijningen aan toe. Zijn instructies om nooit het hoofd te laten hangen of de ogen neer te slaan, zijn advies om haar stem goed te laten klinken, wezen op een expertise die alleen afkomstig kon zijn van het veelvuldig zien van films en series met rechtbankscènes. Hij putte haar uit en ze was blij toen hij vertrok.

Zaken die voor de klachtencommissie kwamen werden op Layton als privé-aangelegenheden gezien. De pers of de universiteitskrant kregen geen gegevens toegestuurd. Hoewel de aanklacht van Elizabeth tegen Jimmy officieel dan ook aan weinig mensen op de campus bekend was, ervoer ze toch een onderstroom van haatgevoelens. Verscheidene studenten keken haar zeer onvriendelijk aan. Shannon en Allison negeerden haar. Jimmy had met succes zijn verhaal de wereld ingestuurd dat Liz Mason een problematisch iemand was die andere mensen graag bij haar problemen betrok. De mensen in zijn huis wisten van de hoorzitting omdat John Hatcher het verteld had. Tegenover zijn huisgenoten, tegenover Janna en tegenover een aantal andere tennissers die van de hoorzitting op de hoogte waren, deed hij alsof het hem allemaal niets kon schelen, alsof de hoorzitting niet meer dan een formaliteit was en het meisje niet goed snik.

'Ik denk er nauwelijks aan. Je kunt er nu eenmaal niet voor studeren,' zei hij nonchalant tegen een stel huisgenoten in de woonkamer. 'Ik hoef niet eens in de getuigenbank te staan.'

Toen ze alleen waren stelde Janna Jimmy een vraag die de spijker op zijn kop sloeg.

'Schatje, als het echt zo onbelangrijk is, dan begrijp ik niet waarom je ouders een advocaat in de arm moeten nemen om je te verdedigen?'

'Dat staat in de voorschriften. Ze willen niet dat iemand achteraf beweert niet eerlijk de kans te hebben gehad zich te verdedigen.'

'Ze moet wel een heel vreemde fantasie hebben.'

'Ja.'

'Het is niet eerlijk dat ze jou dit kan aandoen.'

'Ze doet me niets aan, als je erbij stilstaat. Ik ga er gewoon heen, zij vertelt haar krankjoreme verhaal en dan verwerpen ze het.'

'Ze moesten haar naar een psychiater sturen. Het gewoon verplicht stellen. Dit is abnormaal gedrag.'

'Je hebt volkomen gelijk,' zei hij.

De hoorzitting stond op het programma voor half twaalf op een zaterdagmorgen. De advocaten arriveerden 's ochtends per vliegtuig. Beide ouderparen reden de avond tevoren reeds met de auto naar Caldwell. Laura en Ben vonden het niet gepast dat Josh bij de hoorzitting was en brachten hem onder bij de ouders van Laura. Reed had Elizabeth die week nog gebeld om haar getuigenis nog één keer door te nemen en haar aan haar houding te herinneren. MacNeil, aan de andere kant, had de familie Andrews geadviseerd om hun zelfbeheersing te bewaren en hoegenaamd niet te reageren op wat er tijdens de zitting gezegd werd.

Jimmy en zijn ouders gingen uit eten in The Babbling Brook en Jimmy bracht Janna mee. Hij had zijn lieve vriendinnetje nodig, niet alleen om zijn integriteit kracht bij te zetten tegenover zijn ouders, maar ook tegenover zichzelf. De hoorzitting wierp een donkere schaduw vooruit, maar de gespreksonderwerpen beperkten zich tot koetjes en kalfjes: de ouders van Jimmy voelden er weinig voor de zaak in het bijzijn van iemand anders te bespreken. Janna keek vol genegenheid naar Jimmy en ze hielden elkaars hand vast.

'Het is jammer dat Janna niet voor mij kan getuigen,' zei hij.

'Wat ga je de komende zomer eigenlijk doen, schat?' vroeg Penny aan Janna om van onderwerp te veranderen.

Elizabeth en haar ouders zaten in een restaurant in de buurt. Zonder een buitenstaander om de conversatie een beetje in evenwicht te houden en met Ben die iedere stap van hun benadering nog eens meedogenloos analyseerde, spraken zij over niets anders dan de hoorzitting. De advocaat had hen verteld dat Jean Philips een eigen psychologenpraktijk in Albany had gehad. Donna had haar hulp gezocht om haar verlegenheid te lijf te gaan, zodat ze zo goed mogelijk voor Elizabeth kon getuigen. Ben ging helemaal op in dit soort nuances. Laura wilde maar dat ze eens vertrokken, dan kon Elizabeth tenminste nog een goede nacht maken. Ben ging zelfs zo ver Elizabeth te vragen haar verhaal aan tafel nog eens te vertellen, nog één keer, om te zien of ze nog een zwakke plek konden ontdekken.

'Ben! Nog één nachtje slapen, dan krijg je het allemaal weer te horen,' zei Laura.

'Ik wil gewoon zeker weten dat het er goed uitkomt.'

'Ik heb genoeg tips gehad, pa. Het lijkt wel of ik weer voor mijn toelatingsexamens zit.'

Hij lachte niet. Laura vroeg om de rekening, zodat ze weg konden en Elizabeth kon gaan slapen.

Bezoekers van de universiteit konden altijd terecht in de Layton Inn, het universiteitshotel. Toen de Masons langs de receptie kwamen, stonden pa en ma Andrews daar net.

'Is er nog een boodschap voor me binnengekomen? De naam is Andrews,' zei Malcolm tegen de receptionist.

Laura en Ben bleven staan en Penny, die dat merkte, draaide zich naar hen om.

'Niets, meneer,' zei de receptionist.

Malcolm draaide zich ook om en zag de Masons staan. Beide ouderparen waren ongeveer even oud. Beide paren gingen ongeveer hetzelfde gekleed, de mannen met wollen jassen over tweed jasjes, hun goede pakken nog in het plastic in de kast op de kamer. De vrouwen droegen bont, Laura een lange jas van wasberebont, Penny een nertsmantel. Hun kinderen studeerden aan dezelfde universiteit. Ze betaalden voor een deel dezelfde rekeningen.

'Andrews. Dus jullie zijn de ouders van die beroemde jongen,' zei Ben, die zijn kwaadheid niet kon bedwingen.

'Dus jullie zijn de ouders van dat beroemde meisje,' antwoordde Malcolm niet minder boos.

'Het kan nog een interessante dag worden morgen. Kunnen we eens zien wat u er als ouders van terecht hebt gebracht,' zei Ben.

'Ben, dit is geen hoorzitting,' hield Laura hem voor.

'Jimmy is een goede jongen,' zei Penny.

Ze keek naar Laura. Een andere moeder zou het wel begrijpen. Je zorgt voor ze en houdt van ze, je doet je best. Maar er is altijd die angst dat er iets mis kan gaan.

'Als u een betere vader was geweest,' zei Ben, 'zouden wij hier niet zijn.'

'Ben...'

Laura trok Ben aan zijn arm.

'Laten we elk naar onze kamers gaan,' smeekte Penny Laura.

Laura keek haar aan en heel even herkenden ze zichzelf in elkaar. Toen gingen ze ieder huns weegs, gescheiden door hun boosheid.

9

Het lijkt wel Pasen, dacht Elizabeth toen ze iedereen op zijn paasbest zag binnenkomen. Alsof het erom gaat hoe we eruitzien. Iedereen stond in de hal van het bestuursgebouw en beide partijen negeerden elkaar. Een receptionist meldde dat de hoorzitting ging beginnen. De getuigen moesten in de hal blijven staan tot ze naar binnen werden geroepen.

Achter een lange tafel zaten de drie commissieleden. William Harlan, de studentendecaan, zat in het midden; aan zijn rechterhand zat Frank Teller, de advocaat van de universiteit; aan Harlans linkerhand zat dr. Madelyn Stone, lid van het college van bestuur. Zij beheerde de curriculumportefeuille. Dr. Stone was een bleke, magere vrouw van achter in de vijftig. Haar blonde haar begon al te grijzen. Ze had het strak achterover gekamd en droeg het in een paardestaart.

Tegenover de lange tafel stond een stoel voor de getuigen. Daarachter stond een rij stoelen, met in het midden een open plek om de beide partijen in dit dispuut van elkaar te scheiden. Toen Elizabeth, haar advocaat en Ben en Laura gingen zitten, knikte Harlan neutraal naar Elizabeth. Ook de andere commissieleden knikten zonder enige emotie te tonen.

Toen kwam de familie Andrews binnen met MacNeil. Jimmy en Malcolm liepen rechtop, vol zelfvertrouwen, maar Penny klampte zich aan haar handtasje vast alsof het de laatste strohalm was. Haar ogen schoten onrustig door de zaal heen en weer tot Malcolm haar bestraffend aankeek, waarna ook zij zich vermande.

Harlan gebaarde naar een secretaresse, die aan een bureau tegen de zijmuur zat. Ze zette de bandrecorder aan en Harlan sprak de aanwezigen toe.

'Elizabeth Mason, James Andrews, deze hoorzitting is bindend verklaard door de disciplinaire code van Layton College. We gebruiken hier dezelfde normen als in het Amerikaanse justitiële systeem. De beklaagde is onschuldig tenzij de aanklacht gegrond verklaard en onomstotelijk bewezen is. Ik merk op dat zowel de eiser als de beschuldigde vertegenwoordigd worden door een raadsman, die, zoals in de voorschriften is vastgelegd, gedurende de hoorzitting zijn eigen getuigen en die van de wederpartij mag ondervragen. De leden van de commissie staat vrij hetzelfde te doen. Meneer Reed, hebt u een openingsverklaring?'

Reed stond op en sprak de commissie toe.

'Geachte commissieleden, wij hebben dit forum gekozen omdat Elizabeth en haar ouders vinden dat de straf, verwijdering van Layton College, voldoende gerechtigheid is. Ik moge er overigens op wijzen dat een dergelijke straf licht is in de wereld buiten deze campus.

De beschuldigde ziet eruit als een oprechte, goed geklede jongeman, vergezeld als hij wordt door zijn ouders. Zijn ouders waren echter niet bij hem toen hij, op de avond van twee september jongstleden, Elizabeth Mason meenam naar een feest in het huis waar hij een kamer bewoont. Op die avond nodigde hij haar uit mee te gaan naar de kelder van het huis, waar hij, nadat hij een plaat met klassieke muziek had opgezet omdat hij dacht dat zij dat mooi zou vinden, de gewone handeling van een jong stel dat elkaar zoent, doorvoerde naar een verkrachting, een misdaad bij de wet. James Andrews en Elizabeth Mason waren samen die avond, en in elkaars gezelschap zonder anderen, en dat zullen we bewijzen. De keel van Elizabeth was bezeerd omdat ze daar met geweld was vastgehouden, en dat zullen we bewijzen. Ze woonde een seminar over verkrachting bij en op die avond raakte ze zo van streek door een simulatie van een poging tot verkrachting dat ze naar buiten vluchtte, en dat zullen we bewijzen. Ze kreeg individuele therapie om te leren omgaan met het feit dat ze een slachtoffer van verkrachting is, en dat zullen we bewijzen. De geloofwaardigheid van Elizabeth is boven twijfel verheven, en dat zullen we bewijzen. James Andrews, een ouderejaars student aan deze universiteit, maakte moedwillig misbruik van de naïveteit van een eerstejaars studente, die zo nieuw was hier dat ze nog niet één college of werkgroep had bijgewoond. Hij lokte haar in een afgelegen kelderkamer en dwong haar, door zijn grotere fysieke kracht en door haar keel in te drukken, seks met haar te hebben, zonder haar goedvinden, wat het tot een verkrachting maakte. Op deze campus en in deze maatschappij kun je dat niet doen zonder daar de straf voor te moeten ondergaan.'

MacNeil stond op en sprak op zijn beurt de commissie toe.
'Geachte commissieleden, mijn collega beweert dat dit forum gekozen is omdat het zijn cliënte voldoende recht zou kunnen doen wedervaren. In feite is dit het enige forum dat voor hen beschikbaar is. Ze zouden deze zaak onmogelijk voor een strafrechter kunnen krijgen. Ze zouden geen dagvaarding loskrijgen. Ze zouden geen proces krijgen. Er is namelijk helemaal geen sprake van een zaak. Er zijn geen getuigen van het vermeende incident. Er is geen enkel bewijs. Geen haar of huid of stukjes kleding, geen sporen van sperma, geen van de elementen die bij een beschuldiging van verkrachting een rol spelen is hier aanwezig. En toch heeft deze tiener een zeer, zeer ernstige beschuldiging geuit. Zo ernstig dat deze hoorzitting Jimmy zijn constitutionele rechten niet kan garanderen. Daarom zal Jimmy, om zijn constitutionele rechten te beschermen, niet in de getuigenbank plaatsnemen om elk risico van zelfbeschuldiging te vermijden. Noch zal hij iemand anders laten getuigen. Wij dagen deze jongedame uit om, zonder fysieke bewijzen, zonder getuigen van het vermeende incident, onomstotelijk vast te doen stellen wat geen rechter zou geloven en wat ze hier ook onmogelijk kan bewijzen. Het kán niet bewezen worden.'

Elizabeth vond het niet prettig om als 'tiener' aangeduid te worden. Ze was achttien. Was het zo gek dat op een universiteit mensen van onder de twintig rondliepen? Reed leunde naar Elizabeth en haar ouders toe en zei: 'Precies wat ik verwacht had. Geen verrassingen.'

Dokter Thomas Phelan was de eerste getuige die Reed opriep. Hij vertelde dat de verwondingen aan de keel van Elizabeth precies het soort verwondingen waren dat hij ook bij lichamelijk geweld had vastgesteld. Over het feit dat Elizabeth geen verkrachting aan hem had gemeld zei hij dat het in de gegeven omstandigheden niet ongebruikelijk was dat het slachtoffer de oorzaak van de verwondingen uit schaamte of vernedering ontkende. Hij had bij dat eerste onderzoek wel vermoed dat ze mishandeld was en hij was dan ook niet verrast toen ze later beweerde verkracht te zijn.

MacNeil ondervroeg hem agressief. Hij verifieerde of de dokter inderdaad geen gynaecologisch onderzoek had uitgevoerd en stelde vast dat het hier niet ging om wat Phelan 'gedacht had'. Toen hij opstond zei Phelan: 'Ik heb dergelijke verwondingen bij andere gevallen van verkrachting vastgesteld. En ik heb de slachtoffers zien ontkennen. Iemand heeft dat meisje mishandeld, geen advocaat die dat feit kan wegmoffelen.'

De volgende getuigen waren studenten. Reed gebruikte Shannon Harnett om vast te stellen dat Elizabeth en Jimmy Andrews samen op dat feest waren geweest en dat ze die avond inderdaad een afspraakje hadden. Tijdens het verhoor door MacNeil getuigde Shannon dat ze die avond niets ongebruikelijks had zien gebeuren tussen Jimmy Andrews en Elizabeth Mason.

Donna en vervolgens Sterling vertelden over de reactie van Elizabeth op het seminar over verkrachting: ze was huilend de zaal uit gerend en had hen verteld dat ze verkracht was. Bij zijn kruisverhoor stelde MacNeil vast dat ze niet op het feest waren geweest waar de verkrachting zou hebben plaatsgevonden en dat ze tegenover de commissie Elizabeths versie van het verhaal vertelden, niet hun eigen.

Jean Philips werd binnengeroepen. Reed stelde vast dat zij ervaring had als psychologe met een eigen praktijk en aan de universiteit, waarna hij vroeg: 'Kunt u, vanuit uw kennis op dit gebied, vertellen hoe vaak verkrachtingen van de soort waar het hier om gaat op campussen voorkomen?'

'Protest,' zei MacNeil.

'Toegewezen,' besloot Teller.

'Ik wil vaststellen dat waar we het hier over hebben niet zo'n ongebruikelijke misdaad is dat hij hier niet gepleegd kan zijn,' verdedigde Reed zich.

'Het fenomeen verkrachting op de campus bewijst niets over de schuld van de beklaagde,' vond MacNeil.

'Protest toegewezen. Meneer Reed?'

'En hoe zit het met verkrachtingen op Layton College? Hoeveel hebben er hier plaatsgevonden?' vroeg Reed aan Philips.

'Protest.'

'Opnieuw toegewezen.'

'Als expert in het gedrag van jonge mensen...'

140

'We hebben het hier niet over jonge mensen in het algemeen,' meende MacNeil.

'Toegewezen.'

Reed veranderde van richting. Hij vroeg Philips haar contacten met Elizabeth te omschrijven en iets over haar therapie te vertellen. Toen vroeg hij: 'Was het gedrag van Elizabeth verenigbaar met iemand die verkracht is?'

'Ja,' antwoordde Philips.

'Protest.'

'Mevrouw Philips heeft niet verklaard dat ze verkracht is. Haar gedrag strookte met een verkrachting. Dat aanvaard ik,' zei Teller.

'Ze gaf het niet meteen aan en vertelde heel andere verhalen,' zei Reed. 'Is dat ook normaal?'

'Ja. Dat is het vaste patroon bij een verkrachtingstrauma. Slachtoffers van verkrachting gedragen zich vaak nogal ongewoon in die zin dat ze de verkrachting tegenover zichzelf en anderen ontkennen.'

'Hebt u ooit iemand in uw praktijk meegemaakt,' vroeg Harlan, 'student of patiënt, die bij u kwam met een verhaal dat zeer gedetailleerd was maar toch onwaar?'

'Ja.'

'Is het mogelijk dat dit ook zo'n geval is?' vervolgde Harlan.

'Ik heb haar behandeld voor verkrachting. De details zijn zo precies en haar versie van het verhaal is iedere keer weer zo consistent, dat als het onwaar was, je naar andere aspecten van haar persoonlijkheid zou moeten zoeken die erop wijzen dat ze inderdaad op zo'n niveau kan fantaseren. Ik heb niets gevonden wat daar op wijst. Wat bij haar behandeling naar voren is gekomen, haar gedachten, angsten, dromen, is verenigbaar met verkrachtingsslachtoffers.'

Reed rondde zijn ondervraging van Jean Philips af en MacNeil nam het over. Hij keek haar aan alsof zij de beschuldigde partij was en haar schuld al vaststond.

'Psychologie is niet zo'n exacte wetenschap als, zeg, natuurkunde, of wel?'

'Nee, maar er zijn vaste patronen die steeds weer terugkeren en die zo uitvoerig zijn gedocumenteerd dat je van een wetenschap mag spreken.'

'Maar u kunt niet in het hoofd van Elizabeth kijken.'

'In zekere zin wel. Ik kan gedragspatronen onderscheiden.'

'Kunt u op een wetenschappelijke manier aan de weet komen wat zij denkt?'

'Ik kan geen gedachten lezen, als u dat bedoelt.'

'Ik bedoel dat er, wat betreft de gedachten, of de emoties, van een ander persoon, altijd een kloof zit tussen wat je vermoedt, intuïtief aanvoelt, veronderstelt, en wat je daadwerkelijk weet.'

Zo ging hij een vol kwartier door, in een poging haar vermogen om vast te stellen of Elizabeth haar nu wel of niet de waarheid had verteld, in diskrediet te brengen. Op theoretisch niveau kon Philips hem wel aan, maar ze kon niet 'bewijzen' – MacNeils woord – dat ze volledig met de gedachten of motieven van haar patiënten op de hoogte was.

'Hebben eerstejaars weleens aanpassingsproblemen omdat ze voor het eerst van huis zijn?'

'Protest.'

'Toegewezen,' zei Teller.

'Hebben studenten niet specifiek last van bepaalde persoonlijkheidsproblemen...'

'Protest.'

'Toegewezen.'

'Laten we het over uw werk hebben, mevrouw Philips. Hebt u uw baan niet omdat universiteiten psychologen nodig hebben om studenten met stress te helpen?'

'Stress is niet iets waar alleen studenten onder gebukt kunnen gaan en in dit verband niet relevant,' zei Philips.

'Hoe weet u of het niet relevant is? U kunt geen gedachten lezen, zoals u net al zei. U staat aan het hoofd van het Vrouwencentrum?'

'Ja.'

'En uw eerste verplichting is jegens de vrouwen op Layton.'

'Ik werk voor de universiteit. Mijn specialiteit is vrouwenstudies.'

'Jimmy Andrews zou bij u niet terecht kunnen.'

'Hij is niet aangerand.'

'En we weten niet of iemand anders dat wel is. Is uw hele zienswijze niet gekleurd door uw positie aan het hoofd van het Vrouwencentrum van Layton?'

'Ik ben objectief.'

'Hoe kunt u objectief zijn? Dit zijn subjectieve zaken. U bent geen getuige geweest van de verkrachting, u bent getuige geweest van een tiener die een moeilijke periode doormaakt.'

'Ik ben een professionele...'

'Ongetwijfeld. Maar met een eigen optiek.'

'Ik zou nooit toestaan dat mijn persoonlijke optiek mijn beoordelingsvermogen in een zaak als deze in de weg zou staan.'

'Niet bewust. Maar dat laat ik aan de psychologen over. Dank u wel, mevrouw Philips.'

Harlan laste een korte pauze in en de Masons gingen aan hun kant van de zaal in conclaaf met Reed.

'Dat was gemeen,' zei Laura.

'Ze heeft zich goed gehouden,' vond Reed. 'Ze heeft op zes verschillende manieren gezegd dat ze Elizabeth geloofde.'

'Wil je hier nog steeds mee doorgaan? Er is geen wet die je daartoe verplicht,' zei Laura tegen Elizabeth.'

'Dit is onze rechtszaak,' antwoordde Ben voor haar.

'Ik vroeg het aan Elizabeth.'

'Ja, ik wil ermee doorgaan,' zei ze.

Elizabeth excuseerde zich even om naar het toilet te gaan en Laura liep met haar mee. Toen ze door de hal liepen nam Laura Elizabeth bij de hand, alsof ze probeerde de tijd weer terug te brengen dat Elizabeth nog een klein meisje was.

Elizabeth nam plaats op de getuigenstoel en Reed dirigeerde haar door een accuraat en precies verslag. Ze begon met de eerste keer dat ze Jimmy ontmoet had, op de barbecue voor de eerstejaars, en vervolgde met wat er op het feest gebeurd was. Toen Elizabeth aankwam bij het moment dat ze naar de kelder ging met Jimmy, was het zo stil in de zaal dat het leek of iedereen de adem inhield. Ze beschreef de kamer tot in de details, hoe hij geïsoleerd was om de muziek niet te laten doorklinken, waar de meubels stonden. Ze vertelde hoe ze op de bank waren gaan zitten en hoe ze, na een paar zoenen, geprobeerd had te vertrekken, hoe Jimmy zich boven op haar had gemanoeuvreerd, haar had vastgehouden en bij haar naar binnen was gegaan. Penny Andrews begon te rillen en Malcolm kon haar niet tegenhouden. Aan de andere kant van de zaal begroef Laura haar gezicht in haar handen en balde Ben zijn vuisten. Gedurende het hele verhaal van Elizabeth hadden de commissieleden vragen gesteld om op punten meer duidelijkheid te krijgen, maar toen ze de verkrachting zelf begon te beschrijven, vielen ze stil. Met een stem die omfloerst klonk vanwege de emoties, beschreef Elizabeth haar reactie op de verkrachting, dat ze op straat had overgegeven, dat ze haar kleren had weggegooid en zich gedoucht had om de misdaad van zich af te spoelen. In aansluiting op de getuigenissen van Donna en Sterling, vroeg Reed haar over het seminar over verkrachting te vertellen, hoe die avond een sterke reactie bij haar had opgeroepen, zo sterk dat ze zich uiteindelijk ertoe gezet had te bekennen dat ze verkracht was. Het was Elizabeth die het woord 'bekennen' gebruikte en Reed maakte daar gebruik van door te onderstrepen dat ze zich inderdaad geschaamd had verkracht te zijn. Ze maakte haar getuigenis af en liet het hoofd hangen.

Toen Elizabeth klaar was zei Penny heel zacht, maar net hoorbaar: 'Nee,' alsof ze de woorden van Elizabeth ontkende. Malcolm greep haar stevig bij de pols om haar het zwijgen op te leggen. Elizabeth was voorbereid op dit optreden; ze had het verscheidene malen gerepeteerd. Ze realiseerde zich niet dat, doordat ze het opnieuw moest vertellen ten overstaan van al die mensen, met al die details, die volgens de advocaat belangrijk waren om geloofwaardig over te komen, dat ze daardoor in feite gedwongen werd de ervaring nog eens door te maken. Elizabeth dacht even dat ze weer moest overgeven, daar in die zaal. Reed bracht haar een glaasje water, waarna ze zich weer in de hand had voor het kruisverhoor dat haar te wachten stond.

MacNeil ging voor haar staan en taxeerde haar voorzichtig. Hij wist dat als hij haar te grof behandelde, hij de commissieleden alleen maar voor haar zou innemen.
'Juffrouw Mason, u vertelde dat u naar beneden ging met Jimmy Andrews, naar een geïsoleerde kamer die u tot in de details hebt beschreven. Maar zei u niet ook dat Jimmy u een kleine rondleiding door het huis had gegeven?'
'Ja.'
'Is het mogelijk dat u die kamer al gezien hebt toen u die rondleiding maakte en dat u hem daarom zo goed kunt beschrijven?'
'Nee. Hij heeft me daar op die rondleiding niet mee naar toe genomen.'
'Weet u of iemand u naar die kelder toe heeft zien gaan?'

'Nee, maar ik ben er wel heen gegaan.'

'Niemand heeft u gezien. U zei dat u schreeuwde. Heeft iemand u gehoord, is iemand komen kijken wat er aan de hand was?'

'De kamer was geluiddicht gemaakt. En de meeste mensen waren vertrokken...'

'Niemand heeft u gezien, niemand heeft u gehoord. Juffrouw Mason, u hebt heel lang gewacht voor u deze vermeende verkrachting aangaf. Hebt u al die tijd gewacht of Jimmy, tot wie u zich aangetrokken voelde, misschien nog weer contact zou opnemen?'

'Nee.'

'En toen hij niet belde, probeerde u hem dat toen betaald te zetten?'

'Nee.'

'En u hebt zorgvuldig elk spoortje van een bewijs vernietigd, zodat u niets hebt om uw verhaal te bevestigen?'

'Daar heb ik al over verteld.'

'Ja; uw beschrijving van het vernietigen van het bewijsmateriaal is heel precies; uw hele verhaal trouwens. Alsof het allemaal is opgeschreven. Is dat zo?'

'Nee.'

Ik zit hier niet te liegen, dacht ze. Hij heeft me verkracht. Ze keek naar de commissieleden, die haar nauwlettend zaten op te nemen. Ze had het gevoel alsof ze proeven op haar aan het nemen waren.

'U zei dat u die avond gedronken had. U zei dat u twee flesjes bier had gedronken en een paar slokjes van een derde?'

'Ja. Een paar slokjes maar.'

'Kan het ook meer geweest zijn dan dat? Kan het zijn dat u na een paar biertjes de tel bent kwijtgeraakt?'

'Nee.'

'Wat drinkt u nog meer illegaal? Sterke drank?'

'Nee.'

'Gebruikt u drugs, rookt u hasj?'

'Nee.'

'Maar u had wel bier gedronken? Was u dronken?'

'Ik was niet dronken.'

'We weten niet of u dronken was of niet. We hebben geen bloedproef genomen. Dit is slechts een van de vele niet-gestaafde beweringen in dit hele verhaal. Dat was het. Dank u, juffrouw Mason.'

Harlan laste een korte pauze in alvorens de advocaten de gelegenheid kregen hun argumenten nog één keer op een rijtje te zetten. Haar ouders en de advocaat feliciteerden Elizabeth met hoe ze zich gehouden had. Zelf vond ze het minder overtuigend. Ik klonk als wisselgeld, dacht ze.

'Geachte commissieleden, ik feliciteer u met de zorg waarmee u deze hoorzitting hebt voorgezeten,' begon MacNeil zijn redevoering. 'Het is bewonderenswaardig dat u handelt in overeenstemming met de principes van het Amerikaanse rechtssysteem. De schuld van Jimmy Andrews moet onomstotelijk bewezen worden. Dat zijn hier de voorschriften. Onomstotelijk. Dat woord is hier niet van toepassing. We begonnen zonder bewijs. Getuigen zijn gehoord. Er is nog steeds geen bewijs. Wat Elizabeth Mason ertoe gebracht heeft na maanden te zeggen dat iemand haar verkracht heeft, weet ik niet. Ook een psycholoog kan dat niet weten zonder te moeten speculeren. Speculaties zijn niet relevant. Bewijzen zijn relevant. Wat we nu weten is dat er geen greintje bewijs is voor deze beschuldiging. Geen greintje. De geraadpleegde arts is een keel-, neus- en oorarts. Hij heeft nooit een gynaecologisch onderzoek uitgevoerd. De dokter heeft geen verkrachting kunnen vaststellen. Niemand die hier is komen getuigen heeft enig bewijs kunnen leveren dat hier sprake is van een verkrachting. Wat voor getuigenis hebben we over de avond van de tweede september jongstleden? Ze zijn samen op een feestje gezien. Dat geef ik toe. Maar verder kan niets over die avond bewezen worden. Niets. Zeker niet het verhaal van een tiener die voor het eerst van huis is, iets wat bij veel jonge mensen emotionele problemen geeft. De eiser moet onomstotelijk bewijzen dat Jimmy Andrews haar verkracht heeft. Wat misschien bewezen is, is dat ze samen naar een feestje zijn geweest.

Zonder het wettelijk vermoeden van onschuld en het onomstotelijk karakter van bewijzen, zouden we in een chaotische maatschappij leven. Iedereen zou ieder ander kunnen beschuldigen om wat voor reden dan ook. Openbare aanklagers in ons strafrechtsysteem beginnen geen proces wanneer ze niet het idee hebben dat een onomstotelijk bewijs tot de mogelijkheden behoort. Rechters veroordelen niemand tenzij schuld onomstotelijk bewezen is. En dat geldt ook voor u. U moet in uw oordeel uitgaan van de bewijzen die op deze hoorzitting naar voren zijn gekomen. En die zijn er niet. Je kunt niet iemand domweg van verkrachting beschuldigen zonder het te bewijzen. U moet Jimmy Andrews niet schuldig verklaren of u zou de spot drijven, niet alleen met de tradities van Layton College, maar met de tradities van het Amerikaanse recht. Ik dank u.'

Elizabeth beet van de zenuwen op haar lip. Ze keek naar Jimmy Andrews. Hij zat daar onaangedaan, dat hadden ze hem wel geleerd. Ik kan het niet geloven dat die klootzak in me is geweest. In me. Zou het helpen als ik gewoon opstond en naar hem wees en schreeuwde: 'Jij hebt het gedaan! Jij hebt het gedaan, wat je advocaat ook zegt!' Ze zouden denken dat ik gek was. Ze observeerde Penny Andrews, die ja zat te knikken tijdens de redevoering van MacNeil. Eerder had Elizabeth opgemerkt dat ze nee had geschud. *Zij* was degene die gek was.

'Geachte commissieleden, we danken u voor de gelegenheid om deze zaak aan u voor te leggen,' begon Reed zijn samenvatting. 'De strategie van mijn collega was geen getuigen op te roepen. De beschuldigde zelf is niet gehoord. Dat beschermt Jimmy Andrews tegen zelfbeschuldiging. Het beschermt hem eveneens tegen kritische blikken en een kruisverhoor. De bewering dat we geen bewijzen hebben is niet accuraat. James Andrews en Elizabeth Mason waren samen op de avond van de tweede september jongstleden. Dat is gestaafd door Shannon Harnett. Vlak daarna werd Elizabeth Mason door een dokter behandeld voor verwondingen aan de keel, veroorzaakt door een fysieke worsteling.

Verkrachting is seksuele gemeenschap zonder wederzijds goedvinden, geëffectueerd onder dwang. Geen bewijs? Elizabeth Mason heeft zichzelf niet gewurgd. Ze is het slachtoffer van een verkrachting. In haar gedrag, zoals geobserveerd en gerapporteerd door haar vriendinnen op de campus, is Elizabeth Mason een slachtoffer van verkrachting. In haar gedrag, zoals geobserveerd en gerapporteerd door een psycholoog die ervaring heeft met jonge mensen, is Elizabeth Mason een slachtoffer van verkrachting. Ze is behandeld voor verkrachting. Haar dromen en haar gedragspatronen zijn die van een slachtoffer van een verkrachting.

Scherm u niet af voor de waarheid door aan te nemen dat zoiets hier niet gebeuren kan. Het gebeurt hier wel. Het gebeurt op campussen in het hele land. U hebt Elizabeth Mason gezien. U hebt naar haar geluisterd. U moet uzelf afvragen wat haar ertoe zou kunnen brengen dit allemaal aan te richten, haar ouders en haar vrienden en vriendinnen erbij te halen, haar privacy op deze manier te laten schenden, zich de emotionele spanningen van een dergelijke procedure op de hals te halen, als ze de waarheid niet vertelde. Een ervaren psycholoog heeft getuigd dat ze in haar gedrag niets kon ontdekken dat wees op de neiging tot liegen of fantaseren. Ze is een eerlijke jonge vrouw die de waarheid vertelt. U moet uzelf afvragen, was ze geloofwaardig? Als u haar gelooft, heeft ze de schuldige partij geïdentificeerd. *Zij* is ooggetuige geweest bij de misdaad waar het hier om gaat.

Een eerstejaars studente, die een afspraakje had met een ouderejaars student, was zo naïef met hem naar een geluiddichte kamer te gaan die geïsoleerd van de rest van het huis ligt. Ze kusten elkaar. Zij wilde stoppen. Ze zei nee. En Jimmy Andrews wilde niet luisteren. Hij nam wat hij wilde met geweld, zonder haar toestemming. Dat is verkrachting. Hier of waar dan ook, verkrachting is onaanvaardbaar en moet gestraft worden.

Ik dank u.'

Harlan deelde mee dat beide partijen gebeld zouden worden zodra een beslissing was genomen. Het oordeel zou dan hier in de zaal worden uitgesproken. De Masons gingen naar de kamer van Elizabeth, Jimmy nam zijn ouders mee naar zijn huis. De advocaten, die ook nog andere zaken hadden lopen, gingen naar het universiteitshotel om telefoontjes te plegen.

Harlan, Stone en Teller trokken zich terug in een kamer achter de zaal.

'Nou, we hebben hier een klassiek geval van verkrachting door een kennis, met alle dubbelzinnigheden van dien,' zei Teller. 'Daar zijn nooit getuigen bij. Er is altijd een grijs gebied waarbinnen plaats is voor verschillende interpretaties. Was er sprake van wederzijds goedvinden of niet? Was er sprake van dwang of geweld of niet? Ik heb de neiging het meisje te geloven. Of ik tot een veroordeling zou overgaan is een tweede.'

'Wat had ze verwacht dat er zou gebeuren?' vroeg Madelyn Stone. 'Ze drinkt te veel. Ze hangt die jongen om de hals. Ze geeft hem het idee dat ze meer wil.'

'Hij hoeft alleen maar menselijk te zijn,' deed Harlan een duit in het zakje.

'Het cruciale moment ligt in het begin,' meende Stone. 'Het moment dat zij die kelderkamer binnengaat. Die kamer binnengaan is een vorm van goedkeuring van wat daarbinnen zou gaan gebeuren. Op een bank met hem gaan zitten, hem zoenen in die kamer. Dat is allemaal een vorm van goedkeuring. En in dat geval kun je niet van verkrachting spreken.'

'Daar ben ik het volkomen mee eens,' zei Harlan. 'Haar gedrag die avond was beslist provocerend. Lichtzinnig gedrag. Bier. Ze kan niet opeens, terwijl ze aan het vrijen zijn, en dat waren ze, tijdens het voorspel haar toestemming onthouden. Die had ze al gegeven.'

'Wat jullie zeggen is fascinerend. Beseffen jullie wel wat je net gezegd hebt?' vroeg Teller.

'Dat de jongen onschuldig is,' antwoordde Stone.

'Precies,' zei Harlan.

'Jullie hebben allebei haar versie van de gebeurtenissen die avond geaccepteerd. Door pure geloofwaardigheid heeft ze jullie overtuigd van wat er heeft plaatsgevonden. Jullie verkiezen die gebeurtenissen een eigen interpretatie te geven, maar geen van jullie zegt dat het niet gebeurd is.'

'Dat zal wel waar wezen,' zei Stone. 'Maar er zijn ook verschillende interpretaties mogelijk.'

'Nee. Als je uitgaat van wat zij verteld heeft, en dat doen jullie, waarom neem je dan niet haar héle verhaal als uitgangspunt?'

'Dat kan ik niet doen,' zei Harlan.

'Waarom niet? Jullie geloven haar versie van het verhaal, maar over het cruciale moment verschillen jullie met haar van mening. Dat cruciale moment is niet het moment dat ze die kamer binnengaat, Madelyn, het cruciale moment is het moment voorafgaand aan de gemeenschap. Als ze, op dat moment, nee zegt, ongeacht wat eraan voorafging, en hij dwingt haar, dan is dat verkrachting.'

'Maar hoe kunnen we dat weten?' vroeg Harlan.

'Daarvoor zitten we hier.'

Teller zette de bandrecorder aan en ze luisterden naar wat er allemaal gezegd werd. Alleen sommige minder belangrijke momenten spoelden ze door.

'Ik hoor geen enkel afdoende bewijs,' zei Harlan. 'Daar heeft zijn advocaat gelijk in.'

'Volgens mij was het gewoon een communicatiestoornis tussen die twee,' zei Stone. 'Het meisje is zo dwaas – want dwaas was het – om zichzelf in een seksueel provocerende situatie te manoeuvreren. De hele avond geeft ze hem tekenen van aanmoediging. Ze zegt nee, dat kan wel zo zijn, dat geloof ik ook wel van haar. Maar hij denkt dat ze dat niet werkelijk meent. Omdat ze zich de hele avond anders gedragen heeft. Hij dringt aan. Ze hebben allebei gedronken en het is een beetje onduidelijk geworden of ze nu seks wil of niet. Ze hebben seks. En hij dacht dat zij het wilde, ook al zei ze van niet.'

'Ze wilde genomen worden,' zei Harlan.

'Hij dácht dat ze genomen wilde worden,' antwoordde Stone.

'En de verwondingen aan haar keel dan?' vroeg Teller.

'Er is niet bewezen dat die tijdens de gemeenschap ontstaan zijn,' stelde Harlan vast. Misschien was er wel een tweede verkrachter. De tweedeverkrachtertheorie,' voegde hij eraan toe in een poging lollig te doen.

'Geweldig, een tweede verkrachter,' zei Stone. 'Maar die verwondingen kunnen ook gekomen zijn doordat ze een beetje ruige seks hadden of door die onduidelijkheid over hoeveel drang ervoor nodig zou zijn om haar ja te laten zeggen, wat ze volgens hem in feite de hele tijd bedoelde. Een communicatiestoornis. Geen verkrachting.'

'Mooi gezegd, Madelyn. Daar kan ik achter staan,' zei Harlan.

'Ik ben het niet met jullie eens. Volgens mij is alles wat het meisje zegt waar, tot en met de beschrijving van de verkrachting. Ik kan niet met haar verhaal meegaan omdat ze geloofwaardig is en opeens afhaken. Mijn probleem is niet of ik haar geloof of niet; het is de volgende stap: bewijzen wat ik geloof. De verkrachting is niet onomstotelijk bewezen vanwege het gebrek aan bewijs.'

'Ze hebben geen bewijs,' zei Harlan.

'Alleen indirecte bewijzen. Van horen zeggen. Met onze voorschriften kan ik de jongen niet schuldig verklaren,' zei Teller met tegenzin.

'Dan zijn we het eens. Unaniem,' zei Harlan.

'En hebben we een zeer ongelukkig meisje op onze universiteit rondlopen,' zei Teller. 'Ik geloof dat ze verkracht is.'

'Frank, we hebben een hoorzitting gehouden, ze hebben de gelegenheid gehad hun zaak aan ons voor te leggen en ze konden ons niet overtuigen,' zei Stone.

'Denken jullie werkelijk dat hij haar niet verkracht heeft?' vroeg hij aan zijn collega's.

'De bewijzen, zo daar al sprake van was, waren dermate indirect dat we hem niet in alle eerlijkheid schuldig kunnen verklaren,' zei Harlan.

'En het meisje dan?' vroeg Teller. 'Volgens de voorschriften kunnen we haar schorsen als we haar aanklacht lichtzinnig vinden.'

'Zo ver zou ik niet willen gaan,' zei Stone.

'Dus wordt ze nu gestraft, ja of nee?' vroeg Teller. Zijn collega's schudden beiden het hoofd. 'Goed. De aanklacht was niet lichtzinnig en ze gaan beiden vrijuit. Bill, jij mag het ze gaan zeggen.'

'Wat moet ik precies zeggen?' vroeg Harlan, plotseling van zijn à propos.

'Dat de commissie bijeen is geweest en de zaak heeft afgewogen en dat we onvoldoende bewijs hebben gevonden en hem daarom niet schuldig verklaren,' antwoordde Teller.

'Onvoldoende bewijs. Uitstekend, Frank. Dat is precies wat er aan de hand is,' reageerde Stone.

'Ik ben ervan overtuigd dat het meisje en haar ouders het wel niet erg eerlijk zullen vinden. Maar wie zegt dat het leven eerlijk is?' besloot Teller.

Zo'n twee uur nadat de hoorzitting was opgeschort, werden de partijen telefonisch opgeroepen weer naar het bestuursgebouw te komen voor de uitspraak. De Masons en hun advocaat gingen naar binnen, stelden zich tegenover de commissie op, net als de familie Andrews en hun advocaat. De aanwezigen waren zo nerveus dat niemand ging zitten. Beide ouderparen flankeerden hun gekoesterde bezit.

'Juffrouw Mason, meneer Andrews,' zei Harlan. 'We hebben naar de getuigenissen geluisterd, we hebben ze geëvalueerd en zorgvuldig beraadslaagd, en we zijn tot de conclusie gekomen dat er onvoldoende bewijs is om de aanklacht te staven. De beschuldigde wordt niet schuldig verklaard.'

Jimmy en zijn ouders omhelsden elkaar. De Masons stonden stokstijf.

'Verder zijn we tot de conclusie gekomen dat de aanklacht van juffrouw Mason niet lichtzinnig was. De zaak is in overweging genomen en wordt hiermee gesloten.'

Harlan glimlachte ten besluit, een professionele glimlach, zoals ook stewardessen glimlachen. De Masons verlieten als eersten de zaal. Buiten stonden Jean Philips en de vriendinnen van Elizabeth te wachten. Toen Elizabeth naar buiten kwam en haar duimen omlaag stak, barsten de vrienden van Jimmy, Janna en een paar van zijn huisgenoten in gejuich los.

'Onvoldoende bewijs,' zei Elizabeth tegen haar groepje.

Jimmy en zijn ouders en hun advocaat kwamen ook naar buiten en werden door hun supporters begroet. Ben keek toe hoe ze elkaar om de hals vielen en elkaar feliciteerden met de verkrachting van zijn dochter. Hij liep snel naar hen toe en greep Jimmy en Malcolm beiden in de kraag, volkomen onverwacht, zodat hij hen makkelijk tegen de muur kon duwen. Penny gilde het uit van angst.

'Wat voor mensen zijn jullie eigenlijk?' riep Ben.

Hij werd weggetrokken door de vrienden van Jimmy.

'Kijk maar uit of ik laat u arresteren,' voegde Malcolm hem toe en Laura greep Ben bij een arm en trok hem naar achteren.

De groepen gingen uit elkaar en Elizabeth keek Jimmy en zijn mensen na. Hij kan glimlachen en weglopen.

10

Verslagen keerden de Masons met hun advocaat terug op de kamer van Elizabeth. Martin Reed hield hen voor dat het gebrek aan fysieke bewijzen het de commissie onmogelijk had gemaakt een oordeel ten gunste van Elizabeth uit te spreken. Hij herinnerde hen eraan dat het oordeel van de commissie buiten de universiteit geen status had en ook niets afdeed aan de mogelijkheid Jimmy Andrews een proces aan te doen. Als ze ermee door wilden gaan, moesten ze naar de politie om een aanklacht in te dienen. Ze konden ook een aanklacht tegen de universiteit indienen of een civiele procedure tegen de verkrachter op gang zetten. Ben zat ongeduldig naar de juridische adviezen van Reed te luisteren en was opgelucht toen hij naar het vliegveld vertrok.

'Het enige waar hij gelijk in had,' zei Ben tegen Laura en Elizabeth, 'is dat er andere juridische wegen zijn. We moeten deze kamer ontruimen en Elizabeth hier weghalen.'

'Een tijdje geleden had je het nog over moed. Nu wil je haar laten weglopen,' zei Laura.

'Dit is een afschuwelijke universiteit,' antwoordde hij. 'Ze laten een meisje verkrachten en verdommen het om de verkrachter te bestraffen.'

'Ik kan hier niet zomaar weggaan. Dan zou het net zijn alsof ik vertrok omdat ik een verhaal verzonnen had en niemand me wilde geloven,' zei Elizabeth. Ze masseerde haar voorhoofd tegen de hoofdpijn.

Nadat ze de Masons haar deelneming had betuigd, ging Jean Philips terug naar het bestuursgebouw.

'Wat is hier in hemelsnaam gebeurd?' vroeg ze aan de commissieleden.

'We hebben een hoorzitting gehouden,' antwoordde Harlan. 'We hebben de bewijzen op een rijtje gezet en een oordeel geveld.'

'Dachten jullie dat het meisje loog?'

'We hoefden niet vast te stellen of ze loog of niet,' hield Stone haar voor, 'maar of we voldoende bewijzen hadden om haar aanklacht gegrond te verklaren.'

'Dat is een heel bekrompen antwoord.'

'Pardon?'

'Ik heb dat meisje verteld dat een hoorzitting een redelijk alternatief was, een plek waar haar recht gedaan zou worden zonder dat ze naar de politie hoefde te gaan.'

'We hebben twee uur in die kamer gezeten, Jean, we hebben de hele band beluisterd, we hebben beraadslaagd,' zei Harlan. 'We moesten dit doen, we moesten een hoorzitting houden, en dat hebben we gedaan.'

'Als jullie de aanklacht niet gegrond kunnen verklaren van een onschuldig meisje dat hier verkracht is...'

'Dat bewéért dat ze verkracht is,' haastte Harlan zich op te merken. 'Wier beweringen niet voldoende bewezen...'

'Dat verkracht is! Hoe kunnen mijn vrouwen dan nog ooit een eerlijke hoorzitting verwachten?'

Teller antwoordde langzaam, alsof hij het aan zichzelf moest uitleggen. 'Voor een proces en voor een hoorzitting als deze bestaan wettelijke voorschriften. In de echte wereld gaan schuldige mensen soms vrijuit omdat er niet voldoende bewijs is. Dat kan ook op een campus gebeuren.'

'Maar ik sta wel mooi voor paal zo. Ik zeg tegen die vrouwen dat ze niet naar de politie hoeven, dat hier ook recht gesproken wordt, en dan gebeurt dat niet. Waarom bestaat de mogelijkheid van een hoorzitting eigenlijk? Het werkt niet eens.'

'Ze hebben geen voldoende bewijs geleverd,' zei Harlan.

'Een misdaad in een studentenhuis zonder toezicht, een ouderejaars die een eerstejaars verkracht die maar net komt kijken, dat zou er niet zo best uitzien voor Layton. Hebben jullie dat ook meegenomen in jullie beslissing?'

'Dat is een waanzinnige veronderstelling, Jean. Je hebt niet het recht om onze motieven in twijfel te trekken, eenvoudigweg omdat het oordeel niet naar je zin is,' zei Stone.

'Ik zal geen vrouwen meer aanraden om nog voor een hoorzitting te kiezen, dat kan ik jullie wel vertellen. Ik stuur ze rechtstreeks naar de politie.'

'Blootstelling aan die harde procedure lijkt me niet in het belang van de vrouwen van Layton,' zei Harlan.

'Het verbaast me niets dat je dat zegt. De studentendecaan heeft natuurlijk geen behoefte aan politie op de campus.'

'Ik dacht meer aan het welzijn van onze vrouwen.'

'Wat dacht je van het welzijn van Elizabeth Mason?'

'Je bent opstandig,' zei Harlan.

'Nee, ik ben kwaad. Zelfs een psycholoog kan kwaad worden,' zei ze en ze liep de zaal uit.

Ze vond dat ze een studente een vreselijk advies had gegeven en moest dat ongedaan maken. Jean Philips haastte zich naar de kamer van Elizabeth, waar ze de Masons op van de zenuwen aantrof.

'Ik wil je mijn verontschuldigingen aanbieden, Liz, en u ook,' zei ze tegen de ouders van Elizabeth. 'Ik dacht echt dat de hoorzitting een goed idee was.'

'Dan was u net zo naïef als wij,' zei Laura.

'Ik weet niet of ik dit op dit moment moet zeggen, maar ik geloof je volkomen, Liz. Volkomen.'

'Jammer dat u niet in de commissie zat,' zei Ben.

'Ik vind niet dat de zaak hiermee is afgedaan. Hij mag niet ongestraft blijven. Ik weet dat ik je nog niet eerder in die richting heb aangemoedigd, maar dat was een vergissing: ik vind dat je aangifte moet doen bij de politie.'

'Is dat psychologisch verantwoord?' vroeg Laura.

Philips zweeg even. 'Ja, volgens mij wel. Liz moet het gevoel hebben dat ze de zaak in de hand heeft en alle kanalen geprobeerd heeft.'

'Ik weet niet meer wat ik doen moet,' zei Elizabeth.

'Dit was een misdaad en moet dus worden aangegeven,' zei Philips.

'Dat hebt u al gezegd,' reageerde Laura.

'Jimmy Andrews heeft niet het recht...' vervolgde Philips.

'Dat weten we,' onderbrak Laura haar.

'Nou, ik ben beschikbaar als je me ergens voor nodig hebt.'

'Misschien kunt u ons uitleggen hoe we hier zo snel mogelijk wegkomen,' snauwde Ben.

Ben belde zijn broer David in Chicago en vertelde hoe de hoorzitting verlopen was. Reed, deelde hij mee, was volkomen waardeloos gebleken. David sprak hem niet tegen. Toen hij het verslag had aangehoord begreep hij dat geen enkele advocaat de zaak voor Elizabeth gewonnen zou hebben in een dergelijke hoorzitting. Wat betreft de verdere afwikkeling van de zaak, en of ze nu wel of niet naar de politie moesten gaan, adviseerde David hen heel erg zeker van hun zaak te zijn voor ze stappen ondernamen. Hij wilde niet zeggen dat hier geen recht gesproken moest worden en hij wilde ook niet zeggen dat ze niet naar de politie moesten gaan. Ze moesten zich er alleen van bewust zijn dat een strafrechtelijk onderzoek en een proces zeer zwaar waren, en bovendien openbaar. Hij bevestigde dat het alternatief van een civiele procedure jaren in beslag kon nemen, zodat Elizabeth jaren met die verkrachting zou moeten leven.

De Masons gingen eten in een tentje in het winkelcentrum van Caldwell, weg van de campus, en bespraken de zaak. Ben was geagiteerd en kortaangebonden. Hij wilde met Elizabeth vertrekken, weg van hier. Wat voor universiteit was dit, waar ze toestonden dat er feesten met alcohol werden gehouden, waar ze toelieten dat jonge vrouwen seksueel gemolesteerd werden? Elizabeth betoogde dat Layton verlaten een overwinning zou betekenen voor de verkrachter en de universiteit. Laura probeerde de argumenten op een rationele manier op een rijtje te zetten. Ze gingen terug naar de kamer van Elizabeth zonder een beslissing genomen te hebben. Als ze aangifte deden bij de politie, zou de privacy van Elizabeth geschonden worden, haar seksualiteit zou op straat komen te liggen. Een civiele procedure zou de woede in hun leven laten. Zoals ze van meet af aan al gezegd had, wilde Laura de zaak graag laten rusten. Ze hadden een poging gedaan de verkrachter te straffen. Ze hadden niet genoeg bewijs. Het belangrijkste voor haar was het welzijn van Elizabeth: Laura wilde dat haar dochter rustig verder kon studeren. Ze was het met Elizabeth eens dat Layton verlaten niet correct zou zijn. Ze stelde voor dat Elizabeth zou proberen het jaar af te maken en dan een overplaatsing zou overwegen wanneer ze het niet prettig vond hier nog langer te blijven.
Ben luisterde niet meer. Hij belde de telefoniste van de universiteit en vroeg of hij met de rector van Layton kon worden doorverbonden, thuis, ja.
'Pa, dit is geen tijd om te bellen.'

'Het is zaterdagavond. Wat moeten ze wel niet van ons denken?' vroeg Laura.
'Kan me niet schelen.'
'Hallo?' klonk een vrouwenstem aan de andere kant van de lijn.
'Mijn naam is Ben Mason. Mijn dochter studeert aan Layton College en is in een studentenhuis verkracht. Ik wil onmiddellijk de heer Baker spreken.'
'Ik zal even voor u kijken.'
'Ben...' zei Laura wanhopig.
'Met Baker,' zei de rector magnificus.
'Bent u op de hoogte van het feit dat er vandaag een hoorzitting is geweest over de verkrachting van mijn dochter Elizabeth?'
'Daar ben ik van op de hoogte, ja. Ik heb begrepen dat de commissie, na rijp beraad, tot de conclusie is gekomen dat er onvoldoende bewijs was.'
'Als er iets onvoldoende was, was het het oordeel van de commissie, als u het mij vraagt.'
'Het gaat om een commissie van zwaar gewicht, meneer Mason.'
'We moeten praten over de verantwoordelijkheid van de universiteit in een zaak als deze. Ik ben op de campus met mijn vrouw en we moeten er nu over praten.'
'Misschien moet u eens gaan praten met de advocaat van de universiteit, de heer Teller. Hij is maandag op zijn kantoor.'
'Ik heb uw toespraak gehoord toen we onze dochter hierheen brachten, meneer Baker. U kunt niet zo'n hoogdravend verhaal afsteken en een gevoelige zaak als deze afdoen door mij naar uw advocaat door te verwijzen. Die heb ik vandaag al aan het werk gezien en dat is voor mij voldoende. Ik moet u erop wijzen dat mijn vrouw en ik een aanzienlijke ervaring hebben met publiciteit en de effecten daarvan. Wij kennen mensen in de media.'
'Meneer Mason, het is duidelijk dat u boos bent. Ik heb het druk morgen, een lunch, 's middags nog een paar afspraken. Als u morgenochtend nu eens langskomt met uw dochter? Dan hebben we een *continental breakfast* en praten we verder. Halftien?'
'Halftien.'
Ben draaide zich om naar Laura en Elizabeth. 'Hij ontvangt ons morgenvroeg.'
'Met welk doel?' vroeg Laura. 'Wat kan hij nu zeggen?'
'Wij kunnen hem op zijn verantwoordelijkheden aanspreken. Hij

157

serveert een *continental breakfast*. De zaak is kennelijk belangrijk genoeg om ons te ontvangen, maar niet om er eieren bij te serveren.'

Dr. Hudson Baker deed zelf open. Zijn huis stond op een heuvel en had uitzicht over de campus. Hij droeg een blauwe blazer, een wit overhemd en een gestreepte das, en een grijze broek. Ben, die voor dit ontbijt ook gekozen had voor een pak en een stropdas, bedacht dat de wereld verdeeld was in mensen die op zondag een das dragen en mensen die dat niet doen. Ben deed het meestal niet. Hij wist zeker dat Baker het meestal wel deed. Beleefdheden werden uitgewisseld en de Masons werden de eetkamer binnengeloodst. Ze gingen aan tafel en Baker stelde Elizabeth een paar vragen over haar studie, alsof hij wilde laten zien dat hij zich voor zijn studenten interesseerde en met hen meeleefde.

'Wat u me ook zou kunnen vragen', zei Elizabeth zo botweg dat zelfs de zelfverzekerde voormalige diplomaat Baker zijn schouders rechtte, 'is of ik door een ouderejaars student van Layton ben verkracht in een huis van de universiteit. Het antwoord is ja.'

'We hebben een diepgaande – en gewettigde – hoorzitting over deze kwestie gehouden,' zei Baker.

'Wilde u zeggen wettig?' vroeg Ben. 'Of gewettigd?'

'Beide, in zekere zin,' antwoordde Baker. 'Het is gewettigd om dit soort hoorzittingen te houden. En het is op een wettige manier gebeurd.'

'Maar gemeten met objectieve waarden leek het nergens naar,' zei Ben. 'Wit wassen, een eerlijke rechtsgang belemmeren, dat is eerder van toepassing op wat hier gebeurd is.'

'Dat ben ik niet met u eens. Ik heb begrepen dat de commissie zeer zorgvuldig te werk is gegaan. Er waren eenvoudigweg niet voldoende bewijzen,' zei Baker.

'De hoorzitting was een schertsvertoning en dit is een schertsontbijt,' zei Ben.

'Dat ben ik niet met u eens,' herhaalde Baker.

'Dit is wat wij willen. Vier jaar studiebeurs voor Elizabeth. En voor dit studiejaar ons collegegeld terug.'

Elizabeth en Laura keken elkaar verbijsterd aan. Wat vroeg hij nu?'

'Werkelijk?' vroeg Baker, al evenzeer geschrokken.

'Ter compensatie van het aanmoedigen van een atmosfeer waarin een eerstejaars kan worden verkracht. Voor het toestaan van de illegale consumptie van alcohol door uw studenten. Voor het houden van een hoorzitting die wijst op een gebrek aan belang bij het straffen van vergrijpen die uw eigen studenten gepleegd hebben.'

'Pa, dat doen ze toch niet.'

'Als u om financiële hulp wilt vragen is dat uw keus. Ik kan u echter wel vertellen dat niets in deze hele zaak van enige invloed kan zijn op een beslissing u al of niet financieel te steunen.'

'O nee? En als we onder "Reden voor de aanvraag" nu eens "Verkrachting" zetten?'

'Alsjeblieft, pa. Ze hebben allemaal heel duidelijk gesteld waar de universiteit staat.'

Baker keek Elizabeth aan.

'Ik betwijfel, jongedame, of u, gegeven de vijandigheid van uw vader jegens Layton College en uw eigen aanpassingsproblemen hier, ooit gelukkig zal worden aan deze universiteit. We doen ons best bij de toelatingsprocedure, maar er komen elk jaar een paar studenten binnen die hier domweg niet passen.'

'Gooit u haar eruit?' vroeg Laura.

'Op wat voor gronden zouden wij haar... eruit gooien, zoals u het formuleert? Ik geef alleen mijn mening als ervaren onderwijsman en die mening luidt dat ze ergens anders misschien gelukkiger zou zijn.'

Ben stond op en zei: 'U hoort nog van ons. We komen er zelf wel uit.'

Met Ben voorop beenden de Masons zonder escorte naar de voordeur en naar buiten.

'Rustig, Ben.'

'Ik voelde me weer even een schooljongen die ruzie had met een oudere leerling. Alleen... deze oudere leerling is inmiddels rector van een universiteit,' zei Ben.

'We moeten naar de politie,' zei Elizabeth. 'Nu is het net of ik degene ben die iets verkeerd heeft gedaan.'

'Nee, schat,' zei Laura tegen Elizabeth. 'Ga studeren, schrijf een essay, ga weer zingen. Loop je hier niet in vast.'

'Wil je die jongen ongestraft je dochter laten verkrachten?'

'Het gaat me niet om die jongen, het gaat me om Elizabeth.'

'Zij wil naar de politie.'

'Ja, mam.'
'We hadden nooit aan die hoorzitting moeten beginnen,' zei Laura. 'We zakken er steeds dieper in weg.'
'We hebben geen keus,' zei Ben.
Ze reden meteen naar het politiebureau. Hun kinderen waren opgevoed met de gedachte dat ze een door cultuur verrijkt leventje zouden leiden. Politiezaken waren dingen waarover je in de krant las of die je op het nieuws zag. Zoiets overkwam hun niet.

Caldwell telde zo'n 25.000 inwoners. Een winkelcentrum in een buitenwijk trok een groot deel van het plaatselijke verkeer aan. Op de zondagochtend dat de Masons Main Street insloegen, had het plaatsje er nauwelijks slaperiger bij kunnen liggen. Een paar auto's reden in de straat en ze zagen welgeteld twee voetgangers. Het politiebureau was gehuisvest in een drie verdiepingen hoog gebouw van rode baksteen in het centrum van het stadje. Ze liepen naar de balie, waar een brigadier achter zat.
'We komen een verkrachting aangeven,' zei Ben.
'Wie is er verkracht?' vroeg hij.
'Ik,' zei Elizabeth.
'En wanneer is dat gebeurd?'
'Een tijdje geleden alweer. Twee september.'
'En u hebt besloten daar nu aangifte van te doen? Op een zondagochtend? Nou, de mensen die dat soort zaken afhandelen hebben op dit moment geen dienst. Gaat u even zitten, dan kijk ik of ik ze kan bereiken.'
Ze wachtten drie kwartier. Toen kwam een slungelige man van in de veertig op hen af. Hij stelde zich voor als Joe Mallory en vroeg hen verder te komen. Hij droeg een geblokt overhemd, een corduroy broek en werkschoenen. Hij had lichtbruin haar dat al wat dunner werd en bruine ogen en bewoog zich langzaam; met zijn manier van lopen en in die kleren deed hij aan een boer denken. Hij nam hen mee door de grote kamer, die leeg was op de agent na die het contact onderhield met de patrouillewagens. De Masons werden meegenomen naar een kamer die aan deze grote ruimte grensde. Het was een kleine kamer, met oude metalen meubeltjes, verf die van het plafond bladderde en allerlei plakkaten en memo's aan de muur.
'Dit is rechercheur Ann Neary.' Hij wees op een vrouw van achter

in de dertig in een trui, een lange broek en sportschoenen. Een harde uitdrukking lag op haar gezicht, alsof ze op dit moment overal liever was geweest dan hier, op een zondagmorgen met deze mensen in dit vertrek.

'We hebben nog nooit eerder een dergelijke situatie bij de hand gehad,' zei Laura. 'Wat zijn de procedures?'

'We nemen een verklaring op,' antwoordde Mallory. 'Dan doen we een onderzoek. En wanneer de officier van justitie meent dat de zaak sterk genoeg staat, wordt hij aan de kamer van inbeschuldigingsstelling voorgelegd. Wanneer die een aanklacht uitspreekt komt het tot een proces.'

'Dat is wat we willen,' zei Elizabeth.

'Laten we dan je verklaring opnemen,' zei Mallory. 'Wat is je naam, geboortedatum en adres?'

Toen dat genoteerd stond werd Elizabeth gevraagd precies te vertellen wat er gebeurd was.

In een halfuur beschreef Elizabeth de verkrachting, voortdurend onderbroken door vragen van de beide rechercheurs. Ben interrumpeerde haar verscheidene malen met zijn interpretatie van wat er gebeurd was. De rechercheurs begonnen ervan te balen en vroegen hem een paar keer of hij zijn mond wilde houden.

'Heb je na twee september nog contact gehad met Jimmy Andrews?' vroeg Mallory toen Elizabeth haar verhaal gedaan had.

'Ik heb hem wel zien rondlopen en ik heb hem bij de hoorzitting gezien.'

'Wat voor hoorzitting was dat?' vroeg Neary.

'Op de universiteit. Ze hebben een klachtencommissie.'

'Wat was het oordeel van die commissie?' vroeg ze.

'Ze zeiden "onvoldoende bewijs", maar dat was om de reputatie van de universiteit te beschermen,' antwoordde Ben.

'Zelfs de advocaat die we in de arm hadden genomen vond ons bewijsmateriaal aan de magere kant,' deed Laura een duit in het zakje.

'Schat, *wij* zijn niet degenen die een oordeel moeten vellen,' zei Ben kwaad.

'U mag wel blijven zitten, maar *u* bent niet degenen die ondervraagd moeten worden,' zei Mallory er meteen overheen. 'Zegt u alstublieft niets meer, tenzij we u rechtstreeks iets vragen.' Hij keek Elizabeth aan. 'Wat je ouders betreft, wanneer heb je hen

precies verteld dat je verkracht was?'
'Toen ik thuis was voor Thanksgiving. Mijn therapeute op de universiteit, Jean Philips, had voorgesteld dat ik het hen vertelde, omdat ik besloten had een aanklacht in te dienen bij de universitaire klachtencommissie.'
'Maar daarvoor, heb je toen ook met je ouders gesproken, vroegen ze je ook hoe het op de universiteit ging en heb je toen ook iets over de verkrachting verteld?'
'Nee. Ik kon mezelf er niet toe brengen erover te beginnen.'
'Tweeëneenhalve maand lang heb je je ouders af en toe gesproken,' vervolgde Mallory, '… en heb je hen in die tijd ook gezien?'
'Ik ben één keer naar huis geweest en zij zijn één keer bij mij langsgeweest.'
'En je hebt hen nooit verteld dat je verkracht was?'
'Nee.'
De telefoon ging en Mallory nam op.
'Ja? … Dat lijkt me beter, ja… Oké.' Hij hing weer op.
'Wie hebben er getuigd op die hoorzitting?' vroeg Neary.
'Een psycholoog die me behandeld heeft. Dokter Phelan hier uit de stad, die over mijn verwondingen heeft getuigd, dat die volgens hem veroorzaakt moesten zijn door een worsteling. Twee vriendinnen van me die over mijn gedrag na de verkrachting hebben verteld, Donna Winter en Sterling May. Een meisje dat op dezelfde gang woont en dat me die avond met Jimmy op dat feestje heeft gezien, Shannon Harnett.'
'Luister. We gaan u vragen om hier even te blijven zitten. De officier van justitie komt er aan,' lichtte Mallory hen in.
Mallory en Neary trokken zich terug.
'Ik heb het onbestemde gevoel dat we ergens aan beginnen waar we niet aan zouden *moeten* beginnen,' zei Laura.
'Ja, dat heb je ons inmiddels ook heel duidelijk gemaakt. Waarom moest je dat zeggen van dat bewijsmateriaal?'
'Omdat dit fout is. We zitten hier al bijna twee uur en we zijn nog niet eens begonnen.'
'Het alternatief, hem ongestraft zijn gang laten gaan, is fout,' meende Elizabeth.
'Dat zeg je op een zondag,' riposteerde Laura. 'Wat gebeurt er wanneer dit je studie in de weg gaat zitten? Jij hoort colleges te lopen. Het is toch heerlijk om je alleen maar zorgen te hoeven ma-

162

ken over je studie?'
'Ik voel me ook niet op mijn gemak. Maar om een andere reden,'
zei Ben. 'Je hebt dit stadje gezien. Het is een gat van jewelste. En
die rechercheurs zien eruit als boeren. Ik weet niet of die boerenkinkels verfijnd genoeg zijn voor een misdaad als deze.'

In het uur dat ze op de terugkeer van de rechercheurs wachtten,
verhardden zich de standpunten van Laura en Ben. De lange tijd
die het duurde bevestigde Laura in haar gevoelens en Ben raakte
er steeds meer van overtuigd dat die twee rechercheurs niet wisten
wat ze ermee aan moesten.
Toen kwamen ze weer binnen, gevolgd door een ontzettend magere man met een vierkant gezicht en een uitstekende adamsappel,
heel lang, met lichtbruine ogen en bruin haar. Hij ging goed gekleed in een zorgvuldig geperst blauw pak, een wit overhemd en
een vlinderstrikje.
'Ik ben Carl Peters,' zei hij, terwijl hij Elizabeth en haar ouders de
hand schudde. 'Ik ben de officier van justitie. Ik heb uw verklaring
net doorgenomen met de rechercheurs,' zei hij tegen Elizabeth.
'Er zijn een paar dingetjes waar we nog wat meer duidelijkheid
over willen hebben.'
'Voor we verdergaan,' zei Ben, 'mag ik eerst even iets vragen? Is
dit wel een zaak die in Caldwell moet worden afgehandeld? Albany is dichtbij, een grotere stad, misschien met meer mogelijkheden...'
'Het proces, als we zover komen, vindt plaats in Albany. U maakt
zich zorgen of wij het onderzoek wel aankunnen?' vroeg hij. 'Waar
komt u vandaan, meneer Mason?'
'New York City.'
'En wat doet u?'
'Ik handel in volkskunst. Mijn vrouw is hoofdredactrice van een
tijdschrift.'
'Als er op uw werk of bij het tijdschrift van uw vrouw iemand verkracht werd, zou u het dan logisch vinden wanneer het onderzoek
gedaan zou worden door mensen in New Jersey?'
'Nee.'
'Twee jaar geleden hebben we hier een seriemoordenaar gehad,
een zaak die nationale aandacht kreeg. De zaak is opgelost door
rechercheur Mallory en rechercheur Neary. En ik heb na mijn stu-

163

die aan de Columbia University voor de officier van justitie van Manhattan gewerkt. Mijn vrouw is adviseur van de gouverneur van Albany en daarom wonen we hier.'

'Ik probeerde alleen wat informatie in te winnen.'

'Ja, ik begrijp uw vooroordelen. Maar ontdoet u zich van het idee dat een onderzoek in een verkrachtingszaak onze capaciteiten te boven gaat. De enige vraag is: wat zijn de feiten?'

Hij richtte zich tot Elizabeth. 'Toen uw ouders u vroegen hoe het met u ging en u niets vertelde, was dat misleiding, of niet?'

'Ik wilde hen in bescherming nemen.'

'Toch was het misleiding.'

'In zekere zin.'

'En dit is muggezifterij,' vond Ben.

'Dat is het inderdaad. Maar dank zij dit soort nuances worden mensen al of niet schuldig bevonden. Dus u hebt, behalve wat Elizabeth u verteld heeft, geen informatie uit de eerste hand?'

'Nee, niets.'

'Meneer en mevrouw Mason, zou u even buiten willen wachten? We willen Elizabeth graag onder vier ogen spreken.' Ben en Laura voelden er weinig voor om Elizabeth alleen te laten. 'Dat is onze procedure,' hield Peters vol, waarop ze vertrokken. Peters ging zitten en Mallory en Neary trokken hun stoelen een eindje naar voren.

'Elizabeth, je hebt twee maanden lang niemand over de verkrachting verteld?' vroeg Neary haar.

'Inderdaad. Ik was van streek.'

'In die periode heb je met vrienden gesproken, op de campus en thuis misschien ook wel. Die zullen je vast gevraagd hebben hoe het ging, en toen vertelde jij ze niets?'

'Nee. Om de reden die ik al heb aangegeven.'

'Je misleidde je vrienden op dezelfde manier als je je ouders misleid hebt?'

'Ik bedoelde het niet als misleiding.'

'De dokter die je onderzocht heeft, de arts die ook op de hoorzitting heeft getuigd,' nam Mallory het even over, 'heeft die daar gezegd dat je verkracht was?'

'Hij bevestigde dat mijn verwondingen door een worsteling ontstaan waren.'

'Toen je voor het eerst bij hem was, een paar dagen na de verkrach-

ting, heb je hem toen verteld dat je verkracht was?'
'Nee.'
'Wat heb je hem dan precies verteld?'
'Dat ik tegen een balk was aangelopen.'
'Je hebt een valse verklaring afgelegd tegen de dokter die je heeft
onderzocht?' vroeg Peters, die opstond en begon te ijsberen.
'Maar later heb ik hem de waarheid verteld, toen ik terugging voor
een kopie van zijn dossier, en ik weet zeker dat hij me toen geloofde. Dat weet ik omdat hij voor me getuigd heeft.'
'Heb je nog tegen andere mensen verteld dat je tegen een balk was
aangelopen?'
'Ik probeerde het incident zoveel mogelijk voor me te houden en ik
had de zaak niet zo goed in de hand. Ik heb ook tegen mensen verteld dat ik door een softbal in de hals was geraakt. Dat was toen ik
met vocale muziek stopte, omdat ik bang was dat ik mijn stem zou
beschadigen, en daarna kon ik mezelf er niet meer toe zetten te
zingen.'
'Tegen wie heb je verteld dat je door een softbal in de hals was
geraakt?' vroeg Peters.
'Mijn ouders. Een paar mensen op de faculteit. Mijn zanglerares in
New York.'
'Dus tegen al die mensen heb je gelogen?'
'Ik was heel erg van streek,' protesteerde Elizabeth, die zat te zwe-
ten van de zenuwen. 'De psychologe heeft op de hoorzitting ver-
teld dat er zoiets bestaat als een verkrachtingstrauma en ik weet
zeker dat dat het was waar ik last van had.'
'Waar je ook last van had, je hebt je ouders en je vrienden misleid,
je hebt tegen de dokter gelogen met dat verhaal over die balk en je
hebt tegen al die anderen gelogen met een verhaal over een soft-
bal.'
'Was je nog maagd?' vroeg de vrouwelijke rechercheur opeens en
Elizabeth schrok.
'Nee.'
'Hoeveel seks had je gehad? Hoe vaak doe je het?' vroeg ze.
'In het laatste jaar op school had ik een vriend en met hem ben ik
een paar keer naar bed geweest.'
'Een paar keer?'
'Nou ja, verscheidene malen.'
'Hoeveel minnaars had je daarvoor gehad?'

'Niet één.'

'Hoeveel voor dit incident, hoeveel sinds dit incident?'

'Niet één.'

'Heeft je vriend je ooit verkracht?' vroeg Mallory.

'Nee, hij heeft me nooit verkracht.'

'Heeft iemand anders je ooit verkracht?'

'Nee.'

'Goed. En nu over de avond van dat feest,' zei Peters. 'Voor zover jij weet heeft niemand je die kelder zien binnengaan met Jimmy Andrews.'

'Niet de kelder. Maar we zijn wel samen gezien.'

'Jullie kusten elkaar, jullie omhelsden elkaar, je bent vrijwillig met hem naar de kelder gegaan en daar heb je hem weer gekust?'

'Maar toen hij gemeenschap met me wilde hebben zei ik nee. Ik schreeuwde en probeerde hem van me af te houden.'

'En je had gedronken die avond? Hoeveel?'

'Twee flesjes bier en een klein beetje uit een derde. Ik was niet dronken.'

'Was je nuchter?' vroeg Mallory.

'Ik was niet dronken. Ik had mezelf in de hand. Ik wist dat ik verkracht werd!'

'Niemand heeft je naar die kelder zien gaan,' stelde Neary vast.

'Heeft iemand je eruit zien komen?'

'Ik denk het niet.'

'Je bent teruggegaan naar je kamer en daar heb je zorgvuldig ieder stukje bewijs vernietigd. Je hebt je gedoucht, je hebt al je kleren en zelfs je schoenen bij elkaar geraapt en weggegooid en nu liggen die ergens op een vuilnisbelt,' zei Peters.

'Ik was hysterisch.'

'Nou, je had het bewijsmateriaal niet efficiënter kunnen vernietigen als je bij je positieven was geweest,' zei Peters sarcastisch. 'Heb je medestudenten verteld wat er gebeurd was – huisgenoten, kamergenoten?'

'Daar schaamde ik me te veel voor.'

'Heb je een kamergenote?' vroeg Neary.

'Holly Robertson.'

'Wat heb je haar verteld?'

'Zij heeft me die nacht horen huilen en ze vroeg waarom ik huilde, maar toen heb ik iets verzonnen. Ik was te vernederd.'

'Je bent hier gekomen om aangifte te doen van verkrachting door een ouderejaars van Layton College genaamd Jimmy Andrews,' zei Peters. 'Je hebt geen fysieke bewijzen, je kunt niemand aanvoeren die ooggetuige was, je hebt herhaaldelijk over het incident gelogen en je verhaal naar believen veranderd, je hebt gelogen tegen de dokter wiens dossier je verhaal volgens jou bevestigt, je hebt een hoorzitting gehad op de universiteit waar je getuigen verklaringen hebben afgelegd gebaseerd op meningen en horen zeggen, en waar je aanklacht niet ontvankelijk werd verklaard, je hebt drie maanden gewacht alvorens naar de politie te gaan. Wat heb je in 's hemelsnaam om ons aan te moedigen je verhaal te geloven en een verder onderzoek te rechtvaardigen?' vroeg Peters.

Elizabeth wist niet wat ze zeggen moest. De rechercheurs en de officier van justitie, die alleen keken naar bewijzen en alleen luisterden naar logica, hadden alle zwakke plekken in haar verhaal genadeloos blootgelegd.

'Mijn woord,' wist ze uiteindelijk zachtjes uit te brengen.

'We nemen contact met je op,' zei Peters.

Elizabeth liep het kamertje uit. Laura en Ben, die zich op een bankje hadden zitten verbijten, stonden meteen op.

'Dat zijn geen boerenkinkels,' zei Elizabeth uitgeput.

Ze gingen terug naar het universiteitshotel om het telefoontje van Peters af te wachten. Hij belde op en zei dat hij besloten had tot een onderzoek over te gaan.

'Ja? Fantastisch,' zei Ben.

'U en uw vrouw hebben we verder niet meer nodig. Ik neem aan dat uw dochter op de campus blijft.'

'Ja, die blijft hier. Wanneer gaat het beginnen en hoe lang gaat het allemaal duren?'

'Ik kan u geen precieze data noemen. Het onderzoek zelf zal een aantal weken duren, afhankelijk van wat we allemaal uitvinden. Als er niet genoeg is om hem aan te klagen houden we ermee op. Als we besluiten door te zetten, en hij wordt beschuldigd, zal het al met al, met alle voorbereidingen en het bijeen zoeken van een jury, op zijn snelst vier, vijf maanden duren voor het proces begint.'

'O.'

'Maar zo ver is het nog lang niet. We weten niet wat het onderzoek gaat opleveren.'

'Als ik u ergens mee van dienst kan zijn...' zei Ben, nog steeds tevreden over het nieuws, ondanks alles.

'Waarmee zou u ons nu van dienst kunnen zijn, meneer Mason?' vroeg Peters botweg.

Ben vertelde wat Peters ongeveer gezegd had. Laura was er niet blij mee.

'Nou, de bal is in ieder geval weer aan het rollen,' zei Ben enthousiast.

'Dit is geen balspel,' antwoordde Laura somber.

David hield hen voor dat ze niet te optimistisch moesten zijn. Een onderzoek was het minste dat de politie kon doen. Veel belangrijker was de daadkracht waarmee ze te werk gingen. Ben deelde Elizabeth en Laura mee dat hij het onderzoek op de voet zou volgen. Laura moest terug naar New York om een nummer van haar blad uit te brengen, maar hij kon blijven zolang als dat nodig was. Zijn assistenten konden de galerie wel runnen; belangrijke zaken kon hij de komende weken wel telefonisch afdoen. Hij kon zelfs in de buurt gaan rondkijken of er nog iets te kopen viel hier, wanneer hij niet in zijn kamer in het hotel zat, die hij als hoofdkwartier ging aanhouden. Hij praatte maar door: hij zou als luistervink rondvliegen, rondhangen op de campus en informatie oppikken die de rechercheurs misschien zouden missen, en hij zou Elizabeth niet tot last zijn. Ze hoefde hem niet steeds te zien, maar hij zou in het hotel zijn als ze hem nodig had.

'Ga je over me waken, zodat me niets ergs kan overkomen? Dat is al gebeurd, pa.'

'Dat weet ik, dat weet ik.'

Alles kwam opeens naar boven: de spanningen, de hoorzitting, de klootzak en zijn vader, hun advocaat, het ontbijt, de rechercheurs, de officier van justitie, al die vreselijke dingen, zijn machteloosheid. Zijn hoofd begon te tollen. Ze had gelijk, hij kon niet over haar waken zodat haar niets ergs kon overkomen. Er wás haar al iets ergs overkomen. Hij begon te huilen, maar wist niet eens hoe dat moest. Hij snakte naar adem. Elizabeth, die haar vader nog nooit had zien huilen, probeerde hem te troosten. Ze legde een arm om zijn schouders en vocht tegen haar tranen.

'Ze kunnen ons dit niet aandoen,' bracht Ben hortend en stotend uit.

168

'Daarom kunnen we de zaak ook niet laten rusten. Dat kan ik niet, mama.'

'Het is al goed, schat,' zei Laura, die zelf ook bijna in tranen uitbarstte.

'Maar je moet hier niet blijven, pa.'

'Ik weet het. We gaan terug naar New York,' zei Ben. 'Je hebt hier toch niets aan mij, als ik hier een beetje huilend rondspeur.'

Het idee dat ze gelogen had door niets over de verkrachting te vertellen zat Elizabeth dwars. Ze wilde het opeens ook aan Melanie Stern vertellen, die nog van niets wist. Ze belde Melanie in Wisconsin. Ze had het enorm naar haar zin daar, studeerde hard, en had het net uitgemaakt met haar laatste vriendje, maar dat gaf niet, want ze wilde alles eens op een rijtje zetten en voor zichzelf uitmaken wat ze nu eigenlijk in een man zocht.

'Melanie, toen ik hier aankwam ben ik verkracht door iemand met wie ik uit was.'

'Liz! O, Liz! Is alles goed met je?'

'Ja en nee.'

'Wie was het, hoe is het gebeurd?'

'Een arrogante, valse klootzak. Hij loodste me mee een kamer in in het huis waar hij woonde, waar niemand me kon horen schreeuwen, en hield me vast en verkrachtte me. We hebben een hoorzitting gehad hier op de universiteit, maar dat is niets geworden. We zijn net naar de politie geweest.'

'Wat vreselijk.'

'Ik modder een beetje door. Mijn gemiddelde is natuurlijk niet helemaal wat het zijn moet. Het was mijn eerste afspraakje hier.'

'Heb je ook mensen daar die je steunen?'

'Ik heb wat vrienden en vriendinnen. En een psychologe op het Vrouwencentrum. Mijn ouders zijn hier geweest, ze zijn net vertrokken. De politie gaat een onderzoek doen. En ik blijf wat hangen hier. De rector adviseerde me hier weg te gaan.'

'Wat een klootzak!'

Elizabeth schoot in de lach. Melanie was nog altijd even recht voor z'n raap. 'Inderdaad, wat een klootzak!'

11

Rechercheur Joe Mallory was getrouwd met een vrouw die als kasbediende op de plaatselijke bank werkte. Ze hadden twee kinderen, een jongen van twaalf en een meisje van veertien. Ann Neary, die getrouwd was met een wiskundeleraar, had een zoon die eerstejaars was aan de State University van New York in Stony Brook. Een studie aan Layton College was voor de zoon van Ann Neary nooit aan de orde geweest. Hij had toch geen beurs gekregen en het collegegeld konden ze niet betalen. Toen de rechercheurs door de campuspoort reden, gaf Ann Neary uitdrukking aan haar gevoelens met de woorden: 'Verwende rijkeluiskinderen.'

Mallory en Neary meldden zich bij de bewakingsdienst. Ze begonnen hun onderzoek bij Shannon Harnett en Allison Dobbins, aangezien zij volgens Elizabeth ook op het feest waren geweest waar de verkrachting zou hebben plaatsgevonden. Het was vroeg in de morgen en de rechercheurs gingen rechtstreeks naar hun kamer. Ze vroegen of ze de meisjes even konden spreken. Het politiebezoek maakte hen in de war, maar geen van beiden had die avond iets bijzonders gezien.

'Zouden jullie de namen willen opschrijven van iedereen die jullie op dat feest gezien hebben? Ook al zijn ze maar even binnen geweest?' Neary gaf hen een notitieblok en een pen en ze maakten een lijst. Nadat ze alle namen hadden opgeschreven vroeg Mallory: 'Jullie zijn die avond nog naar een ander feest gegaan?'

'Ja,' zei Shannon.

'En Elizabeth en Jimmy bleven achter?'

'Ja.'

'Waren ze aan het drinken?' vroeg Neary.

'Iedereen dronk bier,' antwoordde Allison.

'Wat verboden is onder de eenentwintig,' zei Neary geïrriteerd.

'Hebben jullie gezien hoeveel zij en Jimmy dronken?'

'Nee, ik niet.'

'Maar jullie weten zeker dat jullie haar hebben zien drinken.'

'Ja. Ik hield haar een beetje in de gaten,' zei Allison. 'We woonden hier net en Liz heeft een kamer aan de overkant. Ze ziet er goed uit en ik probeerde erachter te komen wat voor meisje ze was, of ze gezellig was, of misschien concurrentie. Een feestneus of niet.'

'Wat voor meisje is ze?' vroeg Neary.

'Ze is vreemd.'

'In welk opzicht?'

'Ze is heel erg op zichzelf. Ze houdt altijd haar deur dicht. Ze gaat nooit naar feestjes, ze gaat nooit uit met iemand en spreekt zelfs met niemand, behalve met haar eigen, rare groepje.'

'Ben jij het met haar eens?' vroeg Mallory aan Shannon.

'Volkomen,' antwoordde Shannon.

De rechercheurs ondervroegen allerlei mensen op het lijstje van Allison en Shannon. Vervolgens breidden ze hun onderzoek uit toen er andere namen opdoken. Het waren allemaal informele gesprekjes onder bomen, bij een kop koffie of een stuk pizza, of geleund tegen een muur. Niemand die op het feest was geweest had het stel samen naar een kamer zien gaan. 'Een ijsberg', 'een *Einzelgänger*', zo werd ze door een aantal mensen omschreven en anderen die haar kenden karakteriseerden haar in soortgelijke termen. Ze hoorden het zo vaak dat Neary op een gegeven moment tegen haar partner opmerkte: 'Zo te horen is ze wel erg excentriek.'

Elizabeth voelde dat ze op de campus werd nagekeken. Een paar keer draaide ze zich snel om en betrapte mensen erop dat ze haar aanstaarden. Meestal keken ze snel een andere kant op. In haar wanhoop voegde ze twee studentes een keer toe: 'Waar kijken jullie naar?'

'Ben je paranoïde?' vroeg een van hen.

'Als mensen je zo aanstaren kun je paranoïde worden, ja,' antwoordde Elizabeth.

Toen Jimmy hoorde dat de politie de zaak aan het onderzoeken was, werd hij bang. Op de hoorzitting hadden ze de verkrachting niet kunnen bewijzen, maar de politie gebruikte andere methoden. Tegenover zijn vrienden betoogde hij dat dit alleen maar nog meer waanzin uit de koker van Elizabeth Mason was en dat het onderzoek geen enkele betekenis had. Hij probeerde zichzelf te beschermen door het te ontkennen. Hij belde zijn ouders of de advocaat er ook niet over op, in de hoop dat het onderzoek hem nooit zou bereiken en zou worden stopgezet wegens gebrek aan bewijs, net als op de hoorzitting. Als de politie hem opzocht, kon hij altijd nog bellen. Hij zou gewoon zijn gang blijven gaan, uiterlijk onbezorgd.

Janna hoorde dat de rechercheurs mensen aan het ondervragen waren en begreep niet waarom.

'Ze heeft het bij de politie aangegeven,' zei Jimmy. 'Als iemand iets aangeeft bij de politie, komt de politie.'

'Waarom veroorzaakt ze zoveel moeilijkheden?'

'Ze is bij die hoorzitting onderuit gegaan. Dat zal haar nog wel gekker hebben gemaakt.'

'Ze heeft die beruchtheid kennelijk nodig. Dat zal wel deel uitmaken van haar pathologie,' opperde de psychologiestudente.

'Zonder meer,' beaamde hij.

Jimmy bleef intussen feestjes aflopen. Dat deed hij deels uit ontkenning van het probleem en deels omdat hij er gewoon altijd bij wilde zijn. Op een vrijdagavond dronk en danste Jimmy op een feestje met een jonge vrouw die hij tevergeefs mee naar huis probeerde te krijgen. Ze woonde aan dezelfde gang als Janna en Janna kreeg het te horen.

'Wat hebben wij eigenlijk met elkaar?' vroeg Janna aan Jimmy toen ze hem de volgende avond zag.

'Een hele fijne relatie.'

'Als je echt om me gaf, zou je niet bij iemand anders willen zijn,' zei ze, nog steeds betoverd door zijn uiterlijk en zelfverzekerdheid.

'Ik vind jou te gek.'

'Nou, je zult wel moeten kiezen tussen mij en de rest.'

'Janna, ik zie verder niemand. Wij tweeën, daar gaat het om.'

Hij dacht dat hij eerlijk was tegen haar, in zekere zin. Hij zag ook verder niemand – op dat moment.

Aangezien Jimmy hen er niet over had ingelicht, waren Malcolm en Penny niet op de hoogte van het politieonderzoek. Penny had er de voorkeur aan gegeven de hoorzitting nooit meer ter sprake te brengen en Malcolm vond dat prima. Afgezien van Clark Dunne, wist niemand op de club dat zijn zoon voor een commissie was verschenen in verband met een beschuldiging van verkrachting. Zijn grootste zorg was dat Jimmy buiten het seizoen als tennisser op scherp bleef. De universiteit stelde binnenbanen ter beschikking aan de leden van het tennisteam en Jimmy trainde met de anderen mee. Malcolm belde iedere week om dat te checken. De kerstdagen zou de familie Andrews in Scottsdale, Arizona, doorbrengen, en ook daar had Malcolm al tennisafspraken gemaakt voor zijn zoon.

'De politie heeft gebeld,' zei John Hatcher tegen Jimmy. 'Ze willen weten wat ik weet van twee september.'
'Vertel het ze maar. Ik maak me geen zorgen.'
'Moet dat dan?'
'John, geef maar gewoon antwoord op hun vragen. Jij hebt geen verkrachting gezien.'
'Ik weet zelf wel wat ik gezien heb.'

John Hatcher voelde zich niet op zijn gemak tijdens het gesprek. Mallory had het gevoel dat hij steeds op het punt stond iets te onthullen, maar hij deed het niet. Het grootste deel van het feest had hij boven gezeten, op zijn kamer met zijn vriendin. Hij zei dat ze op een gegeven moment waren weggegaan om ergens een hamburger te eten. Hij kon niet eens vertellen hoeveel bier Elizabeth en Jimmy die avond hadden gedronken.

Sandy McDermott was een van de mensen die ook op het feest waren geweest. Ze was de vriendin van Rod Wyman, een huisgenoot van Jimmy en ook tennisser. Sandy was derdejaars. Ze was klein, levendig en sportief: ze zat in het damesvolleybalteam. Ze droeg het liefst een joggingpak en sportschoenen. Sandy ging met de meeste jongens in The Big Leagues om alsof het haar broers waren. Het jaar daarvoor, toen ze hen nog niet kende, was ze, tijdens een feest waar flink gehesen werd, naar dezelfde kamer gegaan waar Jimmy Andrews Elizabeth mee naar toe had genomen, en ze was er bijna verkracht. De man, Arne Patrick, woonde in het huis en was een arrogante lummel die ze de hele avond niet van zich af kon schudden. Hij had haar gezegd dat hij haar mee zou nemen naar een kamer waar het stil was en waar ze haar roes kon uitslapen. Eenmaal daar had hij zich aan haar opgedrongen. Ze had het nooit aan de campusautoriteiten gemeld omdat ze wist dat ze dronken was geweest. Ze was die avond dronken gesignaleerd op twee verschillende feesten. Ze had het idee dat niemand haar beweringen ooit serieus zou nemen.

Sandy had Rod Wyman over het incident verteld. Hij hield haar voor dat als ze werd verhoord, ze niets over die avond moest vertellen. De politie zou nog de indruk krijgen dat The Big Leagues een verkrachtershol was en dat zou voor Jimmy niet gunstig zijn. De klojo die Sandy had geprobeerd te verkrachten was weg, afgestudeerd.

Hij kreeg bijval van drie huisgenoten, onder wie ook Jimmy. Ze zeiden dat Sandy loyaal aan hen moest zijn, niet aan een of andere eerstejaars meid, en ze moest het huis geen slechte reputatie geven. Ze wist niet goed wat ze tegen de rechercheurs moest zeggen. Ze wilde eerlijk zijn, maar voelde ook wel dat ze loyaal moest zijn. Dit waren haar kameraden; met een van hen had ze zelfs een relatie. Ze besloot haar vroegere ervaring niet aan de orde te brengen en had daar sowieso ook weinig zin in. Toen Neary haar ondervroeg, was Sandy MacDermott zichtbaar nerveus, maar ze vertelde niets wat Neary nog niet wist.

Mallory en Neary breidden het onderzoek uit naar mensen die niet in The Big Leagues waren geweest op de avond van het feest maar die misschien informatie hadden. Ze gingen naar het huis waar Holly Robertson met haar vriend samenwoonde en spraken haar in de woonkamer.

'Jij was de kamergenote van Liz Mason aan het begin van dit semester?' vroeg Mallory.

'Ja, en dat ben ik nog steeds, technisch gesproken.'

'Wat heeft ze je verteld over de avond dat ze een afspraakje had met Jimmy Andrews?'

'Dat het niks geworden was. Dat hij bot was en maar in één ding geïnteresseerd.'

'Ging ze daar verder op door?' vroeg Neary.

'Nee. Ik vond Jimmy altijd tamelijk indrukwekkend. Ik kom uit

Westport, waar hij ook vandaan komt. Ik was verrast toen ze dat zei.'

'Heeft ze je ooit verteld dat Jimmy Andrews haar die avond verkracht heeft?'

'Zegt ze dat dan?'

'Heeft ze je dat ooit verteld?'

'Nee.'

'Heeft ze je nog bijzonderheden over die avond verteld?'

'Niets. Die nacht lag ze in bed te huilen en daar werd ik wakker van. De volgende dag vroeg ik haar wat eraan scheelde en ze zei iets over liefdesproblemen met een vriend die ze had voordat ze naar Layton kwam.'

'Ze huilde die nacht zo hard dat je er wakker van werd?' vroeg Mallory.

'Ja.'

'En je weet zeker dat dat de nacht was na de afspraak met Jimmy? Weet je dat heel zeker?'

'Ja, het was de eerste zaterdagavond. Ik herinner het me heel duidelijk. Mijn kamergenote had een afspraakje en ik niet en het was nog wel met iemand met wie ik graag was uitgegaan.'

'Heb je haar die nacht ook iets zien doen?' vroeg Neary.

'Nee.'

'Maar je weet honderd procent zeker dat ze huilde?' vroeg Mallory.

'Ik weet het heel zeker.'

'Heeft ze het ooit vaker over die vriend gehad die ze voor Layton had?' vroeg Mallory.

'Nee, daar heeft ze het nooit meer over gehad,' antwoordde Holly.

'Heeft ze ooit vaker gehuild, 's nachts, overdag, voor die nacht, na die nacht?' vroeg hij.

'Niet dat ik weet.'

'Eigenaardig,' zei Mallory met een blik op Neary. 'Die ene nacht, de nacht nadat ze uit was geweest met Jimmy Andrews, ligt ze in bed te huilen en vertelt ze haar vriendin dat ze huilt om een vriend over wie ze het verder nooit gehad heeft.'

'Ik weet verder niet veel. Ik zie haar bijna nooit.'

'Wat voor iemand is ze?' vroeg Neary.

'Ik vond haar wel aardig, maar ze is nogal op zichzelf. Antisociaal zelfs.'

Neary keek Mallory aan alsof ze zeggen wilde: 'Daar heb je het weer.'

Elizabeth kon niet meer over de campus lopen zonder het gevoel dat mensen over haar fluisterden of naar haar staarden. Het volgende weekend gingen Seth en Donna samen naar New York en ging Sterling bij een vriend op bezoek die aan Cornell studeerde. Zonder vrienden om haar op te vangen, was ze nu aan de andere studenten overgeleverd. Zij was het meisje dat politie naar de campus had gehaald, dat een aanklacht had ingediend tegen een van de jongens, een prima vent nog wel. Toen ze die zaterdagmiddag in een van de studentensnackbars ging zitten om een glaasje sap te drinken, stond een jongen aan de andere kant van de tafel op zodra zij ging zitten. Ze dronk haar glas leeg en liep weer naar buiten, kil aangestaard door verscheidene mensen. De rest van dat weekend bleef ze op haar kamer. De volgende week ontdekte ze een nieuwe ontwikkeling in het gedrag jegens haar. Wanneer ze langs een groepje sportievelingen liep, hielden ze opeens op met praten en begonnen ze, als op commando, dreigend naar haar te kijken.

Holly zocht Elizabeth op in hun kamer. Elizabeth zat te studeren toen ze binnenkwam.
'Liz?'
'Hoi.'
'De politie is bij me geweest en heeft me allerlei vragen gesteld. Ze zeggen dat jij beweert dat Jimmy Andrews je verkracht heeft.'
'Het is waar, helaas. Ik heb aangifte gedaan en nu zijn ze met een onderzoek bezig.'
'Jimmy? Onze Jimmy?'
'Jouw Jimmy misschien. Niet de mijne.'
'Wat is er gebeurd?'
'Hij nam me mee naar een kamer in de kelder van hun huis. We kusten elkaar. Ik zei dat hij moest stoppen maar dat wilde hij niet. Ik kon hem niet van me afhouden en hij verkrachtte me.'
'Dat vind ik moeilijk te accepteren.'
'Je wordt bedankt.'
'Hij lijkt me helemaal niet iemand die zoiets zou doen.'
'Maar hij heeft het wel gedaan.'
'Waarom heb je er nooit iets over gezegd? Ik was hier nota bene

176

met je in de kamer?'
'Ik verkeerde in shocktoestand.'
'Was er verder niemand bij?'
'Hij had het allemaal keurig gepland. Niemand heeft me om hulp horen roepen.'
'Hij heeft een reputatie dat iedere vrouw voor hem valt.'
'Maar ik viel niet voor hem en dat zat hem niet lekker.'
'Ik weet niet wat ik zeggen moet.'
'Wat heb je tegen de politie gezegd?'
'Ik heb verteld dat ik niet veel wist, dat je me nooit verteld hebt dat Jimmy je verkracht heeft.'
'Ik praatte er met niemand over.'
'Ze waren wel geïnteresseerd toen ik vertelde dat je die nacht in bed lag te huilen. Maar ik heb erbij gezegd dat jij zei dat dat was om iemand met wie het net uit was.'
'Je zegt een heleboel als je verkracht bent, Holly.'
'Kun je het ook bewijzen?'
'Wie zal het zeggen? Geloof *jij* me, Holly?'
'Ik weet niet wat ik moet geloven. In sommige opzichten ken ik Jimmy nog beter dan ik jou ken.'
'En de Jimmy die jij kent zou nooit iemand kunnen verkrachten.'
'Ik zeg niet dat ik je niet geloof. Ik weet alleen niet wat ik moet geloven.'
'Hij had jou die avond ook mee uit kunnen nemen in plaats van mij. En hij had jou ook kunnen verkrachten.'
'Aangenomen dat hij zoiets zou doen.'
'Inderdaad. En dan zou ik degene zijn die luisterde en zei: "Waarom zou Jimmy nu zoiets doen?"'
'Het spijt me.'
'Ik begrijp het wel. Maar laat me je dit zeggen, Holly: wat de politie ook denkt, wat de mensen op deze campus ook denken,' zei ze verbeten, 'Jimmy Andrews heeft me verkracht. Het was pure verkrachting.'

Rechercheur Neary praatte ook met Janna Willis, die zei dat Jimmy een attente, eerlijke jongeman was die nooit iemand zou verkrachten. De rechercheur werd niets wijzer.
Ervan overtuigd dat Jimmy inderdaad zo integer was als ze de rechercheur had voorgehouden, vroeg Janna Jimmy mee te werken

aan een klein project. Ze konden een tennisnet spannen in een gymzaal in Caldwell en dan kon Jimmy op zaterdagochtend les gaan geven aan kinderen. Hij verwelkomde dit beroep op een positieve kant van zijn karakter. Bovendien wist hij dat hij op die manier een goede indruk zou maken op de politie. Hij gaf de kinderen een les en de directeur van de lagere school vroeg of hij de volgende week weer terug wilde komen. Janna stond erbij te glimlachen, bevestigd in haar oordeel over Jimmy, die natuurlijk zei dat hij het hartstikke leuk vond.

Donna en Sterling werden ook gehoord. Ze waren er ten volle van overtuigd dat Jimmy Andrews Elizabeth verkracht had. In aparte ontmoetingen met Neary vertelden ze beiden hetzelfde verhaal over de reactie van Elizabeth op het seminar over verkrachting. Geen van beiden kon echter met feiten komen die de beschuldiging van Elizabeth bewezen.

Mallory en Neary zochten Jean Philips op in haar kantoor. Zij herhaalde wat ze ook tegenover de klachtencommissie had verklaard. Elizabeth Mason was slachtoffer van een verkrachting. Geen patroon in haar gedrag wees op een neiging tot liegen. Haar dromen, haar reacties waren die van een verkrachtingsslachtoffer. Maar hoezeer Philips dan ook overtuigd was, ze kon op geen enkele manier bewijzen dat Jimmy Andrews degene was die Elizabeth verkracht had.

Seth Epstein zocht de rechercheurs en trof hen op de parkeerplaats aan.

'Ik weet dat jullie bezig zijn met een onderzoek. Ik wil niet dat jullie iets belangrijks over het hoofd zien.

Seth droeg een vuil jack, een oud sweatshirt, een kapotte tuinbroek en vieze gympen.

'Heb jij relevante informatie?' vroeg Mallory nadat hij hem van top tot teen had bekeken.

'Niet direct. Maar ik heb jullie nauwlettend gevolgd. De mensen die jullie ondervraagd hebben. Wat jullie waarschijnlijk zullen ontdekken.'

'Je hebt ons nauwlettend gevolgd?' vroeg Neary.

'Liz Mason is een vriendin van mij, dus ik interesseer me persoonlijk voor deze zaak.'

'O ja?' vroeg Neary. 'Jij bent een echte wijsneus, of niet?'
'Jullie probleem is het bewijsmateriaal,' stelde Seth zelfverzekerd vast. 'Dat heeft de klachtencommissie ook de gelegenheid gegeven zich hieruit te werken. En daar krijgen jullie ook problemen mee.'
'Bedankt dat je ons daarop wijst,' zei Mallory.
'Ik heb de laatste tijd veel in The End Zone rondgehangen, pal naast The Big Leagues, en ik ben ook in The Big Leagues geweest.'
'Rondgehangen? Hoe bedoel je?' vroeg Mallory, zich afvragend wat iemand als Seth nu kon hebben dat hem welkom maakte bij de ouderejaars. Zijn eerste gedachte was drugs.
'Ik ben een *wiz kid*. Ik weet dat dat aanmatigend klinkt, om jezelf zo te noemen, maar het is zo. Ik ontwerp computerspelletjes. Ik heb er een paar gemaakt en verkocht aan de jongens van The End Zone en ook aan een jongen in The Big Leagues.'
'En?' vroeg Mallory.
'Ik ben iets belangrijks aan de weet gekomen over de mensen die in die huizen wonen. Die jongens vinden zichzelf helemaal te gek. Ze vinden zichzelf het einde.'
De rechercheurs wachtten af wat Seth verder zou zeggen, maar hij had verder niets meer.
'Dat was het?' vroeg Mallory.
'Het geeft aan hoe die jongens denken,' zei Seth. 'Binken die denken dat ze overal boven staan en dat iedereen aan hun voeten moet liggen.'
'Heb je verder nog iets?' vroeg Mallory.
'Nee, maar ik houd mijn ogen en oren open. Ik werk eraan.'
'Dat is een prettige gedachte,' zei Mallory.

De rechercheurs wilden het huis van binnen zien waar de verkrachting zou hebben plaatsgevonden. Ze gingen er langs op een ochtend, omdat de meeste bewoners dan wel naar college zouden zijn. Een van de jongelui zat koffie te drinken in de woonkamer. De rechercheurs vroegen of ze even mochten rondkijken. Hij aarzelde, maar ze overtuigden hem ervan dat het in Jimmy's belang was. Ze liepen door de kamers op de begane grond, keken in de slaapkamers en gingen toen naar beneden, naar de kelder en de muziekkamer. De kamer was precies zoals Liz Mason hem beschreven had.
'Zou jij iemand meenemen naar deze kamer om te vrijen als je bo-

ven een slaapkamer had?' vroeg Neary.

'Als ik een slaapkamer had met een kamergenoot misschien wel.' Mallory zette de radio aan. Hij stond op een muziekstation afgesteld. 'Wacht even een minuut en begin dan te gillen.'

Hij deed de deur achter zich dicht en klom de trap op. In de woonkamer, met die muziek aan in de kelder, kon hij het gegil van Neary nauwelijks horen. In de andere kamers waar hij het probeerde hoorde hij helemaal niets. Hij rapporteerde bij haar beneden.

'Pal boven ons hoor je nauwelijks iets. En elders in het huis hoor je niets. Bovendien lag hij boven op haar. Misschien heeft zijn lichaam het geluid wel gedempt. Ik zou een van die jonge jochies even moeten vragen of ze even op je willen komen liggen en het dan nog eens proberen.'

'Heel grappig. Maar in de woonkamer hoor je dus wel iets?'

'Heel in de verte. Maar er staat daar ook een stereo. Als die nog aanstond hoorde je natuurlijk niets.'

'Het feest was afgelopen. De mensen waren vertrokken,' zei Neary.

'De muziek kan nog aan hebben gestaan. Laten we het eens proberen met muziek boven én beneden.'

Deze keer luisterde Neary in de woonkamer terwijl Mallory in de kelder zat te gillen. Toen deed ze de stereo in de woonkamer uit.

'Met de muziek uit boven kon ik je horen, maar heel zacht,' meldde ze. 'Met de muziek aan hoorde ik niets.'

'Dus afhankelijk van waar er eventueel mensen waren en of er muziek op stond, kan ze om hulp hebben geschreeuwd en heeft niemand haar gehoord,' concludeerde Mallory.

Jimmy nam Janna op een zaterdagavond mee naar de film. Er werd een feest gehouden in The Big Leagues en voor hij vertrok dronk hij nog even een pilsje. Iemand leek in hem geïnteresseerd. Ze was een tweedejaars uit Syracuse die op hem de indruk wekte dat ze graag eens met hem zou willen spelen. Hij wist zeker dat hij haar had kunnen hebben als hij gewild had, maar hij was angstig geworden. Het politieonderzoek ging maar door en het leek hem beter zijn relatie met Janna nog niet in gevaar te brengen. Ze was momenteel veel te belangrijk voor hem. Ze gaf hem iets fatsoenlijks.

Carl Peters belde Ben Mason terug met de mededeling dat ze nog steeds bezig waren met het onderzoek. Ben belde om de paar dagen om te informeren hoe het ervoor stond. Hij dacht obsessief na over de verkrachting. Nu hij de verkrachter gezien had, kon hij zich de aanval tot in de details voor de geest halen. Ben zat als verdoofd thuis of op kantoor en zag voor zijn geestesoog hoe Jimmy Andrews Elizabeth in de vernieling hielp.

The Big Leagues, waar Jimmy woonde, en The End Zone en The Sports Complex, de beide buurhuizen, stonden ook wel bekend als het sportrijtje, omdat er zoveel sportievelingen woonden. De jongens die er woonden begroetten Elizabeth iedere keer dat ze haar zagen met vijandigheid. Anderen die op het feest waren geweest en die het vreselijk vonden om bij het onderzoek betrokken te raken waren kil tegen haar. Zich bewust van de boosheid die haar overal tegemoet trad, zorgden Seth, Donna en Sterling er individueel of in combinatie steeds voor dat ze nooit alleen was wanneer ze dat niet wilde.

Op een avond kwamen Shannon en Allison in hun huis op Elizabeth af.

'Ben je nu tevreden?' vroeg Allison.

'Hoe bedoel je?'

'Wat een toestand is het geworden.'

'Ik heb geprobeerd dit binnenskamers te houden. Ik heb het bij de klachtencommissie geprobeerd. Dat werkte niet.'

'Je hebt verloren,' zei Shannon. 'Je had helemaal geen zaak.'

'O? Ga jij daar tegenwoordig over?'

'Ze gaan ons er allemaal bij betrekken vanwege jouw klachtjes,' zei Allison. 'Zonder feestjes en een paar pilsjes wordt het hier één grote grafkelder,' voegde Shannon eraan toe.

'Het is geen klachtje. Wat zouden jullie doen als je verkracht was – een feestje geven?'

'Jimmy zegt dat hij je niet verkracht heeft. Dat je het allemaal verzonnen hebt,' zei Shannon.

'Waarom zou ik? Denk je dat dit leuk is voor mij? Om een beetje door de plaatselijke stoeipoezen op het matje geroepen te worden omdat ik hun sociale leven weleens in de war zou kunnen sturen?'

Ze draaide zich om en liep weg.

De vijandigheid tegen Elizabeth bleef en de meer extreme mannen onder hen die haar ongunstig gezind waren gaven er een vulgair tintje aan. Soms hoorde ze hen achter haar, mannen die met hun lippen smakten in een spottende nabootsing van een kus.

De rechercheurs gingen twee weken met hun onderzoek door. Een meisje dat ze nog wilden ondervragen, Betty Whelan van het dameslacrosseteam, was niet op de campus omdat ze elders aan haar knie moest worden geopereerd. Aan het begin van het semester had ze een poosje iets met Jimmy gehad, maar ze was niet op het bewuste feest geweest. Twee jongens die er geweest waren en die vroeg vertrokken waren stonden ook nog op hun lijstje, al hadden ze weinig prioriteit. Over niet al te lange tijd zouden de studenten vertrekken voor hun kerstvakantie en de rechercheurs waren klaar om Peters verslag te doen. Mallory en Neary bespraken of ze die laatste interviews nog moesten houden. Hun toewijding gaf de doorslag. De interviews met de twee jongens leverden niets op. Ze wachtten tot Betty Whelan weer terug was op de campus en spraken met haar in het huis waar ze woonde. Betty was derdejaars. Ze had blond haar, was atletisch en zag er gezond uit.

'Weet je wat er gaande is met betrekking tot Jimmy Andrews?'
'Ik heb ervan gehoord.'
'Op twee september was er een feestje in The Big Leagues. Ben jij daar ook geweest?'
'Nee. Ik heb Jimmy een week of zo daarna pas ontmoet.'
'En je hebt een relatie met hem gehad?' vroeg Neary.
'Zo zou je het kunnen noemen. We zijn een paar weken samen geweest.'
'Waar heb je hem ontmoet?' vroeg Neary.
'Op een feestje in The End Zone.'
'En je weet zeker dat je geen twee feesten door elkaar haalt, dat het niet in The Big Leagues was?' vroeg Mallory.
'Nee, ik weet waar ik op het toneel verscheen. Ergens tussen Liz Mason en Janna Willis in.'
'Hoe weet je van Liz Mason?' reageerde Mallory meteen.
'Dat heeft Jimmy me verteld.'
'Wanneer?'
'We stonden een keer op de campus en hij speelde een of ander dom spelletje over wie goed in bed was. Een meisje liep langs ons heen en hij zei dat hij wist dat ze niet goed in bed was, omdat hij het

semester met haar begonnen was.'
'Zei hij dat?' vroeg Mallory.
'Ja.'
'Ken je Liz Mason ook?' vroeg Neary.
'Nee.'
'Hoe weet je dat we het over dezelfde persoon hebben?'
'Jimmy noemde haar bij naam. "Liz Mason. Vijf min," zei hij.
'Vertel me precies wat jullie tegen elkaar zeiden,' zei Mallory.
'Ze liep langs ons heen en Jimmy zei: "Liz Mason. Vijf min," en ik
vroeg: "Hoe weet jij dat?" Waarop hij zei: "Ik heb bij haar een
punt gezet. Ik ben het semester met haar begonnen."'
'Herinner je je dat heel duidelijk? Dat waren exact zijn woorden?'
vroeg Mallory.
'Ja.'
'Heeft hij verder ooit nog iets over haar gezegd?' vroeg Neary.
'Nee.'
'Je weet zeker dat hij zei: "Ik heb bij haar een punt gezet. Ik ben
het semester met haar begonnen"? En hij identificeerde haar er-
bij?' vroeg Mallory.
'Ja.'
'En verder heeft hij nooit iets gezegd?' vroeg Mallory.
'Nee.'
'Bedankt dat je met ons wilde praten, Betty,' zei Neary.
'Ik geloof niet dat hij iemand verkracht heeft.'
'Nee?' vroeg Mallory.
'Zo is hij niet.'

'Dus ons lieve ventje heeft gezegd dat hij een punt heeft gezet met
Elizabeth Mason,' zei Mallory tegen Neary toen ze terugreden
naar het politiebureau. 'Dat is niet niks, Ann.'
'Het kan zijn dat hij gewoon opschepte.'
'Of niet.'
Ze brachten onmiddellijk verslag uit van het gesprek bij Carl Pe-
ters, die kantoor hield op de verdieping boven het politiebureau.
'Dat is heel andere koek,' zei Peters. 'Nu hebben we nota bene een
getuige die zegt dat hij beweerde met haar naar bed te zijn geweest.
Was die Betty Whelan geloofwaardig?'
'Zo kwam ze wel over,' zei Mallory.
'Ik dacht het ook wel,' antwoordde Neary.

'Goed, geef mc jullie verslag maar.'

'Om een uur of halfacht,' las Mallory voor van zijn aantekeningen, 'haalde Jimmy Andrews Elizabeth Mason op bij haar huis, waarna ze naar The Babbling Brook liepen voor een paar hamburgers. Om kwart voor acht hadden ze een tafel en om negen uur vertrokken ze weer,' zei Mallory. 'Het feest was al aan de gang toen ze om tien over negen arriveerden. Overal zaten mensen te praten en te drinken en sommigen waren aan het dansen. Mensen begonnen weg te gaan naar andere feesten en om tien over halftwaalf was het feest in The Big Leagues zo'n beetje afgelopen. Er waren nog maar zes mensen in het huis achtergebleven en Andrews en Mason waren daarbij. Geen van de anderen heeft iets gezien. De vermeende verkrachting moet na tien over halftwaalf hebben plaatsgevonden.'

'Heeft iemand haar zien drinken?' vroeg Peters.

'Verscheidene mensen. Niemand kon iets zeggen over hoeveel ze precies gehad had.'

'Heeft iemand hém zien drinken?'

'Hij had voortdurend een flesje bier in de hand. Het kan één pilsje geweest zijn, maar ook meer. Dat weten we niet,' antwoordde Neary.

'De dokter die haar heeft onderzocht is ervan overtuigd dat de kneuzingen in haar hals door iemand zijn toegebracht en dat ze niet ergens tegenaan is gelopen,' zei Mallory.

'Dat is nog bij lange na geen verkrachting,' merkte Peters op.

'Blijft de vraag hoe haar hals anders verwondingen heeft kunnen oplopen,' zei Mallory.

'Andrews zegt tegen iemand dat hij seks met Elizabeth Mason heeft gehad. Andrews en het meisje zijn maar één avond samen, twee september,' zei Peters. 'En dat is de avond waarvan zij beweert dat hij haar verkracht heeft. Ik zou hem graag eens aan de tand voelen. Laten we proberen hem hier binnen te krijgen. Heel onschuldig, gewoon vragen of hij even langskomt. Dat we alleen een paar vragen willen stellen, zodat we de zaak verder kunnen laten rusten.'

'Laten we hem ondervragen voor al die te gekke kinderen naar huis gaan voor hun te gekke kerstfeesten,' zei Neary.

De volgende dag sprak rechercheur Mallory Jimmy Andrews aan voor het huis waar hij woonde. Mallory deed zo nonchalant mogelijk. Hij zei dat ze nog een paar details uit de weg wilden ruimen. Jimmy weigerde instinctief. Hij zei dat hij eerst zijn advocaat wilde bellen. Hij ging naar boven en belde MacNeil onmiddellijk.

'De politie doet een onderzoek. Ze hebben met een aantal mensen van hier gepraat en nu willen ze mij ook spreken.'

'Dus heeft het meisje aangifte gedaan. Goed, het zij zo. Praat met niemand. Ik handel dit af. Zeg dat maar tegen je ouders.'

'Moeten die het weten?'

'Natuurlijk moeten die het weten! Bel ze meteen op!'

Jimmy belde zijn vader op kantoor. Malcolm was zo van streek door het telefoontje dat hij naar huis ging. Hij maakte zich zorgen dat Penny, die zich tijdens de hoorzitting al nauwelijks in de hand had weten te houden, iemand iets over het onderzoek zou vertellen. Hij overwoog niets aan haar te vertellen tot er nieuwe ontwikkelingen waren, maar toen hij thuis kwam wist ze het al. MacNeil had Malcolm op zijn kantoor proberen te bereiken, had hem daar misgelopen en had toen naar zijn huis gebeld en met Penny gesproken. Ze had al drie wodka-martini's op toen Malcolm aankwam.

'Politie?' zei ze tegen Malcolm toen hij binnenkwam.

'Het meisje is naar de politie gestapt. Niets om over in te zitten. Een formaliteit. Ze zullen niets ontdekken dat niet ook al bij de hoorzitting bekend was.'

'Politie!' riep ze.

'Rustig nou, Penny. We moeten dit onder ons houden. Niemand weet ervan.'

'Waarom moet hij worden ondervraagd?'

'Als zij aangifte heeft gedaan moeten ze daar wel werk van maken. MacNeil houdt zich er al mee bezig. We regelen dit wel.'

'Waarom doen ze dit Jimmy aan?' vroeg ze.

MacNeil legde Malcolm die avond over de telefoon uit dat Jimmy het recht had de politie niet te woord te staan. Alleen wanneer ze het idee hadden dat Jimmy zo overtuigend kon zijn, dat de politie niet anders meer zou kunnen dan de zaak laten vallen, moesten ze hem toestemming geven naar het politiebureau te gaan.

'Dan zouden we overal vanaf zijn,' zei Malcolm.

'Alleen wanneer hij overtuigend is.'

'U hebt hem gesproken. Hij heeft dat meisje niet verkracht. Dat

zei de klachtencommissie van de universiteit ook.'
'Laten we geen dingen door elkaar halen, meneer Andrews. Die commissie heeft hem niet ondervraagd. Dat gaat de politie wel doen.'
'Nou, als hij niet met de politie praatte, zouden we er dan sneller vanaf zijn?'
'Ze gaan waarschijnlijk door met hun onderzoek tot ze een conclusie bereikt hebben.'
'Ik heb genoeg van dat meisje en haar krankzinnige aanklacht. Als Jimmy met hen gaat praten en ze geloven hem, dan is het achter de rug, of niet?'
'Dat zou ik wel zeggen. Maar ik houd de politie liever bij hem vandaan. Laat ze zelf maar bewijzen zoeken.'
'Ik wil helemaal geen bewijzen. Deze hele zaak heeft nu al zoveel ellende veroorzaakt. Ik wil mijn gezin er niet langer aan blootstellen.'
'Jimmy laten horen zou weleens niet de goede weg kunnen blijken te zijn.'
'Ik wil hier vanaf, meneer MacNeil, en Jimmy is een overtuigende jongeman. Dat zullen zij ook wel zien en dan zijn we eraf.'
'Meneer Andrews, ik neem liever geen risico's.'
'Ik vind het zo al riskant genoeg. Mijn vrouw kan ieder moment uit de school klappen. Mijn cliënten zouden het te horen kunnen krijgen. Er moet een punt achter deze zaak worden gezet. Laat ze met Jimmy praten, dan zijn we eraf.'
'Ik zou u echt willen adviseren dat niet te doen.'
'Ik heb er genoeg van. Laten we er een punt achter zetten!'
'Laat mij maar met de officier van justitie praten. Misschien kunnen we een of andere deal sluiten.'

Peters wilde zo graag met Jimmy Andrews praten dat hij het met MacNeil op een akkoordje gooide. Niets zou tegen zijn cliënt gebruikt worden; het gesprek was puur bedoeld om achtergrondinformatie in te winnen en MacNeil mocht erbij aanwezig zijn. MacNeil bracht Jimmy van de afspraak op de hoogte en vroeg: 'Is er nog iets dat je me vertellen moet? Dan moet je het nu doen.'
'Het is gebeurd zoals ik het heb verteld.'
'Goed. Vertel hen precies wat je mij altijd verteld hebt en niets meer.'

Op de dag van het verhoor liep Malcolm Jimmy's kamer binnen en gaf Jimmy een joviale klap op zijn schouder. Het leek alsof hij een ouderwetse gids had gelezen over hoe je je zoon vooral van man tot man moet benaderen in tijden van crisis. MacNeil kwam ook aan en liet Jimmy zijn versie van de gebeurtenissen zorgvuldig afdraaien voor ze naar het politiebureau gingen. Om er zeker van te zijn dat Jimmy het allemaal goed zou brengen, liet hij hem het hele verhaal drie keer vertellen.

Carl Peters stelde iedereen in zijn kantoor aan elkaar voor. Peters nam achter zijn bureau plaats en Jimmy zat in een stoel tegenover hem. Malcolm en MacNeil zaten op een bank aan de ene kant van het vertrek, de rechercheurs op stoelen aan de andere kant.
'Jullie weten inmiddels van het onderzoek,' zei Peters tegen Jimmy. 'Elizabeth Mason beweert dat je haar verkracht hebt. We zouden graag jouw kant van het verhaal horen. Onze afspraak is dat niets dat je hier zegt in een proces tegen je gebruikt zal worden. Dit gesprek is alleen bedoeld om tot een besluit te komen of we het onderzoek moeten afsluiten of niet.'
'Prima,' zei Jimmy.
Gedurende de eerste fase van de ondervraging bleef hij zich nonchalant opstellen, terwijl de rechercheurs en de openbare aanklager hem ondervroegen over hoe en wanneer hij Elizabeth Mason voor het eerst ontmoet had. Jimmy vertelde hoe ze aan elkaar waren voorgesteld op het barbecuefeest, hij vertelde van het bioscoopbezoek samen met haar kamergenote en van zijn uitnodiging voor het feest. Tot op dat punt was zijn verhaal identiek aan wat het meisje verteld had. De ondervraging ging verder over de avond van het afspraakje.
'Herinner je je hoe laat je haar hebt opgehaald?' vroeg Peters.
'Dat zal een uur of halfacht, acht uur geweest zijn.'
'En wat deden jullie toen?'
'We gingen naar The Babbling Brook voor een paar hamburgers.'
'Waar praatten jullie over?' vroeg Mallory.
'Over de studie, over de toekomst. Ze praatte graag en veel.'
'En jij niet?' vroeg Peters.
'Niet op haar manier. Zij wilde "serieuze" conversatie. "Zinvolle" gesprekken,' zei hij sarcastisch, 'meteen bij een eerste afspraakje je hele ziel en zaligheid op tafel leggen.'

'En dat vond jij niet prettig,' vroeg Peters.

'Ze maakte het tot iets heel belangrijks, ze zei dat je op die manier met elkaar hóórde te praten op een afspraakje.'

'Maakte dat je kwaad?' vroeg Peters.

'Nee, het verveelde me alleen. Ik was blij dat we naar het feest gingen.'

'En wat gebeurde daar?' vroeg Mallory.

'Het was al aardig druk, iedereen stond een beetje gein te trappen en sommigen waren aan het dansen.'

'En aan het drinken?' vroeg Neary.

'Ja, bier.'

'Dronk jij ook bier?'

'Ik heb een pilsje gedronken, ja.'

'En in het restaurant?'

'Daar heb ik ook een pilsje gedronken.'

'En dronk zij ook?' vroeg Neary.

'Ja, zij dronk een paar flesjes.'

'Schonken ze haar bier in het restaurant?' vroeg Peters.

'Nee, daar niet. Bij ons in huis.'

'Wie serveerde daar?'

'Iedereen kon zelf pakken.'

'Heb jij ook bier voor haar gehaald?' wilde Peters weten.

'Sorry,' zei MacNeil. 'We proberen hem toch niet te beschuldigen van het serveren van alcohol aan een minderjarige, of wel?'

'Dat zouden we uw cliënt niet willen aandoen,' antwoordde Peters. 'We willen graag weten hoeveel er gedronken werd. Wat we tot nu toe weten is dat het meisje "een paar flesjes" heeft gedronken. Jimmy, jij hebt er maar twee gehad, zei je. Eén in het restaurant en één op het feest.'

'Inderdaad.'

'Dus zij dronk meer dan jij? En jij hebt maar één flesje gedronken terwijl sommige huisgenoten van je er wel vier of vijf hebben gehad?' vroeg Peters.

'Dat is wat ik me herinner.'

'Goed, en wat gebeurde er toen? Het bleef die avond niet bij één flesje bier,' zei Peters.

'De mensen praatten, er werd gedanst en bier gedronken. Zoals op alle feesten.'

'Wat deden jij en Elizabeth Mason?'

'Hetzelfde als de anderen.'

'Er wordt gezegd dat je haar in de woonkamer gezoend hebt. Heb je haar gezoend, Jimmy?' vroeg Peters.

'Dat zal wel.'

'Herinner je je dat je haar gezoend hebt?'

'Ja.'

'Hoe vaak?' vroeg Peters.

'Een stuk of drie keer, denk ik.'

'Dus al dat gepraat van haar was toch niet zo vervelend dat je haar niet meer wilde zoenen,' stelde Neary vast.

'Ze drong zich aan me op.'

'En jij kuste haar omdat ze zich aan je opdrong, dat meisje dat je zo verveelde. Je hebt haar niet naar huis gebracht, je zette er geen punt achter, je kuste haar,' zei Mallory.

'Het stelde niks voor.'

'Wij besluiten wel of het iets voorstelde of niet,' zei Peters.

'Jimmy is hier uit eigen vrije wil naar toe gekomen,' zei Malcolm Andrews, die er tot nu toe zwijgend bij had gezeten. 'U hoeft niet zo tegen hem te praten.'

'Meneer Andrews, dit is ons onderzoek, dank u. Jimmy, zoende je haar omdat je wilde zien wat er van kwam?' vroeg Peters.

'Het was niets. Het was gewoon een feestje.'

'Was er nog meer seksueel contact tussen jullie?' vroeg Neary hem.

'Nee.'

'En dit vond allemaal plaats in de woonkamer?' vroeg Peters.

'Ja.'

'Je hield gewoon op haar te zoenen en bracht haar terug naar haar kamer,' zei Peters.

'Ik dacht dat als ik haar terugbracht, ik misschien nog naar een ander feest zou kunnen.'

'Is dat wat er gebeurd is?' vroeg Neary.

'Ik ben nergens meer heen geweest. Ik vertelde haar dat er bij ons in huis niets meer te beleven viel en dat ik haar terug wilde brengen. En zij werd kwaad. Ze begon tegen me uit te vallen: ik dacht dat je me mocht, ik dacht dat we een relatie zouden hebben. Ik zag wel dat het niks kon worden tussen ons. En dat vertelde ik haar.'

'Wat zei je dan precies?' vroeg Neary.

'Ik probeerde diplomatiek te zijn. Ik zei dat mensen soms niet helemaal bij elkaar pasten maar dat dat nog nict hoefde te betekenen dat we geen vrienden konden zijn. En toen werd ze nog kwader en stormde ze het huis uit. Daarna begon ze me op te bellen. Wanneer zien we elkaar weer, vroeg ze steeds. Ze begon me in het openbaar aan te spreken en de meest idiote dingen te zeggen. Dat ze dacht dat we iets belangrijks hadden samen, een relatie. Waanzin. Eén afspraakje, een paar zoenen. We hadden geen relatie. Om wraak op me te nemen verzon ze een heel verhaal dat ik haar zou hebben verkracht.'

'Op de hoorzitting zei ze dat je haar meenam naar een kamer in de kelder van het huis en dat de verkrachting daar heeft plaatsgevonden. Heb je haar inderdaad meegenomen naar die kamer?' vroeg Neary.

'Ja, in het begin van het feest. Ik liet haar het huis zien. Mijn kamergenoot was op onze kamer met zijn vriendin. Dat kan hij u ook vertellen.'

'Je gaf dat meisje, dat je het liefst meteen naar huis zou brengen, een rondleiding?' vroeg Mallory.

'Dat was aan het begin van de avond, voor ze zich begon op te dringen.'

'Hoe kan het dat de mensen die als laatsten van het feest vertrokken, zich niet kunnen herinneren jou toen in de woonkamer gezien te hebben?' vroeg Neary.

'Ze zal toen al wel naar huis zijn geweest en ik was dan al naar boven.'

'Was je kamergenoot daar ook?'

'Nee, die was uit.'

'En je hebt haar niet meegenomen naar die kamer in de kelder, behalve aan het begin van de avond?' vroeg Neary.

'Inderdaad.'

'Niemand anders herinnert zich die avond met je gedanst te hebben, Jimmy. Met wie heb je nog meer gedanst?' vroeg Mallory.

'Dat herinner ik me niet.'

'Met wie heb je nog meer gesproken?'

'Er waren allerlei mensen. Het kan iedereen geweest zijn.'

'Niemand herinnert zich met je gesproken te hebben, afgezien van een paar woorden in het voorbijgaan,' zei Mallory.

'Ze herinneren het zich niet. Ik ook niet.'

'Is de reden dat niemand zich kan herinneren dat je met iemand anders hebt gedanst of gepraat, dat je zoveel aandacht besteedde aan dat meisje wier gepraat je beweert niet te kunnen verdragen?' vroeg Mallory.

'Ik besefte pas hoe weinig ik haar mocht naarmate de avond vorderde, toen ze me echt moe begon te maken met haar gepraat.'

'Je hebt niet meer gedaan dan haar zoenen in de woonkamer? Je hebt haar niet naar een andere kamer meegenomen om haar te zoenen of iets anders met haar te doen?' vroeg Peters.

'Nee, zo is het.'

'Jimmy, ken je een meisje genaamd Betty Whelan?' vroeg Peters.

'Ja.'

'Je hebt een poosje een relatie met haar gehad, of niet?'

'Ja.'

'Heb je tegen Betty Whelan gezegd dat je een punt had gezet bij Elizabeth Mason?'

'Dat weet ik niet.'

'Ze zegt van wel. Ze zegt dat jij tegen haar hebt verteld dat je een punt had gezet bij Elizabeth Mason.'

'Ik herinner me niet dat ik dat tegen haar gezegd heb.'

'Wat voor reden zou zij kunnen hebben om ons te vertellen dat ze zeker wist dat jij haar verteld had dat je seks had gehad met Elizabeth Mason?' vroeg Peters.

'Dat weet ik niet. Misschien kan zij die vraag beantwoorden.'

'Ze heeft ons verteld dat jij dat tegen haar gezegd hebt.'

MacNeil zat met toenemende verbijstering naar deze nieuwe ontwikkeling te luisteren.

'Misschien heb ik wel zoiets gezegd, om op te scheppen. Om indruk op haar te maken.'

'Met wat voor hanig mannetje je wel niet bent?' vroeg Mallory.

'Met laten merken dat ik populair ben, in de hoop dat ze daarvan onder de indruk zou zijn.'

'Omdat je met Betty Whelan naar bed wilde?' vroeg Mallory. 'Is dat jouw troef, jouw hanige gedrag?'

'Het waren praatjes, meer niet.'

'Ben je met Elizabeth Mason naar bed geweest?' vroeg Peters.

'Nee. Absoluut niet.'

'Wat je Betty Whelan vertelde was verzonnen. Je nam haar er dus tussen?'

'Het was opschepperij.'

'Goed, Jimmy, je mag kiezen,' zei Peters. 'Zei je maar wat tegen Betty Whelan toen je zei dat je een punt had gezet met Elizabeth Mason, of zeg je nu maar wat tegen ons als je beweert dat het niet zo is? Tegen wie zeg je maar wat, Jimmy?'

MacNeil kwam tussenbeide. 'Als dit een rechtszaal was, zou ik protesteren wegens sarren van de getuige.'

'Goed, meneer MacNeil, geeft u dan antwoord voor uw cliënt. Tegen wie zegt hij maar wat? Tegen degene tegen wie hij zegt dat hij seks heeft gehad met Elizabeth Mason, wat gebeurd moet zijn op de avond dat hij met haar uit was – de avond waarop zij zegt dat hij haar verkracht heeft? Of zegt hij maar wat tegen ons als hij zegt dat hij nooit seks met haar gehad heeft?'

'Hij heeft de vraag beantwoord. Hij heeft nooit seks gehad met het vermeende slachtoffer. Het was opschepperij.'

'Elizabeth Mason heeft een vendetta met je sinds die avond. Is dat correct, Jimmy?'

'Ja, ze is niet helemaal goed.'

'En op die avond, ook al drong ze zich aan je op – aan jou, iemand die seksuele escapades gebruikt om indruk te maken op meisjes – besluit jij dat je het niet leuk vindt dat ze zoveel praat en besluit je om die reden de avond af te sluiten zonder met haar naar bed te gaan?' vroeg Peters.

'Ik ben ervan overtuigd dat Jimmy die vraag gemist heeft, als er tenminste een vraag in zat, meneer Peters.'

'Eenvoudige vragen, dan. Heb je Elizabeth Mason verkracht?'

'Nee,' antwoordde Jimmy.

'Heb je seks gehad met Elizabeth Mason?'

'Nee.'

'Heb je gezegd dat je seks hebt gehad met Elizabeth Mason?'

'Ja.'

'Dus in tegenstelling tot wat je *gezegd* hebt, heb je geen seks gehad met Elizabeth Mason; je hebt het alleen maar gezegd.'

'Die vraag heeft hij al een paar keer beantwoord,' zei MacNeil.

'Inderdaad. We danken u voor uw "medewerking",' zei Peters, waarmee hij een eind maakte aan het verhoor.

MacNeil was woest. De eerste paar minuten nadat ze het politiebureau hadden verlaten zei hij niets. Zwijgend liepen ze met hun drieën naar zijn auto. Hij reed naar de rand van de stad en parkeerde zijn auto in een zijstraat.

'Jimmy, dit is geen spelletje. Er loopt een strafrechtelijk onderzoek tegen je! Je kunt beschuldigd worden van verkrachting.'

'Ik heb haar niet verkracht.'

'Ik ben je advocaat. Ik verdedig je. Geef antwoord zonder er omheen te draaien. Niemand behalve wij hoeft dit te weten. Heb jij seks gehad met Elizabeth Mason?'

'Ja.'

'Jimmy?' vroeg Malcolm verbijsterd.

'Je hebt me steeds gezegd van niet,' zei MacNeil.

'Ik was bang.'

'Prachtig. Jij was bang.'

'Ik kreeg dat briefje van de decaan en ik wist niet wat ik doen moest. Ik dacht dat het beter zou zijn niet te zeggen dat ik met haar naar bed was geweest, dat het beter was om te zeggen dat ik dat verzonnen had.'

'Hoeveel mensen heb je verteld dat je met haar naar bed bent geweest?'

'Betty Whelan en een paar jongens bij me in huis. Vier mensen misschien.'

'Fantastisch.'

'Ik wist niet dat ze zo zou doordraaien. Wat ik verteld heb over dat ze me opbelt en dingen tegen me zegt in het openbaar, dat is allemaal waar.'

'U kunt het hem niet kwalijk nemen,' zei Malcolm, 'dat meisje is labiel.'

'Ze doet dit alleen maar omdat ik haar heb afgewezen,' zei Jimmy.

'Wat is dit, een psychologencongres?' vroeg MacNeil. 'Opeens blijkt ze toch niet zo labiel te zijn. Opeens vertel je me dat je wel met haar naar bed bent geweest. De vraag is, wat deden jullie in dat bed?'

'Ze drong zich aan me op. Ze bleef tegen me aan wrijven en ik ging gewoon zover door als ik kon en zij maakte geen bezwaar en toen hebben we het gedaan.'

'Waar vond dit plaats? In die kelderkamer?'

'Ja.'

'Dus dat heeft ze niet verzonnen. Was het met haar volledige goedkeuring?'

'Absoluut.'

'Was er sprake van dwang?'

'Nee.'

'En ben je na die avond vaker met haar naar bed geweest?'

'Nee, het bleef bij die ene keer. Ik wilde haar daarna naar huis brengen, maar ik zei iets verkeerds of zo. Ik zei niet dat ik echt, echt om haar gaf en zij werd hartstikke gek.'

'Ja, dat weten we nu wel,' zei MacNeil.

'Ik besloot dat ze de moeite verder niet waard was. Ik heb haar nooit weer gebeld en dat moet haar gek hebben gemaakt.'

'Het is verschrikkelijk wat ze gedaan heeft,' verklaarde Malcolm.

'Alstublieft, meneer Andrews! We hebben het nu opeens niet meer over iemand die "gek" is – zoals Jimmy haar noemt – maar over iemand die een andere opvatting heeft over een vrijpartij.'

'Ik heb haar niet verkracht, meneer MacNeil.'

'Jimmy, van nu af aan houd jij je mond over deze zaak. Ga tegenover niemand jouw psychologische interpretaties zitten ophangen. Vertel niemand dat je met haar naar bed bent geweest, of dat je niet met haar naar bed bent geweest, of dat je zei van wel maar dat het niet zo was, of dat je zei van niet maar dat het wel zo was. Laat de tegenpartij maar alleen aanmodderen. Ze hebben nog steeds weinig kans. Geef hen niet meer kans dan ze nu hebben.'

'Ja, meneer.'

'Dat is bijna al te veel wat je daar zegt. Houd verder je mond. We hebben genoeg van jouw briljante strategie gezien.'

Na het verhoor bespraken de openbare aanklager en de rechercheurs hun indruk van Jimmy.

'Ik kan die lui niet uitstaan,' begon Neary.

'Ik geloof geen woord van wat hij zegt,' vertelde Mallory.

'Mij heeft hij niet overtuigd,' zei Peters. 'Maar misschien heeft ze die avond wel te veel gedronken en heeft ze de zaak vervolgens uit de hand laten lopen. In haar verklaring op de hoorzitting zei ze dat ze met hem naar die kelderkamer was gegaan. Ze heeft nooit beweerd dat hij haar daar mee naar toe heeft gesleept. Is het ook mogelijk dat ze hem volledig zijn gang heeft laten gaan en dat ze zich achteraf schuldig of kwaad voelde en besloot het verkrachting te noemen?'

'Nee,' zei Mallory.

'Ik weet het niet,' gaf Neary toe.

'Is het mogelijk dat ze het hem betaald probeert te zetten dat hij geen contact meer met haar wilde hebben?' vroeg Peters.

'Absoluut niet,' zei Mallory afgemeten. 'Die blauwe plekken in haar hals. Waar had ze die dan vandaan?'

'Ruige seks?' opperde Neary.

'Ik denk dat dit gebeurd is,' bracht Mallory naar voren, 'die snot-aap dacht, als ik gewoon doorzet dan doet ze wel mee. Maar dat deed ze niet. En hij zette toch door. Tot en met een verkrachting.'

'Nou, ik geloof hem in elk geval niet,' zei Peters. 'Maar op dit moment hebben we alleen nog haar woord tegen het zijne. Daar kan hij nooit op veroordeeld worden.'

12

Ben Mason, rechercheur, wist wel hoe hij de zaak zou hebben aangepakt. Hij zou acteurs hebben ingehuurd om Jimmy Andrews aan te spreken wanneer hij op straat liep: 'Hé, ben jij die gast die Elizabeth Mason verkracht heeft?' Overal waar Andrews kwam zou iemand dat tegen hem zeggen. Hij zou briefjes met de post krijgen, hij zou telefoontjes op zijn kamer krijgen: 'Ben jij die gast die Elizabeth Mason verkracht heeft?' Hij zou opgejaagd raken, bang worden, zijn arrogantie verliezen. Onder het wrede, herhaalde verhoor zou hij gaan wankelen, tegenstrijdigheden zouden boven water komen. Ze zouden hem wel pakken. Of Ben zou hem overal volgen als een mistflard die hem bij iedere beweging omringde, hij zou geavanceerde geluidsapparatuur gebruiken om hem op een verkeerd woord over het incident te betrappen. Wanneer hij zich realiseerde dat hij, waar hij ook ging, achtervolgd zou worden door de misdaad die hij gepleegd had, zou hij in elkaar storten en de waarheid moeten prijsgeven.

Ben ontwikkelde deze ideeën aan de hand van de misdaadromans die hij tegenwoordig constant aan het lezen was, goede en slechte boeken. Hij nam lange lunchpauzes en ging vroeg van zijn werk naar huis om die boeken te kunnen lezen, de zaken in die boeken te kunnen bestuderen. Hij onderstreepte de belangrijke passages alsof hij zich op een examen aan het voorbereiden was. Laura hoorde dit allemaal van zijn assistenten. Thuis was hij ten prooi aan wisselende stemmingen. De grootouders werden over de verkrachting ingelicht en begonnen erover op te bellen, van streek en gretig naar meer informatie. Wanneer Ben de telefoon opnam hield hij lange, warrige toespraken over de procedure bij politieonderzoeken en misdaden, waarbij hij uitvoerig citeerde uit de detectiveromans die hij gelezen had en de boeken ook aan hen aanbeval.

'Ben, volgens mij moet je echt eens met een psycholoog gaan praten,' zei Laura, 'een therapeut die je kan helpen.'

'Ik heb geen therapeut nodig,' antwoordde hij.

'Ik zal wel iemand voor je uitzoeken. Ik weet dat je aan vreselijke spanningen blootstaat.'

'Ik voel me prima. Als deze kwestie me een beetje opslokt, is dat alleen maar normaal.'

Soms liep Laura langs Ben heen als hij in de woonkamer zat en dan hield hij op met lezen en zat hij voor zich uit te staren, verzonken in speculaties. Laura moest meer dan eens herhalen wat ze tegen hem zei. Wanneer ze de liefde bedreven was hij er met zijn hoofd niet meer bij.

Het wekelijkse partijtje tennis met Phil Stern werd aangepast toen Phil problemen met zijn elleboog kreeg. Phil en Ben speelden nu dubbel tegen twee vrienden van Ben, Tony Pappas, een grafisch ontwerper, en Roger Mack, ook volkskunsthandelaar. Laura vroeg de mannen of ze Ben wilden aanmoedigen hulp te zoeken en ze zeiden alle drie dat ze zouden zien wat ze doen konden. Toen ze op een gegeven moment in de kleedkamer stonden na een partijtje tennis zei Phil: 'Je zit wel erg over die zaak in, hè?'

'Wat dacht je dan?' vroeg Ben.

'Misschien moet je eens met een psycholoog gaan praten, Ben,' zei Tony. 'Daar kun je behoorlijk van opknappen.'

'Ik heb geen zieleknijper nodig. Wat ik nodig heb is een geniale detective.'

Ben begon een gedetailleerde analyse op te hangen van de zaak tegen Jimmy Andrews. Hij vertelde het op een beheerste manier, alsof hij de zaak volledig doorzag. De mannen voelden de obsessie achter zijn woorden niet, ze hoorden alleen wat aan de oppervlakte lag en waren onder de indruk van zijn inzichten.

'We hebben het aangesneden,' meldde Phil die avond telefonisch aan Laura. 'Hij trapte er niet in. Hij staat onder hoogspanning, maar wie zal hem dat verwijten?'

'We staan allemaal onder hoogspanning,' antwoordde ze.

'Als ik in zijn schoenen stond zou ik tegen de muren opklimmen.' Phil gaf de hoorn aan Jane. Toen hij de kamer uit was zei Jane tegen Laura: 'Wat Phil je niet verteld heeft,' zei Jane, 'is dat ze alle drie zijn thuisgekomen met een lijstje detectives die Ben hen heeft aangeraden.'

'Vraag ik ze me te helpen Ben naar een psycholoog te krijgen omdat hij een zenuwinzinking nabij is, en dan gaan ze zelf de detectives lezen die hem het hoofd op hol jagen.'

Elizabeth deed haar tentamens van dat semester en ging ervan uit dat ze ervoor geslaagd was. Ze pakte haar spullen, nam afscheid van haar vrienden en stapte op de bus naar New York. Ze was zo uitgeput dat ze in de bus voortdurend in slaap viel. Ze moest zich even zien los te maken van Layton College en alles wat daarbij hoorde. Ze belde Melanie Stern, die ook thuis was van vakantie en Sarah Clemens.

Omdat ze ook graag wat tijd alleen met haar broertje wilde doorbrengen, nam ze hem mee uit lunchen bij een pizzeria in de buurt. Ze praatten een poosje over zijn school, maar hij was ongedurig en zat zijn servetje in kleine snippers te verscheuren. Toen sneed hij aan wat hij op zijn lever had.

'Die gozer – zie je hem nog weleens?'

'Hij zit niet bij mij in werkgroepen.'

'Heeft hij je pijn gedaan?'

'Ik voel me prima, hoor. Ik trakteer.'

'Mama zei dat hij tennisser is.'

'Dat is hij ook.'

'Speelt hij voor Layton?'

'Ja, maar ik denk niet dat ik hem ooit zal zien spelen.'

'Een atleet zou zoiets niet moeten doen. Hij had niet zoiets slechts moeten doen.'

'De politie is ermee bezig. Misschien wordt hij wel gestraft.'

'We hebben het over ridders gehad op school. Vroeger zou ik je eer gewroken hebben. Dan had ik hem in een duel verslagen,' zei hij ernstig.

'Word jij nu maar gewoon een goed mens die zoiets niet doet. Dat is al eer genoeg.'

Elizabeth en Melanie gingen naar de bioscoop en daarna naar een pastarestaurant aan Third Avenue.

'Je ziet er moe uit,' zei Melanie.

'Dat ben ik ook. Ik zou wel een heel jaar willen slapen. Maar als ik dat deed, dan wil ik wedden dat als ik wakker werd, iemand meteen tegen me zou zeggen: "Hé, weet je nog, je bent verkracht." '

'Moet je er altijd aan denken?'

'Het is nooit ver weg. En met die hoorzitting en dan die aangifte bij de politie, blijft het levend. Als een nest slangen in de kast. Maar genoeg over mij. Wat vind *jij* van mijn verkrachting.'
'Waarom lopen er toch zulke engerds rond?'
'Grappig dat je maatstaven zo kunnen veranderen. Vergeet gevoeligheid, intelligentie en een leuk uiterlijk. Op dit moment zou ik genoegen nemen met een jongen die me niet verkracht.'

Met Sarah ging ze naar *Gypsy* op Broadway. Toen ze na afloop over straat liepen, vroeg Sarah: 'Heeft dit je ook geïnspireerd om weer te gaan zingen?'
'Ik heb niet eens aan zingen gedacht,' antwoordde Elizabeth. 'Er zijn zoveel andere dingen gebeurd.'
'Allemaal negatieve dingen. Je moet de positieve krachten weer terugbrengen in je leven.'
'De Maharishi van Juilliard.'
'Echt. Het is doodzonde.'
'Niet voor mijn publiek. Ik heb geen publiek.'
'Ik ben je publiek.' Sarah begon met een dun stemmetje voor haar te zingen in een poging haar aan te moedigen. '"Gordijn aan de kant..." Zing dan.'
'Ik zing niet meer, Sarah.'

De grootouders arriveerden voor Hanukkah en de traditionele cadeaucompetitie. De ouders van Ben gaven Elizabeth een cd-speler en Josh een korte-golfradio. De ouders van Laura pareerden met een antwoordapparaat voor Elizabeth en een walkman voor Josh. Cheques kwamen van beide kanten voor Ben en Laura. De Masons droegen nachthemden, sokken, blouses, shirts voor hun ouders, een sweater voor Elizabeth en baseballkaartjes voor Josh bij. Daar zaten ze dan, te midden van dozen en pakpapier. Ben was even vrolijk, maar toen hij al die geschenken zag begon zijn hoofd weer te malen: Dit is de welvaart die ons een levensstijl opdrong waardoor we een particuliere school nodig hadden, vanwaar ze alleen maar naar Layton kon en daar werd mijn dochter verkracht.'
De moeder van Ben vroeg aan Elizabeth of alles goed was na 'je weet wel', ze kon het woord niet eens over haar lippen krijgen. Elizabeth vertelde dat ze hoopte dat de openbare aanklager in Caldwell de zaak voor de rechter zou weten te krijgen, zodat zij

van alle blaam gezuiverd kon worden. De vader van Ben hield vol dat als ze de verkrachter achter de tralies wilden krijgen, ze een hoop geld nodig hadden. Hij wilde wel een duit in het zakje doen, zodat ze zo'n bekende advocaat konden inhuren die allemaal grote zaken bij de hand had. Ben legde zijn vader uit dat het de andere partij was die advocaten inhuurde, de beklaagde partij. De kant van Elizabeth was in handen van de openbare aanklager.

Laura probeerde het gesprek op Josh te brengen, op zijn school, maar ze bleven maar doorpraten over de misdaad, de hoorzitting, het onderzoek. Tevergeefs probeerde ze haar meest recente omslagartikel ter sprake te brengen, een verhaal over blokhutten, maar ook dat bleek niet belangrijk genoeg om van onderwerp te veranderen. Ben begon weer door te draaien en legde, aan de hand van zijn lectuur, uit hoe de politie zou moeten werken. Josh excuseerde zich en ging televisie kijken, terwijl Laura en Elizabeth in de kamer bleven zitten, geschokt om Ben weer zo te zien doorgaan. Hij zat een doelloze, amateuristische discussie voor tussen de grootouders, corrigeerde hen en borduurde voort op hun opmerkingen. Ben Mason had alle controle verloren en hij gedroeg zich als de gastheer van een talkshow.

De Masons hadden geen plannen voor de kerstvakantie, gepreoccupeerd als ze waren met de misdaad. Afgezien van wat algemene plannen om Sarah en Melanie weer te zien, had Elizabeth in de week van Kerstmis ook niets bijzonders te doen. Het leek Laura wel een goed idee om met het hele gezin op vakantie te gaan. Ze belde een reisbureau in de hoop dat ze een vlucht naar een warme plaats kon boeken, bij voorkeur naar het Caribisch gebied, waar de kansen op heldere luchten deze tijd van het jaar het grootste waren. Toen ze het idee van een vakantie aan Ben voorlegde, begon hij iets te mompelen over 'al die welvaart'. Dat was juist de reden dat ze een vakantie nodig hadden, betoogde zij – dat hij in zichzelf praatte. Elizabeth en Josh zagen het helemaal zitten. Ze waren allemaal ernstig aan vakantie toe. De man van het reisbureau zei dat ze al te laat waren; mensen boekten hun kerstvakanties maanden van tevoren en alle vluchten zaten vol.

In een van die stemmingswisselingen die zijn gedrag kenmerkten, besloot Ben plotseling de boel te redden. Hij belde een klant van hem die in de directie van American Airlines zat en de Masons

boekten een vlucht op eerste kerstdag naar St. Thomas en zouden een week later, op nieuwjaarsdag, terugvliegen. Ze zouden in een appartementencomplex logeren dat van American Airlines was.
In het vliegtuig naar St. Thomas keek Elizabeth uit het raampje naar de wolken en het landschap ver beneden en stelde zich voor dat het vliegtuig zou neerstorten. Het zou op de grond meteen exploderen. Het moet ook snel gebeuren, want dan lijdt niemand. En haar ouders en haar broer zouden niet hoeven treuren want die zaten bij haar in het vliegtuig. Ze zou niet de vernedering hoeven verdragen van een openbare aanklager die besluit er geen proces van te maken, of de openbaarheid als het wel tot een proces kwam. Zo zou iedereen zich haar als een leuke meid herinneren.
Ze zag het voor zich, het vliegtuig dat neerstortte en in een vlammenzee ten onder ging. Toen zag ze Jimmy Andrews een verslag van het ongeluk in de krant lezen. Hij wist dat het niet zo hoorde, dat het onfatsoenlijk was omdat er zoveel mensen bij waren omgekomen, maar hij kon een glimlach niet onderdrukken. Hij was vrij. Vrijgesproken door de universiteit. En nu kreeg hij een geschenk uit de hemel. Hij liep het huis uit, voelde zich te gek en liep zijn arrogante loopje. Vergeet het maar! Ze wilde dat het vliegtuig veilig zou landen, en toen dat inderdaad gebeurde had ze het gevoel alsof dat aan haar wilskracht te danken was.

Tussen de palmbomen en rumcocktails begon het heikele onderwerp zelfs bij Ben op de achtergrond te raken. Soms begon hij er een hele dag niet over.
Wel had hij een stapel detectiveromans meegenomen, als een eekhoorn die nootjes hamstert. Op vakantie in het Caribisch gebied onderstreepte hij belangrijke passages. De Masons speelden tennis met hun vieren, gingen naar verschillende stranden, lagen in de zon en snorkelden. Hoewel hij altijd aardig had kunnen zwemmen, zwom Ben nu met furieuze, korte slagen. Toen de kinderen nog klein waren hielden Laura en Ben hen altijd in de gaten wanneer het water diep was. Nu vroeg Laura de kinderen een oogje in het zeil te houden op hun vader.
Ben was extreem regelneverig geworden: iedere morgen bij het ontbijt plande hij de dag al vol, aan tafel vertelde hij de anderen wat ze het beste konden bestellen, hij waarschuwde hen meer zonnebrandmiddel te gebruiken, uit de zon te gaan, in het water te

gaan, uit het water te gaan. In restaurants joeg hij de obers en serveersters op: hij was een zenuwachtige Newyorker wiens pogingen het ritme van de Caribische Zee te veranderen tot mislukken gedoemd waren.

Op de laatste dag van hun vakantie, terwijl ze aan het snorkelen waren, rende Ben opeens het water uit naar een telefooncel op het strand, vanwaar hij Carl Peters in Caldwell belde. Ben was kletsnat en wilde weten waarom er niet meer werk was gemaakt van de bevindingen van de k.n.o.-arts. Peters vertelde hem dat ze diens dossier en de blauwe plekken in haar hals meenamen in het onderzoek. De zaak lag alleen even stil, legde hij verder uit, omdat de studenten allemaal naar huis waren.

Op beide vliegvelden, bij hun vertrek uit St. Thomas en bij hun aankomst in de stad, wilde Ben met alle geweld al hun bagage bij elkaar houden, zodat ze niets zouden kwijtraken, en ook zijn gezin moest bij elkaar blijven: niemand mocht verdwalen. Ben droeg een strohoed, zwierig schuin op zijn hoofd geplant. Niemand kon zien hoe hij er in feite aan toe was. Hij was een man met een lekkere bruine kleur, midden in de winter, die toevallig ook een zenuwinzinking doormaakte.

Jimmy en zijn ouders zaten in Scottsdale, in een appartement van Penny's moeder. Ze gingen daar ieder jaar met kerstmis heen. Bij het complex hoorden een golfbaan en tennisbanen. Malcolm had in de loop der jaren verscheidene appartementbewoners als cliënt weten te strikken. Scottsdale verruimde de zakelijke horizon van Malcolm Andrews en zijn vakanties daar waren werkvakanties. Deze kerstvakantie was niet anders dan andere, ook al werd er een politie-onderzoek gedaan naar iets waar zijn zoon bij betrokken was. Hij was niet van plan de zaak daar te bespreken met andere mensen en ook onderling spraken Jimmy en zijn ouders er niet over. Penny lag de hele dag in een stoel en bekeek de wereld door een waas van wodka-martini's. Mensen drinken meer op vakantie, hield ze zichzelf voor wanneer ze zich 's avonds weer in slaap dronk.

Jimmy bracht verscheidene uren per dag op de tennisbaan door. Op een avond, toen Penny al in bed lag, zat Jimmy in de woonkamer t.v. te kijken en zat Malcolm alleen op het terras een glaasje te drinken. Opeens kwam hij de kamer binnen en viel uit tegen Jimmy.

'Laten we hopen dat de politie dat godvergeten zaakje snel op-knapt als jij weer terug bent.'

'Maak je niet zo druk,' zei Jimmy en liep de kamer uit.

Voor Jimmy ging slapen dacht hij aan Janna. Hij overwoog dat als een fatsoenlijk meisje als Janna vond dat hij niet tot een verkrachting in staat was, hij dat niet was ook. Zolang de politie met dat onderzoek bezig was, moest hij haar bij zich zien te houden. Jimmy besloot dat hij uit de competitie zou stappen zodra hij terug was op Layton.

Penny belde haar moeder, Elena Fisk, om haar een gelukkig nieuwjaar te wensen. Penny veronderstelde dat haar moeder in haar favoriete witte rieten stoel zat, met uitzicht op de vijver en de tuinen rond haar huis in Palm Beach, Florida. De Kapitein had dat huis een keer voor haar gekocht bij wijze van Valentijnsgeschenk en zij bracht er de winters in door. Terwijl ze met haar moeder praatte, zag Penny haar meest recente face-lift alweer voor zich. Ze rookte natuurlijk een sigaret uit een pijpje en op het tafeltje naast haar stond een Tom Collins. Penny zou voor geen goud vertellen over de problemen van Jimmy. Haar moeder zou haar alleen maar veroordelen en preken afsteken over haar huwelijk met Malcolm Andrews en haar eigen opvattingen over de opvoeding van kinderen.

Toen Malcolm Penny vertelde dat Jimmy toch met het meisje naar bed was geweest, aanvaardde Penny de uitleg van Jimmy waarom hij het eerst niet had willen toegeven: dat hij bang was omdat het meisje zoveel problemen veroorzaakte. Over dit soort zaken kon ze met haar moeder natuurlijk niet praten.

'Alles gaat prima, uitstekend,' zei Penny.

Na de vakantie, in de twee weken die nog overbleven van het kerstreces, wilde Elizabeth als vrijwilligster werken in een opvangcentrum voor kinderen aan East 106th Street, waar ze een aantal jaren geleden ook al geholpen had kleren te distribueren. Op die manier dacht ze niet alleen een goede daad te kunnen doen, maar ook nog wat afleiding te kunnen krijgen. Ben vond het helemaal geen goed idee en maakte zich alleen maar zorgen over haar veiligheid op weg ernaar toe en weer naar huis. Elizabeth hield echter voet bij stuk.

Ze zou met onschuldige kinderen te maken hebben. Ze kon een bus nemen, niets aan de hand. Ben kondigde vervolgens aan dat Josh, die al verscheidene jaren alleen naar school ging, van nu af aan zijn vader nodig had om hem te vergezellen.

'Ik ben al veertien!' protesteerde Josh.

Laura hield Ben voor dat hij beslist hulp moest gaan zoeken.

'Doe het nou alsjeblieft. Ik heb de naam van een heel goede psychiater gekregen van Molly. Zij heeft een artikel over hem geschreven.'

'Luister, ik heb het tot nu toe altijd zonder zieleknijper kunnen redden. Ik heb geen zin om me voor de eerstkomende vijftien jaar te laten strikken.'

'Ben, ik denk aan volgende week. Je moet naar iemand toe. Je stort in.'

'Schat, het is vreselijk,' zei hij. 'Elizabeth is verkracht!'

'Ja, inderdaad. En wij moeten daarmee leven. Je moet naar iemand toe, Ben.'

Er werd een afspraak gemaakt met dr. Isaac Fraiman, een psychiater die een praktijk had aan Park Avenue en Eighty-sixth Street. Ben zat in een luie leren stoel en de psychiater zat achter zijn bureau. Hij was een kleine man van in de zeventig, met kromme schouders, dun wit haar en dikke brilleglazen. Deze vent is veel te oud en te broos om veel goeds te kunnen doen, dacht Ben toen hij hem voor het eerst zag. Fraiman sprak met een licht Europees accent en zo zacht dat Ben zich moest inspannen om hem te horen. Ben vertelde dat hij nogal geaarzeld had alvorens naar hem toe te komen. Zijn leven lang had hij therapieën weten te vermijden en hij stond ook niet te springen om eraan te beginnen. Hij vond zijn gedrag van de afgelopen tijd volkomen begrijpelijk en begon te vertellen over de verkrachting van Elizabeth, de hoorzitting en het politie-onderzoek. Van lieverlede begon hij zich weer te verliezen in een monoloog over die mislukte detectives en de gebrekkigheden die het onderzoek aankleefden.

'Het klinkt alsof de goede vader de zaak zelf zou willen oplossen en alles weer goedmaken. Laat me je vertellen hoe ik werk, Ben. In deze fase van mijn loopbaan doe ik geen langetermijntherapieën meer. Ik geef eerste hulp aan mensen die in specifieke problemen zitten. Mensen zoals jij. Als je de therapie daarna bij een ander wilt voortzetten kan ik dat alleen maar prima vinden. Wat ik kan doen is je door deze tijd heen loodsen. Je helpen je woede te ver- werken en je gevoelens van machteloosheid in het licht van deze misdaad. Er is toch sprake van woede, of niet?'

'Ja, ik neem aan van wel.'

'En een gevoel van machteloosheid?'

'Waarschijnlijk.'

'Functioneer je verder goed in alle gebieden des levens? Wat voor werk doe je?'

'Ik heb een volkskunstgalerie.'

'En je hebt altijd alle zeilen bijgezet en grote zakelijke successen geboekt?'

'Ik heb een hoop detectiveromans gelezen,' antwoordde Ben schaapachtig.

'Precies. Ik bereken honderd dollar per uur. Ik zou je graag vier keer in de week willen zien. Kwart over zes, van maandag tot en met donderdag, is vrij. Deze therapie gaat geen jaren duren. Het leven is te kort om je zo te voelen als jij je voelt.'

Ben begon aan de therapie. Fraiman werkte snel en doelmatig. Hij liet Ben praten, stuurde het gesprek en luisterde naar zijn reacties, waarna hij samenvatte wat hij gezien en gehoord had. Hij moedig- de Ben aan zijn woede te begrijpen. 'De schending van een doch- ter. Dit is woede in een vader op een klassiek niveau. Oorlogen zijn uitgevochten om zaken als deze.'

Fraiman liet Ben inzien dat zijn surrogaat-speurwerk, de detecti- veromans, zijn ingewikkelde, tijdverslindende speculaties over de zaak, symptomen waren van een hulpeloos en doelloos rondzwalken. Zijn regulerende gedrag binnen het gezin was een poging ie- dereen zo te beschermen dat geen van hen ooit nog iets naars kon overkomen. Hij probeerde de perfecte vader te zijn, alles goed te maken.

Op een dag had Ben het erover dat hun leven zo gladjes verlopen was tot dit gebeurde.

'Wat gebeurde, Ben?'

'Hoe bedoelt u?'

'Er gebeurde iets dat niet in de lijn der verwachtingen lag. Je wor- stelde, je had succes en toen gebeurde dit. Veel van wat je voelt heeft te maken met succes.'

'Ik weet niet waar u het over hebt,' zei Ben.

'Jij had een fantasie dat je op een goede dag succesvol zou zijn. En een deel van die fantasie was dat als je eenmaal succesvol was, je het ook altijd zou blijven. Toen gebeurde dit. Je dochter werd verkracht. Dat betekende voor jou dat je geen succes had.'

'Dacht ik dat?'

'Ja. Succes, succes, succes en dan een verkrachting. Verkrachting betekent falen. Ben, jij hebt niet gefaald als vader omdat je dochter is verkracht. En zij heeft niet gefaald als dochter. Er is geen sprake van falen. Er zou trouwens ook niet zoveel nadruk op succes moeten liggen, maar ik stel voor dat je daar later eens mee aan de gang gaat.'

'Ik wist wel dat u me in het circuit wilde houden,' grapte Ben.

'Het was een vreselijke daad. En het is gebeurd. Je kunt er niets aan doen. Je wilt een goede ouder zijn; het beste dat je in dat geval kunt doen is je dochter steunen en dat doe je niet door een onbetrouwbare, mesjogge vader te worden.'

Na de vierde week van de therapie, na zestien sessies, begon Ben evenwichtiger te worden. Hij begon steeds minder detectives te lezen en concentreerde zich langzamerhand weer meer op zijn werk. Elizabeth was voor het nieuwe semester teruggegaan naar Layton. Wanneer Ben Elizabeth aan de lijn had, begon hij niet over de zaak en praatte alleen over haar studie.

Hij hield echter wel contact met Peters. De openbare aanklager bleef hem vertellen dat ze niet genoeg materiaal hadden voor een aanklacht maar dat ze weer met een aantal studenten gingen praten.

Laura bleef ervan overtuigd dat hoe eerder Elizabeth de draad van haar gewone leven weer kon oppakken, des te beter ze af zou zijn. Teruggaan naar de campus en een nieuw semester beginnen terwijl het onderzoek zich maar voortsleepte en er mogelijk een proces en publiciteit in het verschiet lagen, was ongezond voor haar.

'Laten we ermee kappen.'

'De politie is nog met het onderzoek bezig. Zij kappen er niet mee.'

'Het sleept zich maar voort. Zo komt ze nooit verder.'

'Dit is het beste, zien dat er recht gedaan wordt.'

'Voor wie?' vroeg Laura.

De studenten waren voor het nieuwe semester op de campus neer-gestreken. In Caldwell werd een serveerster op een avond voor de bar waar ze werkte in elkaar geslagen, het vierde dergelijke incident de afgelopen weken. Omdat de zaak zoveel aandacht kreeg in de plaatselijke krant, werden Mallory en Neary erop gezet en verschoof het campusonderzoek tijdelijk naar het tweede plan. Laat op een avond in een koffiebar vertelde Mallory aan Neary hoever ze volgens hem nog af waren van een beslissing in de verkrachtingszaak.

'Die jongen is verder nog nooit van verkrachting beschuldigd,' zei Neary.

'Wat bedoel je daarmee?'

'Hij is geen losgeslagen verkrachter die de ene vrouw na de andere pakt.'

'Daar zijn we ook nooit van uitgegaan. Hij is een wijsneus die zich opdringt aan een meisje en daarbij te ver gaat.'

'En wat gebeurt er als we hem niet te grazen nemen? Zij studeert nog, hij studeert af. En dan is de zaak voorbij,' zei Neary.

'Maar hij heeft haar verkracht.'

'Als dat waar is,' pareerde Neary. 'En als ze er echt zo kapot van is, kunnen haar rijke ouders haar naar een andere universiteit overplaatsen en kan ze naar Williams of een andere fraaie universiteit en een prachtig leventje leiden.'

'Het gaat er nu niet om of *onze* kinderen naar Layton kunnen of niet,' betoogde Mallory.

'Nou, zij kunnen ook niet naar Layton, wat dat betreft heb je gelijk.'

'Als ze nu eens gewoon een aardig meisje is dat verkracht is?'

'Je bedoelt rijk maar aardig.'

'Hij heeft haar verkracht, Ann. Ik weet hoe sommige kerels worden wanneer ze een erectie hebben. Hij heeft gewoon zijn zin doorgedrukt en het werd een verkrachting.'

'En zij dronk, illegaal. Joe, deze zaak ligt erg moeilijk, hoe aardig dat meisje ook zijn mag.'

Iedere avond, als Josh was gaan slapen, maakten Ben en Laura ruzie over de vraag of de aangifte nu wel of niet moest worden aangehouden en er kroop iedere keer een vals toontje in hun stemmen. Aan tafel met Josh speelden ze toneel en deden ze of er niets aan de hand was. De therapie van Ben veranderde niets aan de wrijvingen binnen zijn huwelijk. Fraiman wilde hem laten inzien dat ze allebei in hun woede verstrikt zaten en dat ze hun woede op elkaar richtten. Ben gaf toe dat dat misschien wel waar was, maar de zaak moest toch worden voortgezet en ze moesten die klootzak opsluiten.

Laura en Ben gebruikten een etentje met de Sterns in een restaurant als forum. Phil Stern was het met Ben eens en nam het proces-en-opsluiten-standpunt in, macho en zeker. Jane koos partij voor Laura: wat is het beste voor Elizabeth? Ze gingen over op een discussie over de verschillende manieren waarop mannen en vrouwen tegen allerlei zaken aankijken. De mannen vonden dat zij in een realistischer, rationeler wereld leefden terwijl de vrouwen geloofden dat zij praktischer en tegelijkertijd humaner waren. Laura ging naar huis met het gevoel dat ze Elizabeth verraden had door toe te staan dat haar dochters persoonlijke dilemma het gespreksonderwerp van hun avond had bepaald. Ze uitte haar gevoelens tegenover Ben voor ze naar bed gingen en maakten ook daarover ruzie.

Josh hoorde zijn ouders ruziemaken. Hij wilde graag serieus genomen worden in huis en dacht dat het goed was als hij er zelf ook een mening op na hield. Hij belde zijn oom de advocaat op om erachter te komen hoe de kansen op een proces ervoor stonden. Nadat David hem een en ander had uitgelegd vroeg Josh: 'Wat denkt u?'
'Ik denk dat het beter zou zijn voor Liz om de zaak verder te laten rusten. Het is zo moeilijk om een veroordeling te krijgen in dit soort zaken en ik zou niet graag zien dat de zaak zich maar eindeloos bleef voortslepen.'
'Maar als ze er een punt achter zetten, is het net of Liz gelogen heeft.'
'Dat gevoel kun je best hebben, Josh, dat is helemaal niet gek, maar dat is nog niet genoeg om iets te winnen.'
De volgende keer dat hij zijn ouders hoorde ruziemaken ging Josh naar hun slaapkamer en probeerde zich volwassen en verantwoordelijk op te stellen.
'Ik had het er met oom David over...'
'Wat?' zei Laura.

'Hij heeft het me uitgelegd. Ik vind dat als we de zaak laten rusten, het net lijkt of Liz gelogen heeft. We moeten haar niet voor leugenaar laten uitmaken.'
'Daar hoef jij je geen zorgen over te maken, hoor,' zei Laura.
'Dat is makkelijk gezegd. Hij woont hier ook.'
'Hoor wie het zegt. Dat zeg je alleen omdat hij het met je eens is.'
'Hij heeft het goed gezegd. We moeten haar niet voor leugenaar laten uitmaken.'
'Kunnen we hier alsjeblieft een punt achter zetten?' smeekte Laura. 'Ben, het is ons boven het hoofd gegroeid. Het slokt ons helemaal op.'

Het open einde van het onderzoek verergerde de spanningen tussen Laura en Ben. Wanneer de politie mocht besluiten dat verdere actie zinloos was, zou de oorzaak van hun conflict zijn weggenomen, maar Peters beschouwde de zaak nog niet als afgedaan.
'De zaak schreeuwt erom om door ons te worden afgesloten,' zei Laura tegen Ben. 'Eens en voorgoed, kunnen we Elizabeth de aangifte niet laten intrekken?'
'Nee. Dat is niet wat zij wil en de zaak is nog niet afgerond.'
'Voor mij wel,' zei ze boos.

Bij zijn wekelijkse potje tennis sloeg Ben zo hard als hij kon tegen de ballen. Zo reageerde hij zijn woede af, in elk geval voor zolang hij op de baan stond. Na een zeker partijtje vertrouwde hij Phil toe dat hij en Laura niet langer in één kamer konden zitten zonder ruzie te krijgen. Phil vond dat Laura en Ben zich nog goed hielden, gezien de omstandigheden. Hun persoonlijke problemen zag je er niet aan af. Zijn advies aan een kameraad was dat vrouwen cyclussen doormaken, maandelijks, seizoen na seizoen. Om getrouwd te blijven moet je de vrouw in haar cyclus volgen, meende hij. Ben wist een glimlach te produceren: hij wist wat Laura van een dergelijke houding zou denken.

Laura vertrouwde aan Molly Switzer en Karen Hart toe dat de ruzies met Ben bijna onafgebroken voortduurden.
'Je dochter is verkracht en jullie lijden daar allebei onder. Er moeten wel spanningen in jullie huwelijk komen,' zei Molly.
'Toen alles voor de wind ging, ging het binnen jullie huwelijk ook

goed,' meende Karen. 'Wat jullie hebben is een huwelijk dat bij een crisis uit elkaar dreigt te vallen.'

'Ik weet niet hoe ik dat moet voorkomen. We kunnen geen woord wisselen of het wordt ruzie.'

'Ga naar een huwelijkstherapeut,' zei Molly. 'Blijf er niet bij staan te kijken.'

Laura stelde Ben voor om samen naar een therapeut te gaan.

'Nog een therapie erbij?' vroeg hij geërgerd, 'is één niet genoeg? Waarom houd je niet gewoon op hier iets van te maken dat je graag wilt winnen?'

'En waarom doe jij niet hetzelfde?'

'Laura, op een gegeven moment houdt dit vanzelf op. Ze laten de zaak vallen of ze gaan ermee door. Er komt een proces of er komt geen proces. Hij gaat naar de gevangenis of hij gaat niet naar de gevangenis.'

'Wanneer? Hoe lang moeten we nog wachten? Het maakt ons gezin kapot en het maakt ons huwelijk kapot.'

'Elizabeth wil het doorzetten en ik ook en jij niet. En jij kunt dat niet uitstaan.'

'Zij is verkracht en we kunnen de verkrachter niets maken. Daarom komt de politie nergens. Hoe eerder we dat accepteren, des te eerder kunnen we de draad weer oppakken.'

'Ik kan het niet accepteren en Elizabeth ook niet.'

'Ben, dit wachten op gerechtigheid maakt ons allemaal tot slachtoffers.'

Aan het begin van het nieuwe semester viel het Elizabeth op dat iedereen op de campus het druk had. Veel van degenen die zo hun best hadden gedaan haar een vervelend gevoel te geven waren nu te druk met hun studie om aan haar te denken. De eerste week dat ze terug waren ging Elizabeth naar de film en uit eten met Seth, Donna en Sterling. Ze praatten over haar mening dat er voor haar geen genoegdoening zou zijn zonder proces. Uiteindelijk stapten ze echter over op andere onderwerpen: het nieuwe semester, hun nieuwe cursussen, andere mensen, gebeurtenissen in het nieuws. Zelfs met haar vrienden kon de verkrachting niet het enige onderwerp van belangstelling blijven.

Een zware sneeuw viel. Buiten bouwde een groepje studenten een sneeuwpop. Elizabeth dacht aan de scène uit *Meet Me in St. Louis* waarin Margaret O'Brien, in een woedeaanval, die sneeuwpoppen kapotmaakt. Ze zou een bezem kunnen pakken en die sneeuwpop met één flinke klap kunnen onthoofden. Hoe durven jullie plezier te maken terwijl iemand hier verkracht kan worden en niemand zich daar iets van aantrekt? Als ik dat deed, zouden ze echt denken dat ik gek was. Elizabeth keek uit haar raam naar de sneeuw die bleef vallen en alles bedekte. Het leek wel alsof ook de misdaad tegen haar begaan onder die laag sneeuw verdween.

13

Jean Philips trad in het nieuwe semester op als studiebegeleider voor Elizabeth. Ze kwamen bij elkaar om de cursussen te bespreken waarvoor ze was ingeschreven en bekeken de cijfers die ze in het vorige semester had gehaald: twee zessen en twee achten. 'Heel goed, de omstandigheden in aanmerking genomen,' zei Philips. Ze vertelde over een aantal activiteiten die op het programma stonden van het Vrouwencentrum en zei dat ze hoopte dat Elizabeth ook van de partij zou zijn.

'Wil je nog bij me komen voor gesprekken? Regelmatig of zo nu en dan?' vroeg Philips.

'Ik zou graag zonder doen.'

'Ik ben altijd aanwezig, hoor. Vergeet dat niet. Hoe gaat het met het politie-onderzoek?'

'Langzaam.'

'We zouden nog eens een seminar over verkrachting moeten organiseren en het verplicht maken voor mannen. Ik heb van nog twee verkrachtingen gehoord sinds die van jou.'

'Nog twee?'

'De slachtoffers hebben het me in vertrouwen verteld, maar besloten het niet aan te geven.'

'Je vraagt je af waarom,' zei Elizabeth sarcastisch.

'Een studente is verkracht door iemand met wie ze een relatie had gehad. De andere was op een feestje, na flink wat alcohol, toen een jongen die ze kende zich met geweld aan haar opdrong. Drie dit jaar,' zei Philips wanhopig.

'We zouden een scorebord voor het hoofdgebouw moeten neerzetten,' zei Elizabeth.

Holly Robertson kwam bij Elizabeth langs, wat op zich een verrassing was, want als ze langskwam was dat altijd alleen om wat spullen te halen.

'Hoe gaat het?' vroeg Holly. 'Niet gek, hè, om in je eerste jaar al een kamer voor jezelf te hebben.'

'Ik heb een hoop privacy zo.'

'Liz, we hebben volgende week een feest bij ons thuis. Ik weet dat je niet gek bent op feesten, maar ik zou graag willen dat je komt. Je mag ook wel andere mensen meenemen.'

'Ik ben inderdaad niet gek op feesten.'

'Dat realiseer ik me. Maar er zitten een paar aardige jongens tussen en ik denk dat je je best zou kunnen vermaken. Het zou veel voor me betekenen als je komt.'

'Ja?'

'Toen we voor het eerst met elkaar praatten, toen we elkaar net hadden ontmoet, zei ik dat ik vond dat ik te lang was en dat ik geen zin had om automatisch basketballer te worden. Je zei dat dansen misschien wel iets voor me was. Ik heb dat altijd heel aardig van je gevonden.'

'Dacht ik zeker aan Judith Jameson. Ik heb haar een keer zien dansen. Ze is lang en ontzettend goed.'

'Waar je ook aan dacht, je zei het. En ik heb dat aan Pete en een paar andere jongens verteld en ik zei dat je waarschijnlijk heel leuk was en dat ik je wilde uitnodigen voor het feest. Nou, dat werd dus een heet hangijzer bij ons in huis. Verscheidene jongens weigerden jou in huis toe te laten en dat maakte me woedend.'

'Dat waardeer ik, Holly.'

'*Zij* weten niet wat er gebeurd is die avond. Waarom moeten ze automatisch partij kiezen voor Jim? Het werd een strijdpunt tussen de mannen en de vrouwen. Ik zei dat de mannen seksisten waren en dat jij niet op een zwarte lijst geplaatst mocht worden. Als jij niet werd uitgenodigd, zou ik niet komen.'

'Heb je dat gezegd?'

'Ik kan het niet uitstaan dat ze zomaar partij kiezen, dat hij wel gelijk zal hebben en jij niet. Uiteindelijk was Pete het wel met me eens en hij heeft de andere jongens weer overtuigd. Dus ik nodig je officieel uit. Ik wil graag dat je komt.'

'Het is hartstikke fijn dat je voor me bent opgekomen. Maar mijn hoofd staat er gewoon niet naar.'

'Om naar een feest te gaan?'

'Het is meer dan dat. Ik heb geen zin in dat soort gesprekken en zo.'

213

'Echt niet? Ook niet voor een poosje?'
'Nee, dank je, Holly. Ik stel het op prijs. Ik ben alleen niet in feest-stemming.'

Ze had geen zin in feesten. Ze had geen zin in een voortzetting van de therapie. Ze wilde iets met haar kwaadheid doen. Haar ouders bleven bellen om haar emotionele temperatuur op te nemen. Melanie en Sarah belden ook vaak op om te horen hoe ze zich hield. Ze kreeg een afkeer van de slachtofferrol die ze aannam. Ooit had ze een essay geschreven over activisten in de vrouwenbeweging. Haar eigen moeder was een nieuw tijdschrift begonnen. Maar zichzelf kon ze moeilijk als activist zien; ze gedroeg zich als een passieve vrouw. Mensen werden verkracht op Layton; zij was een van hen. Ze had aangifte gedaan van de verkrachting in de hoop dat jusititie er iets aan zou doen. Maar er kwam niets uit en zij deed er zelf ook niets aan.

Elizabeth trok haar donsjas aan, pakte zich goed in en liep naar buiten, de koude avond in. Onder haar wandeling zag ze het scorebord voor zich, een groot houten bord: 'Verkrachtingen aan Layton dit jaar: 3.' En ze was ervan overtuigd dat het er alleen maar meer zouden worden: het bleef niet bij drie.

Ze liep door de straat waar Jimmy woonde en bleef voor The Big Leagues staan. Er was geen feestgedruis te horen; de jongens gedroegen zich keurig daarbinnen. Voor het huis hadden ze een sneeuwpop gebouwd. Gele urinevlekken liepen over de romp. Ze zag de jongens voor zich, heel tevreden met zichzelf, urinerend tegen de sneeuwpop. Ze pakte een stuk karton op dat op straat lag en schreef daar, met de pen die ze bij zich droeg, in grote letters iets op, waarna ze het karton voor de sneeuwman neerzette. Dit is geen groot protest, dacht ze, maar het is een begin.

'De verschrikkelijke verkrachter', stond erop.

De volgende dag liep ze er weer langs. Het bord was verdwenen. Ze begon over een echt protest na te denken. Haar gevoel zei haar dat het niet alleen om háár verkrachting moest gaan. Dat was alleen maar een uitnodiging om er niet aan mee te hoeven doen. Elizabeth vertelde Jean Philips van het Vrouwencentrum dat ze een protest wilde organiseren tegen alle verkrachtingen op Layton.

'Dat zouden we goed kunnen gebruiken,' antwoordde Philips.

'Alleen denk ik niet dat het bestuur er zo over denkt.'

'Geen enkele universiteit wil verkrachtingen, Liz.'

'Maar als er wel mensen verkracht worden, willen ze dat het liefst in de doofpot stoppen. Stel dat ik inderdaad een scorebord oprichtte op het gazon met als tekst: "Verkrachtingen aan Layton dit jaar: Drie." Denkt u dat ze dat zouden laten staan?'

'Er zijn regels die het plaatsen van borden op het gazon verbieden.'

'Natuurlijk zijn die er. Maar als ik het ergens anders neerzette, denkt u dat ze dan niet een andere regel zouden weten te vinden om het te verbieden?'

'Dat zou kunnen. Wat jij nodig hebt is goedkeuring van het Vrouwencentrum. Als wat jij doet gesanctioneerd wordt en als actie van het Vrouwencentrum wordt bestempeld, kun je alles doen wat je wilt, zolang je er maar geen geweld bij gebruikt.'

'Als we een protest organiseren en ik betrek mijn vriendinnen erbij, dan wil ik niet dat ze erdoor in de problemen komen.'

'Daar zal ik voor zorgen. Daar ben ik hier tenslotte voor.'

Om haar plan uit te testen belde Elizabeth Holly Robertson op, omdat ze van Holly een objectieve kijk verwachtte.

'Hoi. Hoe was het feest?' vroeg Elizabeth.

'Leuk. Jammer dat je er niet bij was.'

'Misschien heb ik nu wel een uitnodiging voor *jou*. Stel dat ik een protest tegen verkrachting organiseer. Zou jij je daarbij aansluiten?'

'Dat hangt ervanaf, Liz. Wat voor protest?'

'Dat weet ik nog niet. Ik wil stelling nemen tegen verkrachtingen op de campus.'

'Alles wat jij doet, Liz, zal worden uitgelegd als een actie tegen Jimmy.'

'Als ik nu eens niet tegen mijn verkrachting protesteer maar tegen verkrachting in het algemeen? Zou je dan meedoen?'

'Als het een protest is tegen verkrachting in het algemeen misschien wel, ja. Wie is daar nu voor?'

'Een Cecil B. DeMille produktie,' zei Donna toen de meisjes die avond bijeen zaten. 'Met duizenden figuranten.'

'We hebben bijna drieduizend mensen op de campus,' wierp Sterling op.

'Tot nu toe zijn we met z'n drieën,' merkte Elizabeth op.

'Ik kan Seth vragen.'

'Ik denk dat we het bij vrouwen alleen moeten laten, net als met dameshockey,' grapte Elizabeth.

'Misschien kan Seth een jurk aantrekken,' zei Sterling. 'Erger dan zoals hij zich nu kleedt kan het toch niet.'

Een paar uur bleven ze zitten brainstormen: een groot bord om de 'score' bij te houden; een stille processie tegen verkrachting, met sneeuwsculpturen; een protestmars met zaklantarens, gevolgd door speeches op het gazon.

'Holly Robertson zei dat het zal uitdraaien op een stem voor mij of voor Jimmy. Maar als ik nu eens een masker droeg? Als alle vrouwen nu eens maskers droegen?'

'Maskers! Ja, te gek,' zei Sterling. 'We kunnen een gemaskerde protestmars over de campus organiseren.'

'We kunnen ook een grote kar in de vorm van een penis laten meerijden en daar allemaal op zitten met spandoeken,' zei Donna.

'Een gigantische penis?' vroeg Sterling. 'Wat wil je met je penis zeggen?'

Ze schoten allemaal in de lach.

'Ik geloof niet dat we hem al hebben,' zei Elizabeth komiek.

'Wat dacht je van dit als spandoek?' vroeg Sterling. 'Baas in eigen broek!'

'Ik stel voor dat we even pauzeren,' zei Elizabeth.

'Het zou mooi zijn', zei Sarah toen Elizabeth haar over het idee vertelde, 'als je muziek gebruikte. Laten we ervan uitgaan dat jullie inderdaad besluiten een protestmars te houden. Dan kun je achteraan muzikanten mee laten lopen, zoals op jazzbegrafenissen. Ik kan er wel muziek voor schrijven.'

'Dat zou fantastisch zijn.'

'Iets ernstigs, begrafenismuziek. En dan,' voegde ze er gniffelend aan toe, 'kan ik de compositie mooi inleveren voor mijn compositiewerkgroep.'

'Jammer dat ze geen vrouwenstudiewerkgroep hebben waar je punten krijgt als je verkracht bent,' zei Elizabeth schertsend.

Elizabeth legde Sarah's idee om muziek in de processie te gebruiken voor aan Donna en Sterling, waarna ze er een tijdje over praatten. Het idee van een muzikale processie sprak hen wel aan, evenals het gebruik van maskers: beide hadden een prachtig dramatisch effect. De volgende keer dat ze bijeenkwamen was Seth er ook bij, en Sterling bracht Candace Clure mee, een vriendin die ze van het toneel kende. Candace was een klein zwart meisje met een gezicht als een engel en ze was zeer enthousiast. Ze studeerde kostuum en decor en haar kennis van toneelkunst was van grote waarde voor hen. Ze stelde voor een masker te gebruiken dat je voor je gezicht hield, een plat stuk karton dat in grote hoeveelheden geproduceerd kon worden en dat je vasthield aan een stok, waarmee je het masker voor je gezicht kon houden. Ze kwamen overeen een reproduktie van *De schreeuw* van Edvard Munch te gebruiken.

Het concept voor de protestmars ontwikkelde zich verder in de richting van een lange, stille processie van vrouwen die maskers voor hun gezicht houden. Op bepaalde punten langs de route zouden verschillende, daarvoor aangewezen mensen taferelen van seksueel geweld mimen. De mannen zouden daarbij worden verbeeld door middel van maskers met een saterkop. Wanneer de taferelen werden neergezet, zou de processie stil blijven staan en zouden de vrouwen opeens hun maskers omdraaien en de protestkreten laten zien die op de binnenkant stonden: 'Verkrachting is misdaad', 'Verkrachting op afspraak: het gebeurt', '*Nee* is *nee*', 'Geen verkrachtingen op Layton'. De ernstige muziek zou op de achtergrond spelen. De processie zou beginnen bij het Vrouwencentrum, vandaar over de campus langs alle huizen gaan waar studenten woonden, dan van de campus af langs studentenhuizen in de stad en vervolgens weer terug naar de campus, om bij het bestuursgebouw te eindigen.

Elizabeth ontwierp een pamflet waarop de demonstratie werd aangekondigd en bracht dat naar de print shop van het Vrouwencentrum, waar ze een kopie maakte: 'Protestmars tegen verkrachting op Layton. Er vinden hier te veel verkrachtingen plaats op avondjes uit. Jij kunt het volgende slachtoffer zijn. Gebruik je lichaam voor de goede zaak. Laat de mannen van Layton weten dat ons *nee* daadwerkelijk *nee* betekent! Geen verkrachtingen op Layton!'
De protestmars zou over twee weken worden gehouden, op een zaterdagmorgen. Een studente die de publiciteit verzorgde voor

activiteiten van het Vrouwencentrum werkte met Elizabeth aan een persbericht dat naar de universiteitskrant zou gaan. Het refereerde aan 'toenemende bezorgdheid over het aantal verkrachtingen aan Layton'. Het persbericht werd eerst voorgelegd aan Jean Philips, die het afzwakte tot 'vermeende verkrachtingen'.

Philips moest alle pamfletten en persberichten die voor circulatie op de campus bestemd waren eerst voorleggen aan haar directe chef, William Harlan, de decaan voor studentenactiviteiten. Zodoende bleef hij op de hoogte van de activiteiten van het Vrouwencentrum en het was normaal gesproken een formaliteit.

Harlan had het pamflet en het persbericht echter nog maar net gelezen of hij belde Philips op met de mededeling dat ze onmiddellijk bij hem langs moest komen.

'Wat is dit allemaal, Jean?' vroeg hij toen ze binnenkwam.

'Het Vrouwencentrum steunt een protestmars tegen verkrachting.'

'Jij gaat het idee propageren dat er op Layton vrouwen verkracht worden. Heb je je verstand verloren?'

'Ik ga geen verkrachting propageren...'

'Je gaat het feit propageren. We hebben een seminar over verkrachting en bewustwording op de agenda gezet om ons in te dekken en nu zijn we ingedekt en wil ik er ook niets meer over horen.'

'Onze studentes willen protesteren.'

'En jij keurt dat goed? En jij wilt een aankondiging in de krant zetten? Onze krant wordt gelezen door nieuwsdiensten, door ouders, alumni.'

'We brengen de krant van al onze activiteiten op de hoogte. Wanneer we een lezing sponsoren van een vrouw die tegen abortus is, lichten we van tevoren de krant in.'

'Jean, dit is een opruiende protestmars. Je bent niet aangenomen om de universiteit negatieve publiciteit te bezorgen.'

'Er zijn hier na Elizabeth Mason nog twee meisjes verkracht...'

'Wat voor meisjes?'

'Ik heb geen toestemming hun namen te noemen.'

'Is daar aangifte van gedaan?'

'Dat wilden ze niet.'

'Dus zijn het gewoon verhalen.'

'Het protest wordt heel smaakvol gedaan. Straattoneel. Met maskers, muziek, een processie over de campus en naar buiten.'

'Perfect voor een voorpagina-artikel in de krant.'

'Je kunt hier niet je ogen voor sluiten, Bill, hoeveel hoorzittingen ook worden afgesloten met "onvoldoende bewijs". Er worden hier vrouwen verkracht.

'Dat wordt gezegd. We hebben drieduizend studenten hier en het is, alleen al cijfermatig, waarschijnlijk dat daar mensen tussen zitten die zich niet gedragen zoals je mag verwachten. Af en toe zal het, vanwege een communicatiestoornis, zoals in het geval van Elizabeth Mason, gebeuren dat er een verkrachting wordt gemeld. Begrijp je dan niet, Jean, dat dat nog niet hoeft te betekenen dat Layton als broeinest van verkrachters moet worden geafficheerd?'

'Eén verkrachting is één te veel. En we hebben er dit jaar drie gehad, terwijl we nog een heel semester voor de boeg hebben.'

'*Vermeende* verkrachtingen! Wanneer niet bewezen kan worden dat hier verkrachtingen plaatsvinden, moeten we hier ook geen protestmarsen hebben die de aandacht vestigen op een probleem dat niet bestaat.'

'Het bestaat wel.'

'Jean, veel van je ideeën zijn heel verstandig. Dit idee is verre van verstandig.' Hij gaf haar het pamflet en het persbericht terug. 'Ik ga die protestmars niet goedkeuren. Je kunt er niet mee doorgaan.'

'Hoe kun je een protest nu verbieden?'

'Het druist in tegen de belangen van de universiteit en van de studentes op de campus, die alleen maar onnodig bang zullen worden.'

'Ik ben niet de baas over die studentes. Het kan zijn dat ze tóch willen protesteren.'

'Ik draag je op hen dat af te raden. Organiseer maar een kleine, rustige protestbijeenkomst op het Vrouwencentrum.'

'Een kleine, rustige protestbijeenkomst?'

'Er komt hier geen protestmars tegen verkrachting. De aankondiging wordt niet vrijgegeven voor de publikatieborden of de universiteitskrant.'

'Dit is een schending van de academische principes. Je maakt een ernstige fout.'

'Nee, jij maakt een ernstige fout met je strijdlustige instelling. Ik krijg een heel negatief gevoel bij jouw instelling ten opzichte van je werk. Onze discussie is gesloten.'

Toen ze zijn kantoor verliet, leunde ze even met haar rug tegen de muur en berispte zichzelf. Ze wist dat ze de situatie niet bijster slim had aangepakt, maar wist ook niet hoe ze het anders had moeten doen. Ze had Elizabeth Mason beloofd dat de mensen die meededen niet in de problemen zouden komen. Philips kon niet langer de bescherming van haar centrum garanderen. Wanneer de protestmars op de campus doorging terwijl dat uitdrukkelijk verboden was, zouden ze gestraft kunnen worden. De studenten zouden hun eigen protest moeten organiseren en een mars buiten de campus op touw moeten zetten.

Jean Philips was verloofd met een politicus uit Schenectady. Die avond belde ze hem op en gaf hij haar als zijn mening te kennen dat ze niet veel keus had in deze situatie. Wanneer ze een protestmars goedkeurde terwijl haar gezegd was dat dat tegen de belangen van de universiteit in ging, zou ze een verlenging van haar contract gevoeglijk kunnen vergeten.

Ze vond echter dat het haar taak was jonge vrouwen te steunen. Jean Philips vertelde Elizabeth dat de demonstratie niet was goedgekeurd door de studentendecaan, maar ze nodigde het clubje van Elizabeth uit op haar kantoor om over alternatieven te praten.

Laura belde Elizabeth op en verwachtte het gebruikelijke verslag te horen over haar studie, haar colleges en dergelijke.

'We wilden op de campus een protestmars tegen verkrachting houden. Alleen de decaan, William Harlan, weet je nog wel, die heeft het ons verboden.'

'Wacht even, niet zo snel, alsjeblieft. Wiens idee was dat?'

'Mijn idee. Samen met mijn vriendinnen bedacht. Het gaat niet alleen om mijn verkrachting. We willen protesteren tegen alle verkrachtingen onder de studenten hier.'

'En wie zouden aan die mars meedoen?'

'Iedereen die we konden mobiliseren. Er zijn na mij nog tenminste twee andere meisjes verkracht.'

Elizabeth vertelde haar moeder wat ze wilden, beschreef de maskers, het gebruik van theater, de muziek. Eerst was Laura bezorgd omdat dit misschien weer een variatie was op de slachtofferrol van haar dochter, maar Elizabeth vertelde er zo geanimeerd over en het idee was zo creatief, dat Laura het anders begon te zien. Elizabeth liet zich niet meer vastpinnen, ze kwam juist te voorschijn en probeerde verder te komen.

'Hij heeft het verboden? Hoe kan hij dat nu doen?' vroeg Laura.
'Door ons geen toestemming te geven.'
'Hij zegt dat jullie niet mogen protesteren tegen verkrachting?'
'We hebben een afspraak met Jean Philips om een nieuwe strategie te bedenken.'
'Niet te geloven. Wij hebben gedemonstreerd voor gelijke rechten voor vrouwen. We wilden ervoor zorgen dat meisjes dezelfde voordelen zouden genieten als jongens. En nu wordt jij verkracht door een medestudent en mag je daar niet tegen protesteren omdat een of andere man daar geen toestemming voor wil geven,' zei ze emotioneel. 'Als je wilt protesteren, protesteer je gewoon!'
'Zo denk ik er ook over. We doen het gewoon, wat ze ook zeggen of willen.'
'Niemand op die universiteit kan jou tegenhouden als je wilt protesteren. Ze hebben een ouderraad. Die zal ik erover inlichten.'
'Mama, heel erg bedankt, maar ik wil dit zelf afhandelen. En we gaan zeker protesteren.'

Ben was helemaal niet blij met de opstelling van Harlan. Hij vatte het op als een nieuwe belediging van de kant van de universiteit aan het adres van zijn dochter en belde Elizabeth meteen op. Hij zou die decaan wel eens even ernstig toespreken, en de rector, het bestuur, of wie er dan ook maar een vinger in de pap had.
'Ik regel het zelf wel, pa. Dit is iets dat ik zelf moet opknappen.'

Elizabeth en haar groepje – Donna, Sterling, Candace en Seth – hadden een ontmoeting met Jean Philips in het Vrouwencentrum. Philips legde uit dat ze de veiligheidsvoorschriften op de campus zouden overtreden wanneer ze op de campus zouden demonstreren.
'Toch vind ik absoluut dat het door moet gaan,' verklaarde Elizabeth. 'Wat kan de bewakingsdienst doen, ons in elkaar slaan?'
'Laat ze maar opkomen,' riep Sterling.
'Zo makkelijk is het niet,' hield Philips hen voor. 'Wanneer Harlan de bewakingsdienst inschakelt, kan het uitlopen op een confrontatie in plaats van een demonstratie.'
'Dat zou niet slecht zijn. Het zou een hoop publiciteit opleveren,' zei Seth.
'Maar je brengt je boodschap er misschien niet mee over. Luister,

ik heb een ander voorstel. Jullie beginnen je protestmars buiten de campus, rondom de campus. Op die manier komt er geheid een foto in de krant en heb je je protestmars. Daarna komen jullie de campus op. Wanneer Harlan dan moeilijk doet is dat pas aan het eind en niet aan het begin en hebben jullie je demonstratie al gehad.'

'Dat klinkt redelijk,' zei Sterling en de anderen waren het met haar eens.

'Vraag wel een demonstratievergunning aan bij de politie in Caldwell,' zei Philips. 'Zorg dat je hun toestemming hebt, dan kan je niets gebeuren.'

'Geen probleem,' zei Elizabeth voor de grap. 'Ik ken daar wel wat mensen.'

'Wat de voorbereidingen betreft, jullie mogen de pamfletten niet in het Vrouwencentrum laten drukken en jullie mogen ook niets aanplakken op de publicatieborden.'

'Ik kan wel pamfletten uitdraaien met mijn eigen printer,' zei Seth, 'dan gaan we zelf alle huizen langs en schuiven de pamfletten gewoon onder alle deuren door.'

'En we laten het ook in de krant zetten,' stelde Candace voor.'

'Ook dat is iets waarbij ik jullie niet officieel van dienst kan zijn.'

'Alles wordt in de krant aangekondigd,' zei Candace. 'Ze plaatsen het vast wel.'

'Ik zal het onofficieel doorgeven aan de studentes die hier in het Vrouwencentrum komen. En ik help wanneer jullie advies nodig hebben, ook onofficieel,' bood Philips aan.

'Ik vind het illegale karakter van onze demonstratie juist wel leuk,' zei Elizabeth.

Ze liepen alle kamers langs en schoven hun pamfletten onder de deur door. De universiteitskrant, de *Layton Journal*, kwam uit op maandag, woensdag en vrijdag. Candace nam contact op met een vriendin die voor de krant werkte en gaf haar een kopie van het originele persbericht. Een verslaggeefster werd op het verhaal gezet. Philips wilde geen commentaar geven. Elizabeth vertelde haar dat ze een persbericht en een pamflet hadden geschreven waarin de protestmars werd aangekondigd, maar dat ze te horen had gekregen dat decaan Harlan weigerde er zijn goedkeuring aan te hechten.

De verslaggeefster stapte naar Harlan, die stomverbaasd was dat de demonstratie die hij geprobeerd had te voorkomen, nog altijd in voorbereiding was. Hij vaardigde een verklaring uit: 'Verkrachting is geen probleem van belang op Layton. Dit soort angst bevorderende demonstranten gedragen zich onverantwoordelijk en doen onze universiteit geen goed. Het is hun goed recht te demonstreren, maar niet op de campus. Wij zijn vast van plan Layton te beschermen tegen hun onverantwoordelijkheid en hun anarchistische behoefte een probleem te maken waar geen probleem is.'

Harlan belde Jean Philips op zodra de verslaggeefster vertrokken was. Hij was des duivels.

'Ik had je opgedragen geen protestmars te organiseren en nu heb je dat toch gedaan.'

'Ik organiseer helemaal niets. De demonstratie wordt buiten mij om georganiseerd.'

'En jij hebt daar niets mee te maken?'

'Ik heb ze te verstaan gegeven dat ik er niet bij betrokken ben.'

'Je hebt ze dus niet gezegd dat ze het uit hun hoofd moesten zetten. Je hebt geen protestbijeenkomst georganiseerd, zoals ik je had voorgesteld. De krant heeft me gebeld. Ze zijn bezig met een artikel over de kwestie.'

'O.'

'Jean, ik zal het college van bestuur ten sterkste aanbevelen je contract na dit semester niet te verlengen.'

'Kan dat nog worden meegenomen in het artikel?'

'Ik zal ervoor zorgen dat ze je met onmiddellijke ingang op nonactief zetten.'

'Het hoofd van het Vrouwencentrum wordt ontslagen omdat ze het recht van vrouwen voorstaat van hun rechten gebruik te maken? Bill, ik ben benieuwd hoe je je daar uitredt.'

Universiteitskranten in Amerika zijn verdeeld in twee categorieën: kranten die door de universiteit zelf zijn opgericht en kranten die door derden gefinancierd worden. Kranten in de eerste categorie kunnen altijd gecensureerd worden door de universitaire autoriteiten. De *Layton Journal* was dertig jaar eerder als een particuliere organisatie in het leven geroepen, met middelen die waren gedoneerd door een alumnus die eigenaar was van een keten van kranten. De donateur wilde de universiteitskrant op die manier onafhankelijkheid schenken. William Harlan kon dan ook niets doen om het artikel over de demonstratie te blokkeren. Hij kon het artikel alleen maar lezen, net als ieder ander. De kop luidde:

HARLAN VERBIEDT PROTESTMARS TEGEN VERKRACHTING
ORGANISATOREN ZETTEN DOOR

Bij het artikel was een foto geplaatst van Elizabeth, Donna, Sterling, Candace en Seth, door Elizabeth speels 'The Layton Five' genoemd.

De publikatie van het artikel en de mogelijkheid van nog meer publiciteit bracht Baker ertoe een spoedberaad van het college van bestuur bijeen te roepen. Het bestuur bestond naast Baker uit Frank Teller en Madelyn Stone, die beiden ook in de klachtencommissie zaten, Paul Vernon, decaan toelatingen, Prescott Wane en Morgan Warner, hoofd voorlichting. William Harlan, die ook in het bestuur zat, moest tegenover zijn collega's een verklaring afleggen over zijn besluit de demonstratie te verbieden. Hij hield vol dat verkrachtingen geen probleem was op Layton. De verkrachting waar sprake van was waren geen van alle bewezen en de situatie werd opgeblazen door een ontevreden lid van de faculteit, Jean Philips. Hij beschreef haar als een ideologe met een eigen programma, die misplaatste ideeën over rechten van vrouwen aanmoedigde. Gezien het feit dat er geen enkel bewijs was dat er inderdaad studentes verkracht waren, zag hij er de noodzaak niet van in paniek te zaaien onder studenten, oud-studenten en toekomstige studenten. Het protest was onverantwoordelijk en ongefundeerd en door het te verbieden ontnam hij het iedere geldigheid.

Het college overlegde of het verbod moest worden opgeheven of juist niet. Frank Teller zei dat Elizabeth misschien inderdaad wel verkracht was, zoals ze ook beweerde, en dat alleen daarom een protestmars al gerechtvaardigd was. Madelyn Stone vond dat Teller niet moest proberen de zaak nog eens te beoordelen en stelde vast dat de hoorzitting geen enkel bewijs had opgeleverd van wat het meisje beweerde dat er gebeurd was.

Meer dan een uur bespraken ze de kwestie. De letterenfaculteit van Layton stond nationaal zeer hoog aangeschreven. Goedkeuring door het college van bestuur van een protestmars tegen verkrachtingen onder de studentenpopulatie zou impliceren dat verkrachting, die walgelijke misdaad, wijdverbreid genoeg was op Layton om een dergelijke demonstratie te rechtvaardigen. De protestmars zou afbreuk kunnen doen aan het prestige van de school, een prestige dat hen ook persoonlijk sierde.

Ze zagen echter in dat het verbieden van demonstraties door studenten extreem negatieve publiciteit zou opleveren. De universiteit zou studenten verbieden hun recht van vrije meningsuiting uit te oefenen. Ze vroegen Harlan zich van stemming te onthouden en besloten vervolgens met enige spijt dat het verbod zou worden opgeheven en dat de protestmars gewoon doorgang moest kunnen vinden.

Op die manier teruggefloten lichtte Harlan Philips op giftige toon in, dat haar studenten konden protesteren als ze dat per se wilden. Elizabeth en haar groepje leverden onmiddellijk een verklaring in bij de universiteitskrant, die een paginagroot artikel plaatste onder de kop:

PROTESTMARS TEGEN VERKRACHTING GAAT DOOR
VRIJE MENINGSUITING KRIJGT VOORRANG

'Hoewel verkrachting geen significant probleem is op Layton College,' citeerde de krant Harlan, 'hebben wij voorrang gegeven aan de constitutionele rechten van de studenten. Het angst oproepende karakter van de demonstratie weegt uiteindelijk niet op tegen de vrijheid van meningsuiting: die gaat hier voor alles.'

De verslaggeefster gewaagde van 'vermeende' verkrachtingen onder de studentenbevolking. De rest van het artikel bestond onder meer uit een aantal citaten van Elizabeth, die iedereen opriep zich bij de demonstratie aan te sluiten.

Verscheidene leden van het bestuur belden de voorzitter van het dagelijks bestuur om hun bezorgdheid over het artikel uit te spreken. Baker hield de verontrusten gladjes voor dat het verbod was opgelegd omdat de demonstranten waren gemanipuleerd door een ontevreden faculteitslid, die had opgeroepen tot een protest tegen een probleem dat op Layton niet eens speelde. Omdat het college van bestuur de grondrechten van iedere student hoog in het vaandel schreef, was uiteindelijk toch toesteming gegeven voor de protestmars. Verscheidene bestuursleden wilden weten wie dat faculteitslid dan wel was. Baker zei dat het ging om 'Jean Philips, die aan het hoofd staat van het Vrouwencentrum, een ongelukkige positie voor een dogmatisch ideologe als zij. Haar dagen aan de universiteit waren geteld.'

Nu het Vrouwencentrum hen niet officieel steunde, draaiden Elizabeth en haar vrienden zelf voor de kosten van de protestmars op. Na de verschijning van het artikel kreeg Elizabeth een stuk of vijfentwintig telefoontjes van studentes die haar niet kenden maar ook graag mee wilden lopen. Het groepje van Elizabeth had geen flauw idee hoeveel studentes er, gegeven een populatie van rond de vijftienhonderd, voor de demonstratie zouden komen opdagen. Ze stelden zich de produktie van honderd maskers ten doel. Wanneer er meer dan honderd mensen kwamen, moesten de maskers maar circuleren.

Op de zaterdag een week voor de demonstratie kwam Sarah naar Layton met de muziek die ze geschreven had en Elizabeth stelde haar voor aan haar groepje. 'Dit is mijn Sarah,' zei ze met diepe genegenheid. Sarah haalde een bandje van haar compositie uit haar tas. De afgelopen week had ze die in een studio van Juilliard opgenomen. Studievrienden van Sarah speelden de partijen. Het was een melancholiek en bij wijlen spookachtig stuk voor piano, hoorn en trompet waar overheen een zenuwachtig, ritmisch thema werd gespeeld door een synthesizer, wat het stuk een dringend karakter gaf. Het duurde zes minuten. Toen het was afgelopen barstte iedereen in applaus uit en Elizabeth viel Sarah om de hals, trots op haar vriendin.

Ze verzonnen een manier om de muziek buiten te laten klinken. De zes minuten zouden zes keer achter elkaar op band worden opgenomen, zodat het geheel zesendertig minuten duurde. Vervolgens zouden ze twaalf kopieën maken en op vaste punten in de stoet mensen met cassetterecorders neerzetten. Op een afgesproken signaal zouden ze allemaal tegelijk hun recorders aanzetten, zodat de muziek langs de hele stoet kon klinken.

Drie avonden voor de demonstratie zat het groepje van Elizabeth op haar kamer aan de maskers te werken toen twee studentes binnenkwamen.

'Zijn jullie de beroemde Layton Five?' vroeg een van hen. Ze was een lange, opvallende vrouw met een smal gezicht en hoge jukbeenderen, gekleed in een pro-abortus t-shirt dat ze nog had van een protestmars in Washington.

'Ik ben Kate Thomas,' zei ze, 'en dit is Maggie Lynch.'

Maggie Lynch was kort, gedrongen en blond. Ze droeg een sweater, een tuinbroek en sportschoenen.

'Wij zijn van Vrouwen in Actie,' zei Kate Thomas. 'Kennen jullie ons?'

'Ik heb weleens iets over jullie in de krant gelezen,' antwoordde Elizabeth.

'Wij houden ons met allerlei vrouwenzaken bezig,' vertelde Maggie Lynch. 'We brengen informatie uit, nodigen sprekers uit en organiseren demonstraties.'

'We zijn dus zeer geïnteresseerd in wat hier gaande is,' zei Kate. 'Wat *is* hier gaande?'

'We gaan een protestmars houden,' zei Elizabeth. 'We hebben maskers, spandoeken, muziek en mensen die in taferelen seksueel geweld gaan uitbeelden.'

'Maar jullie hebben alleen nog maar eerstejaars voor jullie actie,' zei Kate. 'Ik weet niet hoeveel ouderejaars zich gaan aansluiten, want jullie zijn niet bekend en jullie zijn nieuw hier.'

'Kunnen jullie ons een idee geven wat er precies gaat gebeuren?' vroeg Maggie met een gebaar naar de maskers.

'Moeten we een auditie houden?' vroeg Sterling.

'Dit is iets waar Vrouwen in Actie zich graag bij zou aansluiten,' zei Kate, 'maar dan moeten we wel eerst precies weten wat jullie van plan zijn.'

Elizabeth en de anderen wisselden een paar blikken en besloten op hun verzoek in te gaan. Ze gingen naar de gang en deden een paar dingen voor, lieten de muziek horen, toonden een paar taferelen en draaiden met de maskers. Van alle kanten kwamen mensen hun kamer uit om te kijken.

'Te gek,' zei Kate toen ze klaar waren.

'Fantastisch,' vond Maggie.

'Als het nu eens iets groots werd?' vroeg Kate aan haar collega. 'Als wij nu eens een flink aantal mensen optrommelden, dan zou

dit echt een belangrijke protestmars kunnen worden.'
'We kunnen het proberen,' zei Maggie.
'We zullen zien hoeveel mensen we kunnen mobiliseren,' zei Kate tegen het groepje van Elizabeth. 'Intussen doen jullie geweldig werk. Als jullie de nieuwe generatie zijn, zie ik de toekomst wel zitten.'

Elizabeth had Laura en Ben op de hoogte gehouden van de voorbereidingen. Toen de dag van de demonstratie dichterbij kwam, belde Ben iedere avond op, in de hoop dat Elizabeth zou zeggen dat het zonder hem nooit wat zou worden. Tegen zijn psychiater verklaarde hij dat als dit een theatervoorstelling was, hij zeker in het publiek zou moeten zitten. Zijn therapeut zei dat Ben zich bij het besluit van Elizabeth moest neerleggen. Laura wist niet wat ze moest. Aan de ene kant wilde ze Elizabeth helpen, er voor haar zijn, maar aan de andere kant was ze zich ervan bewust dat de moeder van een organisator van een studentendemonstratie bij een dergelijke gelegenheid alleen maar belachelijk zou worden gevonden. Elizabeth sloeg elk aanbod van Ben af en benadrukte dat ze vrienden en vriendinnen op de campus had die haar hielpen. Op de avond voor de mars belde hij opnieuw.
'Weet je zeker dat ik niet moet komen voor het geval je me ergens voor nodig hebt?'
'Pa, ik heb helemaal geen tijd voor bezoek,' zei ze en hij begreep dat het enige dat ze van hem nodig had zijn afwezigheid was.

Elizabeth en haar groepje hadden nog steeds geen flauw idee hoeveel mensen er zouden komen opdagen. De avond van tevoren gingen ze alle huizen nog eens langs om de mensen eraan te herinneren dat hun hulp noodzakelijk was. Ze hoorden verder niets meer van Vrouwen in Actie. Ze gingen uit van een aantal van vijfenzeventig: dat was het aantal dat had toegezegd mee te zullen lopen. Seth kocht een megafoon, maar die leek drie kwartier voor de mars onnodig. Er was slechts een handjevol mensen. Sarah was er ook, evenals een verslaggeefster en een fotograaf van de *Layton Journal* en Jean Philips, die een beetje achteraf stond te kijken. Holly Robertson was er ook en Elizabeth haastte zich naar haar toe om haar te bedanken voor haar steun.

Een halfuur van tevoren begonnen echter steeds meer mensen te komen, sommigen alleen, anderen met vrienden en soms zelfs in hele groepen, alsof hele studentenhuizen samen kwamen opzetten. En er bleven mensen toestromen. Ook mannelijke demonstranten. Naast Seth sloten zich nog zo'n veertig mannen aan.

Ook de Vrouwen in Actie kwamen op een gegeven moment erbij, een grote groep vrouwen die elkaar allemaal leken te kennen; samen vormden ze de achterhoede. Elizabeth liep naar Kate Thomas en Maggie Lynch.

'Hartstikke mooi! Mijn God, hoeveel mensen hebben jullie eigenlijk meegenomen?'

Kate keek achterom en zei: 'Een stuk of honderd.'

'Fantastisch.'

'Er zijn ook een paar mannen bij.'

'Wie dan?'

'Goeie jongens,' verzekerde Maggie.

Om elf uur waren er meer dan driehonderd mensen bijeen. Elizabeth en haar groepje stelden de stoet in rijen van drie op. De maskers en de cassetterecorders werden uitgedeeld en Elizabeth gaf de laatste instructies aan de groep als geheel. Vier keer vier mensen in het zwart werden langs de stoet neergezet. Op een afgesproken teken moest de stoet halthouden, waarna de vier groepjes een tafereel van seksueel geweld zouden uitbeelden en de maskers plotseling zouden worden omgedraaid en de slogans zichtbaar werden. Dit alles zou in stilte gebeuren.

Elizabeth liet haar hand zakken en een dozijn cassetterecorders werd aangezet. De demonstranten werden stil en de muziek klonk op. De stoet zette zich langzaam in beweging, inclusief de honderd maskers met een verwrongen uitdrukking van ontzetting. Vanaf het allereerste begin was duidelijk dat de demonstranten tezamen een krachtig en emotioneel beeld vormden, met die muziek erbij en al die vrouwen achter een gezicht in doodsangst.

Ze hielden zich aan de route die Philips had voorgesteld. Eerst liepen ze langs de straten aan de rand van de campus. Daar stonden twintig huizen die van de universiteit waren en door studenten bewoond. Verscheidene van die huizen huisvestten uitsluitend studentes. Na een rondje om de campus zouden ze door de hoofdingang naar binnen gaan, langs de huizen op de campus, op naar het bestuursgebouw.

Zoals er ook geklapt wordt voor een optocht, klapten toeschouwers langs de kant van de weg voor de taferelen en de maskers. Overal trok de processie aandacht. Toen ze na een tafereel weer doormarcheerden, namen Elizabeth, Sterling, Donna, Seth en Candace elkaar bij de hand. Studentes langs de kant van de weg applaudisseerden, terwijl sommige mannelijke studenten het nodig vonden te joelen en te fluiten.

Elizabeth had in de *Layton Journal* gelezen dat Baker bij hem thuis een brunch had georganiseerd voor ouders van derde-wereldstudenten. Hij was dus thuis. Ze wilde dan ook niet bij het bestuursgebouw al halt houden. Ze wilde de protestmars tot op zijn drempel laten doorgaan. Onvoldoende bewijs? Wat denkt u hier dan van? Driehonderd demonstranten. Is dat niet voldoende bewijs dat het probleem hier bestaat?

'Als we nu eens naar het huis van Baker doorliepen?' vroeg ze aan Sterling.

'Doen we.'

Door de megafoon richtte Elizabeth zich tot de demonstranten.

'We gaan door naar het huis van Baker!'

Een schreeuw van instemming klonk uit de rijen op.

'Dit is ongelooflijk,' zei Sarah tegen haar.

'Je hebt de Triomfmars geschreven voor *Aïda deel twee*.'

Jean Philips, die iets meer naar voren was gekomen om te zien wat er allemaal gebeurde, bereidde zich inmiddels op een verhuizing voor. Moest ze een busje huren of een verhuisbedrijf inschakelen? Ze zag niet hoe ze na dit weekend nog aan een ontslag op staande voet kon ontkomen.

Nog één straat en ze gingen weer richting campusingang.

'Hier is het gebeurd,' zei Elizabeth tegen Sarah toen ze bij het blok kwamen met The Big Leagues, The End Zone en The Sports Complex.

Een horde bewoners van dit sportieve rijtje huizen stond de demonstranten al op te wachten. Een tiental studenten hing tegen geparkeerde auto's, leunde uit ramen of stond in een portiek, sommigen al flink aan het bier. Toen de stoet dichterbij kwam liepen ze naar de stoeprand. Het was de bedoeling hier nog één keer halt te houden voor een tafereel en een omdraaien der maskers, een vlammend protest speciaal voor de mannen die hier woonden. Omdat het, afgezien van de muziek, een stille processie was, werd de hele mars overdonderd door het georganiseerde geschreeuw van de studenten die de protestmars gadesloegen. Ze hadden een slogan voorbereid: 'Zuip je lens en spreid je benen maar noem dat geen verkrachting.'

Ze lachten uitbundig. Jimmy Andrews was er ook. Hij stond in de deuropening en brulde de slogan mee: 'Zuip je lens en spreid je benen maar noem dat geen verkrachting!'

Veel studentes ergerden zich wild aan het gejoel van de bewoners van dit rijtje huizen en begonnen zich uit de stoet los te maken om terug te schreeuwen. Elizabeth en de anderen probeerden de rijen weer te sluiten, maar ze konden niets doen aan het gebral van de jongens en de reactie die zij teweeg brachten. Iemand uit een raam op de eerste verdieping van The Big Leagues gooide een projectiel. Een waterbom, gemaakt van een dichtgeknoopt condoom, spatte voor de voeten van de demonstranten uiteen. De jongens lagen dubbel van het lachen: zoiets grappigs hadden ze nog nooit gezien. Een ander projectiel vloog uit een raam, en nog een. Ze waren van tevoren klaargelegd en er begon een regen van dichtgeknoopte condooms vol water op de stoet neer te dalen. Een aantal projectielen viel op de grond zonder kapot te gaan, waarop de meisjes ze net zo hard weer teruggooiden. Van de veranda van The End Zone werden eieren naar de processie gegooid. De honkballers die daar woonden konden goed mikken en verscheidene meisjes kregen een voltreffer. De stoet werd uiteengedreven door het bombardement. Verscheidene meisjes schreeuwden naar de huizen waar de projectielen vandaan kwamen. Elizabeth had de megafoon in de hand en riep naar de jongens:

'Jullie gedragen je als beesten. Houd daarmee op!'

Eén van de jongens rende de straat op, greep de megafoon uit haar handen en begon erin te scanderen: 'Zuip je lens en spreid je benen maar noem dat geen verkrachting!'

'Alle jongens brulden mee, alsof ze het rechtstreeks tegen Elizabeth hadden. Met tranen in de ogen van woede en vernedering draaide ze zich om naar de anderen in een poging weer orde te scheppen. Ze gaf het signaal om de maskers om te draaien, maar de chaos was te groot. Elizabeth draaide zich weer om naar de jongens bij de huizen en werd op hetzelfde moment op het hoofd geraakt door een ei, waarop een luid gejoel opsteeg. Ze pakte een condoom met water op dat vlak voor haar voeten uiteen was gespat en wierp het natte restje terug.

De confrontatie duurde twintig minuten. Een bewoner belde de politie. Twee patrouillewagens arriveerden en de politie dreef de partijen uiteen. Als een laatste gebaar naar haar mede-demonstranten balde Elizabeth haar vuist in de lucht en degenen die om haar heen stonden deden hetzelfde: een laatste stil protest waarin ze hun waardigheid wisten te bewaren.

Rechercheur Mallory was op het bureau toen de oproep aan de patrouillewagens werd gedaan. Er werd iets gezegd over een protestmars tegen verkrachting op Layton. Hij belde Ann Neary en haalde haar van huis op. Ze kwamen aan toen de politie juist begonnen was de partijen van elkaar te scheiden. Ze liepen er naar toe en zagen Elizabeth staan.
'Waarom zou ze dit allemaal doen als ze niet verkracht was?' vroeg Mallory aan zijn collega.
'Misschien is ze wel gek. Misschien heeft ze wel iets tegen mannen.'
'Ze moet wel heel erg gek zijn om het zo ver te schoppen. Toe nou, Ann, houd nu eens op. Waarom zou ze hem bij de universiteit aangeven en bij ons aangifte doen en zoveel mensen op de been weten te krijgen?'
'Ja, je zult wel gelijk hebben,' gaf ze toe.
'Je hebt haar verhaal gehoord. En je hebt het zijne gehoord. Ann?'
'Hij heeft haar verkracht,' zei ze.
'Inderdaad. Hij heeft haar verkracht. En we zullen die etter wel klein krijgen.'

14

Onmiddellijk na de confrontatie hielden Elizabeth en haar groepje voor het bestuursgebouw een persconferentie. Er waren mensen van de *Layton Journal*, een paar verslaggeefsters van de nieuwsbrief van het Vrouwencentrum en nog wat mensen van de campusradio. De organisatoren stelden een snelle verklaring op, veroordeelden het wangedrag van de studenten en noemden de protestmars een succes vanwege de grote opkomst en de visuele impact van de mars zelf.

'Het bestuur is gewaarschuwd,' zei Elizabeth in antwoord op een vraag. 'Zijn ze voor verkrachting? Zijn ze tegen vrije meningsuiting?'

Elizabeth vergezelde Sarah naar het busstation en wachtte met haar op de bus terug naar New York.

'Je bent geweldig voor me opgekomen.'

'Wij hebben niet zo'n campusleven op Juilliard.'

'Ik pas hier niet, Sarah.'

'Toe nou. Je bent een aanwinst voor Layton.'

Er werd omgeroepen dat de bus klaar stond voor vertrek.

'Als je me nodig hebt...' zei Sarah. 'Campusgeweld is een aardige onderbreking van het saaie stadsleven.'

'Ik kan twee dingen doen. Nog zo'n mars organiseren. Of op deze bus stappen en met je mee terugrijden naar New York.'

Elizabeth bleef alleen op het busstation achter. Het gejoel van de jongens bleef haar bij. Het leek wel of ze het speciaal tegen haar hadden gehad. Ze vroeg zich af hoe het was om bevriend te zijn met Shannon en Allison. Glimlachen, dansen, drinken en neuken. Niemand verkracht je. Iedereen mag je. Je bent een schat. De Lieveling van Layton.

Ze werd uit haar dagdromen gewekt door een team van een plaatselijk televisiejournaal. Een lange, slanke, blonde journaliste in een duffelse jas en met een koptelefoon op kwam op haar af, gevolgd door een cameraman. Op zijn camera herkende ze het logo van het journaal.

'Elizabeth Mason?'

'Ja.'

'Ik had gehoord dat je hier zou zijn. Ik ben Veronica Warwick. Ik zou je graag een paar vragen willen stellen over het incident vandaag.'

'Waarom?'

'We hebben een item over de slag tussen de demonstranten en de studenten.'

'In welke context?'

'Zeg, je bent mijn chef niet. Luister, ik heb weinig tijd. Ik heb beelden nodig. We waren niet bij de confrontatie aanwezig. Ik heb commentaar nodig. Jij was bij de protestmars betrokken, of niet? Jij had een standpunt te verkondigen. Verkondig dat dan.'

Elizabeth zag zichzelf al op het televisiescherm met het woord 'Verkrachtingsslachtoffer' eronder. Ze ging niet zeggen dat ze verkracht was en mensen prikkelen. Ze had tegen verkrachtingen onder studenten geprotesteerd, niet tegen haar eigen verkrachting.

De verslaggeefster vroeg Elizabeth waarom ze protesteerde en ze antwoordde dat ze had gehoord van verscheidene verkrachtingen op de campus en dat ze het gevoel had dat het bestuur daar niet genoeg aan deed. Op de directe vraag: 'Ben jij zelf een van diegenen die verkracht is?' antwoordde ze: 'Dat is niet relevant voor hoe ik over de zaak denk.' De verslaggeefster drong aan, maar Elizabeth wilde niet meer zeggen dan dat. Ze zei verder dat verkrachting op een afspraakje of avondje uit een misdaad was die niemand aan de universiteit wilde erkennen en sprak over de vijandige houding van de mannelijke studenten die de demonstratie hadden opgebroken.

'Goede kopij,' zei de verslaggeefster tegen haar. 'Ik denk dat dit wel een kansje maakt.'

Ze sprongen in hun bus en scheurden weg.

Laura en Ben waren het eindelijk ergens over eens. Elizabeth beschreef de protestmars en ze waren verenigd in hun kwaadheid op

234

het bestuur van Layton, dat de demonstranten niet beschermd had en dat verkrachters en seksisten hun gang liet gaan.

'Liz en haar vriendinnen hebben tegen verkrachting geprotesteerd,' vertelde Ben aan Josh. 'Een aantal jongens begon ze met eieren en waterbommen te bekogelen en brak de demonstratie op.'

'Is ze gewond?'

'Nee,' antwoordde Laura. 'Ze gaat met haar vriendinnen praten over wat ze nu verder moeten doen.'

'Wat een hufters,' zei Josh. 'Om met dingen te gaan gooien.'

'Het klinkt alsof het een indrukwekkende demonstratie was, voor hij werd opgebroken,' zei Laura. 'Met muziek en straattheater.'

'En dat had Liz georganiseerd?'

'Ja. Met haar vriendinnen,' antwoordde Laura.

'Ze is geweldig,' zei hij onomwonden.

Laura en Ben keken elkaar heel even aan en voelden zich verenigd in het gevoel dat hun dochter inderdáád geweldig was, moedig en creatief, en ze waren trots op zichzelf en elkaar als ouders. Op dat moment wisten ze dat gevoel echter niet vast te houden.

De verslaggeefster die Elizabeth geïnterviewd had nam contact op met de universiteit voor een officiële verklaring. Het hoofd voorlichting van Layton, Morgan Warner, was al een oude vriend van rector Baker, ze kenden elkaar nog van Buitenlandse Zaken. Warner was die zaterdagmiddag echter niet te bereiken en Baker was na de brunch ook van de campus vertrokken. Omdat de telefoniste geen van beiden kon bereiken verbond ze haar door met William Harlan. Hij wist niets van het incident. Hij had in zijn studeerkamer gezeten toen de protestmars gehouden werd en was geen moment van plan geweest te gaan kijken. Harlan belde de bewakingsdienst en kreeg te horen dat er inderdaad een schermutseling had plaatsgevonden buiten de campus. Woedend formuleerde hij een verklaring en belde die door naar het plaatselijke televisiestation.

De groep van Elizabeth verzamelde zich in haar kamer om naar het plaatselijke nieuws van zes uur te kijken. Na twintig minuten werd het aangekondigd. Ze zagen een shot van de hoofdingang van Layton met daarover heen de tekst: 'Universitaire strubbelingen'. Na de reclame werd het onderwerp opnieuw aangekondigd.

'Op Layton College heeft zich een massaal straatgevecht voorgedaan tussen mannelijke en vrouwelijke studenten. Veronica Warwick was ter plaatse.'

Warwick begon, staande voor The End Zone: 'Driehonderd vrouwen waren begonnen aan een protestmars tegen verkrachtingen onder studenten.'

Ze stak een van de maskers de lucht in en liet de tekst lezen: 'Geen verkrachtingen meer op Layton.'

'Hier, bij deze rij huizen, die voor een groot deel bewoond worden door studenten uit de verschillende universitaire sportteams, werden de studentes geconfronteerd met een menigte joelende, bierdrinkende studenten die begonnen te gooien met eieren en waterbommen van dichtgeknoopte condooms.

William Harlan, studentendecaan, vertelde ons, ik citeer: "Deze studenten hebben zich onverantwoordelijk gedragen en hun gedrag kan niet worden goedgepraat. Maar ik moet benadrukken dat verkrachting geen probleem is op Layton en ook helemaal niet om een protestmars vraagt." '

Het gezicht van Elizabeth kwam in beeld en haar groepje begon te juichen. Ze bloosde toen ze zichzelf zag. Ik ben op televisie. Ik zie er verschrikkelijk uit.

'Het bestuur moet maar beslissen,' zei ze. 'Zijn ze voor verkrachting? Tegen vrije meningsuiting?' Onderaan het scherm stond ze omschreven als 'Elizabeth Mason, demonstrant tegen verkrachting.'

'De mannelijke studenten die ons bekogeld hebben zijn primitieve, vijandige pubers met een pervers gevoel voor humor of primitieve, vijandige seksisten die denken dat verkrachting een grapje is. Misschien zijn ze het wel allebei.'

Ze werd luid toegejuicht door haar vrienden en vriendinnen. Na haar kwam een huisgenoot van Jimmy Andrews in beeld, die werd omschreven als 'Bill Casley, student'. Hij was een potige verdediger uit het footballteam en was een van de fanatiekste eiergooiers geweest.

'Is dát hun woordvoerder?' vroeg Donna.

'Deze meisjes – wat ze doen is te veel drinken en dan met een jongen de koffer in duiken. De volgende dag worden ze wakker met een kater en schuldgevoelens. En dan krijgen wij de schuld. Wij zijn hier geen verkrachters. Wij zijn studenten. En we houden er niet van om voor verkrachters uitgemaakt te worden. Zij willen het grof spelen. Dat kunnen wij ook.'

'Prachtig,' riep Sterling uit. 'Wat een welbespraakt persoon.'

De verslaggeefster verscheen weer op het scherm.

'Eieren en waterbommen daalden neer op een demonstratie. Dit was een zware les voor de studenten die tegen verkrachting wilden demonstreren. Dit was Veronica Warwick vanuit Caldwell.'

De vriendinnen van Elizabeth sprongen op en neer en feliciteerden elkaar. Buiten de campus, in The Big Leagues, werd ook feestgevierd. De twaalf studenten die met zijn allen aan het televisietoestel van Bill Casley gekluisterd hadden gezeten, vonden dat hij zijn zegje mooi gedaan had, en meer dan dat: hij was hun man bij de televisie! Binnen een paar minuten belde iemand van de *Albany Times-Union*, waar ze het nieuws ook hadden gezien, naar Harlan. Ze wilden een artikel over het incident opnemen in de zondagseditie.

Janna Willis bracht haar zaterdag weer door in het opvangcentrum van Caldwell toen de protestmars gehouden werd en de schermutseling uitbrak. Ze keerde naar de campus terug en hoorde daar van een meisje dat op dezelfde gang woonde wat er gebeurd was. De mensen uit het huis waar Jimmy woonde hadden de protestmars in het honderd gestuurd. Ze ging onmiddellijk naar Jimmy en vroeg om een verklaring.

'Wat is hier gebeurd?'

'De demonstranten gedroegen zich heel vijandig. Ze kwamen hier naar toe alsof we een stel verkrachters zijn. De jongens wilden er een geintje van maken.'

'Het klinkt niet erg geinig.'

'Je moet erbij geweest zijn om te weten wat er gebeurd is. De jongens lachten en de meisjes schreeuwden. Het liep allemaal een beetje uit de hand.'

'Het zijn jouw vrienden. Jij had ze moeten tegenhouden.'

'Dat kon ik niet. Het ging allemaal vanzelf. Maar het was alleen een beetje gein trappen, hoor, meer niet. Maak er nu niet meer van.'

De *Times-Union* had die zondag een verhaal in het plaatselijke katern, waarbij een foto was geplaatst van de fotograaf van de *Layton Journal*. De kop luidde:

SEKSEN RUZIËN OVER VERKRACHTINGEN AAN LAY-
TON
GEMOEDEREN OVERVERHIT
REGEN VAN EIEREN EN WATERBOMMEN

Het artikel beschreef het conflict op straat. In een verklaring stelde decaan Harlan dat verkrachting op Layton helemaal geen probleem was. Elizabeth werd geciteerd met haar verklaring over verkrachting en vrije meningsuiting. De commissaris van politie te Caldwell zei: 'Drinken ligt aan de wortel van het probleem. Die kinderen drinken illegaal, wij kunnen daar weinig aan doen en de universiteit doet er *te* weinig aan.'
'Negatieve publiciteit op het gebied van vrije meningsuiting, verkrachting *en* drinken,' zei Baker tegen Warner. De twee zaten die zondagmorgen bijeen, met de krant voor zich. Ze hadden het gisteravond ook op het late nieuws gezien.
Warner was een zwaargebouwde man van in de vijftig, de niet-academicus in het bestuur, wat hij benadrukte door zijn schreeuwerige kleding.
'We moeten de schade binnen de perken zien te houden. Opkomen voor vrije meningsuiting en tegen verkrachting en drankmisbruik,' zei Warner schertsend.
'Harlan is een kluns.'
'We moeten Jean Philips hierheen halen. Misschien kan zij ons iets over die verkrachtingen vertellen wat we in een verklaring kunnen gebruiken.'
'Nu ze nog op de loonlijst staat.'
'Precies. We moeten haar niet ontslaan voor haar contract is afgelopen. Dan gaan ze nog een demonstratie voor háár houden.'

Warner weerde andere journalisten af door te zeggen dat de rust op de campus was weergekeerd, dat het incident onbetekenend was en dat de rector magnificus nog met een verklaring zou komen. Het was symptomatisch voor de situatie waarin Baker en Warner verzeild waren geraakt, dat de enige persoon van wie ze hoopten de achtergrondinformatie te kunnen krijgen waarmee ze een verklaring konden opstellen, Jean Philips was, van wie Baker al min of meer had toegezegd dat hij haar persoonlijk zou ontslaan.

Om elf uur die zondagmorgen vroeg Baker Jean Philips binnen een uur naar zijn huis te komen. Ze dacht dat er gepraat zou worden over de beëindiging van haar contract. Toen ze aankwam vond ze het al eigenaardig dat Baker haar hartelijk begroette. Morgan Warner was er ook, en William Harlan niet. Ze gingen in de woonkamer zitten.

'Heb je de krant vanmorgen gezien, Jean?' vroeg Baker.

Hoewel ze psychologe was, hield ze er niet van de hele tijd mensen te observeren. Toch wist ze dat Baker zich zorgen maakte.

'Ja.'

'Gisteravond zijn we ook in het nieuws geweest,' zei Warner.

'Ik heb het gezien.'

'Dit soort publiciteit is heel slecht voor Layton,' zei Baker. 'Misdaad op de campus, onrust op de campus. Dat baart studenten, ouders en alumni zorgen. Het maakt de aanstaande kwaliteitsstudenten die wij nodig hebben bang om nog naar Layton te komen.'

'Misschien hebben ze daar wel alle reden voor,' zei ze.

'We worden op één lijn gezet met universiteiten als Williams en Amherst, landelijke decors waartegen zich een opwindende jacht naar academische uitmuntendheid afspeelt. Dit soort incidenten raakt ons in alles waar wij voor staan,' stelde Baker vast.

'Het incident gisteren is veroorzaakt door dezelfde houding tegenover vrouwen die tot verkrachting leidt,' zei Philips.

'Bill Harlan wijst erop dat er, behalve de aanklacht van Elizabeth Mason, de afgelopen jaren nooit een aanklacht wegens verkrachting is gedaan,' meldde Warner.

'Ik weet van zes gevallen.'

'Wat?' zei Baker.

'De andere slachtoffers hebben geen aanklacht ingediend, maar ze hebben me wel verteld dat ze verkracht zijn.'

'Wat vind je dat we eraan moeten doen?' vroeg Baker.

'De houding tussen de seksen onderling op de campus veranderen. En om te beginnen, wanneer vrouwen tegen verkrachting willen protesteren, moet hen dat worden toegestaan. Dit is Layton. Dit is niet het Tienanminplein in Peking.'

'In een studentenpopulatie die zich constant aan het vernieuwen is, met een kwart per studiejaar...' begon Warner.

'Ja, dat argument ken ik. Maar zelfs één verkrachting, een jonge vrouw die seksueel misbruikt is, is er één te veel,' zei ze.

'Het idee dat we hier een troep verkrachters opleiden staat me niet aan,' zei Baker.

'Op alle campussen vinden verkrachtingen plaats,' reageerde Philips. 'Wij zijn niet immuun voor het probleem.'

Baker liep naar het raam en keek peinzend naar buiten.

'We moeten in elk geval de lont uit het kruitvat halen, dat is in het belang van de studenten en van de universiteit,' zei hij. 'Als we nu eens een colloquium over verkrachting organiseerden voor alle studenten? Dat zou jij kunnen opzetten, Jean. En ik laat de studenten weten dat smijten met eieren en waterbommen absoluut onaanvaardbaar is als vrije meningsuiting. Als ze iets te zeggen hebben, kunnen ze dat op het colloquium doen. Dit is tenslotte Layton, niet het Tienanminplein,' zei hij sluw. 'Jean wil je een kopje thee of koffie? Ik zou graag willen weten hoe je "de houding tussen de seksen onderling" hier op de campus moet veranderen.'

Toen de bijeenkomst voorbij was keek Baker haar na door het raam. Ze liep in haar opwinding zo snel dat ze bijna rende.

John Hatcher keerde terug van zijn gebruikelijke weekend bij zijn vriendin.

'Je hebt het vuurwerk gemist,' vertelde een van zijn huisgenoten.

Een handjevol studenten zat in de woonkamer en verhaalde in geuren en kleuren hoe ze de demonstrantes te grazen hadden genomen. Bill Casley, de held van The Big Leagues na zijn televisie-optreden, paradeerde trots in het rond.

Hatcher las het verslag in de *Times-Union*.

'Wiens idee was dat bombardement?' vroeg hij.

'Mijn,' zei Casley trots. 'We wisten dat ze hier langs zouden komen en het leek me wel leuk om wat condooms met water te vullen en die naar de optocht te gooien.'

'Wanneer ze gaan bezuinigen op het footballteam omdat dat slecht presteert en jij organiseert een protestmars, wat zou je er dan van vinden wanneer een stel studentes al krijsend en eieren gooiend op je afkwam, omdat football voor hen niet hoeft en ze jullie maar een stel onnozele halzen vinden?'

'Ga geen preken tegen ons afsteken, Hatcher,' zei een van de andere sportievelingen. 'Het was te gek en Casley heeft het journaal gehaald.'

'Het klinkt alsof jullie de ergste vooroordelen tegen ons alleen maar bevestigd hebben.'

'De volgende keer zullen we onze bezwaren kenbaar maken in een preuts pamflet dat jij voor ons mag schrijven,' zei Rod Wyman.

De *Layton Journal* van die maandag had op de voorpagina een verhaal over de protestmars en de schermutseling op straat. De hoofdrolspelers in het incident werden geciteerd, behalve Harlan, die door Baker de mond was gesnoerd en het bij een 'geen commentaar' moest laten. De verklaring van Baker was in het artikel meegenomen, evenals in een stuk in de *Albany Times-Union*.

'Verkrachtingen bij een afspraakje of avondje uit komen helaas op alle Amerikaanse campussen voor,' stelde Baker. 'De cijfers verschillen van campus tot campus. Niemand kan serieus menen dat het probleem op Layton, dat veel prestige geniet en hoge eisen stelt, het landelijk gemiddelde ook maar benadert. Maar zelfs één verkrachting is er een te veel. Om tot een betere communicatie te komen tussen de mannelijke en vrouwelijke studenten en om het probleem van verkrachting te onderzoeken, is er een belangrijk colloquium over verkrachting in voorbereiding dat voor alle studenten bestemd is.

Wat de studenten betreft die de demonstratie onmogelijk hebben gemaakt, dergelijk gedrag is absoluut onaanvaardbaar en een belediging van het recht op vrije meningsuiting. In de toekomst zullen we daar streng tegen gaan optreden. Wanneer mannelijke studenten hun mening willen ventileren, kunnen ze dat op het colloquium doen.'

Hij eindigde met de woorden: 'Dit is Layton, niet het Tienanminplein in Peking. Wees trots op je universiteit, zoals wij van het college van bestuur trots zijn op jullie.'

Seth maakte zich zorgen over zijn contacten met de jongens in het sportrijtje nu hij gesignaleerd was tussen de demonstrerende vrouwen. Hij hoopte stiekem informatie te verkrijgen waar de politie iets aan had en had een nieuw computerspelletje gefabriceerd dat hij aan de studenten daar wilde slijten. Tot nu toe had hij alleen de eerste indruk weten te bevestigen die hij ook al aan de politie had doorgegeven, dat de jongens in het sportrijtje een stel patsers waren die meenden overal boven te staan. Op de maandagavond na de protestmars ging hij naar The End Zone met wat hij beschouwde als zijn meesterwerk. Hij verkocht zijn spelletjes meestal voor vijfentwintig dollar per stuk, maar het nieuwe vond hij zo goed dat hij het alleen maar wilde verhuren, voor tien dollar per avond. Hij vertelde dit aan zijn vaste klanten. Een van hen, een lid van het footballteam, had om het hardst met eieren gegooid. Hij draaide er niet omheen en vroeg Seth rechtstreeks waar hij stond.

'Jij hebt met die meisjes meegedemonstreerd, of niet?'

'Ik had weinig keus.'

'O ja? Wat dan?'

In een poging net als de jongens te praten antwoordde Seth: 'Als je regelmatig een nummertje kunt maken, geef je dat niet zomaar op.'

'*Jij* regelmatig een nummertje maken?' vroeg een van hen.

'Mijn vriendin liep ook mee met die demonstratie. Ik liep gewoon mijn lul achterna.'

Dat vonden ze redelijk grappig en de sfeer knapte zienderogen op. Seth kon zijn nieuwste spelletje presenteren, dat hij had ontworpen als zo'n spel waarbij een figuurtje langs allerlei obstakels moet om een doel te bereiken. Het doel van het nieuwe computerspelletje van Seth was een nummertje maken. Dat was ook de naam van het spel. De obstakels waren docenten, rivalen, feministen, de bewakingsdienst van de campus, de rector, decaan Harlan, allemaal figuren die konden opduiken om het mannetje met projectielen te bestoken om hem neer te leggen. Het mannetje joeg intussen achter allerlei studentes aan en probeerde ze in een slaapkamer te krijgen om met ze het bed in te duiken. De seks was ook te zien: het mannetje dook boven op een studente. Soms was de seks al begonnen en kwam toch iemand binnen om met projectielen te gaan gooien, zodat de vrijpartij niet kon worden afgemaakt. Wanneer het mannetje lang genoeg alleen met een studente in een slaapkamer was, flitste opeens het woord 'Orgasme' over het beeldscherm. Dat telde als een punt voor de speler. Seth demonstreerde het spelletje en de jongens vonden het geweldig. Ze lachten zich gek en wilden het allemaal proberen.

Bill Casley was ook van de partij en hij was niet achter de computer weg te slaan.

'Wat een te gek spelletje, zeg,' zei hij tegen Seth.

'Dank je. Tien dollar per avond,' antwoordde Seth. 'Dit wordt een groot succes.'

Casley manoeuvreerde het mannetje in een slaapkamer met een studente.

'Het lijkt de neukkamer in ons huis wel,' zei Casley.

'Wat is de neukkamer?' vroeg Seth.

'In de kelder. Daar nemen we de gleuven mee naar toe als we ze in alle rust willen pakken.'

'De neukkamer. Wat een bak,' zei Seth. 'Als je wilt kan ik dat wel in het spel verwerken.'

'Kom op, Casley, laat ons ook eens,' klaagde een van de andere studenten en de volgende kon gaan spelen.

De demonstratie was inderdaad een groot succes en Seth kreeg zijn tien dollar. Hij probeerde zich te beheersen en liep kalmpjes de deur uit. Maar de jongens waren zo verdiept in het spel dat ze nauwelijks merkten dat hij vertrok. Hij rende terug naar zijn kamer en belde de politie. De rechercheurs waren niet te bereiken en hij kreeg te horen dat hij hen de volgende morgen om halfnegen op het bureau kon vinden. Seth zat op hen te wachten toen ze aankwamen.

'Nee maar, wie hebben we daar,' zei Neary toen ze Seth op een bankje zag zitten.

'Ik heb belangrijke informatie over de verkrachting,' zei hij.

'Kom maar binnen,' zei ze en ging hem voor een spreekkamer in.

Mallory kwam een paar minuten later ook binnen en was verrast Seth daar op dat vroege tijdstip aan te treffen.

'Ik heb een beetje rondgehangen in die studentenhuizen waar zaterdag gevochten is,' zei Seth, 'computerspelletjes verkocht. Ik dacht dat ik misschien bruikbare informatie voor jullie kon opscharrelen.'

'Ja, je was al tot de conclusie gekomen dat het patsers waren. Die doorbraak in het onderzoek kan ik me nog herinneren,' zei Mallory.

'Gisteravond was ik in The End Zone om een nieuw spelletje te presenteren. Een van de aanwezigen was Bill Casley, een huisgenoot van Jimmy Andrews. Het spelletje dat ik ontworpen had heet "Nummertjes maken". Het is de bedoeling dat je een meisje in een kamer manoeuvreert en een nummertje maakt. Toen Casley dat zag... misschien wilt u dit wel opnemen...'

'Ga door,' zei Mallory ongeduldig.

'Hij zei dat het spelletje hem herinnerde aan de neukkamer bij hem in huis. Zo noemen ze dat en toen ik vroeg wat dat was, de neukkamer, zei hij dat dat een kamer was in de kelder van hun huis. Letterlijk zei hij: "Daar nemen we de gleuven mee naar toe als we ze in alle rust willen pakken." '

'Wel wel wel,' zei Mallory.

'Dat was ook de kamer waar Jimmy Liz mee naar toe had genomen,' zei Seth, 'en daarom nam hij haar daar ook mee naar toe, om in alle rust een punt te kunnen zetten.'

'De neukkamer,' zei Mallory volledigheidshalve tegen zijn collega. 'En die is daar speciaal voor dat doel ingericht.'

Seth knikte.

'Dank je,' zei Neary tegen Seth. 'Je hebt goed werk geleverd, inspecteur.'

15

Het onderzoek kon nog alle kanten op.

'Ik zeg jullie,' hield Mallory Peters en Neary voor in het kantoor van de officier van justitie, 'die jongen was vast van plan met haar naar bed te gaan. Het liep gewoon uit de hand.'

'Als iemand schreeuwt in die kamer, hoeven de mensen dat boven nog niet te horen,' zei Neary.

'Daarom nemen ze de meisjes daar natuurlijk mee naar toe,' zei Peters. 'Laten we deze nieuwe ontwikkeling even vastleggen.'

Ze besloten dat Bill Casley ondervraagd moest worden om de naam voor de kelderkamer te bevestigen. Mallory en Neary wachtten in een auto tot Casley thuis kwam.

'Bill? Kunnen we je even spreken?' riep Mallory.

Casley wilde net met een vriend naar binnen gaan. Hij haalde zijn schouders op en zei: 'Dat krijg je als je op televisie bent geweest.' Hij liep naar de auto.

'Stap in,' zei Mallory.

'Ik heb al alles verteld wat ik weet.'

'Misschien nog niet helemaal,' zei Mallory vastberaden. 'Stap in.'

Casley stapte achter in de auto. Hij voelde zich niet op zijn gemak daar en dat was precies hun bedoeling.

'We willen graag een beetje privacy,' zei Mallory. Hij reed een paar straten verder, naar een buurt waar geen studenten woonden zodat ze niet gezien zouden worden. Beide rechercheurs draaiden zich om en keken Bill aan.

'Op twee september, de avond dat Elizabeth Mason en Jimmy Andrews samen op een feest in jouw huis waren, heb jij hen op die avond naar beneden zien gaan?' vroeg Neary.

'Nee. Dat heb ik al eerder verteld. Ik was al weg. Er was die avond nog een ander feest. Daar zijn we met een heel stel heengegaan.'

'Wanneer je een nummertje wilt maken en er zijn mensen in huis of misschien is er iemand op je kamer, waar neem je een meisje dan mee naar toe in jullie huis?' vrocg Mallory.

'Dat weet ik niet.'

'Naar beneden? Naar de kamer in de kelder?'

'Zou kunnen.'

'Heb jij ooit een meisje mee naar die kamer genomen?' vroeg Mallory.

'Zitten jullie nu ook achter mij aan?'

'Jou kan niets gebeuren, Bill, als je maar gewoon antwoord geeft. Heb je ooit iemand naar die kamer meegenomen?' vroeg Neary.

'Misschien.'

'En heeft, voor zover jij weet, iemand anders in huis weleens een meisje meegenomen naar die kelderkamer?'

'Dat zou kunnen. Ik houd niet bij wat de anderen allemaal doen.'

'Heeft Jimmy Andrews ooit een meisje mee naar beneden genomen?' vroeg Mallory.

'Vraag maar aan hem zelf.'

'De jongens in jullie huis nemen meisjes mee naar beneden, of niet, als ze denken dat ze een nummertje kunnen maken en ze een beetje privacy willen?' vroeg Neary.

'Luister, wij zijn geen beesten. Wij doen niets wat die meisjes niet willen.'

'Is die kamer in de kelder een kamer waar jij en je vrienden meisjes speciaal mee naar toe nemen voor privacy en een nummertje?' vroeg Mallory.

'Als het meisje wil.'

'Het is dus een kamer waar je meisjes mee naar toe neemt? Daar staat hij om bekend in huis, of niet? Een jongen die daar naar toe gaat heeft de bedoeling met een meisje naar hed te gaan.'

'Je weet natuurlijk niet iedere keer wat het gaat worden.'

'Ben jij ooit met een meisje naar bed geweest in die kamer?' vervolgde Mallory.

'Ik denk het.'

'En anderen?'

'Ik denk het.'

'Noemen jullie die kamer de neukkamer?'

'Ja. Nou en?'

'Dat hoeft natuurlijk niet iedereen te weten,' zei Neary. 'Dat hang je natuurlijk niet aan de grote klok, zodat ieder meisje aan wie je vraagt of ze meegaat naar beneden weet dat ze naar de neukkamer gaat.'

'We adverteren er niet mee in de *Layton Journal*, als u dat soms bedoelt.'

'Dat bedoel ik, ja.'

Tevreden met de ingewonnen informatie reden ze hem terug naar huis, bedankten hem en lieten hem gaan.

'Wanneer je een meisje hebt meegenomen naar de neukkamer wil je natuurlijk geen nee horen,' zei Mallory tegen Neary. 'Andrews heeft haar niet meegenomen naar die kamer om samen naar klassieke muziek te luisteren.'

Bill Casley zag Jimmy Andrews later die dag en vertelde dat de rechercheurs vragen gesteld hadden over de kamer in de kelder en dat ze wisten hoe die kamer in huis genoemd werd. Jimmy reageerde er nonchalant op. Maar hij ging onmiddellijk naar een telefooncel een straat verderop, waar hij kon praten zonder te worden afgeluisterd, en belde Brett MacNeil.

'Er zijn een paar dingen gebeurd die u volgens mij maar beter kunt weten,' zei hij tegen de advocaat.

'Wat dan?'

'Een stel meiden had het afgelopen weekend een protestmars tegen verkrachting georganiseerd. Sommige jongens bij mij in huis ergerden zich daaraan en er is een beetje gevochten.'

'O ja? Wat is een beetje?'

'Nou ja, het stelde niet zoveel voor.'

'Is het buiten de campus bekend?'

'Ja, het is nog op televisie geweest.'

'Televisie? Goed nieuws, Jimmy. Dat is precies wat we nodig hebben, publiciteit rond verkrachtingen aan Layton,' zei hij geïrriteerd.

'De politie is ook geweest.'

'Natuurlijk.'

'Een jongen bij mij in huis heeft ze iets verteld. Ik denk niet dat het wat uitmaakt. Het is geen bewijs.'

'Laat mij maar bepalen wat bewijs is en wat niet.'

'Sommige mensen hier noemen die kamer waar ik met Liz Mason naar bed ben geweest de neukkamer. Omdat het daar rustig is en de kamer zich leent voor seks.'

'De neukkamer?'

'Het is gewoon een geintje, meer niet.'

'Wie noemt die kamer zo?'

'Gewoon, de jongens bij mij in huis.'

'Omdat het een kamer is voor seks?'

'Min of meer.'

'Min of meer. Voel je wel wat dat betekent, Jimmy, een kamer apart houden voor seks?'

'Het is gewoon grappig bedoeld.'

'Wat gebeurt er in die neukkamer, Jimmy? Als het meisje niet wil neuken, laat je haar er dan weer netjes uit? Of zijn je verwachtingen daar zo hoog gespannen dat je haar dwingt, zodat je in elk geval geneukt hebt in de neukkamer?'

'Als ze niet wil neuken, wil ze niet neuken. Maar Liz Mason wilde wel neuken. Dat zeg ik de hele tijd al, verdomme!'

'Luister, Jimmy. Je kunt de politie weer verwachten. Zeg niets. Laat ze maar contact met mij opnemen.'

'Goed. En ik bel vanuit een telefooncel op straat, zodat niemand het kan horen.'

'Goed werk, jongen,' zei hij sarcastisch.

Brett MacNeil was eraan gewend dat cliënten uit het criminele circuit hem vanuit telefooncellen belden. Nu begon deze student daar ook al mee.

Voor Jimmy was de avond met Elizabeth heel lang geleden. Het was inmiddels de eerste week van maart. Hij had haar in september ontmoet. Hij had een verantwoordelijk leven geleid, fatsoenlijk. Jimmy beschouwde het als ongelooflijke pech dat hij met haar te maken had gekregen. Een meisje als Janna, Janna zelf, had op hem kunnen zitten wachten. Het jaar was zo anders gelopen als hij Janna het eerst had ontmoet.

Waarom lieten ze hem niet met rust? Elizabeth Mason liep rond, ze organiseerde demonstraties. Het ging prima met het zogenaamde verkrachtingsslachtoffer.

MacNeil ging ervan uit dat de openbare aanklager nog steeds geen zaak had. Het feit dat een kamer speciaal voor seks bestemd was, bewees nog niet dat Jimmy het meisje verkracht had. Toch was het geen goed nieuws, evenmin als de aandacht op televisie voor een studentendemonstratie tegen verkrachting. Hij nam contact op met Malcolm Andrews, die niets wist van de demonstratie of het lopende onderzoek.

'Mijn God. U zegt dat het toch nog weleens een proces zou kunnen worden?'

'Op dit punt is dat niet waarschijnlijk. Ze hebben nog geen spoortje van een bewijs. Toch wordt het langzamerhand een mogelijkheid waar we rekening mee moeten houden. De openbare aanklager zou zich aangemoedigd kunnen voelen de zaak aan een jury voor te leggen en te proberen een veroordeling los te krijgen. Ik wil u er alleen op voorbereiden.'

'Jimmy is een goede jongen. Hij heeft dat meisje niet verkracht. Waarom zou hij?'

'Laten we hopen dat we die vraag niet in de rechtszaal hoeven te beantwoorden.' MacNeil hoorde het zichzelf zeggen en voegde er snel aan toe: 'Maar als het er toch van mocht komen, dan winnen we.'

MacNeil nam de zaak tegen Jimmy Andrews door met twee van zijn partners, Tom Kelleher, een dikke man van in de veertig, en Barbara Malley, een keurige brunette van in de dertig, voormalig officier van justitie in Stamford. Beiden gingen ervan uit dat wat MacNeil tegen de vader gezegd had nog steeds waar was. Als het tot een proces kwam zou de verdediging sterk staan, gezien het gebrek aan bewijs en de moeilijkheid van het verkrijgen van een veroordeling in een verkrachtingszaak. Ze besloten dat de beste strategie bij een proces, net als bij de hoorzitting, zou zijn om Jimmy Andrews buiten de getuigenbank te houden. Aan het eind van de bespreking vroeg Barbara Malley: 'Hoe zit het met die jongen? Denk je dat hij haar verkracht heeft?'

'Eerst was ik daar niet zo zeker van, maar ik denk het wel,' zei MacNeil.

Brett MacNeil beschouwde zijn positie moreel gezien niet als dubieus. Iedereen had recht op een eerlijk proces en het was zijn werk ervoor te zorgen dat de mensen dat daadwerkelijk kregen. Toen hij net was afgestudeerd had hij een tijdje als advocaat in Boston gewerkt. Veel van zijn cliënten daar waren schuldig aan de misdaad waarvoor ze moesten voorkomen. Hij had hen verdedigd en door hun rechten te beschermen had hij het justitiële systeem verdedigd dat anderen, die vals waren beschuldigd, onschuldig kon verklaren. Jimmy Andrews had recht op verdediging. Mac-Neils sympathie ging uit naar de ouders. De moeder zag hij als broos en in de war, de vader als een intellectuele lichtgewicht die overdonderd was door de benarde situatie waarin zijn zoon zich gemanoeuvreerd had. Hij had het gevoel dat als de jongen achter de tralies moest, de ouders kapot zouden zijn. Het joch had iets arrogants en stoms gedaan, concludeerde MacNeil. Waarschijnlijk had hij het meisje verkracht, maar hij was geen brute verkrachter. Als de jongen uit de gevangenis kon worden gehouden, zou MacNeil zijn tijd goed gebruikt hebben, vond hij. Hij zou de ouders een dienst bewijzen en de gevangenis zou een soft joch als Jimmy Andrews breken.

Malcolm Andrews was vreselijk bezorgd en nam weer contact op met Alice Whitson, een vrouw met wie hij twee jaar lang een verhouding had gehad. Hij had haar al een halfjaar niet gezien. Hun verhouding was afgelopen toen ze een relatie was begonnen met een ongetrouwde man. Alice Whitson was manager op een bank, gescheiden en in de veertig, een vrouw bij wie Malcolm altijd rust had gevonden omdat ze zo evenwichtig was. Hij zat in nood, vertelde hij haar. Hij moest haar spreken. Ze had nog steeds een relatie, hield ze hem voor, maar stemde ermee in iets met hem te gaan drinken.

Malcolm leed met verve en deed uitgebreid verslag van de ellende die zo volkomen onverdiend over zijn Jimmy gekomen was. Alice begreep niet waarom de politie zo hardnekkig was als Jimmy boven iedere verdenking verheven was. Ze besloot dat ze Malcolm niet zou toestaan om deze crisis te gebruiken als middel om zich weer een plaatsje in haar leven te verwerven. Ze leefde slechts met hem mee en zei tegen Malcolm dat ze het jammer voor hem vond dat hij problemen had, maar dat ze niets voor hem kon doen.

'Dat is het?' zei hij. 'Je bedoelt dat ik alleen Penny heb?'

'Het spijt me. Ik kan je niet meer geven wat je wilt.'

Ze wist wel dat zijn zoon alles voor hem was. Zijn huwelijk was niets. Maar Malcolm kon haar niet wijsmaken dat zijn zoon totaal niet in staat was een meisje te verkrachten. De Here sta deze man bij, dacht ze, wanneer ze bewijzen dat de jongen het gedaan heeft.

Nu de officier van justitie de zaak nog steeds open hield, werd een van de sterkste bezwaren van Laura ondermijnd. Ze kon niet langer zeggen dat het onderzoek zinloos was. In Caldwell namen ze de aangifte van Elizabeth serieus. En Ben begon op te knappen van zijn therapie, want hij verlustigde zich er niet in dat zijn kijk op het onderzoek nog altijd een juiste bleek. Hun huwelijksbootje kwam in rustiger vaarwater. Een belangrijke bijdrage tot de verbetering werd geleverd door hun gemeenschappelijke trots op Elizabeth.

'Ik heb de laatste paar dagen een hoop geld in ons huwelijk gestoken,' zei Ben op een avond tegen Laura. 'Mijn laatste paar sessies gingen allemaal over ons.'

'En? Kan dit huwelijk nog gered worden?' vroeg ze op gedragen toon.

'Het is net als wat jij zei van Elizabeth. We moeten hier doorheen.'

Ben was nu bereid samen met Laura naar een huwelijkstherapeut te gaan en zijn psychiater beval Angela Woodson aan.

'Zij is een slimme oude vogel,' zei Fraiman. 'Ze heeft al heel wat vuile was gezien.'

Toen Ben voor het eerst bij Fraiman kwam, had de therapeut gezegd dat hij alleen eerste hulp verleende. Nu was de tijd gekomen, stelde hij voor, om deze therapie als afgerond te beschouwen en samen met Laura naar een huwelijkstherapeut te gaan.

De Masons gingen naar Angela Woodson, een flamboyante dame van in de zestig, lang en met zilvergrijze haren, gekleed in een Armani pak. Ze droeg een donkere bril, al zaten ze tussen vier muren. Woodson vroeg hen hun problemen onder woorden te brengen. Laura begon. Ze vertelde over de verkrachting, de universitaire hoorzitting, het politieonderzoek, de niet-aflatende ruzies, de protestmars. Terwijl de therapeut luisterde, leken haar ogen achter de donkere glazen wel dichtgevallen en Laura en Ben vroegen zich af of ze een dutje deed, of ze haar nu al in slaap hadden gekregen. Na een kwartier tikte Woodson op haar bureau met een potlood en zei: 'Nu jij.' Ben voerde ook een kwartier het woord, waarna ze opnieuw met haar potlood tikte en zei: 'Genoeg.'

Ze keek hen aan en begon in haar draaistoel heen en weer te draaien.

'Dat zijn geen prettige ervaringen, dus waarom zouden jullie gelukkig zijn? Jullie kinderen lijken me geweldige mensen. Jullie dochter klinkt fantastisch. Zulke geweldige kinderen zijn geen ongelukje. Als jullie bij mij komen, zullen we proberen uit te zoeken hoe het kan dat twee mensen die zo slecht bij elkaar passen,' zei ze ironisch, 'zulke fijne kinderen hebben. Ergens sluimert een betere relatie. Willen jullie die wakker kussen?'

'Ja,' zei Laura.

'Heerlijk, het jawoord,' zei de therapeute. 'En jij?'

'Ja,' zei Ben.

'Mooi. Kom een paar keer per week, dan vogelen we dit wel uit.'

Toen ze weer buiten stonden zei Ben tegen Laura: 'Ik wist wel dat we van de ene therapie in de andere zouden rollen. Nog zo'n Newyorks echtpaar dat het niet redt zonder hulp.'

'We proberen het, oké?'

'Oké. Als we haar wakker kunnen houden.'

Carl Peters wilde graag dat de rechercheurs nog eens op onderzoek uitgingen op de campus en weer met dezelfde mensen gingen praten. Misschien had iemand iets gezien of gehoord dat ze nog niet eerder gemeld hadden. Mallory en Neary gingen weer aan het werk en praatten opnieuw met mensen die ze al eerder gesproken hadden.

'Jimmy, de politie is nog steeds met dat onderzoek bezig,' zei Janna. Ze hadden haar bij haar huis aangehouden en Janna belde onmiddellijk na het onderhoud. 'Ze vroegen of ik me iets herinner, of je ooit iets aan me verteld hebt over Liz Mason.'

'En?'

'Ik heb hen verteld wat jij mij verteld hebt. Je hebt één keer een afspraakje met haar gehad en er is niets tussen jullie gebeurd.'

'Precies.'

Hij kon moeilijk midden in een politie-onderzoek als een blad aan een boom omdraaien. Hij kon zich niet voorstellen dat hij haar opeens moest zeggen: ik zei wel dat ik niet met haar naar bed ben geweest, maar dat is wel zo, maar ik zei van niet omdat ik bang was, en ik ben wel met haar naar bed geweest, maar ik heb haar niet verkracht.

'Er is niets tussen jullie gebeurd?' vroeg ze.

'Niets.'

'Als jij het zegt, moet ik je wel geloven.'

Mallory wilde Jimmy Andrews maar wat graag op een leugen of een belastende verklaring betrappen. In de hoop hem te verrassen en in een poging nonchalant te doen, hield hij hem op een paadje op de campus staande en vroeg of hij hem, onder het genot van een kop koffie, een paar vragen kon stellen. Jimmy antwoordde dat Mallory koffie mocht gaan drinken met zijn advocaat en belde MacNeil meteen op over de ontmoeting. MacNeil nam contact op met Peters.

'Met Brett MacNeil. Waarom valt u mijn cliënt lastig? We hebben een afspraak gemaakt. Hij is geweest. Hij heeft uw vragen beantwoord.'

'Het onderzoek gaat verder. Er hebben zich nieuwe ontwikkelingen voorgedaan.'

'U kunt niets bewijzen, meneer Peters. Jullie hebben maanden gezocht, maar nog geen getuige gevonden, laat staan een bewijs.'

'We zouden graag nog eens met Jimmy Andrews praten.'

'Dat kan niet. Laat de zaak rusten, meneer Peters. Die jongen komt nooit aan zijn studie toe.'

'Ik ben blij dat u daar zo over in zit.'

Een paar dagen later zat Mallory in een studentenwoonkamer met Sandy McDermott.

'Ik wil nog graag een paar dingen weten. Jij zei dat je op dat feest van 2 september was met je vriend, Rod Wyman, is het niet?'

'Mijn ex-vriend. In de kerstvakantie hebben we het uitgemaakt.'

'De vorige keer hebben we je gevraagd of je ook wist met wie Jimmy die avond was en jij wist het niet.'

'Dat is ook zo. Ik kende haar toen nog niet. Nu wel.'

'Hoe dan?'

'Nou ja, door alles wat er gebeurd is. Ik deed ook mee aan de protestmars. Rod was bij die herrieschoppers. Ik heb het uitgemaakt omdat hij steeds andere meisjes had. Als ik ooit een bewijs nodig had dat ik er goed aan had gedaan het met hem uit te maken, zag ik dat nu met mijn eigen ogen. Die jongens gedroegen zich als beesten.'

'Dus je kent Jimmy Andrews?'

'Ja. Ik ben heel vaak in dat huis geweest.'

'Je hebt hem op dat feest niet naar beneden zien lopen met Liz Mason?'

'Heeft hij haar dan mee naar beneden genomen?' vroeg ze. Mallory hoorde iets in de toon van haar stem.

'Wat is er toch met die kamer in de kelder?'

'Daar nemen ze mensen mee naar toe om te vrijen.' Ze fronste haar voorhoofd.

'Wat is er, Sandy?'

'Het is mij daar ook overkomen. Een of andere engerd, vorig jaar. Hij nam me mee naar beneden en probeerde me te verkrachten.'

Rustig blijven, hield Mallory zichzelf voor. Hij wist dat hij op het punt stond iets belangrijks aan de weet te komen.

'*In* die kamer?'

'Het is hem niet gelukt. Ik bofte nog.'

'Gelukkig maar. Dus iemand heeft jou in die kamer geprobeerd te verkrachten?'

'Ja. Volgens mij hebben ze die kamer daar alleen maar om de seks. Voor hun competitie.'

'Wat voor competitie?' vroeg Mallory.

'Rod ontkende het, maar volgens mij hebben ze een competitie.'

'Een competitie?'

'Ze houden de score bij. Wie de meeste meisjes neukt per semester.'

'Echt waar? Dat is niet erg sportief, of wel? Heeft iemand je dat ooit verteld?'

'Ik heb hier en daar weleens iets opgevangen. Het zou me niets verbazen.'

'Wat heb je dan opgevangen?'

'Nou ja, opmerkingen als: de hoeveelste was dat? Hoeveel heb jij er al gehad? Ze hebben me nooit verteld dat ze dat deden, maar ik ben er vaak genoeg geweest om daarachter te komen.'

'Wie deden daaraan mee?'

'De jongens met vaste vriendinnen niet, geloof ik.'

'De anderen wel?'

'Ik denk het wel.'

'Wie heb je zoal over die competitie horen praten?'

'Bill Casley. Jimmy Andrews.'

'Jimmy Andrews ook?'

'Ik weet vrij zeker dat hij ook meedeed.'

'Weet je het niet honderd procent zeker? Heb je Jimmy Andrews ooit over het bijhouden van een score horen praten?'

'Ja, toch wel. Want toen realiseerde ik me pas waar ze het over hadden. Ik dacht dat het mijn vrienden waren. Ze hadden geen eieren naar ons moeten gooien en ons moeten uitschelden. We kwamen alleen voor onszelf op.'

'Dat ben ik met je eens.'

Mallory bedankte Sandy, ging naar zijn wagen en nam contact op met Neary, die op het bureau zat. Hij vertelde dat hij iets aan de weet was gekomen. Toen hij op het bureau aankwam riep hij: 'Ann, kom op, we gaan naar boven!' en hij stormde de trap op naar het kantoor van Peters.

Mallory ging tegenover Peters zitten en wachtte op Neary. Toen stak hij van wal: 'Moet je horen. Sandy McDermott heeft een tijd-je een relatie gehad met een huisgenoot van Jimmy Andrews. Ze vertelde dat ze vorig jaar in die kelderkamer bijna verkracht is.'

'O ja?' zei Peters.

'En er is meer. Ze is ervan overtuigd dat de jongens een *competitie* houden wie in één semester met de meeste meisjes naar bed gaat. Ze houden de score bij. *En Jimmy Andrews doet daar ook aan mee.*'

'Wat?' zei Peters met grote ogen.

'Ik staak de bewijsvoering,' verklaarde Mallory.

Peters wilde bevestiging van de competitie van iemand die in het huis woonde. Een voor de hand liggende persoon was John Hat-cher. Mallory en Neary gingen naar het huis en stonden bij de voor-deur tegenover Hatcher. Het was geen geschikt moment om te pra-ten, zei hij, want hij was bezig een paper te schrijven. Neary zei dat het maar even hoefde te duren en dat Hatcher de burgerplicht had om aan een politie-onderzoek mee te werken. Hatcher antwoord-de dat hij over een dag of twee contact met hen zou opnemen. John Hatcher wist niet goed waar zijn verantwoordelijkheden lagen – bij een kamergenoot die hij niet mocht, bij een eerstejaars studen-te die hij niet kende, bij zijn huisgenoten, bij ethisch gedrag.

Hij vertrok naar zijn vriendin, die aan Hamilton studeerde, en be-sprak zijn situatie bij haar op de kamer. Hij wilde het goede doen, maar hij wist niet of hij uit zichzelf alles moest zeggen wat hij wist, of dat hij alleen maar de vragen moest beantwoorden die de politie hem stelde. Zijn vriendin vond dat hij moest vertellen wat hij wist. Hij kon niet met zekerheid zeggen dat hij wist wat er gebeurd was.

Het was mogelijk dat die verhalen bij hem in huis over het aantal meisjes met wie zijn huisgenoten naar bed waren geweest, niet meer waren dan onschuldige opschepperij. En wat was de waarheid in het geval Liz Mason? Ze kon wel gelogen hebben. Als de informatie die hij uit zichzelf verstrekte de schaal nu eens in het nadeel van Jimmy liet doorslaan, terwijl die misschien wel onschuldig was, wat dan?

Hij belde zijn ouders en die vonden in grote lijnen hetzelfde als zijn vriendin. Hij moest eerlijk zijn en vertellen wat hij wist. John Hatcher zat er vreselijk mee. Hij wilde graag correct zijn en doen wat moreel juist was, maar hij wilde niet iemand schade berokkenen. En hij wilde zijn zwaar bevochten positie als een van de jongens ook niet ondermijnen. In een gesprek met een rechercheur zou hij zijn toch al niet grote populariteit weleens de doodklap kunnen geven. Dan zou hij een mietje zijn, een verrader. Dan had hij geen woordenboek meer nodig om te weten wat hij was: dan was hij een eersteklas lul.

'Waarom wilde je me spreken?' vroeg Elizabeth aan John Hatcher. Ze zaten tegenover elkaar aan een tafeltje in een van de campuscafetaria's. Elizabeth was nogal verbaasd geweest toen de kamergenoot van Jimmy Andrews had gevraagd of ze elkaar konden spreken. Ze zag geen reden om onderscheid te maken tussen de mensen die in hun huis woonden. Hij had om een gesprek onder vier ogen en met een beetje privacy gevraagd. Ze vertrouwde hem niet en daar zaten ze dan.

'Dus... ze noemen jou Liz?'

'Jullie hebben me wel heel wat ergere dingen genoemd.'

'Ik ben niet "jullie".'

'Nee?'

'In één en hetzelfde huis kunnen heel veel verschillende mensen wonen. We zijn niet één pot nat.'

'Nee, dat weet ik. De een gooit met eieren, de ander gooit liever met een comdoom.'

'Daar had ik niets mee te maken. Ik was er niet eens bij.'

'Als jij het zegt.'

'Luister, met Jimmy als kamergenoot heb ik meer met zijn privéleven te maken dan me lief is. De politie is geïnteresseerd in wat ik weet. Ik weet niets over de avond in kwestie. Jij en ik hebben elkaar die avond ontmoet...'

'Dat herinner ik me, ja.'

'Je zag er leuk uit. Ik dacht dat Jimmy een leuke vriendin had gevonden.'

'Het is vreemd om er op die manier naar te kijken, maar Jimmy en ik zijn inderdaad een paar uur een paar geweest, of niet? Jimmy en Liz. Een enig stel.'

'Jij bent te snel voor hem. Jimmy had niet geweten wat hij met je aan moest.'

'Daar heeft hij anders wel een oplossing voor gevonden.'

'Dat bedoel ik niet.'

'Ik weet wat je bedoelt.'

'Liz, toen ik voor het eerst naar Layton kwam, maakte ik me zorgen of ik me hier wel zou kunnen aanpassen. Ik kan tamelijk goed studeren. Mijn ouders zijn allebei hoogleraar. Ik maakte me zorgen dat ik zo'n student zou worden die alleen maar met zijn neus in de boeken zit. Dus ging ik basketballen. Ik kan redelijk spelen en het idee dat ik dan maatjes zou hebben en dat ik deel zou uitmaken van een groep, stond me wel aan.'

'Toffe jongens.'

'Wat ik zeggen wil is dat ik niet weet waar, in deze situatie, mijn verantwoordelijkheden liggen. Is het bij de jongens, bij Jimmy? Is het bij jou? Is het bij een of ander idee van ethisch gedrag.'

'En jij kunt tamelijk goed studeren?' plaagde ze. 'Je maakt nogal een onsamenhangende indruk op mij.'

'Je bent inderdáád te scherp voor Jimmy.' En in een poging charmant te zijn voegde hij eraan toe: 'Als ik niet al een vriendin had...'

'Zou je me meenemen naar een feest in The Big Leagues.'

'Waar heb je de politie verteld dat Jimmy je verkracht heeft?'

'In jullie huis.'

'In de kelder?'

'Ja.'

'O. Heb je geschreeuwd?'

'Ja. En jij bent me niet komen redden.'

'Ik heb je niet gehoord. Als ik je gehoord had, was ik gekomen,' zei hij, zo ernstig dat het haar verbaasde.

Hij zweeg.

'Ja?' zei ze iets vriendelijker.

'Waarom ben je in 's hemelsnaam met hem naar beneden gegaan?'

Zijn stem klonk niet beschuldigend, eerder schrijnend.

'Zo was de stemming die avond.'

'Maar wanneer je naar die kamer gaat met iemand waarmee je gedanst hebt, en gekust, en hij heeft gedronken... Had jij ook gedronken?'

'Een beetje.'

'Je had niet met hem naar beneden moeten gaan.'

'Ik heb daar geen bordje met verboden toegang zien staan.'

'Nee, dat was inderdaad beter geweest,' zei hij. 'Ik weet nog steeds niet wat er die nacht gebeurd is. En ik weet nog steeds niet wat ik moet doen.'

'Wat wordt er van je verlangd dan?'

'Dat ik de politie de waarheid vertel. Is er een waarheid?'

'Ja, die is er.'

Hij verviel weer in stilzwijgen en zei uiteindelijk: 'Nou... bedankt dat je met me hebt willen praten.'

'Misschien ontmoeten we elkaar nog eens als je niet voor een moreel dilemma staat.'

'Ik zal mijn agenda in de gaten houden,' zei hij in een poging ook ad rem te zijn. Ze glimlachte.

Beiden stonden op en schudden elkaar formeel de hand. Elizabeth vertrok en John Hatcher liet zich weer op zijn stoel zakken om nog wat na te denken.

Wat de cruciale vraag betreft of hij uit zichzelf informatie moest verstrekken aan de politie, besloot hij dat dat niet hoefde. Hij kon het gedrag van Elizabeth Mason die avond niet goedpraten. Waarom was ze naar die kamer gegaan met Jimmy? Dat bleef een vaag punt en hij wilde niet de verantwoordelijkheid op zich nemen om Jimmy schade te berokkenen of zich de vijandschap van de jongens op de hals te halen wanneer dat vaag bleef. Aan de andere kant zou hij ook niet liegen om wie dan ook te beschermen. Hij zou alle vragen beantwoorden die hem gesteld werden, volledig en zonder omwegen. Dat was zijn waarheid.

16

Zonder zich ook maar in de verste verte iets aan te trekken van het feit dat er een politie-onderzoek gaande was tegen een van hun huisgenoten, waren de jongens van The Big Leagues bezig een feest voor te bereiden. Een vergadering werd bijeengeroepen en de veertien bewoners van het huis zaten in de woonkamer om een thema te verzinnen. Rod Wyman stelde een proverkrachtingsfeest voor, maar hij werd weggelachen. Jimmy Andrews was er ook en hij lachte mee: dat hoorde bij zijn image. Iemand stelde een Dionysisch thema voor en dat kreeg brede steun. John Hatcher zat rustig naar Jimmy te kijken en dacht aan Nero, die stond viool te spelen terwijl Rome in brand stond. Hoewel hij lang had nagedacht en voor zichzelf het idee had dat hij de juiste strategie had uitgestippeld, maakte John Hatcher zich toch zorgen over wat hij misschien ongewild zou onthullen. De huisvergadering liep ten einde. Het werd Dionysos. De jongens zouden overal schalen met druiventrossen neerzetten en zich in witte lakens wikkelen.

De rechercheurs en de openbare aanklager begonnen ongeduldig te worden. Twee dagen waren voorbijgegaan sinds John Hatcher had toegezegd contact op te zullen nemen. Toen belde Hatcher naar het politiebureau op en zei dat hij wel wilde praten, mits dat niet op de campus of bij hem thuis hoefde te gebeuren. Mallory en Neary spraken die avond om acht uur met hem af in de Caldwell Diner. Toen ze daar aankwamen zagen ze meteen dat de jongen nogal geagiteerd was.

'Er is niets aan de hand,' stelde Mallory hem gerust, 'we zitten niet achter jou aan. We willen alleen weten wat jij ons eventueel nog te melden hebt in de verkrachtingszaak.'

'Ik zal jullie de waarheid vertellen zoals ik die ken,' zei hij, een zin die hij had ingestudeerd om zich zelfvertrouwen te geven.

'Jij was ook op dat feest van 2 september. De laatste keer vertelde je dat je het grootste deel van die avond boven hebt gezeten met je vriendin,' zei Neary.

'Dat is ook zo.'

'De hele tijd?'

'Ik ging af en toe naar beneden om een pilsje te halen.'

'En dan ging je meteen weer naar boven?'

'Ja.'

'En na verloop van tijd ging je weg?'

'Ja, we gingen iets eten.'

'Wanneer was dat?'

'Een uur of elf.'

'Wanneer je in de woonkamer was, zag je Jimmy Andrews en Elizabeth Mason dan ook samen? En waren ze aan het dansen en bier aan het drinken?' vroeg Mallory.

'Ja.'

'Herinner je je ook hoeveel ze dronken? Hoeveel dronk zij?'

'Dat weet ik niet.'

'En Jimmy?'

'Die heeft in elk geval een paar biertjes gehad die ik hem gegeven heb.'

'Een paar? Drie, vier?'

'In elk geval twee.'

'Wat zag je verder aan hen?' vervolgde Mallory.

Een rechtstreekse vraag die hij ook rechtstreeks wilde beantwoorden.

'Ze kusten elkaar op de dansvloer.'

'Wat voor kussen – vluchtig, hartstochtelijk?' vroeg Neary.

'Tamelijk hartstochtelijk.'

'Deden ze meer dan kussen?'

'Nee.'

'En heb je ze zien vertrekken?'

'Nee.'

'Je hebt die avond nooit iets gehoord, je hebt niet een meisje horen schreeuwen?'

'Nee.'

'Die kamer in de kelder wordt de neukkamer genoemd, of niet?' vroeg Mallory.

John was verbijsterd dat ze dat wisten, maar tegelijkertijd opgelucht dat ze het in elk geval niet van hem hoefden te horen.

'Ja.'

'Omdat daar meisjes mee naar toe worden genomen om mee te neuken.'

'Er worden weleens meisjes meegenomen naar die kamer, ja.'

'Om een nummertje te maken?'

'Ja.'

'En daar houden jullie dan de score van bij?' vroeg Neary.

'Wat zegt u?'

'Er is een competitie gaande bij jou in huis en jullie houden bij met hoeveel meisjes je naar bed bent geweest,' zei ze.

John Hatcher stond op een morele drempel. Hij had met zichzelf afgesproken dat hij niets uit zichzelf ging zeggen en dat hij ook niet ging liegen. Hij probeerde na te denken. De rechercheur had hem geen directe vraag gesteld.

'Is dat een vraag?'

'Laat ik het zo zeggen: hebben jullie een competitie, en houden jullie de score bij van de veroveringen die je maakt, van de meisjes met wie je in één semester naar bed gaat?' vroeg Neary.

'Ja.'

'Doe jij mee aan die competitie?' vroeg Mallory.

'Nee.'

'Doet Jimmy mee aan de competitie?'

'Nee.'

De rechercheur voelde wel aan dat hij de vraag ook nog anders kon formuleren.

'Deed Jimmy op 2 september nog mee aan de competitie?'

John Hatcher zweeg even. Hij was zich bewust van het belang van de vraag, maar het was een rechtstreekse vraag en hij gaf antwoord.

'Ja,' zei hij zacht.

'Wanneer begon hij de score bij te houden?'

'Bij het begin van het semester.'

'Ging hij daar ook mee door?' vroeg Neary.

'Op een gegeven moment, toen hij een relatie kreeg met Janna Willis, is hij daarmee opgehouden.'

'Maar hij deed wel mee aan de competitie?' vroeg Neary.

'Ja.'

'Zeker weten?' vroeg Mallory. 'Heeft hij je dat verteld. Heb je er in huis over horen praten?'

'Ja.'
'Een van beide of allebei? Heeft hij het je verteld of heb je het gehoord?'
'Allebei.'
'Oké. Dat lijkt me wel voldoende voor vanavond. Heb je hier nog iets anders aan toe te voegen?' vroeg Mallory.
'Nee.'
'Bedankt dat je even tijd voor ons hebt vrijgemaakt,' zei Mallory. 'Tot ziens.'

John Hatcher vond dat hij eerlijk te werk was gegaan. Hij had niet uit zichzelf van alles te berde gebracht. Hij had alle vragen die hem gesteld waren beantwoord. Zijn vriendin en zijn ouders zouden zijn gedrag goedkeuren; zijn kamergenoot was een andere zaak.
Toen hij weer thuiskwam, zat Jimmy in hun kamer.
'Ik ben door een rechercheur ondervraagd over de aanklacht van Liz Mason. Ik had me voorgenomen niets te vertellen dat ze me niet rechtstreeks vroegen. Ze weten van de competitie, Jimmy.'
'Heb jij hen dat verteld?'
'Ze wisten het al voor ze mij ondervroegen. En onze naam voor de kelderkamer – die weten ze ook. Misschien heeft een of andere socioloog de gebruiken van onze stam onderzocht.'
'Er is niks aan de hand,' zei Jimmy, terwijl zijn handpalmen nat werden van het zweet en zijn gezicht rood aanliep. 'Als er hier geneukt wordt, bewijst dat nog niet dat ik haar verkracht heb.'

John Hatcher ging een douche nemen en Jimmy vertrok naar de telefooncel een straat verderop.
'Meneer MacNeil, het spijt me dat ik u thuis lastig val.'
'Wat is er nu weer, Jimmy?'
'De rechercheurs zijn weer bezig geweest met ondervragingen. Ze hebben met mijn kamergenoot en iemand anders gepraat. Ik weet niet wie.'
'En?'
'Er is nog iets anders uit de bus gekomen. Het bewijst alleen dat jongens bij mij in huis met meisjes naar bed gingen. Het bewijst niets over de aanklacht tegen mij.'
'Vertel.'
'Uit de gein – meer was het echt niet, het was gewoon een geintje –

hebben we de score bijgehouden van het aantal meisjes met wie we naar bed gingen in één semester.'

'Hoe bedoel je, de score bijgehouden? Schreven jullie dat op?'

'Nee, we meldden het alleen.'

'Leg uit.'

'Het was een soort competitietje – met hoeveel meisjes je naar bed was geweest.'

'Jullie hadden een competitie wie met de meeste meisjes naar bed ging?'

'Als grap. Gewoon, studenten onder elkaar.'

'Jimmy, deed jij daar ook aan mee?'

'Ja.'

'Deed je mee toen je Liz Mason meenam naar dat feest?'

'Dat zou je kunnen zeggen, ja.'

'Dus de avond dat je met haar op dat feest was, de avond waarvan zij beweert dat je haar toen verkracht hebt, deed je mee aan een competitie met je vrienden over hoeveel meisjes je geneukt had?'

'Meneer MacNeil, zij wilde het die avond. Ik heb niets gedaan dat de jongens bij mij in huis niet de hele tijd doen.'

'En je hebt niet geprobeerd haar te dwingen, om er zeker van te zijn dat je kon scoren?'

'Niet meer dan met andere meisjes met wie ik naar bed ben geweest.'

'Wat betekent dat? Heb je haar gedwongen?'

'Je weet niet altijd hoe ver ze nu echt willen gaan.'

'Was er sprake van dwang of van wederzijds goedvinden?'

'Ik heb haar niet verkracht. Waar ik schuldig aan ben is dat ik een godvergeten trut heb uitgezocht om een punt bij te zetten.'

'Nu hebben we er ook nog een sekscompetitie bij. Jezus, Jimmy! Waarom houd je je niet gewoon bij atletiek?'

De laatste onthullingen, over de competitie en de neukkamer, gaven voor de officier van justitie de doorslag. De jongens hadden een aparte, geïsoleerde kamer voor seks waar ze hun kandidaten mee naar toe namen, en Jimmy Andrews had ook meegedaan aan de competitie. Wanneer een meisje weerstand bood tegen zijn avances, was de verleiding wel erg groot om toch te proberen zijn zin te krijgen. Peters feliciteerde de rechercheurs. Mallory en Neary hadden echter geen tijd om op hun lauweren te rusten. Een vrouw in een buitenwijk was neergestoken en beweerde dat haar ex-man de dader was.

Peters meende dat hij nog steeds weinig kans maakte om Jimmy Andrews veroordeeld te krijgen. Deze zaak was net zo moeilijk te winnen als iedere andere soortgelijke zaak, maar hij geloofde het meisje. Dit soort misdaad werd meestal niet aangegeven en werd daarom ook nooit vervolgd. Toch gebeurde het vaak genoeg en Peters had het gevoel dat deze zaak, mits goed afgewikkeld, een afschrikkende werking zou kunnen hebben. Wanneer het tot een proces kwam, zou hij de competitie als motief kunnen aanvoeren. Hij had de arts en de psychologe en met die twee erbij zou hij misschien ergens kunnen komen. Maar de essentie was het meisje en haar geloofwaardigheid. Hij kende Martin Reed wel en hij zou diens woorden kunnen gebruiken die hij in het verslag van de hoorzitting had gelezen: *zij* was ooggetuige van de misdaad. Wanneer hij een proces omzeilen kon, en hij de tegenpartij ervan kon overtuigen dat een schuldbekentenis in ruil voor strafvermindering het beste was voor Jimmy, zou dat de makkelijkste en minst tijdrovende benadering zijn. De kans daarop was echter zeer klein.

Terwijl de officier van justitie zijn kansen afwoog, zat Brett Mac-Neil met zijn collega's Tom Kelleher en Barbara Malley de meest recente verrassing in de zaak Jimmy Andrews te bespreken.
'Het is of de duvel ermee speelt. Steeds denk je dat je alles gehad hebt en dan komt er weer wat nieuws bovendrijven,' zei MacNeil.
MacNeil wist dat de belangrijkste troef van de openbare aanklager de getuigenis van Elizabeth Mason was. Maar zij had illegaal bier gedronken, ze had met hem gevrijd waar iedereen bij was en ze was vrijwillig met hem naar de kelderkamer gegaan. Eén persoon in de jury die het meisje een 'del' vond en Jimmy Andrews ging vrijuit. In dat deel van de wereld zouden de mannen misschien wel denken dat het meisje erom gevraagd had. De openbare aanklager had waarschijnlijk genoeg om de zaak aanhangig te maken, en als hij goed was en het meisje klonk overtuigend – en dat ze dat kon wist hij van de hoorzitting – zou er waarschijnlijk een proces komen. Maar dat proces zou de verdediging zonder meer winnen.
'Tenzij we het verliezen,' zei MacNeil. 'Tenzij dit meisje zo overtuigend overkomt, zo sympathiek, dat ze haar *willen* geloven. Er is

een kans dat we de zaak verliezen.'
'Een klein kansje,' zei Kelleher.
'Maar niettemin een kansje. Als het tot een proces komt en de roddelpers komt te weten uit wat voor nest hij komt, duiken ze er als aasgieren bovenop.'
MacNeil kreeg die dag een telefoontje van de officier van justitie.
'Meneer MacNeil, goedendag. U spreekt met Carl Peters.'
'Ja, meneer Peters. U laat de zaak vallen?'
'Nee. We beschikken over nieuwe informatie. We zouden nog steeds graag willen dat u nog eens met de jongen bij ons langskomt.'
'Om te vertellen dat ze die kamer voor een speciaal doeleind gebruikten? Om te vertellen dat ze de score bijhielden?' zei hij uitdagend, in een poging de openbare aanklager te laten weten dat ook hij van de nieuwe ontwikkelingen op de hoogte was en dat het hem niets kon schelen. 'Dat bewijst nog allerminst onomstotelijk dat mijn cliënt iemand verkracht heeft.'
'Komt u langs met de jongen of niet?'
'Nee. Deze zaak zal uw reputatie geen goed doen, meneer Peters. Ik adviseer u geen verdere stappen te ondernemen.'
'Dan gaan we door naar de volgende fase. Bedankt voor uw advies, meneer MacNeil. Was u nog van plan een rekening te sturen?'

Peters maakte zich zorgen of het meisje overeind zou blijven. Hij vroeg haar binnen te komen en Elizabeth beantwoordde meer dan een uur de vragen die hij stelde. Peters zocht naar tegenstrijdigheden in haar verhaal vergeleken met de eerste keer dat ze het verteld had, toen ze aangifte had gedaan op het bureau. Hij kon geen zwakke plekken vinden. Ze was een prima getuige.
'Ik maak me wel een beetje zorgen,' zei Elizabeth. 'Als de zaak voorkomt en we verliezen, dan sta ik voor paal.'
Haar opmerking zat hem niet lekker. Als ze in het getuigenbankje aarzelde, zou een ervaren advocaat – en hij vermoedde dat de strijdlustige MacNeil dat was – niets van haar heel laten.
'We kunnen winnen op verkrachting en dan gaat hij naar de gevangenis. Ook al zou het bij een paar maanden blijven, dan nog zou dat heel vervelend zijn voor zo'n jongen. Of we kunnen hem schuldig laten verklaren op grond van seksueel wangedrag of mishandeling. Wat er ook uitkomt, we hebben de kans dat we hem kunnen

brandmerken om wat hij gedaan heeft en dat zou een belangrijke signaalfunctie kunnen hebben.'

'Toch loop ik een risico,' antwoordde Elizabeth.

'Ik ook.'

Hij moest haar vastberadenheid weer wat zien op te krikken en besloot haar op de hoogte te brengen van de laatste ontwikkelingen.

'Elizabeth, we hebben iets heel onverkwikkelijks ontdekt. De jongens in dat huis, Jimmy ook, hadden een competitie. Ze hielden de score bij van het aantal meisjes met wie ze naar bed waren geweest. En de kamer waar hij je mee naar toe had genomen... die noemen ze de neukkamer.'

'Echt waar?'

'Ja. Toen hij je mee naar beneden nam was dat in het kader van een spelletje dat ze speelden. Ze hielden de score bij.'

'De score?'

'Ja. Toen jij tegenstand bood... heeft hij waarschijnlijk, in het vuur van de competitie, toch zijn zin doorgedrukt en heeft hij je toch genomen. Jij was zijn eerste dat seizoen. Hij wilde een snelle start maken.'

Ze huiverde. 'Het doen en er dan nog over opscheppen ook. En de score bijhouden. De klootzak. Het zijn allemaal klootzakken.'

'Precies,' zei hij, tevreden met de reactie die hij had losgekregen.

Carl Peters belde Laura en Ben met de mededeling dat hij de zaak ging voorleggen aan de kamer van inbeschuldigingsstelling.

'Ik probeer een gooi te doen naar verkrachting in de eerste graad en houd aanranding en mishandeling achter de hand. Als ik merk dat verkrachting geen haalbare kaart is en ik hen vraag om een schuldbekentenis in ruil voor strafvermindering, is dat mijn besluit. Dat moeten jullie van tevoren weten. Het gaat om uw dochter, maar de zaak komt in de boeken als de staat versus James Andrews. De naam van Elizabeth komt er niet eens aan te pas.'

'Hoe lang kan hij eventueel krijgen?' vroeg Ben.

'Wanneer verkrachting bewezen wordt geacht komt hij in ieder geval achter de tralies. Op een mindere beschuldiging is die kans klein.'

'Hij mag ons niet achteraf uitlachen.'

'Zo denk ik er ook over, meneer Mason. Helpt u Elizabeth over-

266

eind te blijven. Het is een moeilijke tijd voor haar.'

Om hen extra te prikkelen vertelde hij hun over de kamer en de competitie. Peters had net zo goed een fragmentatiebom in de woonkamer kunnen gooien. De werkelijkheid explodeerde in hun gezicht. Toen het telefoongesprek beëindigd was zaten ze met knipperende ogen tegenover elkaar. De informatie maakte hen misselijk. Hun dochter was een nummer geweest, meer niet. Ben was als verlamd bij de gedachte dat Elizabeth als lustobject had gediend voor een verwend rijkeluiszoontje. Hij keek naar Laura, die de afgelopen weken zo vaak lijnrecht tegenover hem had gestaan. Ze had haar handen voor haar gezicht geslagen. Ze zag Jimmy Andrews helemaal voor zich, zoals hij de huiskamer binnenliep waar zijn vriendjes zaten, en zijn duimen opstak: hij had weer gescoord. Ze liep naar Ben toe, met uitgestoken armen, en hij omhelsde haar.

Peters nodigde Elizabeth nog een keer uit om haar getuigenis af te leggen. Haar verhaal bevatte verscheidene punten die hij wat problematisch vond en hij vuurde nogmaals zijn vragen op haar af. Hoeveel had ze die avond gedronken? Had ze Jimmy Andrews gekust in de woonkamer? Omhelsd? Was ze vrijwillig met hem naar de kamer in de kelder gegaan? Had ze daar nog met hem gevrijd? Hij coachte haar met betrekking tot het onderscheid dat ze in haar antwoorden moest maken tussen gedrag dat normaal is op afspraakjes en studentenfeestjes – dansen, drinken, vrijen – en verkrachting. Net als Martin Reed, die haar verteld had hoe ze zich tijdens de hoorzitting moest opstellen, instrueerde Carl Peters haar met betrekking tot haar presentatie tegenover de kamer van inbeschuldigingsstelling. Houd je hoofd recht. Antwoord met een heldere stem. Maak oogcontact met de juryleden. Wanneer je het gevoel hebt dat je op het punt staat in huilen uit te barsten, huil dan alsjeblieft.

Hij vertelde haar ook wat ze moest aantrekken: een eenvoudige rok, een sweater, lage schoenen, geen sieraden, geen make-up. Ze zei dat ze niet zulke schoenen had en Peters droeg haar op ze dan te gaan kopen. Laura en Ben kwamen aan met Josh en ze gingen samen schoenen voor haar kopen. Nu zou ze, in opdracht van de openbare aanklager, toch nog een doorsneestudente worden.

John Hatcher liet Jimmy de dagvaarding zien die hij ontvangen had en zei dat hij geen keus had. Jimmy haalde zijn schouders op en rende naar de telefooncel. MacNeil was niet verbaasd te horen dat de zaak werd voorgelegd aan de kamer van inbeschuldiginsstelling. Hij had wel verwacht dat Peters dat zou doen. Hij hield Jimmy voor vooral kalm te blijven; dit was gewoon één van die juridische schermutselingen die bij het systeem hoorden. Het betekende nog niet dat het tot een proces kwam. En ook al gebeurde dat wel, dan nog had de tegenpartij geen schijn van kans. Hij herhaalde dit in een telefoongesprek met Malcolm, die moeite leek te hebben met ademhalen. Malcolm vertelde niets aan Penny. Die avond gingen ze naar een dansavond op de club en hij deed zijn foxtrot met een glimlach.

De kamer van inbeschuldigingsstelling kwam bijeen in Albany. Peters ging John Hatcher oproepen om vast te stellen dat de jongens inderdaad een onderlinge competitie hielden. Sandy McDermott zou vertellen dat ze in de 'neukkamer' bijna verkracht was. Zijn andere getuigen waren dokter Phelan, Jean Philips en Elizabeth. De getuigen zaten op banken in een hal buiten de zaal. John Hatcher was er niet blij mee dat hij daar zat en dat zijn morele grenzen weer zouden worden afgetast. Sandy McDermott, die er tegenop zag haar seksuele ervaringen aan een jury te moeten voorleggen, keek grimmig voor zich uit. Dokter Phelan had wat papierwerk meegenomen. Elizabeth zat op een aparte bank met haar ouders en Josh. Toen de universitaire hoorzitting werd gehouden hadden Laura en Ben ervoor gekozen Josh niet mee te nemen omdat hen dat ongepast leek. Deze keer wilde hij erbij zijn en niet thuisgelaten worden als 'klein kind'. Zijn ouders respecteerden dat. De aanwezigheid van Josh bleek trouwens nog een positief effect te hebben ook: Elizabeth kreeg de kans om de grote zuster uit te hangen en een arm om zijn schouders te slaan omdat hij zo zenuwachtig was.

Jean Philips kwam binnen, begroette de Masons en zei: 'Je doet goed werk, Liz. Dank zij jou krijgen andere meisjes ook de moed om voor zichzelf op te komen.'

'Dat hangt ervan af wat er met mij gaat gebeuren.'

'Jij kunt dit wel aan,' zei Ben.

'Ik ben zwaar gecoacht,' zei Elizabeth tegen Philips. 'Tot en met

mijn schoenen.'
'Ik ook,' zei Philips.

De drieëntwintig leden van de kamer zaten in een rechtszaal met
een grote Amerikaanse vlag. Er waren twaalf stemmen nodig om
iemand in staat van beschuldiging te stellen. Bijeenkomsten van de
kamer zijn geheim, toeschouwers zijn er niet. Ook de aangeklaag-
de partij mag er niet bij zijn. De rechter is beschikbaar, maar er
niet actief bij betrokken. De openbare aanklager mag het verhoor
leiden en alle juryleden mogen iedere getuige zoveel vragen stellen
als ze maar willen.
Twaalf van de juryleden die dag waren vrouwen, vier zwart, acht
blank. Vijf vrouwen waren boven de vijftig en twee waren er volgens Peters al dik in de zestig. De aanwezigheid van de oudere dames vond hij niet erg prettig, aangezien die weleens van mening
zouden kunnen zijn dat een meisje dat met een jongen een kelderkamer betreedt, 'erom gevraagd heeft'. Van de elf mannen waren
drie zwart, de rest was blank. Vier van de mannen waren boven de
vijftig en ook over hen had Peters zijn twijfels: ze zouden Elizabeth
weleens als al te losbandig kunnen zien. Minder dan de helft van de
juryleden leken hem kantoormensen.
Peters wist dat hij een heleboel vooroordelen uit de weg moest zien
te ruimen. Elizabeth studeerde aan Layton en kwam uit een andere sociale klasse dan de meeste juryleden. Ze was jong en alleen
dat al maakte haar morele normbesef verdacht in de ogen van ouderen. De ergste combinatie van vooroordelen binnen de jury zou
hem opzadelen met een cliënt die rijk was, bevoorrecht, blank,
joods, vrouw, en als klap op de vuurpijl afkomstig uit New York.
Aan de andere kant overwoog hij dat ze ook kon overkomen als
een innemende en eerlijke jonge vrouw. En als slachtoffer van een
verkrachting. De andere getuigen waren van secundair belang.
Het resultaat hing af van de getuigenis van Elizabeth.
De rechter droeg de juryleden op redelijke gronden te vinden om
aan te nemen dat een misdaad was gepleegd en dat de aangeklaag-
de die misdaad gepleegd had. Peters begon met John Hatcher.
Snel haalde hij de belangrijkste punten naar voren: de onderlinge
competitie in The Big Leagues, hun naam voor de kamer in de kelder en het feit dat Jimmy Andrews ook had meegedaan aan de
competitie. Sandy McDermott volgde. Onder begeleiding van de

vragen van Peters vertelde ze dat ook zij in die kamer geweest was en dat ze er bijna verkracht was. Een jurylid, een van de oudere vrouwen, wilde weten waarom ze naar die kamer was gegaan terwijl die zo geïsoleerd lag, en vroeg zich tevens af of ze wel kon volhouden dat ze bijna verkracht was wanneer ze daar uit vrije wil naar toe was gegaan? Peters werd geconfronteerd met een schot voor de boeg: hetzelfde konden ze Elizabeth vragen. Sandy McDermott handelde de vraag goed af. Ze vertelde dat de mensen door het hele huis liepen en dat ze geen enkele reden had om aan te nemen dat het niet net zo'n kamer was als alle andere. Met iemand naar een kamer gaan, zelfs iemand daar kussen, was nog niet hetzelfde als een uitnodiging tot gemeenschap, laat staan tot een verkrachting.

Peters had de kamer en de competitie nu staan. Vervolgens vroeg hij dokter Phelan naar zijn bevindingen als arts. Zoals hij ook al bij de universitaire hoorzitting had gedaan, vertelde Phelan dat hij, twee dagen nadat de verkrachting zou hebben plaatsgevonden, blauwe plekken had aangetroffen in de hals van Elizabeth Mason die een sterke gelijkenis vertoonden met blauwe plekken die hij had gevonden bij mensen die waren mishandeld. Een gepensioneerde farmaceut, een kalende man van achter in de zestig, greep zijn kans om te schitteren. Hij wist aan het licht te brengen dat Phelan Elizabeth Mason verder niet onderzocht had en wees erop dat er van alles en nog wat gebeurd kon zijn in de dagen voordat hij haar zag, waardoor die blauwe plekken veroorzaakt konden zijn.

Jean Philips gaf haar opinie als deskundige, gebaseerd op haar behandeling en observatie van Elizabeth. Zij was een verkrachtingsslachtoffer, zei ze. Niets wees erop dat ze simuleerde en ze leek ook geen motief te hebben om maar wat te verzinnen. Elizabeth Mason had een demonstratie helpen organiseren tegen verkrachting. De mogelijkheid dat ze een verhaaltje had verzonnen ging er bij de psychologe niet in.

Verscheidene onvriendelijke vragen werden op Philips afgevuurd. Het was duidelijk dat vooral de oudere mannen weinig sympathie koesterden voor een jonge, werkende vrouw in een dergelijk beroep.

'Hoe weet u dat toch allemaal?' vroeg een van de mannen.

'Daar heb ik voor gestudeerd,' antwoordde ze.

'Nog zo'n vrouw met een studiehoofd,' mompelde hij en verscheidene juryleden schoten in de lach.

Peters vond het helemaal niet leuk. De opmerking van de man bevatte een heel pakket aan vooroordelen: tegen de academische wereld, tegen vrouwen, noem maar op. Elizabeth kon maar beter heel goed uit de hoek komen, dacht hij.

Zij was aan de beurt. Haar ouders hadden haar nog even moed ingesproken en nu kwam ze binnen. Ook al had Peters haar verteld wat ze kon verwachten, ze werd toch geïntimideerd door het aantal juryleden. De drieëntwintig mensen die tegenover haar zaten vormden een kleine menigte. Peters nam haar mee terug naar de avond van de tweede september, het etentje voor het feest, het feest zelf, haar dansen en vrijen met Jimmy. Ze kreeg verscheidene gedetailleerde vragen van juryleden: waar was ze toen ze begonnen te dansen, wie waren er nog meer in de kamer, waar waren zijn handen toen ze dansten, waar waren de hare? Peters bracht haar tot het punt waar ze, bijna alleen in het huis achtergebleven, naar de kelder afdaalden. Vanaf de tijd dat ze de worsteling beschreef en het moment dat hij bij haar naar binnen ging, hield ze haar gehoor in ademloze spanning.

Een aantal juryleden vroeg hoe ze met iemand naar een kelderkamer kon gaan zonder die ander het idee te geven dat ze daar met elkaar naar bed zouden gaan. Ze antwoordde ongeveer hetzelfde als Sandy McDermott. Er bestaat seksueel gedrag zonder gemeenschap. Niet elk seksueel gedrag is een uitnodiging tot verkrachting. Voor haar gevoel zat een aantal mannen haar met de ogen uit te kleden. Ze keken naar haar borsten. Ze wist zeker dat een van hen in het bijzonder, een man van in de dertig in vrijetijdskleding, zich zat voor te stellen hoe het zou zijn om in haar te zijn. De spanning van het verhoor, het bespreken van haar seksualiteit ten overstaan van zoveel mensen, begon haar op te breken en haar stem trilde. 'Hij hoefde me niet te verkrachten. Er was een moment dat ik nee zei. Ik gilde. Hij wist dat ik geen seks met hem wilde hebben. Ik had niet duidelijker kunnen zijn. Hij wist het.'

Peters stelde haar vragen over de nasleep van de verkrachting: dat ze had overgegeven op straat, dat ze had gehuild in bed, dat ze naar dokter Phelan was gestapt.

'Je hoofdvak was vocale muziek toen je begon te studeren, of niet?' vroeg hij.

'Inderdaad,' zei ze.

'Is het niet zo dat je, sinds de avond van 2 september, de avond waarvan jij zegt dat je toen gesmoord en verkracht bent, dat je dat vak toen meteen hebt laten vallen en dat je sindsdien niet eens meer gezongen hebt?'

'Hij had die vraag niet eerder aan haar gesteld. Zingen was iets dat ze volkomen uit haar hoofd gezet had.

'Ja. Ik ben gestopt met zingen,' zei ze.

Die bekentenis klonk haar zo afschuwelijk in de oren dat haar ogen zich met tranen vulden. 'Wees vooral niet bang om te huilen,' had Peters gezegd. Ze was het niet van plan geweest, maar nu huilde ze toch, als op afspraak.

Toen ze de zaal verliet, bedacht ze dat ze het helemaal niet vreemd had gevonden wanneer de jury geapplaudisseerd had. Dit is wat ik doe, mijn *performance*: het meisje dat verkracht is. Met deze show reis ik alle universiteiten langs. En het publiek wordt er iedere keer weer door gegrepen. Mijn *one-woman show*.

'Alles goed, lieverd?' vroeg Ben toen ze uit de zaal kwam.

'Ik heb het fantastisch gedaan,' zei ze.

Elizabeth werd gefeliciteerd door Peters, wat haar sterkte in de overtuiging dat het een goed optreden was geweest. Hij dacht dat er alle kans in zat dat Jimmy Andrews in staat van beschuldiging zou worden gesteld. Laura, Ben, Josh en Elizabeth gingen lunchen in een coffeeshop in de buurt en kwamen vervolgens terug naar het gerechtsgebouw om de beslissing af te wachten. Na anderhalf uur op de bank in de hal, toen ze werkelijk alle koetjes en kalfjes hadden uitgemolken, gingen ze naar buiten om een luchtje te scheppen. Even later werden ze gevolgd door een glimlachende Peters.

'We hebben het hem gelapt!' zei hij. 'Een beschuldiging op drie gronden. Verkrachting in de eerste graad. Seksueel wangedrag. Mishandeling in de derde graad.'

'Wat wil dat zeggen?' vroeg Ben.

Peters legde de beschuldigingen uit. Verkrachting in de eerste graad: een man die een vrouw dwingt tot seksuele gemeenschap. Seksueel wangedrag: seksueel verkeer met een vrouw zonder haar toestemming. Mishandeling in de derde graad: de bedoeling om lichamelijk letsel toe te brengen en het toebrengen van dergelijk letsel.

'Ik ben zeer tevreden,' zei Peters. 'Ik denk dat ik niet eens meer

272

een schuldbekentenis accepteer in ruil voor strafvermindering.'

Peters bracht MacNeil van de tenlastelegging op de hoogte en zei dat hij het netjes zou aanpakken. Ze zouden zijn cliënt niet in het holst van de nacht van zijn bed lichten en hem in de boeien slaan. Ze zouden hem de volgende morgen om elf uur komen halen en hij zou het op prijs stellen als MacNeil niet ging klagen dat die briljante student in de collegebanken thuishoorde.

'Ik heb overigens besloten het tot een proces te laten komen,' zei Peters. 'Voor een schuldbekentenis kopen we in dit stadium niets meer.'

'Natuurlijk niet,' antwoordde MacNeil bij wijze van voorproefje op zijn pleidooi. 'Het is natuurlijk aardig om te kijken hoe ver je komt wanneer je geen spatje bewijs hebt.'

MacNeil zag er tegenop de ouders van Jimmy te bellen en stond er ook niet om te springen het de jongen zelf te vertellen.

'Jimmy, je spreekt met Brett MacNeil. Het spijt me dat ik je dit vertellen moet, maar je bent in staat van beschuldiging gesteld.'

'Wat?'

'Die kamer van inbeschuldigingsstelling is een lachertje. Er wordt al jaren over gepraat hem helemaal af te schaffen.'

'Er komt een proces?'

'Waarschijnlijk wel. Ze hebben je beschuldigd van verkrachting. En ze hebben er nog wat misdrijven tegenaan gegooid om het nog wat te laten lijken. Ze komen je om elf uur halen. Ik zal er zijn. Dan gaan we naar het gerechtsgebouw en lezen ze de aanklacht aan je voor. Daarna bepaalt de rechter de borgsom. Daar zal ik wel met je vader over spreken. Vervolgens kun jij zo weer naar buiten lopen en hebben wij nog een paar weken om te proberen of ze de aanklacht niet willen laten vallen. Dat doen we. Maar wat er ook gebeurt, jij hoeft nergens bang voor te zijn.'

'Ik neem aan dat ik morgen een jasje en een stropdas moet dragen.'

'Inderdaad, Jimmy,' zei MacNeil enigszins vermoeid. 'Trek je mooiste kleren maar aan.'

MacNeil besloot dat hij de ouders van Jimmy liever in hun huis in Westport opzocht dan dat hij hen opbelde. Hij nam zijn partner Barbara Malley mee voor het evenwicht, om een vrouw erbij te hebben voor de moeder van Jimmy. Zodra de advocaten binnen waren begonnen Malcolms handen te beven. Malcolm schonk voor iedereen iets te drinken in, waarna ze in de woonkamer gingen zitten. Penny wist niet hoe ze het had. Ze wist niet eens waar ze dit bezoek aan te danken hadden, want Malcolm had haar nooit verteld dat de kamer van inbeschuldigingsstelling bijeen was geweest.

'De kamer heeft Jimmy vanmiddag in staat van beschuldiging gesteld,' zei MacNeil. 'Belachelijk. Er is weleens gezegd dat de kamer zelfs een broodje ham nog in staat van beschuldiging kan stellen.'

'Waar hebt u het over?' vroeg Penny.

MacNeil keek Malcolm aan.

'Ik heb haar niets verteld,' legde Malcolm met enige aarzeling uit.

'De officier van justitie in Caldwell wil het tot een proces laten komen,' lichtte MacNeil toe. 'Hij maakt er een politieke zaak van. Een ambitieuze aanklager uit New York die in een klein stadje zit en hogerop wil. Hij probeert alleen maar publiciteit voor zichzelf te krijgen. Dus morgenvroeg om elf uur gaan ze Jimmy arresteren en hem naar het gerechtsgebouw brengen voor de tenlastelegging.'

'Hem arresteren?' vroeg Penny.

'Dat is een formaliteit,' hield Barbara Malley haar voor. 'Ze lezen de aanklacht voor en stellen een borgsom vast. Rond lunchtijd kan hij weer op de campus zijn.'

'Volgens ons hebben ze geen schijn van kans in deze zaak,' verklaarde MacNeil. 'Onvoldoende fysieke bewijzen. Geen getuigen.'

'En als we verliezen?' vroeg Penny.

'We krijgen eerst de gelegenheid te verzoeken of de aanklacht kan worden afgewezen. Die stap doen we sowieso,' antwoordde Malley. 'Als het toch tot een proces mocht komen, kunnen ze deze zaak, onder deze omstandigheden, bijna onmogelijk winnen.'

'Bijna onmogelijk?' vroeg Penny. 'Als we verliezen gaat Jimmy naar de gevangenis.'

'Dan is er verder nog de mogelijkheid om Jimmy schuld te laten bekennen in ruil voor strafvermindering. We kunnen het op een akkoordje gooien met de openbare aanklager. Als hij een schuldbekentenis op een van de onderdelen accepteert kunnen we het over een voorwaardelijke veroordeling hebben,' zei MacNeil.

'En als hij nu eens *wel* wordt veroordeeld?' vroeg Malcolm. 'Wat kan hij dan voor straf krijgen?'

'Hij heeft geen strafblad, nog geen verkéérsovertreding begaan. Dan zou het een minimale straf worden, waarschijnlijk met een proeftijd.'

'Maar het zou ook kunnen dat hij naar de gevangenis moet?'

'Er zijn verscheidene combinaties mogelijk. Op zijn allerergst, maar die kans is echt miniem, hebben we het over een paar maanden gevangenisstraf.'

'Niet schuldig,' zei Penny op vreemde toon.

MacNeil bereidde hen erop voor dat Jimmy hem eerst wel flink zou knijpen en hij stelde voor dat Malcolm de volgende morgen erbij zou zijn. MacNeil benadrukte dat zijn kantoor dit soort zaken met de regelmaat van de klok bij de hand had en dat ze vol vertrouwen waren. De ouders van Jimmy moesten vooral niet vergeten dat ze nog maar net begonnen waren en dat er nog van alles mogelijk was.

MacNeil en Barbara Malley vertrokken. Penny deed de voordeur achter hen dicht, liep naar de woonkamer en viel flauw. Geruisloos zakte ze in elkaar. Malcolm keek beangstigd en geboeid toe. Hij had nog nooit eerder iemand zien flauwvallen. Het was alsof een handdoek van de waslijn gleed en in een hoopje op de grond bleef liggen. Hij keek naar die persoon op de grond, die op dit moment de werkelijkheid niet kon verdragen. 'Ik begrijp het,' wilde hij zeggen. 'Goed zo. Ga maar slapen.' Toen begon hij in actie te komen. Hij sloeg haar in het gezicht, waarop ze nauwelijks reageerde. Toen rende hij naar de keuken, vulde een bak met water en gooide dat in haar gezicht. Ze bewoog.

'Jimmy wordt gearresteerd,' zei ze slapjes.

'Alles is onder controle,' zei hij.

'Ik kan daar niet heen.'

'Jawel. Blijf liggen en rust wat uit.'

Malcolm Andrews overwoog hoe mooi het zou zijn om dat allemaal te doen: uitrusten, slapen en er niet aan denken en geen kranten lezen. Het zou zonder meer in de kranten staan. En misschien zou het dan allemaal weer voorbij zijn als hij wakker werd.

Laura, Ben en Josh bleven een tijdje bij Elizabeth op de kamer zitten, maar ze besloten voor het eten weer terug te keren naar New York. Geen van hen verkeerde in feeststemming. Het was een ernstige zaak. Jimmy Andrews zou gearresteerd worden wegens verkrachting en mishandeling van Elizabeth. Daar knalde je geen fles champagne voor open.

17

De *Albany Times-Union* vermeldde het in de kolom politieberichten:

LAYTON STUDENT BESCHULDIGD VAN VERKRACHTING

James Andrews (21), student aan Layton, is door een kamer van inbeschuldigingsstelling op drie gronden in staat van beschuldiging gesteld: verkrachting, seksueel wangedrag en mishandeling. Het slachtoffer was een studente van dezelfde universiteit. De borgsom bedroeg $5.000. Nadat hij schuld had ontkend, kon de beschuldigde weer terugkeren naar de campus.
Volgens Carl Peters, openbare aanklager in Caldwell, deed Andrews samen met zijn vrienden een wedstrijd wie de meeste seksuele veroveringen op zijn naam kon brengen. Een speciale kamer in een studentenhuis buiten de campus was vrijgehouden en de studentes werden meegenomen naar die kamer voor seks.
Brett MacNeil, advocaat van de beschuldigde, noemde de aanklacht een 'parodie' en verklaarde: 'Er is geen spoor van een bewijs tegen Jimmy Andrews. Er zijn geen getuigen. Ik ben ervan overtuigd dat we de onschuld van Jimmy overeind kunnen houden.'

De behandeling van de zaak op de voorpagina van de universiteitskrant was minder afstandelijk.

LAYTON LIEFDESNEST?

OUDEREJAARS BESCHULDIGD VAN VERKRACHTING

Vrouwen naar een speciale kamer in The Big Leagues gelokt? Een

277

competitie tussen de mannen wie met de meeste studentes naar bed ging? Deze beschuldigingen uitte openbare aanklager Carl Peters in verband met de aanklacht tegen Layton tennisster Jimmy Andrews, die ervan beschuldigd is de eerste week van het herfstsemester een eerstejaars studente verkracht te hebben.
Lees je dit in de *Privé*?

Het artikel in de *Layton Journal* vervolgde met de citaten van Peters en MacNeil uit de *Times-Union*. Ook Rod Wyman werd geciteerd: 'Wij zijn geen verkrachters. En zoals we laatst ook al zeiden: "Zuip je lens en spreid je benen maar noem dat geen verkrachting." '

De naam van Elizabeth was in geen van de artikelen gevallen, maar ze was nu wel de meest prominente studentenactiviste tegen verkrachting op de campus van Layton. Na de verschijning van het artikel in de universiteitskrant knikten verscheidene studenten in het voorbijgaan naar haar, maar ook de ijzige blikken keerden terug. Toen ze op een avond naar haar kamer liep, zag ze Bill Casley tegen een boom geleund staan. Toen ze hem naderde begon hij haar kant uit te lopen. Ze moesten elkaar juist passeren op het smalle wandelpad toen hij struikelde en tegen haar aan botste. Zijn elleboog knalde tegen haar arm en ze verging van de pijn. 'Sorry,' zei hij. 'Ga je mij nu ook aangeven bij de politie?'

Toen Jimmy weer naar huis mocht, stelde Brett MacNeil hem en zijn vader nog eens gerust. Hij hield hen voor dat overijverige openbare aanklagers voortdurend zaken laten voorkomen die ze verliezen. Ze moesten vooral niet vergeten dat de beschuldigde altijd geacht werd onschuldig te zijn en dat de tegenpartij zijn schuld onomstotelijk moest zien vast te stellen. En bewijzen waren er niet. Jimmy herhaalde dit tegenover Janna en zijn vrienden in huis. Maar toen de krantestukjes over de inbeschuldigingstelling verschenen, verliet Jimmy de campus en nam een kamer in een motel buiten Caldwell. De volgende twee dagen kon hij zich er niet toe zetten naar college te gaan.
Omdat hij MacNeil niet meteen te pakken kon krijgen, belde hij zijn vader, die hem echter geen nieuwe ontwikkelingen kon melden. Malcolm zei dat er ook een stukje over de aanklacht in de

Westport News had gestaan. 'Wij moeten aan onze positie hier denken,' zei hij. 'Ik heb een verklaring opgeschreven voor je moeder: "Een opportunistische openbare aanklager exploiteert verkrachtingen op de campus. Ze hebben geen enkel bewijs tegen Jimmy." Dat zeggen we tegen de mensen hier.'

'Prima, pa. Zeg dat maar.'

Jimmy overwoog de rest van het semester niet af te maken, maar hij was bijna afgestudeerd. Ik kan nu niet kappen en die trut dat plezier ook nog gunnen. Dat is niet eerlijk. Ze zeggen nee, maar soms bedoelen ze ja. Ze willen graag dat je aandringt, dat je ze versiert. Zo noemen ze dat toch niet voor niks: heb je haar versierd? Ik ben geen crimineel. Het was een misverstand.

Hij liet de gebeurtenissen nog eens de revue passeren. Het had ieder moment anders kunnen lopen. Als hij Holly Robertson had verkozen boven haar kamergenote. Als hij eerder iemand anders ontmoet had. Als hij Janna eerder ontmoet had.

MacNeil belde Jimmy in het motel en Jimmy vertelde hem dat hij niet meer op de campus was geweest. De advocaat adviseerde hem zichzelf niet te veroordelen. Hij zei dat Jimmy weer naar de universiteit terug moest gaan en zich zo normaal mogelijk moest gedragen. Intussen moest hij niet met journalisten praten, van welke krant dan ook. Als hij wilde kon hij het weekend altijd nog elders doorbrengen.

Laat op de middag keerde Jimmy terug naar Layton. Op zijn kussen vond hij een briefje van Janna en hij ging naar haar kamer op de campus. Ze zat achter haar bureau toen hij binnenkwam.

'Jimmy! Ik heb je overal gezocht. Waar was je?'

'Ik heb nagedacht.'

'Ik begrijp niet wat er gebeurt.'

'Een opportunistische officier van justitie exploiteert hier verhalen over verkrachtingen.'

'De krant zei dat jullie een wedstrijdje deden wie met de meeste meisjes naar bed ging. Jimmy, ik heb daar naar geïnformeerd en ze zeggen dat dat nog waar is ook.'

'Het was gewoon voor de gein. Het stelde niets voor.'

'Was ik ook een streep aan de balk? Was ik een van de meisjes van wie je de score bijhield?'

'Nee, Janna!'

'Ik begrijp er niets van. Jij zei dat Liz Mason een labiel persoon was. Maar ik heb gehoord dat de protestmars die ze georganiseerd heeft heel mooi was. Hoe kan ze dan labiel zijn?'

'Ze heeft een obsessie, Janna. Ze is labiel.'

'En jij hebt tegen mij gezegd dat je nooit met haar naar bed bent geweest. Maar ik heb daar navraag naar gedaan en het schijnt dat je tegen andere mensen hebt verteld van wel.'

'Janna! Waarom praat jij daar met anderen over? Heb ik nog niet genoeg rechercheurs in mijn leven?'

'Ben je met haar naar bed geweest, Jimmy?'

'Nee.'

'De politie gelooft je niet. Ze zeggen dat je haar verkracht hebt.'

'Daar zijn ze politie voor. Als ze niemand ergens van verdachten zou het geen goede politie zijn.'

'Wat een onzin.'

'Het spijt me. Ik maak spannende tijden door, hoor. Luister, ik moet hier een paar dagen weg. Laten we komend weekend gewoon in de auto stappen en samen ergens heen rijden.'

'Dat kan ik niet. Ik denk dat we elkaar beter een tijdje niet kunnen zien.'

'Wat?'

'Ik zit met te veel vragen. We moeten even een poosje uit elkaar.'

'Fantastisch, Janna. Een of andere overspannen trut heeft het op mij gemunt en dan besluit jij nog eens dat we elkaar een poosje niet moeten zien.'

'Ik weet niet of ze overspannen is. En ik weet ook niet of ze een trut is. Daarom lijkt het me beter dat we het uitmaken.'

Jimmy ging als een wervelwind door het huis en sloeg met de deuren. Die fantastische Elizabeth Mason had zijn wereld op de kop gezet en hem zijn hele studiejaar gekost.

Je loopt goddomme door de verkeerde deur en daar staat de verkeerde persoon en je hele wereld stort godverdomme als een kaartenhuis in elkaar.

Verscheidene huisgenoten kwamen op het lawaai af.

'Janna heeft het net uitgemaakt,' zei Jimmy. 'Nog weer iets wat ik aan juffrouw Mason te danken heb.'

'Wat zou ik die trut graag iets aandoen,' zei Casley.

'Als je haar maar niet verkracht,' adviseerde Jimmy en iedereen schoot in de lach.

Bill Casley was wel heel erg boos over de ellende die Jimmy overkwam. Hij was bij het onderzoek betrokken geraakt dank zij Elizabeth Mason. Zijn antwoorden op de vragen van de recherchcurs waren volgens zijn vrienden waarschijnlijk tegen Jimmy gebruikt. Tot nog toe had hij zich tevreden gesteld met klapzoenen achter haar rug, maar nu wilde hij haar graag iets ergers aandoen.

Rod Wyman zocht het in een iets intellectueler benadering. Hij beschouwde de klachten van de meisjes in het algemeen en van Elizabeth Mason in het bijzonder als een belediging aan alle studenten van Layton. Hij was het brein achter de slogan die ze bij de protestmars hadden gejoeld en had die dan ook met enige trots herhaald tegenover de verslaggever van de *Layton Journal*.

'De oude tactiek wanneer iemand zegt dat ze verkracht is, is alle anderen ook laten verklaren dat ze met haar naar bed zijn geweest. Dat kunnen we doen wanneer Jimmy moet voorkomen,' stelde Wyman voor. 'Zeggen dat het geen verkrachting was, dat ze gewoon een hoer is.'

'Dat zou meineed zijn,' wist een andere aanstaande jurist. 'Daar doe ik niet aan mee.'

'We zouden haar maagdelijk witte reputatie kunnen zwart maken,' zei Rod. 'We kunnen met een heel stel naar haar kamer gaan en onze slogan nog eens dunnetjes overdoen.'

'Ik neem aan dat jullie wel begrijpen dat ik daar helaas niet aan kan meedoen,' zei Jimmy.

'Wij regelen dat wel even,' zei Bill Casley.

Ze trommelden meer vrijwilligers op. John Hatcher was er niet, maar die had ook zeker bezwaar aangetekend. Verscheidene andere studenten in hun huis en de twee buurhuizen vonden het echter een schitterend idee en ook nog een mooie manier om Jimmy te steunen. Er werd voorgesteld om ook een paar meisjes mee te nemen en een paar studenten haalden hun vriendin op. Iemand stelde verder nog voor om even langs het atletiekveld te lopen: daar zouden ze misschien ook nog wat medestanders kunnen recruteren. Op het veld troffen ze inderdaad verscheidene jongens aan die aan het trainen waren, maar die graag van de partij wilden zijn.

'Moeten we niet een spandoek hebben?' riep iemand.

Een van de mannen verdween en kwam even later terug met een spandoek waarop stond: 'Jimmy Andrews is onschuldig!' De anderen joelden. Ze waren er klaar voor. De pro-Jimmy troepen waren met zijn zestienen, twaalf jongens en vier meisjes.

'Dit is het ad hoc comité voor de bevrijding van Jimmy Andrews,' zei Rod Wyman tegen de groep en een luid gejuich steeg op. 'We moeten natuurlijk niet al bij de poort door de bewakingsdienst worden tegengehouden, dus we gaan in kleine groepjes en ontmoeten elkaar weer bij Brewster, waar de vijand haar kamp heeft opgeslagen.'

'En als ze er niet is?' vroeg iemand.

'Dan hebben we in ieder geval laten merken waar we staan. Oké? Even repeteren. Bij één vinger roepen we: "Jimmy Andrews is onschuldig." Twee vingers: "Zuip je lens en spreid je benen, maar noem dat geen verkrachting." Iedereen klaar?'

Hij stak één vinger in de lucht en ze joelden de bijbehorende slogan, genietend van het saamhorigheidsgevoel. Bij twee vingers riepen ze de tweede slogan. Ze kregen de smaak nu al te pakken. Enthousiast vertrokken ze richting campus.

Elizabeth zat op haar kamer te lezen toen ze het rumoer onder haar raam hoorde. Ze trok het gordijn open. Toen ze haar zagen applaudisseerden ze en barsten in een woest gehuil los. Voor de groep stond iemand met een spandoek: 'Jimmy Andrews is onschuldig!' Ze begonnen de slogan te schreeuwen die ze al eerder gehoord had. 'Zuip je lens en spreid je benen maar noem dat geen verkrachting,' achter elkaar door. Vervolgens riepen ze: 'Jimmy Andrews is onschuldig!' Ze keek als gefixeerd toe. Bill Casley stond vooraan en ze herkende nog meer huisgenoten van Jimmy Andrews. Ook studentes die ze wel op de campus had zien lopen waren erbij. Het gejoel hield aan. Ze trok het gordijn weer dicht en ging op haar bed zitten, terwijl het geschreeuw voortduurde: 'Zuip je lens en spreid je benen maar noem dat geen verkrachting.' Buiten waren andere mensen komen aanlopen om te kijken wat er aan de hand was. Het groepje van zestien kwam met een andere yell: 'Leugenaar, leugenaar, leugenaar, leugenaar.'

Sterling kwam de kamer binnen.

'Bel de bewakingsdienst,' zei ze. 'Dit kunnen ze niet maken!'

Elizabeth liep naar het raam en keek naar buiten. Daar stonden op zijn minst veertig mensen, de vrienden van Jimmy en omstanders. Sterling belde de bewakingsdienst en klaagde over het geschreeuw.

'Ik ga naar buiten,' zei Elizabeth.

'Dat lijkt me beter van niet. Misschien gaan ze wel weer gooien.'

Elizabeth pakte een masker dat ze nog had van de protestmars. Op de achterkant stond: 'Nee is nog altijd nee.' Daarmee gewapend liep ze naar de deur en Sterling liep met haar mee.

Voor de ingang van het gebouw bleven ze staan. Elizabeth hield het masker omgekeerd in de lucht en werd meteen uitgejouwd. Sommige mensen begonnen al aardig verhit te raken.

'Mijn naam heeft niet in de krant gestaan. Ik vraag me af hoe ze er met zijn allen achter zijn gekomen,' zei Elizabeth schalks tegen Sterling.

Meer en meer omstanders kwamen aanzetten, onder hen verscheidene studentes die ook in de protestmars hadden meegelopen. Ze kwamen naast Elizabeth en Sterling staan. De vrienden van Jimmy reageerden met nog meer gebral. Elizabeth, Sterling en tien andere studentes keken de bende uitdagend aan. Inmiddels was nog maar één slogan hoorbaar: 'Leugenaar, leugenaar, leugenaar, leugenaar!'

Vier bewakingsagenten kwamen aan en na wat geduw en getrek ging de groep uiteen, nog steeds schreeuwend over hun schouder terwijl ze wegliepen.

'Wij protesteren beter dan zij,' zei een van de studentes en gaf Elizabeth een klapje op de schouder.

'Ja, dat is nu wel duidelijk,' zei Elizabeth. Samen met Sterling liep ze terug naar haar kamer, waar ze uitgeput op haar bed neerviel.

Penny had haar moeder, Elena Fisk, ook maar over de aanklacht ingelicht, uit angst dat ze het misschien van iemand anders zou horen. Ze wist van tevoren al hoe haar moeder zou reageren. Nu heb je twee zoons het verkeerde pad op laten gaan. Het ligt aan die man met wie je getrouwd bent. Hij kan geen jongens leren hoe ze zich moeten gedragen, want dat weet hij zelf niet eens. Dat had Elena ook gezegd toen Mitch naar Californië was vertrokken. Wat zou ze nu wel niet zeggen, met deze aanklacht? Penny dacht dat als ze het maar goed uitlegde, haar moeder het wel zou begrijpen. Voor ze belde, sprak ze met MacNeil en maakte aantekeningen. Penny vertelde Elena dat Jimmy onterecht van verkrachting beschuldigd was. Ze bracht een zo feitelijk en accuraat mogelijk verslag uit aan haar moeder en legde uit hoe zwak de openbare aanklager stond.

Hoe durfde iemand een fijne jongen als Jimmy van zoiets te beschuldigden, vroeg Elena. Hij was zo knap, hij hoefde niemand te verkrachten. Dat was de reactie waar Penny op gehoopt had. Wat voor advocaat hadden ze eigenlijk genomen? Elena had nooit van hem gehoord. Zoiets laat je niet door een plaatselijke advocaat afhandelen; je moet iemand uit New York hebben die altijd grote zaken heeft. Waarom zorgde Penny daar niet voor? Wat deed ze eigenlijk?

Penny zei dat de advocaat en Malcolm de zaken regelden. Elena was woedend op haar. Zij zou wel actie hebben ondernomen, net zoals de Kapitein gedaan zou hebben, zoals ieder ander lid van de familie gedaan zou hebben. Dit is onze Jimmy. Elena zei dat ze wel wat oude vrienden van de Kapitein zou bellen en dat ze een advocaat zou inschakelen. Penny moest onmiddellijk een nieuwe jurk gaan kopen en met opgeheven hoofd naar de club gaan, want ze kon ervan op aan dat hier roddels van kwamen. Ze moest niet vergeten dat ze een Fisk was. Ze was meer de dochter van de kapitein dan de vrouw van die man en dat moest ze goed onthouden en daar moest ze zich naar gedragen.

Penny stond bij een tafel in de woonkamer waar ze de familiefoto's had staan: foto's van familieleden, van Malcolm en haar, van de jongens. Ze herinnerde zich de avond dat Mitch met zijn studie aan Princeton was gestopt. Waarom kon Mitch niet de tijd krijgen die hij wilde? Waarom was ze niet tegen Malcolm opgestaan? Ze keek naar een foto van Jimmy als klein jongetje, met zijn eerste tennisracket in de hand, en herinnerde zich alle lessen en toernooien.

Penny Andrews had een beeld voor ogen dat haar huwelijk symboliseerde en dat haar deed huiveren: Malcolm kwam thuis uit zijn werk met een bos bloemen die ze net iets te goedkoop vond.

Ze ging naar Saks en kocht een nieuwe jurk voor de roddelaars op de club. Zij zou zich niet laten kleineren. En ze liet zich ook niet meer door Malcolm commanderen. Hij zou haar niet nog een zoon kosten. Hij kon haar, een Fisk, niet langer afschepen met goedkope bosjes bloemen en goedkope advocaten.

Om er even uit te zijn ging Jimmy dat weekend naar huis. Hij was liever een weekend met Janna weggegaan in plaats van een weekend bij zijn oude lui te zitten, maar hij moest er even uit en hij had geen zin om alleen te zijn. Hij liep het huis binnen en zag zijn moeder voor het eerst sinds de officiële beschuldiging.

'Het spijt me, mama.'

'Jij hebt niets verkeerds gedaan.'

'Het was een misverstand.'

'Wij regelen het wel,' zei ze.

Penny maakte weer een van haar uitgebreide maaltijden klaar en het gesprek aan tafel, dat door haar werd gedirigeerd, ging over juridische strategieën en de sterke en zwakke kanten van de tegenpartij.

'Je moet er niet zo over inzitten,' zei Malcolm.

'Ik moet er toch bij betrokken zijn? Het gaat om onze Jimmy.'

De volgende dag gingen ze alle drie naar de club. Penny droeg haar nieuwe jurk. Malcolm en Jimmy speelden een vriendschappelijk partijtje en probeerden zich op de baan zo opgewekt mogelijk te gedragen, om potentiële roddelaars alvast te laten zien dat er niets aan de hand was.

Elena Fisk had van voormalige collega's van de Kapitein de naam van een advocaat gekregen.

'Neem hem!' zei ze tegen haar dochter. 'Hij heeft altijd grote zaken bij de hand, strafrechtelijke zaken in New York. Jimmy moet de beste advocaat hebben die hij krijgen kan.'

Penny nam contact op met de advocaat en hij zegde zijn medewerking toe. Rupert Dobbins was een lange, breedgeschouderde man van in de vijftig met het gezicht van een geharde marinier en het bijbehorende millimeterkapsel. De twee advocaten kenden elkaar. Dobbins vertelde MacNeil dat Penny Andrews hem had gevraagd zich ook op de zaak te storten en ze kwamen overeen de zaak als team aan te pakken.

Toen Malcolm van Penny hoorde dat ze er een andere advocaat had bijgehaald, was hij stomverbaasd.

'Hoe kun je zoiets doen, op eigen houtje, zonder eerst mij te raadplegen?'

'Ik heb met mijn moeder gesproken. Ze heeft wat telefoontjes gepleegd en uiteindelijk deze naam doorgekregen.'

'Je moeder? We hebben een goede advocaat. Die had *ik* al geregeld.'

'Je moet alles doen wat je kan.'

'Dit gaat een kostbare zaak worden.'

Op het moment dat hij het zei wist Malcolm al dat hij een vergissing maakte. Hij wilde niet bezuinigen op het welzijn van zijn zoon. Hij had het instinctief gezegd, omdat dit soort advocaten duur zijn en nu hadden ze er twee en betaalden ze dus dubbel geld.

'Ik bedoelde niet dat ik geld wilde besparen op Jimmy.'

'Ik heb geld. Ik heb mijn eigen geld. We betalen de advocaat van mijn geld,' zei ze koel.

'Dat is niet nodig.'

'Laten we het er niet meer over hebben. Hij heeft nu de beste, en dat moet ook.'

Dobbins ging naar Layton om zijn eigen onderzoekje uit te voeren. Hij had twee mensen van zijn staf bij zich, een man en een vrouw, beiden begin dertig. Dobbins en zijn collega's bekeken de omgeving, liepen door het huis en de kelderkamer en spraken met de bewoners van The Big Leagues. In de kamer van Dobbins in het universiteitshotel ondervroegen ze Jimmy vervolgens intensief over de gebeurtenissen op de avond van de vermeende verkrachting. Jimmy hield vast aan zijn versie: het meisje wilde met hem naar bed, ze waren met elkaar naar bed geweest omdat ze dat allebei wilden.

'Laat eens zien of ik je goed begrepen heb,' zei Dobbins. 'Zij heeft jou beschuldigd van verkrachting omdat jij haar had afgewezen, omdat ze wraak wilde en labiel is.'

'Ja.'

'De studenten tegen wie je eerst hebt gezegd dat je seks had gehad met Elizabeth Mason, heb je nu verteld dat dat niet zo was.'

'Min of meer.'

'De enige mensen tegenover wie je hebt toegegeven dat je wél seks met haar hebt gehad, zijn je ouders, Brett MacNeil en nu ons?'

'Ja.'

'Een mooie puinhoop, of niet?'

'Inderdaad. Botte pech. Een slechte timing.'

'Hoe bedoel je dat?'

'Dat ik het verkeerde meisje ontmoet heb,' antwoordde Jimmy.

'O, is dat het? Je had botte pech omdat je het verkeerde meisje ontmoet hebt en daarom zitten wij hier nu.'

'Ik heb zelfs nog nooit een verkeersovertreding begaan. Ik werk in mijn vrije tijd met kinderen. Ik geef tennislessen aan kinderen hier in Caldwell.'

'Dat vertel je toch niet uit tactische overwegingen, om ons te laten zien wat voor moreel hoogstaand iemand je wel niet bent?'

'Het is een feit, meer niet.'

'Wat heeft tennislessen geven aan kinderen te maken met de vraag of jij, op 2 september, een meisje hebt meegenomen naar de zogenaamde neukkamer, en of je haar daar, in het vuur van een competitie met je vrienden wie de meeste meisjes op zijn conto kan zetten, al of niet verkracht hebt?'

'Ik zeg alleen...'

'Ik weet wat je zegt, Jimmy. Je hebt gewoon botte pech gehad.'

Met betrekking tot de vraag of de beschuldigde wel of niet in de getuigenbank moest plaats nemen, besloot Dobbins na dit gesprek dat hij het risico niet wilde lopen de openbare aanklager op deze jongeman los te laten. Dobbins zou de zaak overnemen. MacNeil had hem alles verteld wat hij weten moest. Hij wist wie tegen Jimmy zouden getuigen en wat de tegenpartij tot nu toe over Jimmy te melden had. Nu hij toch in Caldwell was ging hij meteen even bij Carl Peters langs, in de hoop hem te overdonderen met zijn naam en reputatie. Peters trok zich er niets van aan. Hij had geen zaken tegen Dobbins geprobeerd toen hij nog op Manhattan werkte, maar hij had wel eerder beroemde advocaten tegenover zich gehad.

'Het wordt een sensatie,' zei Peters toen hij Dobbins en zijn collega's de hand schudde.

'Ik begrijp niet waarom u deze zaak laat voorkomen,' vertelde Dobbins. 'Er is geen enkel bewijs.'

'Er is iemand verkracht. En er is sprake van een aantal minder ernstige misdrijven,' antwoordde Peters.

'We hebben een gedegen onderzoek ingesteld en als ik op uw plaats zat...'

'Wat u niet zit...'

'Dan zou ik de zaak verder laten rusten en de belastingbetaler hier niet voor laten dokken.'

'Ik vind dat die jongen achter de tralies moet.'

'Waarom? Het was een gewone vrijpartij tussen studenten die een afspraakje hadden.'

'Maar u zou tekenen voor schuldbekentenis in ruil voor strafvermindering?' opperde Peters.

'Had u iets in gedachten?'

'U?'

'Mishandeling met een voorwaardelijke veroordeling,' antwoordde Dobbins.

'Dat is nog niet eens een klap voor zijn broek.'

'Wat stelt u voor?'

'Dat we de zaak laten voorkomen. Dit wordt een veelbesproken zaak, met u erbij, meneer Dobbins. De plaatselijke pers zal ervan smullen. Tot ziens, mensen. En nu jullie hier toch zijn, ons nieuwe winkelcentrum is zeer de moeite waard.'

Penny Andrews kreeg bezoek van haar oudere zuster Cynthia, die in Darien woonde. Cynthia was de mooiste van de zusjes Fisk. Ze was klein, preuts en in de vijftig. Haar man, Stuart Harrison, was de huidige president-directeur van Fisk Electronics en Cynthia zelf hield zich in Darien met liefdadigheidswerk bezig. Cynthia droeg een maatkostuum en een klein hoedje met bloemetjes erop. Het doel van haar bezoek was 'de situatie van Jimmy', zoals zij het noemde. Ze had er met haar moeder over gesproken en had de artikelen in de krant gelezen. Cynthia had het idee dat niemand met zo'n goede achtergrond en die er zo opvallend knap uitzag als Jimmy, een meisje hoefde te verkrachten om seks te hebben.

'Stuart zei dat het van essentieel belang is dat Jimmy nog geen nacht in de gevangenis doorbrengt.'

'Dat zijn we ook niet van plan.'

'Stuart denkt niet dat je een regeling moet accepteren, maar dat je de hele zaak moet uitvechten om te winnen.'

'Ja, dat is ook onze strategie.'

'Gevangenis voor een jongen als Jimmy zou ongelooflijk afgrijselijk zijn. Ook al is het maar voor één nacht. De dingen die daar kunnen gebeuren, dat is afgrijselijk, zei Stuart. Ze verkrachten jongens.'

'Wat zeg je?'

'Mannen. Groepen mannen verkrachten jongens. Het is echt niet te geloven. Stuart zei dat het meer dan eens is voorgekomen dat jongens één nacht gedetineerd waren en dat ze die ene nacht door andere gevangenen verkracht waren. Dus Jimmy kan niet naar de gevangenis, zelfs niet voor een korte veroordeling.'

Penny werd misselijk. In haar donkerste momenten had ze zich Jimmy achter tralies voorgesteld, in een vreselijk uniform, met lange tanden etend van het smerige voedsel. Een verkrachting had ze zich nooit voorgesteld.

Rupert Dobbins vroeg Malcolm en Penny bij hem op zijn kantoor langs te komen, in het Seagram Building in New York City. Dan zou hij hun zijn visie op de zaak geven. Het werk van Brett Mac-Neil was in zijn ogen boven alle kritiek verheven. MacNeil was een uitstekend advocaat en Dobbins vond ook dat de zaak op zeer kundige wijze werd behandeld. 'We laten Jimmy niet getuigen. We laten de zwakheid van de zaak zelf beslissen. Het gaat om twee studenten die samen een afspraakje hadden. Ze moeten zijn schuld onomstotelijk bewijzen en zoals MacNeil op die hoorzitting ook al argumenteerde: deze zaak hangt van twijfels aan elkaar.'

'Dus het is onmogelijk dat we verliezen?' vroeg Penny.

'"Onmogelijk" is niet een woord dat een advocaat graag gebruikt. Wanneer het tot een proces komt, schat ik de kans dat we verliezen op praktisch nihil.'

'Maar het is dus nog mogelijk om te verliezen?'

'Penny, hij zegt toch dat het geen zin heeft om zo te denken.'

'Vertel mij niet wat zin heeft. Ik heb gehoord dat jongens als Jimmy, wanneer ze naar de gevangenis gaan, verkracht kunnen worden door de andere gevangenen. Is dat waar?' vroeg ze aan Dobbins.

'Zoals uw man zegt, het heeft echt geen zin om zo te denken, mevrouw Andrews. U speculeert over wat uw zoon in de gevangenis kan overkomen, maar ik zie ons de zaak niet verliezen.'

'U hebt niet gezegd dat het *onmogelijk* is dat we de zaak verliezen. Verkrachten ze jongemannen als Jimmy in de gevangenis? Geef antwoord, meneer Dobbins. Daar betaal ik u voor.'

'Wanneer het inderdaad, hoe onwaarschijnlijk dat ook is, mocht komen tot een veroordeling, dan zouden we er uiteraard voor zorgen dat hij zo veilig en comfortabel mogelijk terecht komt.'

'Penny, hij gaat niet naar de gevangenis,' zei Malcolm.

'Bepaal jij dat hier?' vroeg ze op scherpe toon.

Dobbins legde nauwgezet de strategie uit die de verdediging ging volgen en probeerde alles om Penny gerust te stellen. Malcolm was overtuigd, maar de advocaat was nog steeds niet bij machte Penny te garanderen dat Jimmy onmogelijk, op welke grond dan ook, schuldig kon worden bevonden. Ook al pleitte alles voor hen, de mogelijkheid blééf bestaan. Dat kleine jochie, dat tot zo'n knappe jongeman was uitgegroeid, en dat zo ongelukkig was geweest toen hij laatst thuiskwam en ze hem net zo in haar armen had genomen als toen hij nog klein was – dat kon in de gevangenis worden verkracht. Hij kon in de gevangenis worden verkracht door iemand met AIDS en dan zou hij aan die ziekte sterven.

'Mag ik vragen waar u haar voor spreken wilt?' vroeg de secretaresse van Laura aan Penny.
'Zegt u maar dat de moeder van Jimmy Andrews haar wil spreken.'
Laura kwam aan de lijn.
'Met Laura Mason.'
'Ik hoop dat u mij wilt excuseren dat ik u op uw werk bel. Ik heb uw nummer van de administratie van Layton gekregen.'
'Wat is er?'
'Kan ik u vandaag, na uw werk, ergens spreken? Het is verschrikkelijk dringend.'
'Ik weet niet of ik dat moet doen. Ik weet niet eens of ik dat wel wil.'
'Het is iets tussen moeders. Alstublieft, mevrouw Mason. Ik moet u spreken.'
Haar stem klonk zo wanhopig dat Laura erin toestemde. Ze spraken om halfzeven af in de Polo Lounge van het Westbury Hotel.
Penny zat achter een half leeg glas toen Laura binnenkwam. Ze schudden elkaar de hand, Laura op haar qui vive. Ze bestelde een Perrier, leunde achterover en wachtte af.
'Mevrouw Mason, u bent een moeder en ik dacht dat u wel in staat zou zijn te begrijpen wat ik doormaak. Jimmy is geen slechte jongen. Er is een hoop druk op hem uitgeoefend. Dat is voor een groot deel het werk geweest van mijn man, die hem heeft geprest om uit te blinken. En ik neem aan dat ik ook verantwoordelijk ben voor zover ik daarin meegegaan ben.'
'Een heleboel jongemannen staan vandaag de dag onder druk. Dat is nog geen reden om een meisje te verkrachten.'
'We hebben nog een andere advocaat in de arm genomen om Jim-

my te verdedigen. Rupert Dobbins.'
'Daar heb ik van gehoord.'
'Hij zei dat het buitengewoon onwaarschijnlijk was dat Jimmy ergens schuldig aan wordt bevonden.'
'Gefeliciteerd.'
'Die nieuwe advocaat is heel knap en heel kundig. Ik vroeg hem of het *onmogelijk* is om de zaak te verliezen. Hij zei dat "onmogelijk" niet een woord was dat hij graag gebruikte. Dus nu zit ik hier voor u als moeder, in de wetenschap dat het nog altijd tot de mogelijkheden behoort dat Jimmy naar de gevangenis gaat.'
'Dat zijn de consequenties, mevrouw Andrews.'
'Wát er ook gebeurd is tussen uw dochter en mijn zoon, berust op een misverstand. En dat misverstand zou mijn zoon Jimmy het leven kunnen kosten.'
'Het leven?'
De vrouw had bij de hoorzitting al een labiele indruk gemaakt, maar nu wist Laura het zeker.
'Op verkrachting staat niet de doodstraf, hoor,' hield Laura haar voor.
'Ik heb het over AIDS.'
'AIDS?'
'In de gevangenis loopt Jimmy het risico verkracht te worden. De andere gevangenen kunnen hem verkrachten. Eén, misschien zelfs een bende. Ze staan in de rij om dat studentje even een lesje te leren. Dat gebeurt in gevangenissen. Weet u wat dat met mij doet, te moeten bedenken dat dat Jimmy ook kan overkomen? En wanneer iemand die hem verkracht AIDS heeft, kan Jimmy ook AIDS krijgen en dat kan zijn dood betekenen.'
'U denkt wel meteen het allerergste.'
'Wat vindt u een voldoende bestraffing? Toch niet de dood?'
'Nee, natuurlijk niet.'
'Mijn man weet niet dat ik hier ben. De advocaten ook niet. Dit is een zaak tussen ons. Ik smeek u uw invloed aan te wenden om de beschuldigingen aan het adres van Jimmy te laten vallen. Ik heb erover nagedacht. Ik weet hoe het kan. Uw dochter kan van gedachten veranderen over haar getuigenis. Ze kan zeggen dat ze zich niet goed meer herinnert wat er gebeurd is. Zonder haar kunnen ze Jimmy niets doen. Dat is het enige dat ze hoeft te doen, zich het niet meer herinneren.'

'U wilt dat ze liegt?'

'Dat is geen liegen. Het is gewoon de details een beetje zien vervagen.' Ze slikte nerveus. 'Mevrouw Mason, ik dacht dat een financiële genoegdoening wel op zijn plaats was. Ik wil een cheque uitschrijven voor twintigduizend dollar.'

'Wat zegt u?'

'Moet het meer zijn?'

'Denkt u dat het ons om het geld gaat?' vroeg Laura.

'Daar ging ik niet van uit. Ik dacht alleen dat een genoegdoening voor uw moeilijkheden en uw onkosten...'

'Ten eerste – en ik herhaal wat de openbare aanklager tegen ons heeft gezegd – is dit geen zaak van Elizabeth meer. Het is de staat versus James Andrews. Er komt veel meer bij kijken.'

'Wilt u erover nadenken? Alstublieft. Als ik u beledigd heb met mijn financiële aanbod, dan spijt mij dat. Laat me dan alleen een beroep op u doen als ouder. Als de situatie andersom was en de mogelijkheid bestond dat wat Jimmy kon gebeuren, uw kind kon overkomen, zou u dan niet graag willen dat de andere partij het medelijden kon opbrengen om uw kind te redden?'

'Ik weet niet wat ik tegen u moet zeggen, mevrouw Andrews. De beslissing is niet eens aan mij.'

Ben opperde cynisch dat Penny Andrews niet uit eigen beweging opereerde, maar dat ze door haar advocaten was gestuurd. Laura was het niet met hem eens. Het verzoek van Penny Andrews was zo wanhopig gedaan, en het financiële aanbod zo klungelig, dat ze volkomen geloofwaardig was.

'Ik vind dat we Elizabeth hierover moeten inlichten,' zei Laura.

'Waarom?'

'Dit zijn de gevolgen van het proces. Daar heeft zij ook mee te maken.'

Elizabeth was geschokt toen ze hoorde van het gesprek dat haar moeder met Penny Andrews had gehad.

'Ik heb nooit één moment gedacht aan de mogelijkheid dat Jimmy verkracht zou worden,' zei ze.

'Ik geloof ook niet dat dat een reële gedachte is,' zei Ben. 'Hij zal echt niet in zo'n strenge gevangenis terecht komen.'

'En ze bood twintigduizend dollar?'

'Alles heeft zijn prijs,' zei Ben.
'Wat walgelijk is dit allemaal,' zei Elizabeth uit de grond van haar hart.

De berichten die in de universiteitskrant verschenen – artikelen over de protestmars, de aanklacht en het opstootje onder het raam van Elizabeth – bracht alumni en ouders in het geweer. Veel van hen ontvingen de universiteitskrant en wilden weten wat er gaande was op Layton. Rector Baker verzekerde de mensen die belden ervan dat de campus veilig was en dat de jongen die beschuldigd was een geïsoleerd geval was. Bovendien was hij onschuldig tot zijn schuld kon worden bewezen. Sommige bellers stelden de instelling van een avondklok voor, controle op de slaapkamers, of meer politie. Anderen stelden de verhouding tussen mannelijke en vrouwelijke studenten op de campus ter discussie.

Baker en zijn assistent Morgan Warner hadden geen zin in nog meer ongunstige publiciteit voor Layton. De aanklacht tegen James Andrews was een tijdbom. Naarmate de zaak zich voortsleepte, zou er meer publiciteit komen en zou er meer aandacht worden besteed aan verkrachtingen op de campus van Layton. Er werd een dringend beroep gedaan op Bakers diplomatieke vaardigheden. 'Wanneer verkrachtingen onder studentenpopulaties een nationaal probleem vormen,' zei hij tegen Warner, 'en wij daar als eersten bewust iets aan doen, dan kunnen we het image van Layton radicaal veranderen. Dan worden wij de trendsetter.'

'Dat klinkt goed, Hudson. We worden niet gebrandmerkt als enige universiteit waar verkrachting een probleem is, maar krijgen juist een goede naam omdat wij er als enige tegen in het geweer komen.'

'Dus waar blijft die Jean Philips met haar verkrachtingscolloquium? We moeten er iets moois van maken, een fraaie happening.'

Jean Philips was methodisch te werk gegaan. Ze had een studentenpanel bijeen geroepen dat de verscheidene gezichtspunten zou verwoorden. Baker wilde echter niet langer wachten.

'We zouden het colloquium graag begin volgende week houden, Jean. Dinsdagmiddag zou mooi zijn, dan halen we de lokale televisie van dinsdag en de kranten van woensdag.'

'Het is niet gebruikelijk dat onze colloquia zoveel aandacht van de

media krijgen...'
'Dit wordt een belangrijke gebeurtenis op Layton. Verplichte aanwezigheid voor alle studenten. Verplicht voor alle leden van de faculteit. De colleges en werkgroepen gaan niet door wanneer het colloquium gehouden wordt.'
'O nee?'
'En die protestmars tegen verkrachting die is opgebroken, die zou ik graag in het theater terugzien.'
'Echt waar?'
'Ja. Wij willen hier op Layton graag vooroplopen in de strijd tegen verkrachting,' zei hij, alsof dat altijd al zijn mening was geweest.

Het theater van Layton zat vol. Faculteitsleden en administratief personeel zat rechts in de zaal en cameramensen van de lokale televisie en andere persmensen zaten vlak voor het podium. Jean Philips liet de panelleden plaats nemen en vroeg om stilte. Na een tijdje werd het onrustige publiek wat kalmer.
'In Amerika wordt iedere zes minuten een vrouw verkracht,' zei ze. 'Een onderzoek op campussen in het hele land heeft uitgewezen dat het aantal verkrachtingen op of na een avondje uit schokkend hoog is. Het is een nationale crisis en het is onze crisis.'
Het studentenpanel op het podium bestond uit drie jongens en drie meisjes, onder wie Sterling May en Rod Wyman. Nadat ze een tijdje van gedachten hadden gewisseld, werd de discussie voor het publiek geopend. Mensen praatten over de druk die ze ervoeren in seksuele aangelegenheden en de ongrijpbaarheid van duidelijke boodschappen over seks, seksisme en seks in het AIDS-tijdperk. De discussie ging zo'n anderhalf uur door. De mensen werden gegrepen door het onderwerp en uitten hun verontrusting.
Vervolgens gaf Philips een seintje naar de achterkant van de zaal, waar Elizabeth, Donna, Candace en zo'n veertig studentes die hadden meegelopen in de demonstratie, klaarstonden om door de paden naar voren te lopen. Ze droegen dezelfde maskers. Mensen stonden op hun plaats om de taferelen van seksueel geweld neer te zetten en de muziek van Sarah klonk via de geluidsinstallatie.
Drie niet-studentes liepen mee. Het waren vrouwen die door Jean Philips waren benaderd en die hadden toegezegd mee te lopen. Elk van die vrouwen, voormalige studentes van Layton, waren tijdens hun studie verkracht. Wanneer ze hun maskers omdraaiden kreeg

het publiek te lezen: 'Ik ben verkracht op Layton.' Elizabeth en twee medestudentes droegen dezelfde borden.

De studenten in het publiek hadden het colloquium heel serieus genomen. Toen de muziek dan ook begon te spelen en de demonstranten door de paden naar beneden liepen, steeg een klaterend applaus op. Het applaus bleef doorgaan terwijl ze naar voren liepen en het podium betraden, waar ze zich naar de zaal draaiden. Op een sein van Elizabeth hield de muziek op. Het publiek werd stil toen de slachtoffers een voor een, in doodse stilte, hun maskers begonnen om te draaien. 'Ik ben verkracht op Layton,' lazen de mensen in de zaal. Vervolgens lieten ze de maskers zakken zodat hun gezichten te voorschijn kwamen. Deze bekentenis, die tevens een beschuldiging inhield, verstarde het publiek. De verkrachtingsslachtoffers staarden in het publiek en vonden soms de persoon die hen verkracht had, waarna ze de verkrachter begonnen aan te staren. Studenten in de zaal wendden hun hoofd af, keken naar beneden of begonnen opeens het plafond te bestuderen. Elizabeth lokaliseerde Jimmy en keek hem recht in de ogen. Hij keek snel een andere kant op.

De zes vrouwen die verkracht waren bleven een minuut zo kijken. De bedoeling was dat ze daarna de maskers weer zouden voordoen om weer naar achteren te lopen. Plotseling, zonder dat dat van tevoren was afgesproken, stond een studente in de zaal op en liep naar het podium, waar ze tussen de studentes die verkracht waren ging staan. Even later stond een andere studente op en kwam naar voren. En nog een. Het leek wel een religieuze bijeenkomst waar de een na de ander werd bekeerd. Het publiek keek gefixeerd toe hoe verkrachtingsslachtoffers naar voren kwamen om publiekelijk te laten zien dat ook zij verkracht waren. Een van de voormalige studentes overhandigde haar bord met 'Ik ben verkracht op Layton' aan een studente die naar voren was gekomen, waarop die het bord voor zich hield. Ook anderen gaven hun masker aan de studentes die naar voren waren gekomen. Sommige studentes huilden, anderen keken verstard de zaal in.

Nog even bleven ze zo staan, een rij van elf studentes en voormalige studentes die op Layton verkracht waren. Elizabeth gebaarde dat de muziek weer kon beginnen en de demonstranten liepen door de zaal naar achteren. Het publiek zat roerloos, verbijsterd over de kracht die uit de hele demonstratie had gesproken.

18

Het colloquium kreeg uitgebreide aandacht in de zondagsbijlage van de *New York Times* en aangezien de krant ook een nationale editie uitbrengt, werd de verlichte opstelling van Layton inzake verkrachting in het hele land nieuws. Het stuk in de *Times* bevatte ook een verklaring van de man in de frontlinies in de strijd tegen verkrachting op de campus, de heer Hudson Baker, die alle andere universiteiten opriep zijn goede voorbeeld te volgen. Hij schetste de vernieuwingen die aan Layton hadden plaatsgevonden. Een dergelijk colloquium zou van nu af aan, bij het begin van ieder nieuw studiejaar, verplichte kost zijn voor alle studenten. Een cursus seksualiteit, met speciale aandacht voor verkrachting, zou deel gaan uitmaken van het eerstejaars programma. Een nieuwe psycholoog zou aan de staf worden toegevoegd, met als speciale taak werkgroepen en colleges te geven over man-vrouwverhoudingen. De bewakingsdienst zou worden uitgebreid en met hulp van de plaatselijke politie zou de verkoop van alcohol aan studenten in de gaten worden gehouden.

Ook de lokale televisie besteedde aandacht aan het colloquium en de *Albany Times-Union* had een lang artikel, met een foto van de vrouwen op het podium, geplaatst op de voorpagina van het katern met plaatselijk nieuws. Het colloquium en de veranderingen op Layton waren onderwerp van een extra editie van de *Layton Journal*. Baker werd overstelpt met felicitaties vanwege zijn verstandige en moedige beleid. De diplomaat was erin geslaagd een crisis op het gebied van de public relations om te buigen in een overwinning. Ouders en alumni prezen hem om het hardst en de toekomst zag er weer zonnig uit.

Het nieuws over Layton had ook een positief effect op de studenten. Ze waren blij dat de universiteit die zij bezochten in zo'n gunstig daglicht was komen te staan en dat zij zelf in de pers becomplimenteerd waren voor hun gedrag tijdens het colloquium. Elizabeth voelde dat ze na die avond opeens heel anders werd bekeken en behandeld.

Rod Wyman, de man achter die valse slogan van The Big Leagues en een van haar grootste opponenten, kwam haar op de campus tegemoet en zei: 'Het ging goed.'

'Ja, inderdaad.'

'Ik denk dat beide kanten er iets van geleerd hebben,' verkondigde hij, want hij wilde zelf ook wel een beetje eer.

'Dat is waar.'

'Nou, ik zie je wel weer,' zei hij en hij glimlachte er zowaar bij.

Janna Willis kwam in de bibliotheek op haar af.

'Sorry. Ik heb een relatie gehad met Jimmy.'

'Ja, ik weet het.'

'Ik weet niet wat er tussen jullie tweeën is voorgevallen, maar ik wilde alleen maar zeggen dat ik heel erg ontroerd was door de demonstratie in het theater.'

'Dank je.'

'Jimmy heeft ook zijn goede kanten, hoor.'

'Daar heb ik weinig van gemerkt.'

Mensen die ze niet kende groetten haar wanneer ze over de campus liep en degenen die ze wel kende maakten een babbeltje. Elizabeth voelde zich net een atlete die een belangrijke prijs voor de universiteit in de wacht heeft gesleept.

Laura en Ben waren ontzettend blij met deze nieuwe ontwikkelingen. Maar bij de tegenpartij begonnen de advocaten zich bezorgd te maken over al dat nieuws in de krant en op televisie over het colloquium en de nieuwe maatregelen die op Layton getroffen werden. Ze waren niet blij met het feit dat het college van bestuur openlijk erkende dat verkrachting een probleem was op de campus. Maar Dobbins en MacNeil stelden de ouders van Jimmy gerust en zeiden dat dit alles niet betekende dat er nieuw bewijsmateriaal was opgedoken. Maar de familie Andrews wist ook wel wat er in de krant stond.

Elizabeth zag Jimmy Andrews op een middag over de campus lopen. Het regende en hij liep met gebogen hoofd, zijn schouders een beetje krom. Ze wist niet of hij zo liep omdat het regende of dat er een diepere, emotionele oorzaak voor zijn houding was. Elizabeth had ook ooit zo over de campus gelopen, ze had de blikken van andere mensen ontweken, en nu keek ze hem gefascineerd na. De rollen waren omgedraaid.

Penny Andrews had een bankrekening waar Malcolm niet aan kon komen. Het geld op die rekening had ze van de Kapitein geërfd. Ze liet twintigduizend dollar overmaken naar een rekening waar direct van kon worden opgenomen. Wat voor prijs zet je op een normaal leven voor je zoon? Ze schreef een cheque uit van twintigduizend dollar en was bereid meer te betalen als ze meer wilden. Ze stopte de cheque in een envelop en deed daar een briefje voor Laura bij. 'Beste mevrouw Mason,' schreef ze. 'Ik ben wanhopig. Dat mijn zoon misschien naar de gevangenis gaat, ook al is het maar voor heel kort, is een onverdraaglijke gedachte. Ik ben me ervan bewust dat u de zaak niet doorzet om er een financieel slaatje uit te slaan. Het geld is alleen bedoeld als genoegdoening voor uw dochter, voor uw gezin en voor de problemen die u met de kwestie gehad hebt. Alstublieft, alstublieft, laat uw dochter haar getuigenis veranderen.'

Laura en Ben namen de brief en de cheque mee naar hun volgende sessie met Angela Woodson. Ze bezochten haar nu nog maar één keer per week. Woodson vond dat ze weliswaar prettiger met elkaar omgingen, maar ze moesten nog wel proberen te begrijpen wat hen uiteen had gedreven, zodat ze een herhaling konden voorkomen.
'Het moeten loslaten van uw dochter is een belangrijk deel van uw probleem,' hield Woodson hen voor. 'Maar hoe moeilijk dat ook is, het zal toch moeten. Uw eigen ervaringen kunnen nooit de hare zijn. Ook hierover moet ze zelf een beslissing nemen.'

Ook Elizabeth worstelde met het probleem. Ze trommelde haar vrienden op in haar kamer en liet hen de brief van mevrouw Andrews zien, die haar ouders haar gestuurd hadden. Ze wezen het idee dat ze zou kunnen worden omgekocht als absurd en beledigend van de hand.
Walgelijk, had ze het tegenover haar ouders genoemd. Ze wilde geen proces meer. Ze wilde ervan af zijn. Vóór alles kwam bij haar het gevoel dat zij en haar bondgenotes een overwinning hadden

geboekt die veel verder ging dan een bestraffing voor Jimmy Andrews. Hem nog laten voorkomen was opeens irrelevant geworden.

'Het college van bestuur is als een blad aan een boom omgedraaid,' zei ze tegen haar vrienden. 'We hebben vijanden overgehaald voor ons partij te kiezen. Wat kunnen we nu nog meer winnen?'

'Ach ja, je kunt hem nu wel laten gaan. Maar als hij de bak indraait zou hij zijn verhaal aan een filmproducent kunnen verkopen,' zei Donna voor de grap. 'We hebben al in geen tijden een lekkere smerige gevangenisfilm gehad.'

'We hebben inderdaad gewonnen,' zei Sterling. 'Het was echt fantastisch, de stilte in die zaal toen de demonstratie op het podium aankwam.'

'Ik heb mijn gerechtigheid,' zei Elizabeth. 'Ik heb dat colloquium. Ik heb Baker bijna zo ver dat hij een button draagt met "Als een vrouw nee zegt bedoelt ze nee". Wat kan ik nog meer wensen?'

'Zet er maar een punt achter,' zei Sterling en de anderen waren het met haar eens.

'Zie je wel?' zei Elizabeth. 'We hebben gewonnen.'

Gesterkt door het oordeel van haar vrienden stapte Elizabeth naar de openbare aanklager. Ze deelde Carl Peters mee dat ze er lang over had nagedacht, maar dat ze de aanklacht tegen Jimmy Andrews wilde laten vallen. Hij sprong uit zijn vel.

'Wie denk je wel dat je bent?'

'Ik wil niet getuigen. Ik wil niet dat Jimmy wordt beschuldigd.'

'Hij is al beschuldigd. Daar hebben we een kamer van inbeschuldigingstelling voor.'

'We kunnen de aanklacht toch laten vallen?'

'Luister, jij bent hier langsgekomen met je ouders. Je zei dat je verkracht was en wij hebben je aangifte onderzocht. Het was een moeilijk onderzoek, omdat jij zo stom was alle bewijsmateriaal te vernietigen. Maar we zijn doorgegaan. We hebben een heleboel mensen ondervraagd en we hebben de zaak geanalyseerd. En nu laten we de zaak voorkomen omdat we onszelf een goede kans geven. *Jij* zei dat je verkracht was en *ik* geloofde je.'

'U kunt me nog steeds geloven.'

'Waarom denk je dat ik besloten heb de zaak te laten voorkomen? Omdat er een misdaad is gepleegd! En degene die die misdaad ge-

pleegd heeft loopt vrij rond!'
'Maar er is recht gedaan. Toen Jimmy in staat van beschuldiging werd gesteld, konden wij een groot colloquium op de universiteit organiseren en het college van bestuur is als een blad aan een boom omgedraaid. Eerst wilden ze nergens van weten, nu gaan ze serieus iets doen aan het probleem. Dat is gerechtigheid.'
'Niet in mijn optiek. Het is mijn plicht ervoor te zorgen dat misdaden bestraft worden. Zodat kleine meisjes, zelfs wanneer ze illegaal een paar biertjes hebben gedronken,' zei hij fel, 'en zelfs wanneer ze jongens om de nek hangen en ze opgeilen, niet verkracht worden.'
'Meneer Peters, ik heb alles al gewonnen wat er te winnen valt.'
'Niet waar. Je hebt verloren. Hij heeft jou verkracht en er gebeurt hem verder niets. Hij zou het zo weer kunnen doen.'
'Ik denk niet dat hij dat doet.'
'O, nu ga je niet alleen op de stoel van de rechter en die van de juryleden zitten, nu ga je ook nog voor gerechtelijk psychiater spelen. Hij loopt ongestraft rond. En jij wilt aan de grote klok hangen dat iemand een meisje kan verkrachten zonder dat hij daarvoor gestraft wordt.'
'Ik denk dat de mensen dat, gezien wat er sindsdien allemaal gebeurd is, wel begrijpen zullen.'
'O ja? En zullen zijn ouders het begrijpen? En zijn advocaten? Ze kunnen zeggen dat je hem vals beschuldigd hebt. Ze kunnen wel een aanklacht tegen *jou* indienen.'
'Dat risico moet ik dan maar nemen. Ik kan hier voor mezelf niet mee doorgaan.'
'Jongedame, ik ben niet van plan me door jou te laten manipuleren. Jij hebt onder ede getuigd. Wanneer je niet als getuige wilt optreden, en niet net zo zeker van je zaak bent als tegenover de kamer van inbeschuldigingsstelling, zal ik er persoonlijk voor zorgen dat *jij* moet voorkomen, wegens meineed,' dreigde hij.

Die maandagmorgen moest ze een paper inleveren voor literatuur, maar ze kon zich er niet toe zetten. Ze maakte zich zorgen en kon niet helder meer nadenken. Ze belde haar ouders op en zei dat ze dat weekend thuis wilde doorbrengen. Eenmaal thuis kwam de woordenstroom op gang en vertelde ze haar ouders alles: haar dilemma, haar angsten, haar gevoel dat ze de zaak al gewonnen had.

300

Laura en Ben begrepen wat ze wilde: ze wilde geen proces meer. Ze wilde de zaak niet meer doorzetten en diep in hun hart waren Laura en Ben allebei opgelucht.

Martin Reed werd geraadpleegd over de juridische implicaties. Reed dacht dat de tegenpartij zou willen onderhandelen en wel zou afzien van een aanklacht tegen Elizabeth. Wat het dreigement van Peters aanging, legde hij uit dat twijfels uitspreken over een zaak waar je eerder met meer zekerheid over getuigd hebt, niet hetzelfde is als meineed; alleen wanneer je iets heel anders getuigt ga je de fout in. Hij kende Carl Peters nog uit New York en zegde toe dat hij hem wel zou bellen. De volgende dag kreeg hij Peters aan de lijn.

'Hallo, Marty. Hoe gaat het?' vroeg Peters.

'Prima. En hoe gaat het met jou in Caldwell?'

'Ik krijg hier helaas geen kans de wapens eens met jou te kruisen, maar het kan af en toe heel interessant zijn.'

'Carl, ik vertegenwoordig Elizabeth Mason.'

'Ja, dat weet ik.'

'Ze is een geweldige meid.'

'En een uitstekende getuige. Ik maak een kans in dat proces tegen James Andrews. Het blijft een gok, maar je weet maar nooit.'

'Ze is al door die molen geweest. Ze wil ermee kappen, Carl. Laat haar los.'

'Deze zaak kan een afschrikkende werking hebben,' zei hij. 'Die jongen is niet een conventionele crimineel. Dit soort verkrachtingen vindt aan de lopende band plaats en het zal een enorm positief effect hebben als ik win.'

'Ik heb van haar vader begrepen dat het meisje al grote concessies heeft losgekregen van de universiteit waar ze studeert.'

'Die universiteit kan me niets schelen, Marty.'

'Je moet er maar eens over nadenken. Dank zij haar zullen ze daar in de toekomst veel minder last van het probleem hebben. Toe nou, Carl, laat haar verder met rust.'

'Haar getuigenis is niet onder dwang afgelegd.'

'Ik kan haar hier doorheen coachen en dat weet je. Ze getuigt, ze houdt vast aan haar eerdere getuigenis, maar er vallen kleine hiaten. Niet ernstig genoeg om van meineed te spreken; genoeg voor Dobbins om haar finaal onderuit te halen.'

'Als ze zulke hoge morele waarden heeft, dan moet ze toch voor de goede zaak getuigen?'
'Ze is maar een klein visje, Carl. Gooi haar terug.'
'Ik sta er niet om te springen. Ik ga weer eens met haar praten.'

Elizabeth kreeg een uitnodiging van Peters nog eens te komen praten. Ze bracht kranteknipsels mee over de gebeurtenissen op Layton, om de openbare aanklager ervan te overtuigen dat ze iets heel belangrijks had bereikt zonder proces. Ze maakte zich zorgen dat als de zaak voorkwam en Jimmy won, dat voor haar kant catastrofaal zou zijn. De jongens op Layton zouden kunnen beweren dat de demonstranten hun stellingname op een leugen hadden gebaseerd en dat als Jimmy onschuldig was, de anderen dat ook wel zouden zijn.
Elizabeth zat te wachten en hield de map met de knipsels tegen zich aangedrukt alsof het een talisman was.
Terwijl ze daar zat te wachten, kwamen Mallory en Neary uit het kantoor van Peters en zagen haar daar zitten. Ze reageerden allebei hetzelfde: met een knik van herkenning die niet bepaald warm aandeed.
'Hallo,' zei Elizabeth.
'Waarom ben je opeens van gedachten veranderd?' vroeg Mallory haar botweg. 'Er zitten een hoop manuren in deze zaak.'
'Ik weet het. Ik stel het op prijs wat jullie gedaan hebben.'
'Het is wel een wat eigenaardige manier om dat te laten merken, hem zomaar laten lopen,' vond hij.
'Hij heeft een misdaad begaan,' voegde Neary eraan toe.
'Maar we hebben het er niet bij laten zitten.'
Ze liet hen de knipsels zien in de hoop dat die de twee rechercheurs zouden overtuigen.
'Ze heeft haar eigen knipselarchief,' zei Mallory.
Ze bekeken de knipsels vluchtig.
'We hebben gewonnen,' zei Elizabeth. 'En dat was niet gebeurd zonder jullie onderzoek en het werk van meneer Peters voor die jury.'
'Ben jij hier tevreden mee?' vroeg Mallory toen hij haar de knipsels teruggaf. 'Beschouw je dit werkelijk als gerechtigheid?'
'Ja.'
'Nou, dan moeten we dat maar aannemen. Maar wij zijn niet dege-

nen die je moet overtuigen,' hield Mallory haar voor.

Ongeveer een kwartier later kwam Peters naar buiten en vroeg haar binnen te komen.

'En ben je nog van gedachten veranderd sinds ons laatste gesprek?'

'Nee. Maar ik heb dit meegenomen. Deze knipsels laten zien wat we bereikt hebben zonder proces.'

Hij bekeek de knipsels oppervlakkig.

'En?'

'Eerst wilden ze op Layton niets, maar dan ook niets, over verkrachtingen horen. Daar is verandering in gekomen. Dat zei ik ook net tegen de rechercheurs, dat alles wat jullie gedaan hebben daaraan heeft bijgedragen.'

'Wij proberen hier de wet te handhaven. Mannen verkrachten vrouwen en worden daar niet voor gestraft. De vrouwen doen niet eens aangifte. Of de zaak houdt geen stand. Jimmy Andrews is net als al die andere verkrachters: nonchalant. Ze weten het zelf niet eens. Als ik deze zaak win, dan kijkt *iedereen* voortaan wel uit, niet alleen de studenten in jouw kleine wereldje.'

'En als *hij* de zaak wint, wordt alles wat we tot nu toe bereikt hebben weer teniet gedaan. De jongens kunnen zeggen dat hij onschuldig is en dat de anderen dat ook zijn. Zo praten ze zich er toch weer uit. Dat risico moeten we niet lopen. Ze mogen ons niet verkrachten.'

'We willen beiden hetzelfde.'

'Maar ik heb al gewonnen. Laat ons de overwinning. En laat u het daar alstublieft bij.'

Hij keek haar aan. De telefoon ging en hij nam op. Een belangrijke getuige voor een andere zaak bleek spoorloos. Hij legde zijn hand over de hoorn en zei: 'We spreken elkaar nog wel,' waarna Elizabeth mocht gaan.

Een paar dagen later, in een zaak waar Peters al maanden aan had gewerkt, stemde de aannemer van het nieuwe winkelcentrum in Caldwell erin toe te getuigen dat hij de burgemeester van Caldwell en twee leden van de gemeenteraad smeergeld had betaald in ruil voor een bouwvergunning en een paar belastingvoordeeltjes. In dezelfde week werd een barkeeper in een wegrestaurant doodgeschoten door een bewakingsagent die net uit zijn werk kwam. Peters had twee grote zaken bij de hand. De zaak Andrews bleef een gok, en dan zat hij plotseling ook nog eens met een recalcitrante getuige. Hij besloot de zaak van de staat versus James Andrews te laten vallen en zich op die andere twee zaken te concentreren. Peters belde MacNeil met de mededeling dat het proces niet doorging. Hij wilde er geen tijd meer aan spenderen en raadde MacNeil aan geen aanklacht tegen het meisje in te dienen, want ze zou nog van gedachten kunnen veranderen. Hij raadde MacNeil en Dobbins ook ten stelligste af een persconferentie over de zaak te geven alsof zij hem uiteindelijk toch gewonnen hadden.

Jimmy werd door MacNeil van het besluit van de openbare aanklager op de hoogte gebracht. Hij belde meteen zijn ouders.
'Ik wist wel dat je onschuldig was!' riep Malcolm uit.
'Inderdaad, pa,' zei Jimmy zacht.
'Prijs de Heer, Jimmy,' zei Penny. 'Je bent een goede jongen.'
'Bedankt dat u dat zegt, ma.'
'Kun je dit weekend ook thuiskomen, Jimmy? Of kunnen wij bij jou komen? Ik wil je zien.'
'Ik kom wel thuis.'
Malcolm ging die avond met het nieuws naar de club. Hij ging het niet van de daken schreeuwen. Beter was een nonchalante benadering, alsof er nooit reden was geweest om ergens over in te zitten. Hij ging aan de bar zitten en zei tegen de barkeeper, maar hard genoeg om het ook aan een paar andere clubleden te laten horen:
'O, trouwens, Jimmy is van alle blaam gezuiverd na dat probleem op Layton.'
'Dat is goed nieuws, meneer Andrews.'
'Gefeliciteerd,' zei een van de mannen.
'Bedankt, maar je hoeft me niet te feliciteren, hoor. Hij was van begin af aan onschuldig. Ze hebben hem nooit iets kunnen maken.'

In The Big Leagues steeg een gejoel op uit de kelen van Bill Casley en zijn kameraden, toen Jimmy in de woonkamer bekend maakte dat de openbare aanklager had besloten het niet tot een proces te laten komen.
'We moeten een feest geven,' zei Casley.
Bijna iedereen was het met hem eens; een excuus voor een feest was altijd welkom.
'Denk je echt dat dat gepast zou zijn?' vroeg John Hatcher met een

scherpe blik in de richting van Jimmy.

'Nee, laten we maar geen feest geven,' zei Jimmy. 'Laten we gewoon een pilsje drinken en de hele zaak vergeten.'

'Goed,' zei John Hatcher. 'Ik bedoel, Jimmy is niet Nelson Mandela.'

Laura en Ben praatten met Elizabeth en waren dolblij dat er geen proces meer zou komen.

'Het is juridisch beëindigd,' zei Laura tegen Ben na het telefoontje. 'Zullen we het nu ook emotioneel beëindigen?'

'Ik zal het proberen,' zei hij.

'Ik ook.'

Elizabeth wilde bij hen zijn en nam de volgende zaterdag de bus naar New York. Toen ze binnenkwam, kwamen Laura en Ben allebei op haar af en sloegen hun armen om elkaar heen. Elizabeth begon opgelucht te huilen. Josh kwam de kamer binnen en de ouders namen hem ook in hun armen, zodat ze elkaar alle vier vasthielden. Die avond gingen ze uit eten in een Chinees restaurant en ze praatten over de beëindiging van de zaak, maar toen praatten ze verder over films en Josh begon over het komende baseball-seizoen. Zo vierden ze hun terugkeer in de normale wereld en was het weer net als vroeger.

Elizabeth, Seth, Donna, Sterling en Candace gingen een pizza eten om het te vieren. Onder het eten besloten ze dat ze voor het volgende jaar samen zouden proberen een huis buiten de campus te krijgen. Ze zouden hun huis 'The Layton Five' noemen.

Penny maakte een feestmaal klaar voor Jimmy.

'Goddank dat het allemaal achter de rug is,' zei Penny, en ze hief het glas.

'Inderdaad,' beaamde Jimmy. 'Kan ik me weer op het tennissen gaan storten.'

Malcolm bleek er een eigen kijk op na te houden.

'De zaak hoeft nog niet per se achter de rug te zijn. Dat meisje heeft Jimmy belasterd. Ze heeft hem vals van een misdaad beschuldigd. MacNeil zei dat Peters niet wil dat we een aanklacht tegen haar indienen, maar die Peters kan nog wel meer willen.'

'U wilt een aanklacht tegen haar indienen?' vroeg Jimmy.

'Het zijn geen arme mensen, hoor. Ze hebben hun meisje naar Layton kunnen sturen. We moeten ze de kleren van het lijf procederen.'
'Laat die kleren maar zitten en dat geld hebben we niet nodig,' zei Penny bot.
'We moeten Jimmy van de blaam zuiveren. Jimmy is vals beschuldigd.'
'Ik zeg laat die zaak met rust. Hij is thuis. Hij is veilig,' zei Penny.
'Ik ben het toevallig niet met je eens. Ik ga eens kijken wat we kunnen doen. Misschien kan ik een andere advocaat in de arm nemen, iemand die er meer in ziet. Het zou niet moeten mogen, dat zulke mensen ons soort mensen zomaar door het slijk halen.'
'Laat nou maar zitten, pa.'
'Dit is niet jouw beslissing, Jimmy,' zei hij.
'Ze winnen het nog, verdomme. Laat ze met rust.'
'In een rechtszaak…' vervolgde Malcolm.
'Laat me nu gewoon tennissen. *Dat wilde u toch altijd zo graag?*'

Verscheidene dagen achtereen belde Penny naar haar bank om te informeren of er een cheque ter waarde van een groot bedrag was afgeschreven. Malcolm kon naar de club gaan en felicitaties in ontvangst nemen en tegen iedereen zeggen dat Jimmy al die tijd al onschuldig was geweest. Maar Penny wist dat zij het geweest was die het meisje beïnvloed had om de zaak te laten vallen, met goed, betrouwbaar geld – geld uit de nalatenschap van haar vader. Penny Andrews keek verbaasd op toen ze op een morgen een envelop openmaakte die Laura Mason haar gestuurd had en ze er de cheque in aantrof, in tweeën gescheurd.

Het semester schreed voort, Elizabeth studeerde, trok met haar vrienden op en trad toe tot een studentencommissie die het verkrachtingscolloquium van volgend jaar ging organiseren. Ze vroeg of ze een AIDS-test kon ondergaan en was blij toen het resultaat negatief was. Het semester ging zonder incidenten voorbij. Haar enge dromen bleven echter komen en maakten haar soms zo bang dat ze er wakker van werd. Figuren zweefden boven haar en deden haar verdwijnen. En wanneer ze in het donker naar haar kamer liep was ze altijd een beetje angstig. En wanneer jongemannen in haar geïnteresseerd waren hield ze altijd afstand. Ze had graag iemand gehad die haar kon vasthouden, maar dat leek te gecompliceerd.

Voor de laatste *Layton Journal* van dat studiejaar kwam de rector met een verklaring. Hij zei de afgestudeerden vaarwel, keek uit naar het nieuwe studiejaar en de nieuwe lichting en noemde, als één van de goede zaken die dat jaar bereikt waren, 'het nieuwe bewustzijn van het probleem van verkrachtingen op Layton'. Tevens kondigde hij aan dat William Harlan als studentendecaan zou worden opgevolgd door Jean Philips.

De mensen in The Big Leagues bereidden zich op hun vertrek voor. Jimmy en John Hatcher waren in hun kamer bezig hun spullen in te pakken.
'Ik begrijp niet waarom je het me zo moeilijk moest maken,' zei Jimmy tegen hem. 'Het komt erop neer dat ik die hoorzitting gewonnen heb en dat ik het vervolg ook gewonnen heb.'
'Jij hebt helemaal niets gewonnen. Jij bent alleen je straf ontlopen.'
'Jij was er niet bij die avond. Jij weet niet wat er gebeurd is.'
'Ik kan me er wel een voorstelling van maken. Weet je nog dat je zei dat ze gek was? Liz Mason bleek zich tot studentenleidster te ontpoppen.'
'En ze heeft mijn hele jaar verpest met die politiek van haar.'
'O, nu is het opeens politiek? Jimmy, houd die flauwekul alsjeblieft voor je. Als ik al die verhalen van jou moet volgen kun je ze beter op de computer zetten. Jij hebt haar verkracht en daar wordt je niet voor gestraft.'
'Ik heb niets anders gedaan dan ik al eerder gedaan had en dan jij al eerder gedaan had en dan een heleboel jongens hier in huis al eerder gedaan hadden.'
'Spreek voor jezelf, alsjeblieft.'
'Ze drong zich aan me op, ze hing om mijn nek, ik dacht dat ze een beetje gepusht moest worden en ik heb haar gepusht. Dat is een misverstand, geen verkrachting. En geen jury of rechter zou dat ooit verkrachting noemen, dat heb ik van een paar zeer dure advocaten vernomen.'
'Ik ben geen advocaat. Maar ik ken de regels. En jij bent te ver gegaan, Jimmy. Je hebt een grens overschreden.'

'Wat ik niet nodig had dit jaar was een preutse dominee als kamergenoot. Ik ben blij dat ik hier vertrek. Dit hele jaar is niets dan pech geweest.'
'Pech? Lazer op, je bent de grootste geluksvogel die hier rondloopt.'

Zijn behoefte aan zelfrechtvaardiging voor hij vertrok werd niet bevredigd door John Hatcher, dus probeerde hij het bij Elizabeth, zijn laatste kans.
'Ik ben het,' zei hij vanuit de deuropening van Elizabeths kamer.
'Wel wel wel.'
'Ik ben gekomen om afscheid te nemen.'
'Nou, dag,' zei ze kortaf.
'Mag ik even binnenkomen?'
'O, is dag niet genoeg?'
'Alsjeblieft...'
'Alleen als je de deur openlaat.'
Hij kwam binnen. Ze bood hem geen zitplaats aan en gaf te kennen dat hij het kort moest houden.
'Ik dacht dat we elkaar wel nooit weer zouden zien,' begon hij.
'Dat lijkt me een redelijke veronderstelling.'
'Dit jaar is niet erg leuk geweest voor mij,' zei hij.
'Wat sneu voor je.'
'Ik neem aan dat het ook niet zo gelopen is als jij gedacht had.'
'Nee, dit stond niet in de studiegidsen vermeld.'
'We hebben allebei een moeilijke tijd achter de rug. En ik zou graag willen dat we allebei met een schone lei afscheid kunnen nemen. Ik ben gekomen om mijn excuses aan te bieden.'
'O?'
'Het spijt me echt dat we zo'n misverstand hadden. En ik hoop dat je de rest van je studietijd hier een stuk gelukkiger zult zijn.'
'Misverstand? Er was helemaal geen misverstand. Het was een verkrachting. Begrijp je dat dan niet?'
'Soms kun je niet precies zeggen hoeveel druk je op een meisje moet uitoefenen...' probeerde hij zijn oude stokpaardje nog eens.
'Jij begrijpt het *echt* niet. Zelfs nu nog niet. Jimmy, de enige reden dat je niet hoeft voor te komen is omdat ik je laat gaan!'
Ze bekeek hem. Hij toonde geen berouw en leek niet eens te beseffen wat er allemaal gebeurd was. Ze realiseerde zich dat elke se-

conde die ze nog aan hem spendeerde hem belangrijker maakte dan hij was.

'Goed, Jimmy, genoeg. Je lei is schoon. Verdwijn nu uit mijn leven.'

Dat was de laatste keer dat Elizabeth Mason en Jimmy Andrews elkaar zagen. Het volgende semester vertelde Holly Robertson dat Jimmy beroepstennisser was geworden. Hij had niets gewonnen, geen belangrijk toernooi en ook geen onbelangrijk toernooi. Holly zei ook dat de ouders van Jimmy uit elkaar waren en dat ze gingen scheiden.

Op de laatste dag van haar eerste studiejaar kwamen Laura en Ben Elizabeth en haar spulletjes met de auto ophalen. Die avond ging ze naar Sarah en vroeg haar of ze er wat bladmuziek bij wilde pakken. Sarah speelde en Elizabeth begon te zingen.